महामुनि अगस्त्य

(उपन्यास)

महामुनि अगस्त्य

रामनाथ नीखरा

राधाकृष्ण प्रकाशन

ISBN : 978-81-7119-409-4

महामुनि अगस्त्य (उपन्यास)

पहला संस्करण : 1998
चौथा संस्करण : 2013
This book is printed on **Print on Demand** Technology : 2026

मूल्य : ₹895

प्रकाशक
राधाकृष्ण प्रकाशन प्राइवेट लिमिटेड
जी-17, जगतपुरी, दिल्ली-110 051
शाखाएँ : अशोक राजपथ, साइंस कॉलेज के सामने, पटना-800 006
पहली मंज़िल, दरबारी बिल्डिंग, महात्मा गांधी मार्ग, प्रयागराज-211 001
1, अनमोल सोराबजी संतुक लेन, धोबी तलाव, मरीन लाइंस, मुम्बई-400 002
वेबसाइट : www.radhakrishnaprakashan.com
ई-मेल : info@radhakrishnaprakashan.com

MAHAMUNI AGASTYA
Novel by Ramnath Neekhara

बेटी कृष्णा गुप्त
एवं
श्रीमती राजकुमारी नीखरा को

श्रीरामः शरणं मम्

अन्तरिक्ष में चमकते अगस्त तारे को वेदों में द्रष्टा ऋषि के रूप में उल्लेख किया गया था। रामायण एवं पुराणों में उनका चरित्र बिखरा पड़ा था। उसे रामनाथ नीखरा जी ने निखारकर क्रमबद्ध उपन्यास के रूप में वर्णन किया है।

उत्तराखंड में 'अगस्त मुनि' ग्राम (वर्तमान में वहाँ उनका प्राचीन मन्दिर भी है) किसी काल में उनका तप एवं कार्यस्थल रहा। समय के अन्तराल एवं परिस्थितियों ने उन्हें दक्षिण भारत का उच्चतम आदर्श ऋषि बना दिया था। अगस्त मुनि का चरित्र वर्तमान में समाज के लिए विशेषकर बच्चों एवं नवयवुकों के लिए आधुनिक शैली में वर्णन करना आवंश्यक हो गया था। उसे श्रीराम ने रामनाथ (जिनके नाथ श्रीराम हैं) जी के द्वारा लिखवाकर विशेष श्रेय प्रदान किया।

इस उपन्यास का प्रकाशन राधाकृष्ण प्रकाशन के द्वारा हुआ। हमारे राम परमात्मा श्रीराम से प्रार्थना करते हैं कि अब यह इंटरनेट के द्वारा सुलभ हो तो विश्व के सभी ज्ञान पिपासु के लिए लाभदायक होगा। पुनः प्रकाशन कर अनेकों व्यक्तियों को लाभ मिले।

यह बहुजन हिताय कार्य कल्याणकारी हो।

इति शुभम्

स्वामी अभिरामदास

आमुख

अगस्त्य का उल्लेख सर्वप्रथम ऋग्वेद में देखने को मिलता है। इस ग्रंथ में उन्हें ऋग्वेद मंडल प्रथम, अध्याय तृतीय व चतुर्थ, वर्ग 23 एवं 1 से 16, अनुवाक 22, 23 व 24, सूक्त क्रमांक 165 से 178 तथा 181 से 191 में संकलित ऋचाओं या मंत्रों का द्रष्टा व स्रष्टा कहा गया है। इसके अतिरिक्त इसी वेद के मण्डल प्रथम, अध्याय चतुर्थ, वर्ग 22, अनुवाक 23, सूक्त क्रमांक 179 व 180 में समाहित ऋचाओं के ऋषि या कवि के रूप में लोपामुद्रा एवं अगस्त्य का नाम संयुक्त रूप से पढ़ने को मिलता है। और···

और सामवेद के पंचम व द्वादश अध्याय में भी यहाँ-वहाँ उनका उल्लेख हुआ है, परंतु एकाकी ही, लोपामुद्रा के साथ संयुक्त रूप में नहीं।

उसके पश्चात् आदि काव्य बाल्मीकि रामायण के अरण्यकाण्ड के द्वादश व त्रयोदश सर्ग तथा उत्तरकाण्ड के चौंतीसवें एवं पेंतीसवें सर्ग में अगस्त्य तथा राम की भेंट वार्ता और दिव्यास्त्र प्रदान करने की गाथा पढ़ने को मिलती है। फिर तो प्रत्येक पुराण में यत्किंचित् रूप में ही क्यों न हो अगस्त्य से सम्बन्धित किसी वृत्त या घटना का उल्लेख देखने को मिल ही जाता है। इतिहास तथा काव्य में भी अगस्त्य का आख्यान यहाँ-वहाँ उपलब्ध होता है, परंतु अत्यंत संक्षेप में, और जो भी उपलब्ध होता है, उसकी प्रस्तुति भी या तो मिथक रहस्य के रूप में पढ़ने को उपलब्ध होती है अथवा किसी उपदेशात्मक घटना के रूप में।

श्री कन्हैयालाल माणिकलाल मुंशी का 'लोपामुद्रा' उपन्यास तथा 'विश्वामित्र' नाटक अवश्यमेव ऐसे ग्रंथ हैं, जिनमें अगस्त्य के संबंध में कुछ नवीन तथ्यों का विवरण दिया गया है। ठीक इसी प्रकार नरेंद्र कोहलीकृत 'संघर्ष की ओर' उपन्यास में राम एवं अगस्त्य के मध्य जो भेंट वार्ता हुई थी, उसमें भी उनके चरित्र पर कुछ नवीन प्रकाश पड़ता है। तुलसीकृत 'रामचरितमानस' में जो वृत्त उपलब्ध है, उसका आधार पौराणिक आख्यान ही है।

यह भी स्मरणीय है कि 'लोपामुद्रा', 'विश्वामित्र', 'संघर्ष की ओर', बाल्मीकि रामायण तथा रामचरितमानस के वर्ण्य विषय क्रमशः लोपामुद्रा, विश्वामित्र तथा राम हैं। अतः इन ग्रंथों में अगस्त्य की प्रासंगिक चर्चा भर है। इन ग्रंथों में से किसी में भी अगस्त्य के व्यक्तितत्व व कृतित्व को क्रमबद्ध, विशद तथा समग्र रूप में प्रस्तुत

किये जाने का प्रयास दृष्टिगत नहीं होता।

किंतु अगस्त्य आख्यान की क्रमबद्ध, विशद तथा समग्रत: प्रस्तुति का एक स्थान पर प्रयास न किए जाने का अर्थ यह कदापि नहीं है कि अगस्त्य का चरित्र नितांत उपेक्षणीय या अनुल्लेखनीय है, क्यों ? क्योंकि राष्ट्रीय अस्मिता तथा सामाजिक सांस्कृतिक तथा धार्मिक गरिमा की रक्षा के लिए जो प्रयास आगे चलकर व्यापक स्तर पर राम ने किए थे, उनका शुभारंभ तो अगस्त्य ने किया ही था, उन्हें इस दिशा में उल्लेखनीय सफलता भी प्राप्त हुई थी।

यही नहीं, अगस्त्य पहले आर्य ऋषि थे, जिन्होंने आत्म-कल्याण की तुलना में लोक-कल्याण की महत्ता प्रतिपादित की, राष्ट्रीय एकता व अखंडता की दिशा में कुछ ठोस पग उठाए, शम्बर, इल्बल, बिल्बल तथा कालकेयों का वध कर राष्ट्र को निरापद बनाने का स्तुत्य प्रयास किया। यह भी कहा जा सकता है कि अगस्त्य पहले आर्य थे, जिन्होंने विंध्य को लाँघकर दक्षिण में प्रवेश किया तथा वैदिक संस्कृति को व्यापक आयाम देने का सबल एवं सफल प्रयास किया।

कुछ विद्वान इस घटना का यह अर्थ ग्रहण करते हैं कि अगस्त्य पहले आर्य थे, जिन्होंने विंध्य की दुर्लंघ्य पर्वतश्रेणियों को लाँघकर दक्षिण में प्रवेश किया। उनके मतानुसार अगस्त्य के पूर्व दक्षिण भारत में आर्य थे ही नहीं, परंतु ऐसा मानना उचित प्रतीत नहीं होता, क्योंकि ऐसा मानने पर यह स्वीकार करना होगा कि अगस्त्य के दक्षिण भारत में आने के पूर्व यहाँ जो जातियाँ रहती थीं वे सभी अनार्य मूल की थीं, और उन दिनों वहाँ वैदिक कर्मकांड होते ही नहीं थे। यही नहीं, उन दिनों वहाँ न गुरुकुल थे और न ऋषि-आश्रम ही।

परंतु पुराणों में उपलब्ध अंतर्साक्ष्य तथा तत्कालीन सामाजिक एवं सांस्कृतिक परिवेश पर विचार करने पर इसकी पुष्टि नहीं होती। कहा जाता है कि वृत्रासुर के अत्याचार से पीड़ित आर्यों व देवों की रक्षार्थ इंद्र ने इसी क्षेत्र में निवसित दधीचि आर्य ऋषि की अस्थियाँ लेकर वज्र बनाया था तथा इसी वज्र से वृत्रासुर से युद्ध कर उसका वध किया था, और फिर वृत्रासुर के सजातीय कालकेयों द्वारा प्रपीड़ित आर्य एवं आर्य ऋषियों की रक्षा उनका वध कर स्वत: अगस्त्य ऋषि ने की थी। यदि एक क्षण के लिए हम इस सबको अपनी दृष्टि से ओझल कर दें, तो भी यह प्रमाणित नहीं किया जा सकता कि वहाँ आर्य थे ही नहीं। यदि नहीं थे, तो अत्याचार किन पर होता था ? असुर जातियाँ किसके यज्ञ का ध्वंस करती थीं ? 'निशिचर निकर सकल मुनि खाए' तुलसी की यह अर्धाली किनको दृष्टि में रखकर लिखी गई थी ? निष्कर्षत: इन समस्त प्रश्नों का उत्तर यही है कि अगस्त्य के वहाँ पहुँचने के पूर्व आर्य ही नहीं, आर्य ऋषि भी वहाँ रहते थे।

फिर प्रश्न यह आता है कि यदि ऐसा था तो अगस्त्य के संबंध में ऐसा क्यों कहा जाता है ? ऐसा लगता है कि तत्कालीन दक्षिण भारत में जो वन्य जातियाँ

रहती थीं वे थीं तो आर्य प्रजाति से ही संबंधित, परंतु असंस्कारित थीं, और इसका कारण यह था कि दक्षिण भारत में जो गुरुकुल या ऋषि-आश्रम थे, वे असुर जातियों के प्राबल्य तथा वन्य जातियों के औदास्यभाव के कारण इन लोगों को वैदिक विचारधारा में दीक्षित करने का व्यापक स्तर पर सफल प्रयास नहीं कर पा रहे थे। करते भी कैसे ? वे तो अपनी अस्तित्व-रक्षा के संघर्ष में ही बुरी तरह उलझे हुए थे, और उसमें भी सफलता-प्राप्ति की स्थिति में नहीं थे।

दूसरी ओर उनकी इस दुर्दशा को देखकर उत्तर भारतीय आर्य चिंतित व दुखित तो थे ही, अपने-आपको असहाय भी अनुभव कर रहे थे। अत: उत्तर भारतीय आर्यों को दुर्दशाग्रस्त होने से बचाने के लिए उन्होंने यह प्रचारित कर रखा था कि विंध्य हिमालय की उच्चता से प्रतिस्पर्धा कर रहा है। अत: दक्षिण भारत में जाना अशक्य तथा असंभव है।

किंतु अगस्त्य ने लोगों द्वारा प्रसारित इस भ्रांत धारणा का खंडन करते हुए दक्षिण भारत जाने का साहसिक पग उठाया तथा वहाँ जाकर तद्देशीय आर्यों को सुरक्षित ही नहीं सुसंस्कारित करने का भी उल्लेखनीय कार्य किया। अत: लोगों ने उस समय तक मित्रावरुणी, महामुनि, और्वश्य तथा कुंभज आदि नामों से अभिहित साहसिक ऋषि को 'अगं पर्वतं' स्तम्भयति इति अगस्त्य:' के सिद्धांतानुसार अगस्त्य नाम से पुकारना प्रारंभ कर दिया, और आगे आने वाली पीढ़ियों ने तो उन्हें चिर स्मृत बनाए रखने के अभिप्राय से एक तारे को ही अगस्त्य संज्ञा से संबोधित करना प्रारंभ कर दिया, जो आज भी प्रचालित है, और वर्तमान पीढ़ी को उस ऋषि के महत्त्व का स्मरण दिलाता है।

प्रसंगवशात् यहाँ यह लिखना अनुचित न होगा कि वेद, पुराण, इतिहास व काव्य में सीमित परिमाण में भले ही अगस्त्य का उल्लेख हुआ हो, परंतु अगस्त्य के असीमित महत्त्व को प्रतिपादित करने की दृष्टि से ही उनका अपना यह प्रयास रहा है। निश्चयात्मक रूप से कहीं यह प्रयास स्पष्टत: दिखाई पड़ता है और कहीं मिथक या रहस्यात्मक वर्णन के रूप में अप्रत्यक्षत:। उदाहरण के लिए दक्षिणापथ जाते समय विंध्य का उन्हें साष्टांग प्रणाम कर आदेश देने की प्रार्थना करना, अगस्त्य का उनके परावर्त होने तक इसी प्रकार दंडवत् पड़े रहने को कहना तथा तीन चुल्लुओं में समुद्र की अगाध जलराशि को भरकर उसका पान कर कालकेयों के विनाश का पथ प्रशस्त करना ऐसी घटनाएँ हैं जो अपने आपमें रहस्य छिपाए हुए हैं और इनकी प्रस्तुति पुराणकारों ने लोगों को चमत्कृत करने के अभिप्राय से ही की है, ऐसा लगता है। परंतु अगस्त्य का व्यक्तित्व एवं कृतित्व इन घटनाओं में ही सिमटकर नहीं रह गया, उनके चरित्र में और भी बहुत कुछ है, जिसे स्फुट रूप में पुराणकारों तथा कवियों ने यहाँ-वहाँ प्रस्तुत किया है।

हाँ, तो प्रतिपाद्य बात यह है कि अगस्त्य प्रचलित अर्थ में ऋषि या बाबा नहीं

थे, वह सच्चे अर्थ में राष्ट्रीय महापुरुष थे, वह मंत्रस्रष्टा तो थे ही, क्रांतिद्रष्टा भी थे। सचाई तो यह है कि वह हमारी राष्ट्रीय अस्मिता तथा सामाजिक, सांस्कृतिक व धार्मिक गरिमा के प्रतीक थे। और स्पष्ट करना चाहें, तो कह सकते हैं कि आगे चलकर भगवान् राम ने राष्ट्रहिताय जिस कर्म-यज्ञ का संपादन किया उसकी परिसमाप्ति अथवा पूर्णाहुति भले ही राम ने की हो, परंतु उसका शुभारंभ तथा एक सीमा तक उसका सम्यक् क्रियान्वयन अगस्त्य ने ही किया था। किंतु यह सब होने पर भी उनके चरित्र पर आज पर्यंत कोई ऐसा ग्रंथ नहीं लिखा गया जो न केवल उनके व्यक्तित्व एवं कृतित्व के विविध पक्षों का उद्घाटन करता हो, वरंच उनके द्वारा संपादित कार्यों को सम्यक्रीत्या विश्लेषित कर उनके महत्त्व को प्रतिपादित करता हो। कहना न होगा कि 'महामुनि अगस्त्य' शीर्षक यह उपन्यास इसी अभाव की पूर्ति का प्रयास है।

अब जहाँ तक इस उपन्यास में वर्णित पात्र, स्थान, घटनादि का संबंध है, उनमें से अधिकांशतः पौराणिक या प्रागैतिहासिक तो हैं ही, वास्तविक भी हैं, काल्पनिक नहीं। परंतु अगस्त्य के वृत्त को युक्तियुक्त तथा क्रमबद्ध रूप में प्रस्तुत करने के उद्देश्य से प्रेरित होकर कुछ पात्र, स्थान आदि की कल्पना करने के लोभ का संवरण मैं नहीं कर सका। संक्षेप में पौराणिक आख्यान को यथासंभव यथातथ्य तथा वास्तविक रूप में प्रस्तुत करते हुए भी कहीं-कहीं लेखकीय स्वतंत्रता का उपयोग मैंने किया है, परंतु उतना ही जितने से तथ्यों का रूप विकृत न हो और संप्रेष्य की प्रभविष्णुता प्रभावित न हो। आशा है, सुधीजन एतदर्थ मुझे क्षमा करेंगे।

एक बात और लिख दूँ, यह उपन्यास पौराणिक है, अतः इससे संबंधित प्रसंग व घटनाक्रम की यथातथ्य जानकारी प्राप्त करने के लिए मुझे वेद, पुराण, बाल्मीकि रामायण, रामचरितमानस, कन्हैयालाल माणिकलाल मुंशी कृत 'लोपामुद्रा' उपन्यास व 'विश्वामित्र' नाटक तथा नरेंद्र कोहली कृत 'संघर्ष की ओर' उपन्यास का अध्ययन-मनन करने को बाध्य होना पड़ा है। अतः यह स्वाभाविक ही है कि इन सबसे मैंने कुछ-न-कुछ ग्रहण किया हो, और जब ऐसा है, तो इन सबके रचयिताओं के प्रति अपनी हार्दिक कृतज्ञता ज्ञापित करना मेरा अपना कर्तव्य ही नहीं धर्म भी है। अतः मैं इन सबके प्रति अपनी हार्दिक कृतज्ञता व्यक्त करता हुआ, उन सबसे इस धृष्टता के लिए क्षमाप्रार्थी हूँ।

और क्या ? मैं यह लिखते हुए हार्दिक प्रसन्नता का अनुभव कर रहा हूँ कि इस उपन्यास-लेखन के माध्यम से मैं अपने अग्रज पूज्य श्री मोतीलाल नीखरा के किसी पौराणिक कथानक को उपन्यास की वर्ण्य विषयवस्तु बनाने विषयक निर्देश को कार्य रूप में परिणित करने में सफल हो सका हूँ। वस्तुतः यदि उन्होंने मुझे ऐसा निर्देश न दिया होता, तो संभव ही नहीं सुनिश्चित भी है कि मेरे इस उपन्यास की विषयवस्तु भी पूर्व लिखित उपन्यासों की भाँति सामाजिक या ऐतिहासिक ही

होती, पौराणिक कदापि नहीं। अस्तु यदि इस उपन्यास के सृजन का श्रेय किसी को है, तो उन्हें, और मात्र उन्हें ही है। किंतु···

किंतु खेद का विषय है कि आज जब मैं अपने एक स्वप्न को, जो कि मेरा अपना ही नहीं आत्मीय जनों का भी उतना ही था जितना कि मेरा; पूर्ण करने जा रहा हूँ, तब बंधुवर सर्वश्री ओ३म्कारदास पंसारी, विश्वनाथ पाठक, विश्वनाथ चौधरी, चतुर्भुजदास चौधरी एवं वंशीधर बिलैया जैसे आत्मीय हमारे बीच नहीं हैं।

अंत में मैं यह कहना चाहूँगा कि इस उपन्यास की शुद्ध, स्वच्छ पांडुलिपि तैयार करने कराने में मुझे अपनी पुत्रियों सुश्री कृष्णा गुप्त व उषा खैरा तथा पुत्रवधुओं सर्व सुश्री मीरा, सुषमा, डॉ. आराधना एवं संध्या नीखरा से जो उल्लेखनीय सहयोग प्राप्त हुआ है, उसके लिए मैं उन्हें क्या कहूँ ? समझ में नहीं आता, मुझे सहयोग प्रदान करना उनका अपना कर्तव्य ही था, फिर भी सर्वथा मौनावलम्बन करना भी उचित नहीं होगा, अस्तु उनके उज्ज्वल दीर्घसूत्री तथा सर्वतोभावेन सुखी जीवन की मंगल कामना करते हुए मैं उन्हें हार्दिक शुभाशीष देता हूँ।

यह भी निवेदन कर दूँ कि इस उपन्यास के प्रकाशक तथा राधाकृष्ण प्रकाशन के अधिष्ठाता श्री अशोक माहेश्वरी का भी मैं हृदय से आभारी हूँ। यदि अपनी अत्यधिक व्यस्तताजन्य विवशताओं से ऊपर उठकर उन्होंने इस कार्यभार को अपने हाथ में न लिया होता, तो यह निश्चित है कि यह उपन्यास न तो इतने अच्छे रूप में उपलब्ध हो पाता, और न इतनी शीघ्रता से ही पाठकों के हाथों में ही पहुँच पाता। अत: उनके प्रति एक बार पुन: कृतज्ञता ज्ञापित करते हुए अपने उदारमना पाठकों के कर कमलों में मैं अपना यह उपन्यास अर्पित करते हुए उनसे यह अनुरोध करना चाहता हूँ कि अपने बहुमूल्य सुझावों से अवगत बनाने की कृपा करें।

—रामनाथ नीखरा

वैशाख शुक्ल एकादशी
विक्रमाब्द 2054
सम्पर्क : अभ्युदय, जगदीश कॉलोनी,
गुना (म. प्र.)

1

कितना विराट है, विराट पुरुष का यह आयोजन ? और···और है कितना संयत, नियमित, आकर्षक तथा आनंदवर्धक इस आयोजन का यह संयोजन ?··दिवारात्रि, ऋतुचक्र, सुख-दुख, संयोग-वियोग सब एक निश्चित गति से गतिमान रहते हैं, और इस गति में आने वाली प्रत्येक यति उस गति की अवरोधक नहीं, वरंच वर्धक बनकर आती है··है न अद्‌भुत उस विराट पुरुष का यह विराट आयोजन···? आकाश के दृश्य-पटल से सहसा तिरोहित होती हुई तारावली तथा प्राची दिशा में बिखरती फैलती हुई उषा की लालिमा को देखकर अगस्त्य के कौतूहल ने प्रश्न किया, परंतु सहसा उन्हें कोई उत्तर न सूझा। वह चुपचाप अपने मृगचर्म पर बैठकर प्राची दिशा की ओर देखते रहे, और पुलकित तथा मुदित होते रहे।

हठात् उनके मन में आया, किंतु जीवन···? जीवन कितना क्षुद्र, क्षणिक तथा दुखद है ! कितना···!··तो क्या इसे विराट, अनंत, शाश्वत तथा आनंदस्वरूप बनाया ही नहीं जा सकता ? अपने ही प्रश्नों के चक्रव्यूह में फँसे हुए अगस्त्य कसमसाहट का अनुभव कर अपने आसन से उठे तो उन्हें लगा, 'क्यों नहीं बनाया जा सकता ? यदि हाँ, तो कैसे ?' एक के पश्चात् एक उठने वाले प्रश्न अगस्त्य को आज चैन नहीं लेने दे रहे थे। विवश होकर वह पुनः मृगचर्म पर बैठ गए।

गौरवर्ण, लंबी देहयष्टि, सुपुष्ट भुजाएँ, विस्तीर्ण वक्षस्थल, कुंचित केशराशि, मुखमंडल पर खेलती हुई स्मिति तथा उसके साथ मिलकर अनुपम छटा का सृजन करती हुई यौवन की क्षण-प्रतिक्षण वर्धमान लालिमा, नासिका के अधोभाग तथा कपोल द्वय पर हल्की-सी श्मश्रु की कालिमा तथा किशोरावस्था को पार कर जीवन की आशा, आकांक्षाओं के अंतर में पैठकर झाँकने वाली दृष्टि की उज्ज्वलता, पीताभ यज्ञोपवीत से सुशोभित स्कंध तथा उस पर पड़ा हुआ काषाय उत्तरीय तथा कटि में सज्जित अधोवस्त्र सब अगस्त्य को अत्यधिक सुंदर, शोभन, आकर्षक तथा स्पृहणीय युवा के रूप में प्रस्तुत कर रहे थे, परंतु···

परंतु अगस्त्य अपने रूप, यौवन एवं सौंदर्य से उदासीन होकर अपने आपसे उलझ रहे थे। मृगचर्म पर बैठ कर वह सोच रहे थे कि क्या जीवन को विराट, अनंत, शाश्वत तथा आनंदस्वरूप नहीं बनाया जा सकता ?

अभी वह यह सोच ही रहे थे कि प्राची के गवाक्ष से स्वर्ण पुरुष झाँक उठा।

तेजस्वरूप स्वर्ण पुरुष के इस दिव्य रूप को देखकर अगस्त्य पुनः उल्लसित हो उठे। उन्हें लगा कि जीवन को विराट, अनंत, शाश्वत तथा आनंदस्वरूप बनाने के लिए इसी स्वर्ण पुरुष के समान अहर्निश साधना करनी होगी। उन्हें भी स्वर्ण पुरुष के समान जीवन का एक-एक क्षण समाज, राष्ट्र व संसार के कल्याणार्थ तप, त्याग व बलिदान करते हुए बिताना होगा।

कर सकेंगे क्या वह यह सब ? एक सरल, संक्षिप्त प्रश्न पुनः अगस्त्य के सामने आ खड़ा हुआ। अगस्त्य को प्रश्न की उपस्थिति का आभास न हुआ हो ऐसा नहीं था, परंतु हड़बड़ाहट उत्पन्न करने वाले इस प्रश्न को सामने देखकर न तो वह हड़बड़ाए और न हतोत्साहित ही हुए। उन्होंने प्रश्न के गर्भ में निहित चुनौतियों का आकलन किया, अपनी योग्यता व क्षमता को तौला, और फिर उठ खड़े हुए। उन्होंने स्वर्ण पुरुष पर एक श्रद्धापूर्ण दृष्टि डाली, मन-ही-मन वरुणदेव का स्मरण किया तथा बुदबुदाहट के स्वर में बोले—

'निश्चित रूप से मैं वही सब करूँगा, वही सब; जिससे मेरा यह क्षुद्र, क्षणिक, नश्वर तथा दुखद जीवन सच्चे अर्थ में विराट, अमर, शाश्वत तथा आनंदस्वरूप बन जाए, किंतु वह स्वप्न···?

वह स्वप्न···? हाँ, वह स्वप्न ही तो था।···इतना भयानक ? सुंदर या भयानक दृश्य या वस्तु नहीं होती, अगस्त्य, यह तो दृष्टिकोण की भिन्नता है, जो एक ही वस्तु एक ही दृश्य को किसी के लिए आकर्षक तथा किसी के लिए विकर्षक बनाती है। किसी के लिए सुंदर, शोभन और किसी के लिए भयानक बनाती है। सच है न ?···बिलकुल सच। परंतु उस दृश्य, स्वप्नगत उस दृश्य को सुंदर, शोभन या आकर्षक तो कहा ही नहीं जा सकता, और वह सुंदर, शोभन था भी नहीं।'

सोचते-सोचते अगस्त्य रुक गए। उस उषा काल में कुटीर में प्रज्वलित दीप की मंद, मंथर ज्योतिशिखा सद्य संपन्न अग्निहोत्र की प्रखर ज्वाला में टिमटिमाती, सिर हिलाती जैसी जान पड़ी, मानो अगस्त्य के इस कथन से अपनी असहमति प्रकट कर रही हो। परंतु उन्होंने इस ओर कोई ध्यान नहीं दिया, हविष्यान्न से सुवासित यज्ञधूम इधर-उधर चक्कर काटकर सहसा उनकी आँखों में झाँकने को जैसे ही उद्यत हुआ, उन्हें लगा कि विशाल अश्वत्थ, पीपल की स्थूल, सुदीर्घ शाखाओं पर कुछ घोंसले बने हुए हैं, और उनमें कुछ पक्षी उलटे पैर लटके हुए चिं चिं चिं, चुँ चुँ, चिं चिं चिं कह रहे हैं।

अगस्त्य को रात्रि के पिछले प्रहर में देखा गया स्वप्न याद आ गया। यही तो देखा था उन्होंने स्वप्न में, सच यही, बिलकुल यही।···ऐसा ही एक विशालकाय अश्वत्थ था, पीपल था, और···और थे उस पर लटके हुए ऐसे ही कुछ घोंसले।···जब पक्षियों की चहचहाहट सुनकर वह वहाँ रुक गए थे, तो उन्हें लगा था कि कुछ लोग रो रहे हैं, और अपनी पीड़ा सुनाते हुए कह रहे हैं कि उनके कुल के पूर्णतः

नष्ट हो जाने के कारण वे सब तर्पण, पिंडदान व श्राद्ध से वंचित हो गए हैं, और इस योनि में रहकर नारकीय पीड़ा भोग रहे हैं।···क्या आप हमारे उद्धार के लिए तर्पण, पिंडदान व श्राद्ध करने की कृपा करेंगे ? सुवासित वायु के मृदुल, शीतल स्पर्श से अगस्त्य का शरीर पुलकित हो रहा था। परंतु यज्ञधूम के आँखों में प्रविष्ट होने के कारण उनकी आँखों में कुछ धुँधलका छा गया था, फिर भी वह उस धूम के पार जाकर यह विश्वास कर लेना चाहते थे कि उन पक्षियों, उन प्राणियों ने यह प्रश्न उन्हीं से किया था अथवा अन्य किसी से ?

परंतु कुछ भी समझ में नहीं आ रहा था। अकस्मात् वह अपनी पर्ण कुटीर के बाहर आते हैं, और देखते हैं कि पुण्यतोया भागीरथी की निर्मल जलराशि में उदयोन्मुख सूर्य अपने किरण-करों से स्वर्ण उँडेल रहा है। पुलकित, उल्लसित होकर वह नत सिर होते हैं, और कुछ क्षणों तक अनवरत अपलक दृष्टि से इस नयनाभिराम दृश्य को देखते ही रहते हैं। धीरे-धीरे गंगा के घाटों पर वाराणसी के शतसहस्र स्त्री-पुरुष एकत्र होने लगते हैं, और स्नानादि से निवृत्त होकर भुवन भास्कर को अर्घ्यदान करने लगते हैं। भानवे नमः, रवये नमः का स्वर क्रमशः वायुमंडल को ध्वनित, स्पंदित करने लगता है। अगस्त्य कुछ क्षणों तक भावविभोर जैसे होकर इस दृश्य को देखते रहते हैं।

ठीक इसी समय उन्हें स्वप्न में देखे हुए दृश्य का स्मरण हो आता है। देखते ही वह पुनः व्यथित, विचलित हो उठते हैं। उन्हें लगता है कि वे प्राणी अन्य किसी से नहीं, उन्हीं, और मात्र उन्हीं से यह प्रश्न कर रहे थे। तब···तब क्या करना चाहिए उन्हें ?···उनके तर्पण, पिंडदान तथा श्राद्ध का आयोजन···? हाँ, बिलकुल यही, परंतु उनके कुल, गोत्र तथा नामादि की जानकारी के बिना तर्पण, श्राद्ध अभीष्ट फल प्रदान कर सकेंगे क्या ?···इन प्रश्नों से जूझते हुए वह कुछ क्षण तक चुपचाप खड़े रहते हैं। फिर उन्हें लगता है, स्यात् उन प्राणियों ने तर्पणादि के लिए अनुरोध करते समय अपना, अपने कुल व गोत्रादि का विवरण भी बताया था, बताया था या नहीं ?···प्रश्न सीधा उनकी स्मरण-शक्ति को झकझोरता है। उन्हें याद आता है, स्यात् नहीं। निश्चित रूप से उन्होंने अपने कुल व गोत्रादि के नाम भी बताए थे।···फिर क्या कठिनाई है तुम्हें यह सब करने में ? अगस्त्य को लगता है कि अब नुन-नुच के लिए कोई अवकाश नहीं, अतः भागीरथी के पवित्र तट पर खड़े-खड़े प्रतिश्रुत जैसे होते हुए वे कहते हैं, मैं उनके तर्पण, पिंडदान व श्राद्ध करने के दायित्व को शीघ्र अतिशीघ्र निभाऊँगा।

अधोवस्त्र व उत्तरीय को सम्हाल कर खड़ाउओं की खट-खट करते हुए जैसे ही कुछ लोग गंगा-तट से लौटने को हुए अगस्त्य को लगा, उन्हें भी अब लौटकर अपनी कुटिया में आ जाना चाहिए। अस्तु अपने सुपुष्ट स्कंधों से नीचे की ओर खिसकते हुए अपने उत्तरीय को सम्हालते हुए वह भी अपनी कुटिया में लौट आए।

अग्निहोत्र की अग्नि अब भी धधक रही थी। जब-तब उसकी ज्वाला प्रज्वलित होकर इधर-उधर अपना आलोक बिखेर देती थी। सुवासित वायु रह-रहकर दौड़ने लगती थी। ब्रह्मचारी यहाँ-वहाँ बैठकर स्वाध्याय कर रहे थे। कुछ लोग गायें निकाल कर उन्हें चरागाह की ओर ले जा रहे थे। अगस्त्य एक चौकी पर बिछे हुए मृगचर्म पर आ बैठे, और इधर-उधर दृष्टि डालकर अंतर्मुख हो गए। स्यात् अपने सम्मुख उपस्थित प्रश्नों पर आज वे गंभीरतापूर्वक विचार करना चाहते थे।

करते भी क्यों नहीं···? आज उन पक्षियों, उन प्राणियों ने उनकी अंतश्चेतना को झकझोरा था। उनकी सुप्त चेतना को जगाने का प्रयत्न किया था। अत: उन्हें सोचना ही होगा, यह विचार करना ही होगा कि उन प्राणियों ने तर्पण व पिंडदान-क्रिया की लुप्तता का जो प्रश्न उठाया था, क्या वह उनके और मात्र उनके लिए ही प्रासंगिक है, अन्य के लिए नहीं ? माना कि वे अयोनिज हैं, परंतु अयोनिज होने भर से यह तो स्वीकार नहीं किया जा सकता कि उनके माता-पिता ही नहीं हैं, पूर्वज ही नहीं हैं।···और फिर कोई हो या न हो, वे तो हैं ही।···क्या तर्पण, पिंडदान व श्राद्ध की क्रिया-लुप्तता के परिणामस्वरूप उन्हें भी ठीक इसी प्रकार की नारकीय पीड़ा नहीं भोगनी पड़ेगी ? प्रश्न की चुभनशीलता अगस्त्य को विचलित कर देती है। वह तत्काल अपने आसन से उठते हैं, और पर्णकुटीर में ही इधर-उधर घूमने लगते हैं।

उत्तर से दक्षिण की ओर विस्तृत उस कुटिया के पूर्वी द्वार पर पूर्व व पश्चिमी दिशा की पर्णभित्तियों में निर्मित वातायनों से आती हुई धूप व वायु उनसे पूछ रही थी, ऋषिवर क्या निर्णय लिया आपने ?··क्या आपका अखंड ब्रह्मचर्य आपको पितृऋण चुकाने का अवकाश देगा···? यदि नहीं, तो आपके इस अंतहीन ब्रह्मचर्य की क्या सार्थकता, क्या उपयोगिता ? कर्ण-गह्वरों में प्रविष्ट होकर ये स्वर रह-रहकर अगस्त्य के मन व मस्तिष्क को कुरेदते हैं। वह पूर्वापेक्षा और अधिक विचलित हो जाते हैं, और तेजी के साथ घूमने लगते हैं, परंतु कुछ ही क्षणों में उन्हें लगता है, इस प्रकार अनवरत घूमने-फिरने से उनका तन भले ही शिथिल हो जाए, परंतु मन व मस्तिष्क शिथिल नहीं हो सकते, उनमें उठने वाले प्रश्नों का समाधान नहीं हो सकता। तब··तब क्या करें वह ? सोचते-सोचते अगस्त्य एक स्थान पर खड़े हो जाते हैं, और फिर कुछ समयोपरांत चौकी पर बिछे हुए मृगचर्म पर पुन: आ बैठते हैं।

ब्रह्मचारियों ने आचार्य को कभी इतना चिंतित व व्यथित होते हुए नहीं देखा था, वह तो उन्हें सदैव उत्साहित व प्रसन्नमुख ही देखते आ रहे थे। फिर आज ऐसा क्या हो गया जिसने गुरुदेव को इतना व्यथित, इतना चिंतित बना दिया कि वह एकदम गंभीर हो गए, लगभग अत्यधिक अधीर ? कुछ लोगों को लगा कि क्यों न आचार्य के पास जाकर उनकी व्यथा, उनकी चिंताओं को समझने तथा उन्हें दूर

करने का प्रयत्न किया जाए···? किया ही जाना चाहिए। यह सोचकर एक ब्रह्मचारी उनके सामने आया, और कुछ कहने, कुछ पूछने जा ही रहा था कि आचार्य ने सभी को बाहर जाने का संकेत किया। विवश होकर समस्त ब्रह्मचारी बिना कुछ कहे, बिना कुछ पूछे ही कुटिया के बाहर आ गए।

जैसे ही ब्रह्मचारी कुटिया के बाहर आए, आचार्य अगस्त्य पुनः अंतर्मुख हो गए। हठात् उन्हें लगा कि वह तो धार्मिक व सांस्कृतिक अवदान को विस्तृत आयाम देने का ही स्वप्न देखते रहे हैं, फिर एक स्वप्न भर से वे इतने विचलित कैसे हो गए ? क्या एक स्वप्नद्रष्टा के लिए एक स्वप्न की भयावहता इतनी चिंता, इतनी व्यथा का कारण होनी चाहिए ? निश्चित रूप से नहीं, किंतु···

किंतु कहीं ऐसा तो नहीं है कि जिस सुखद स्वप्न को वह सत्य में परिणत करने का स्वप्न देख रहे हैं, यह स्वप्न उसी शृंखला की एक कड़ी हो ? अगस्त्य चिंतन को विराम देकर ठिठक जाते हैं, चुप हो जाते हैं, और बाहर फैली हुई धूप को देखने लगते हैं। धूप की इस उज्ज्वलता, इस प्रांजलता में उन्हें लगता है, जैसे उनकी आँखों में फैली हुई धुंध सहसा छँट गई हो, और एक दिव्यालोक उनके सामने विकीर्ण हो उठा हो। वह आश्वस्त हो उठते हैं। जिस प्रश्न का उत्तर पाने के लिए वह बड़ी देर से मस्तिष्क खपा रहे थे, वह उनके सामने स्वतः आ खड़ा हुआ है। पक्षियों की चहचहाहट, प्राणियों की छटपटाहट के माध्यम से स्यात् अदृष्ट ही उन्हें नवीन दिशा की ओर धकेल रहा था।···नवीन दिशा की ओर ? ब्रह्मचर्याश्रम से गृहस्थाश्रम में प्रवेश नवीन दिशा नहीं तो और क्या है ? अगस्त्य का मुखमंडल बहुत देर से ही क्यों न हो अब मुस्कान से दीप्तिमान हो उठता है।

स्थिर चित्त होकर वह अपने आसन से ही भागीरथी के पुण्य प्रवाह को देखने लगे। अभी वह देख ही रहे थे कि पक्षियों का एक झुंड कलरव करते हुए निर्मल जलराशि के ऊपर से निकला, मानो उनके इस निर्णय के औचित्य का अनुमोदन कर रहा हो। अगस्त्य के ओष्टों पर पुनः एक हल्की-सी स्मिति फैल गई। उन्हें लगा कि तर्पण, पिंडदान व श्राद्ध की परंपरा को अक्षुण्ण बनाए रखने के लिए विवाह तो आवश्यक है ही, परंतु उससे भी अधिक आवश्यक है, उपयुक्त जीवन-संगिनी की प्राप्ति। क्या उसकी प्राप्ति सहज व सुलभ है ? नहीं।

अगस्त्य एक बार पुनः उलझ जाते हैं, अपने-आपसे। अस्तु उनके मुख पर खेलती हुई स्मिति एक क्षण के लिए विलुप्त हो जाती है। वह गंभीर हो उठते हैं। सोचने लगते हैं, आर्यावर्त में उनके लिए उपयुक्त विदुषी, बुद्धिमती किशोरी या युवती कहाँ मिलेगी ?···कहा नहीं जा सकता। किंतु यह आर्यावर्त विद्वान् व विदुषियों से पूर्णतः रिक्त हो, ऐसा भी तो नहीं है। है क्या ? 'नहीं' कहकर अगस्त्य चुप हो जाते हैं, परंतु उदास व निराश नहीं। उन्हें लगता है कि विलंब भले ही हो जाए, परंतु उन्हें उपयुक्त जीवन-संगिनी अवश्य मिलेगी, अवश्य।

अब स्वप्नद्रष्टा अगस्त्य के अंतश्चक्षु एक दूसरा ही स्वप्न देख रहे थे। वह अपनी कुटिया में मृगचर्म पर बैठे हुए हैं, उनकी बाईं ओर स्थित मृगचर्म पर उनकी विदुषी पत्नी संध्योपासन तथा यज्ञ करने के लिए बैठी हैं। यज्ञधूम से सुवासित वायु अपने मृदुल स्पर्श से उन दोनों को पुलकित कर रही है। नित्य नैमित्तिक कर्म से निवृत्त होकर वे दोनों ऋचाएँ रचने में संलग्न हो जाते हैं, और कुछ नवीन ऋचाओं का सृजन करते हैं।···हूँ, तो इस प्रकार धार्मिक एवं सांस्कृतिक अवदान विस्तृत आयाम ग्रहण करेंगे, आर्यावर्त में, भरतखंड में।

'ठीक तो है' कहकर अगस्त्य उछल पड़ते हैं, और पुनः उपयुक्त विदुषी पत्नी की खोज में इधर मन को दौड़ाते हैं, किंतु बहुत देर तक उन्हें किसी विदुषी किशोरी का नाम याद नहीं आता। वह अपनी स्मृति पर बल देते हुए कुछ देर तक चुपचाप बैठे रहते हैं। हठात् उन्हें विदर्भ के राजा मलयध्वज की पुत्री लोपामुद्रा का स्मरण आता है। अभी कुछ दिन पहले की ही तो बात है, जब किसी ने उसकी विद्वत्ता के संबंध में उन्हें विस्तार से बताया था। यदि यह सच है, तो लोपामुद्रा निश्चित रूप से उनकी पत्नी बनने के योग्य है।

परंतु लोपामुद्रा की प्राप्ति कैसे हो ? वह स्वयं तो उसका वरण करने आएगी नहीं। और राजा···? एक ऋषि से उसका विवाह करने को सहजता से तत्पर हो जाएगा, ऐसी कल्पना भी नहीं की जा सकती। तब···तब क्या वह स्वतः राजा के समक्ष उपस्थित होकर लोपामुद्रा की याचना करें···? राजा से उसे अपने साथ विवाह करने का अनुराध करें ?···स्यात् यही ठीक रहेगा, स्यात् नहीं निश्चित रूप से। अच्छा तो यही सही।

अगस्त्य निर्णय की प्रसन्नता से पुलकित, आनंदित होकर कुटिया के बाहर आए और ब्रह्मचारियों की ओर उन्मुख होकर बोले, ''सुव्रत, क्या आज अनध्याय रहेगा ?''

''नहीं, गुरुदेव'' कहकर ब्रह्मचारी कुटिया में आ गए। देखते ही आचार्य ने भी अपना आसन ग्रहण किया और नवीन शिक्षण, नवीन ज्ञान प्रदान करने लगे।

अभी तक यह सब चल ही रहा था कि नर-मादा नकुलों का एक युग्म द्वार पर आकर तथा अगस्त्य की ओर उन्मुख होकर सिर हिलाने लगा, मानो कह रहा हो कि आपका यह निर्णय सही दिशा में उठाया गया सही पग है। ऐसा न हो कि ब्रह्मचर्य के विषम व्रत की मृगमरीचिका में आपका मन-मृग पुनः भटक जाए। हमारी ओर देखो, और एक बार पुनः कृत संकल्पित हो, कृत संकल्पित।

चलते-चलते कई दिन हो गए थे अगस्त्य को, परंतु अभी भी वह गंतव्य तक नहीं पहुँच सके थे। वाराणसी से विदर्भ की राजधानी पास में थी भी नहीं। फिर सर्वत्र राजपथ भी तो नहीं था। कई बार उन्हें बीहड़ वनों में से होकर जाना पड़ता था, तो

कभी-कभी ऊबड़-खाबड़ मार्ग से चलना पड़ता था। नित्य नैमित्तिक कार्यों के संपादन तथा भोजन-शयनादि की व्यस्तताएँ भी थीं ही, जिनकी किसी प्रकार भी उपेक्षा नहीं की जा सकती थी। कर भी नहीं रहे थे वह। और कई दिन से अनवरत चल भी रहे थे। उनका शरीर थक कर जब-तब शिथिल होने लगता था, परंतु संकल्प की दृढ़ता में रंचमात्र भी शैथिल्य नहीं आया था। अस्तु तत्परता एवं दृढ़तापूर्वक वह बढ़ रहे थे, बढ़े जा रहे थे और वह भी कई दिन से। अंततः वह विदर्भ की राजधानी पहुँच गए।

प्रातःकाल का समय था। पाँच घड़ी व्यतीत हुई होंगी। स्नान तथा नित्य कर्म से निवृत्त होकर वह राजप्रासाद के प्रवेश-द्वार पर पहुँचे। प्रहरी ने श्रद्धावनत होकर उन्हें प्रणाम किया, और फिर बोला, "क्या आज्ञा है, महामुने ?"

"राजा से कहो, अगस्त्य ऋषि आपसे मिलना चाहते हैं। अनुमति की प्रतीक्षा में प्रवेश-द्वार पर खड़े हुए हैं।" प्रहरी के निवेदन को सुनकर अगस्त्य ने अपनी प्रतिक्रिया प्रकट की।

"जो आज्ञा देव," कहकर प्रहरी राजप्रासाद में प्रविष्ट हुआ और कुछ देर बाद धर्माध्यक्ष वररुचि के साथ पुनः प्रवेश-द्वार पर आ पहुँचा। अगस्त्य ने जिज्ञासु दृष्टि से उन दोनों की ओर देखा और फिर अपनी दृष्टि धर्माध्यक्ष पर केंद्रित कर दी, मानो कह रहे हों, कहिए क्या आज्ञा लेकर आए हैं ? वररुचि से भी उनका यह आशय छिपा न रहा, अस्तु अत्यंत विनम्रतापूर्वक उन्होंने निवेदन किया, कहा—

"मैं विदर्भ-नरेश मलयध्वज का धर्माध्यक्ष वररुचि श्रीचरणों में अपना विनम्र प्रणाम निवेदित करते हुए आपका हार्दिक स्वागत करता हूँ। ऋषिवर, राजन आपके शुभागमन की उत्सुकतापूर्वक प्रतीक्षा कर रहे हैं, भगवन्, चलकर अपनी पावन चरण-रज से राजप्रासाद को पवित्र कीजिए।"

"कल्याण हो धर्माध्यक्ष," स्वस्त्ययन की मुद्रा में अपना दायाँ हाथ ऊपर उठाते हुए अगस्त्य ने कहा, "राजा स्वस्थ व प्रसन्नचित्त तो हैं, मंत्रिवर ?"

"आपकी कृपा से स्वस्थ व सानंद हैं, देव। पधारिए।" आने के मार्ग का संकेत करते हुए धर्माध्यक्ष ने कहा और स्वतः आगे बढ़ गया। अगस्त्य ने धर्माध्यक्ष का अनुगमन किया और कुछ ही क्षणों में वे दोनों राजा के सामने उपस्थित थे। राजा ने ऋषि अगस्त्य को जैसे ही अपनी ओर आते हुए देखा, वह तत्काल अपने सिंहासन से उतरकर नीचे आ खड़े हुए और हाथ जोड़कर बोले, "आपके शुभागमन से मेरा गृह, मेरा यह राजप्रासाद पवित्र हो गया, देव। आसन ग्रहण कीजिए।"

राजा के इस निवेदन को सुनकर अगस्त्य जी सिंहासन के दक्षिणी शीर्ष पर आकर बैठ गए। राजसेवक जल व पात्र ले आए। राजा ने ऋषि के पैरों का प्रक्षालन किया, और जैसे ही वह पुनः अपने स्थान पर आसीन हुए एक परिचारक रजत पात्र में मधुपर्क ले आया और ऋषि के सामने प्रस्तुत कर अंजलिबद्ध खड़ा हो गया।

राजा ने कहा, ''ग्रहण कीजिए, देव।''

ऋषि ने ईषत् मुस्कान के साथ मधुपर्क से परिपूर्ण रजत पात्र उठाया, और इधर-उधर दृष्टिपात कर उसका आस्वाद लेने लगे। कुछ देर तक सभाकक्ष में किसी ने किसी को कुछ नहीं कहा। इस बीच ऋषि ने मधुपर्क का पान किया, और रिक्त रजत पात्र परिचारक की ओर बढ़ा दिया। परिचारक ने उसे ग्रहण कर एक ओर रख दिया और फिर ऋषि को आचमन कराकर रिक्त पात्रादि लेकर बाहर आ गया।

अब राजा ने अंजलिबद्ध होकर निवेदन किया, ''आज्ञा दीजिए, देव, आपकी क्या सेवा करूँ ?''

सुनकर ऋषिवर कुछ मुस्कराए और फिर गंभीर होकर दो क्षण चुप रहे, अंत में बोले—

''राजन, पुत्र-प्राप्ति की इच्छा से मैं आपकी पुत्री लोपामुद्रा का वरण करना चाहता हूँ, और इसी उद्देश्य से उसकी याचना करने के लिए आपके पास उपस्थित हुआ हूँ। आशा है, आप मेरे इस प्रस्ताव से सहर्ष सहमत तो होंगे ही, यथाशीघ्र उसका विवाह भी मेरे साथ करने के लिए निस्संकोच तत्पर होंगे।''

सुनते ही राजा हतप्रभ हो गया, जड़ एवं निस्पंद भी। उसे स्वप्न में भी कल्पना न थी कि कभी कोई ऋषि, कोई तपस्वी उसकी कन्या का हाथ माँगने के अभिप्राय से उसके सामने आएगा और वह भी अत्यंत तपस्वी व मनस्वी ऋषि, परंतु··परंतु उसकी दृष्टि में जो अकल्पनीय था, आज वही, हाँ वही उसके समक्ष वास्तविक बनकर आ खड़ा हुआ था। ऋषि उत्तर-प्राप्ति की आशा से अनवरत राजा की ओर देख रहे थे, किंतु··किंतु वह न तो ऋषि को ही देख पा रहा था और न अपने आपको ही। लगता था उसकी समस्त चेतना को लोपामुद्रा की देहयष्टि की सुष्ठुता, सुंदरता, मृदुता व कमनीयता ने जड़ीभूत बना दिया था। वह समझ ही नहीं पा रहा था कि लोपामुद्रा जैसी कोमलांगी कुमारी अगस्त्य जैसे दृढ़काय तथा प्रत्येक प्रकार की विपरीतता में रहने के अभ्यस्त व्यकित के साथ कैसे सामंजस्य बिठा सकेगी ?··पारिवारिक व सामाजिक परिवेश का ही अंतर हो, उन दोनों के मध्य, ऐसा नहीं है, उन दोनों की प्रकृति व प्रवृत्ति के मध्य भी आकाश-पाताल का अंतर है, और जब ऐसा है, तो वह कैसे कह दे कि ऋषिवर, मुझे आपका प्रस्ताव स्वीकार्य है, शिरोधार्य है··नहीं, नहीं, वह ऐसा नहीं कहेगा।

फिर उसे ऐसा कहने का अधिकार भी क्या है ?··कुछ भी तो नहीं। लोपामुद्रा वयस्क है, विदुषी है, बुद्धिमती है, अपने हिताहित का विचार करने में पूर्णत: सक्षम है, तब··तब उसके भार को वह अपने सिर क्यों ले ? नहीं, वह ऐसा कदापि नहीं करेगा। सोचते-सोचते मलयध्वज चुप रह जाता है। ऋषि को अब भी यह विश्वास है कि वह यहाँ से अकृत कार्य होकर नहीं लौटेंगे, और पहले भी था। किंतु यह क्या ?··राजा तो एकदम मूक हो गया है, लगता है, जैसे भयानक पक्षाघात की

चपेट में आ गया हो। तो क्या वह पुनः अपना प्रश्न दोहराएँ ? स्यात् अभी ऐसा करना ठीक नहीं होगा, लेकिन··· लेकिन यह धर्माध्यक्ष भी तो अधर्माध्यक्ष जैसा लगता है··· क्या वह धर्म से, धर्मसंगत अंतर्वर्णीय विवाह-व्यवस्था से पूर्णतः अपरिचित है, अनवगत है ? बातचीत से तो ऐसा नहीं लगता। फिर वह राजा को क्यों नहीं समझाता कि इस विवाह में सामाजिक व धार्मिक किसी भी दृष्टि से कुछ भी अनौचित्य नहीं है ?··· तो क्या उसे ही प्रस्ताव का औचित्य समझाया जाए ? नहीं, अभी इसके लिए भी उपयुक्त समय नहीं है··· लगता है, राजा को सोचने के लिए कुछ समय देना ही होगा। तो फिर यही सही, अस्तु उन्होंने कहा—

"राजन, लगता है, आप असमंजस की स्थिति में हैं, निर्णय नहीं कर पा रहे कि सहमति दें या नहीं। ठीक भी है, जीवन की गुणवत्ता एवं सार्थकता को गहराई तक आजीवन प्रभावित करने वाले निर्णय चुटकी बजाते लिए भी नहीं जाते, लिए भी नहीं जाने चाहिए। मुझे शीघ्रता नहीं है, अस्तु गंभीरतापूर्वक प्रस्तुत प्रस्ताव पर विचार करें और तदुपरांत निर्णय लें, मैं फिर मिलूँगा। धर्माध्यक्ष, अतिथिगृह का मार्ग बताओ, मैं तब तक वहाँ विश्राम करूँगा।"

राजा मलयध्वज ने ऋषि के इस कथन को सुना न हो, ऐसा नहीं कहा जा सकता, परंतु उनके इस कथन की प्रतिक्रिया में उन्होंने कुछ भी नहीं कहा, कुछ भी। आँखों में शून्य भरकर वह उन्हें देखते भर रहे। ऋषि द्वारा प्रस्तुत प्रस्ताव की अवांछनीयता तथा अस्वीकृत किए जाने पर ऋषि द्वारा शाप देने की आशंका से उत्पन्न भयग्रस्तता ने उनकी बुद्धि, उनकी विवेक-शक्ति को ही नहीं, उनकी इंद्रियों को भी जड़ीभूत बना दिया था। अतः वह चुपचाप वहीं खड़े रहे और तब तक खड़े रहे, जब तक धर्माध्यक्ष के साथ ऋषि अतिथिगृह की ओर अग्रसर नहीं हुए। किंतु जैसे ही वह वहाँ से चले गए, वह भी चिंतित, त्रसित जैसे होकर अंतःपुर की ओर चल दिए। यहाँ आकर उन्होंने देखा, महारानी व राजकुमारी लोपामुद्रा किसी प्रसंग को लेकर वार्तालाप कर रही हैं। उन्हें लगा राजकुमारी के समक्ष इस प्रकार की चर्चा करना अनुपयुक्त ही नहीं, अनुचित भी होगा। अतः वह तत्काल लौटकर जाने को मुड़ने को हुए। महारानी को लगा, राजा स्यात् एकांत में कुछ बात करना चाहते हैं। स्थिति को भाँपकर रानी बोलीं—

"पधारिए, आर्यपुत्र, लोपामुद्रा तो जा ही रही है।"

"हूँ" कहकर राजा लौटने के लिए पुनः मुड़े। लोपामुद्रा ने देखा पिताश्री अत्यधिक हतप्रभ दिखाई पड़ रहे हैं, साथ ही चिंतित एवं दुखित भी। लगता है, ऋषिवर कोई अवांछनीय प्रस्ताव लेकर आए हैं। कहीं यह प्रस्ताव उससे ही तो संबंधित नहीं ? यदि नहीं, तो पिताश्री उसकी उपस्थिति में माताश्री से चर्चा करने में क्यों कतरा रहे हैं ? निश्चित रूप से ऐसा ही है, अस्तु वह त्वरित गति से उस प्रकोष्ठ से बाहर चली जाती है, और उस अंतःपुर में रह जाते हैं, राजा मलयध्वज तथा उनकी पत्नी··· एक-

दूसरे को देखने तथा समझने का प्रयास करते हुए।

हठात् रानी की दृष्टि राजा के श्रीहीन मुख तथा दृष्टि चुराती हुई आँखों की ओर गई। विचार आया, ऋषि अगस्त्य निश्चित रूप से कोई अप्रिय प्रस्ताव लेकर आए हैं। अतः उनके पास आकर बोलीं, ''देव, बहुत अधिक चिंतित व व्यथित दिखाई पड़ रहे हैं। बताइए न क्या है ? यदि संभव हुआ तो मैं भी इस चिंता, इस व्यथा को दूर करने में आपका सहयोग करूँगी।''

राजा तो आया ही इसी उद्देश्य से था। अतः उसने अगस्त्य द्वारा प्रस्तुत प्रस्ताव, उसे स्वीकृत करने पर लोपामुद्रा के भावी जीवन की दुःखमयता तथा अस्वीकृत करने पर ऋषि द्वारा शाप दिए जाने की आशंका से रानी को अवगत कराया, और फिर कहा, ''राजोचित सुख-सुविधाओं में पालित-पोषित लोपामुद्रा जैसी सुकुमारी पुत्री को तपस्वी का कठोर जीवन जीने वाले ऋषि अगस्त्य को देने की मेरी रंच-मात्र भी इच्छा नहीं है, किंतु ऋषि सहमति, स्वीकृति प्राप्त करने के लिए अतिथिगृह में आसन जमाकर बैठ गए हैं। ऐसी स्थिति में क्या करूँ ? यही समझ में नहीं आता।''

''अच्छा, तो यह बात है।'' कहकर रानी अंतराभिमुख हो गईं, सोचने लगीं, 'सचमुच राजा के सामने विकट समस्या आ खड़ी हुई है। एक ओर लोपामुद्रा जैसी सरल व विमल हृदया कुमारी के सुखी दांपत्य तथा उज्ज्वल भविष्य की चिंता है, तो दूसरी ओर अगस्त्य जैसे तेजस्वी व मनस्वी ऋषि द्वारा शाप दिए जाने की आशंका। इधर गिरते हैं तो खंदक है, उधर जाते हैं तो खाई। लगता है जैसे अब दुःख की प्राप्ति ही हमारी नियति हो। परंतु असहमत होने पर भी अगस्त्य शाप देंगे ही यह भी कैसे कहा जा सकता है ? यह भी तो हो सकता है कि असहमत होने पर वह चुपचाप यहाँ से चले जाएँ।'

रानी कुछ-कुछ आश्वस्त होने को हुईं। फिर विचार आया, यदि ऐसा होना होता तो प्रस्ताव सुनकर भी राजा के कुछ न कहने से ही उन्हें समझ लेना चाहिए था कि राजा को उनका प्रस्ताव स्वीकार्य नहीं है; किंतु यह सब होने पर भी उत्तर की प्रतीक्षा का बहाना बनाकर उनका अतिथिगृह में जाकर रहना क्या यह सिद्ध नहीं करता कि राजपरिवार की अप्रसन्नता के मूल्य पर भी वह लोपामुद्रा को प्राप्त करना चाहते हैं ?

'लगता तो यही है।' एक करुण दृष्टि राजा पर डालकर रानी पुनः सोचने लगीं। उन्हें लगा कि सचमुच विषम स्थिति है, ऐसी स्थिति जिसमें निस्तार का कोई मार्ग दिखाई नहीं पड़ता। हाय, उनके किस पाप का उदय हुआ है कि वे न तो हाँ कह पा रहे हैं और न नहीं ही। अभी वे सोच ही रही थीं कि किसी की पदचाप सुनाई दी। विचार आया, वह कौन है, जो उनके एकांत में इस प्रकार निश्शंक होकर निर्बाध गति से बढ़ा चला आ रहा है ? किंतु उन्होंने तथा राजा ने उद्ग्रीव होकर द्वार

की ओर दृष्टिपात किया तो उन्हें लगा कि यह तो लोपामुद्रा है, जो उनकी ओर बढ़ी चली आ रही है। विवश, निरुपाय राजा मलयध्वज तथा रानी ने एक-दूसरे को देखा और फिर लोपामुद्रा के आने का कारण जानने के लिए दोनों ने उत्सुकतापूर्वक अपनी दृष्टि उसके मुख पर केंद्रित कर दी।

परंतु लोपामुद्रा ने उन्हें कुछ कहने या पूछने का अवसर नहीं दिया, आते ही बोली, ''धर्माध्यक्ष ने ऋषि के यहाँ आने का जो कारण बताया है, यदि वह सच है, तो उसे लेकर आप दोनों को चिंतित, दुखित होने की आवश्यकता नहीं है। हो सकता है त्रिकालज्ञ ऋषि ने अपना यह निर्णय अपने तथा मेरे हित का विचार करके ही लिया हो।··फिर दुःख व सुख तो प्रारब्ध के अनुसार ही मिलता है। यदि दुःखपूर्ण जीवन ही मेरा भविष्य है, भवितव्य है, तो भी चिंता करने जैसी कोई बात नहीं। अस्तु दुःख, चिंता व आशंका सबको तिलांजलि देकर आप ऋषि को अपनी सहमति, स्वीकृति से अवगत कराने की तत्परता दिखाएँ। मैं नहीं चाहती कि मेरे कारण आपकी तथा राज्य की सुख-शांति नष्ट हो।''

लोपामुद्रा की बात सुनकर मलयध्वज को गलदश्रु हो आया, वह बड़ी कठिनाई से अपने-आपको नियंत्रित कर पाए, फिर बोले—

''बेटी, तू यह क्या कह रही है ? अहर्निश राजसुख में पालित-पोषित तुझ जैसी राजकुमारी अभाव व असुविधाओं को ही अपने जीवन का लक्ष्य मानने वाले वनवासी के साथ कैसे निर्वाह कर पाएगी ? नहीं, नहीं, कुछ भी क्यों न हो, मैं इस प्रस्ताव को कभी स्वीकार नहीं करूँगा।''

''पिताश्री ठीक कहते हैं, बेटी।'' राजा के चुप होते ही रानी ने कहा, ''मुझे तो ऋषि के इस प्रस्ताव में दुरभिसंधि की गंध आती है।''

''नहीं, नहीं, इस प्रस्ताव के मूल में न तो कोई दुरभिसंधि है, और न किसी के प्रति अकल्याण की भावना हो।'' लोपामुद्रा का दृढ़ व निश्चयात्मक स्वर प्रति-क्रियास्वरूप तत्काल गूँज उठा, ''और शाप की आशंका तो पूर्णतः निर्मूल है, माँ। जो व्यक्ति आर्यावर्त, भरतखंड के कल्याण के लिए प्रतिश्रुत, कृतसंकल्प हो वह अकारण ऐसे घृणित कार्य क्यों करेगा ? अतः निराधार चिंताएँ छोड़ो, समझ लो यही भवितव्य था।··फिर हम जिसे अकल्याणकर मान रहे हैं, हो सकता है, वही हमारे लिए कल्याणकर हो। अदृष्ट की गति कौन जानता है, माँ ?''

अपना मत स्पष्ट शब्दों में माता-पिता के सम्मुख रखकर लोपामुद्रा वहाँ से चली आई और शंकित, आशंकित होती हुई अपने कक्ष में आ पहुँची। अंतःपुर में रह गए राजा और रानी, स्वतः से उलझते-सुलझते हुए, चिंताओं व आशंकाओं से संघर्ष करते हुए।

अकस्मात् एक नीलकंठ उड़कर वातायन में आ बैठा और अपना सिर हिलाने लगा, मानो कह रहा हो, राजा, चिन्ता न करो, लोपामुद्रा का भविष्य उज्ज्वल है।

अत्यंत उज्ज्वल। देखते ही राजा-रानी को लगा, स्यात् लोपामुद्रा का कथन ही सत्य है। हमारी शंका व चिंता निराधार है। अस्तु स्वीकृति देने का निर्णय लेकर वह धर्माध्यक्ष को बुलाने ही वाले थे कि वह स्वत: आ गया। अस्तु धर्माध्यक्ष की ओर उन्मुख होकर राजा ने कहा—

''धर्माध्यक्ष, ऋषि के स्वागत-सत्कार की राजोचित व्यवस्था हुई या नहीं ? अब वह राज्य के अतिथि भर नहीं हैं, वरंच हमारे अपने भावी जामातृ भी हैं।''

''जो आज्ञा देव,'' कहकर धर्माध्यक्ष लौट आया, लगा जैसे उसके सिर से भारी बोझ उतर गया हो। और राजा-रानी ? वे तो अत्यंत प्रसन्न थे। ऐसा लग रहा था, जैसे लोपामुद्रा का उज्ज्वल भविष्य ऋषि का रूप ग्रहण कर उनके सामने आ खड़ा हुआ हो।

पर्णकुटी के पूर्वी द्वार पर खड़ी हुई लोपामुद्रा अपने सम्मुख सतत प्रवहमान पुण्यतोया भागीरथी को देख रही थी। सूर्य की स्वर्णिम किरणें सरिता-जल पर पड़कर स्वयं तो चमत्कृत हो ही रही थीं, दर्शकों को भी चमत्कृत कर रही थीं। लोपामुद्रा भी मुग्ध भाव से उनकी ओर अपलक दृष्टि से देख रही थी, अनवरत देखे जा रही थी।

सहसा उसे ध्यान आया, जब वह विदा लेकर ऋषि के साथ इस आश्रम को चलने लगी थी, तो पिता व माँ दोनों बुरी तरह बिलख-बिलख कर रो पड़े थे। और वह···? वह भी तो पाणिग्रहण के पश्चात् माता-पिता को छोड़कर यहाँ आने की कल्पना-मात्र से रुँआसी हो उठी थी। और फिर उसने जैसे ही उन्हें रोता हुआ देखा था, उन्हें धैर्य बँधाने का संकल्प लेकर भी उनके सामने आने पर स्वत: बिफर-बिफर कर रो उठी थी। सचमुच कितने कारुणिक क्षण थे वे!···परंतु उसके अपने अंतर के अंतर में तो नवीन जीवन जीने का सुअवसर प्राप्त होने का कुछ उल्लास भी था। लेकिन···लेकिन माता-पिता तथा पारिवारिक जन इस अकल्पनीय विदाई से बहुत अधिक विचलित हो गए थे। इतने अधिक विचलित कि ऋषि के बार-बार समझाने पर भी आश्वस्त नहीं हो पा रहे थे।

विवश होकर ऋषि को न केवल पैदल चलकर यहाँ आने के विचार का त्याग करना पड़ा था, वरंच राजसी परिधान में ही उसे रथ में बिठाकर यहाँ लाने की स्वीकृति देनी पड़ी थी।

लोपामुद्रा अभी यह सोच ही रही थी कि उसे अपनी ओर आते हुए किसी व्यक्ति की पदचाप सुनाई दी। उसे सुनते ही उसका ध्यान भंग हो गया। उद्ग्रीव होकर वह पदचाप आने वाली दिशा की ओर देखने लगी। हठात् उसने देखा, सारथी उसकी ओर बढ़ा आ रहा है। देखते ही उसने अपने उदास मुख पर स्मिति लाने का प्रयास किया, परंतु प्रयत्न करके भी वह मुस्करा न सकी। पतिगृह आने पर भी उसके

पिता का सारथी उसके पास है, यह तथ्य उसके माता-पिता को निश्चित रूप से कुछ-न-कुछ आश्वस्त कर रहा होगा, उसे यह विश्वास था। परंतु आज···आज सारथी भी अपने घर लौट जाएगा, और जाकर माता-पिता को बताएगा कि राजसी परिधान त्यागकर लोपामुद्रा ने काषाय धारण कर लिया है तथा पर्णकुटी में काष्ठ की चौकी पर मृगचर्म बिछाकर लेटने लगी है। आश्रम में न तो राजोचित भोजन की सुविधा है, और न विश्राम की। सुनते ही पूर्व से ही दुःखी माता-पिता और अधिक दुःखी हो जाएँगे।

आह, माता-पिता उसके विवाह को लेकर न जाने क्या स्वप्न देख रहे थे, और क्या सामने आया ! क्या उन्होंने कभी कल्पना की होगी कि राजवैभव में पालित-पोषित उनकी कन्या अपनी किशोरावस्था में ही वनवासियों की भाँति सभी प्रकार की सुख-सुविधाओं से वंचित होकर अपना जीवन जीने के लिए विवश होगी ?···नहीं, कदापि नहीं, किंतु···

अब तक सारथी लोपामुद्रा के सामने आकर खड़ा हो गया था। वह नहीं चाहता था कि राजकुमारी को एक तपस्विनी के रूप में देखना पड़े, किंतु लोपामुद्रा को आश्रम में आए आज तीसरा दिन था। इस बीच उसने न केवल आश्रम की दिनचर्या को अपना लिया था, बल्कि ऋषि-पत्नियों के रहन-सहन को भी स्वीकार कर लिया था। और काषाय तो उसने आज ही धारण किया था। देखते ही सारथी के नेत्रों के कोये छलछला उठे। उसने बहुत प्रयत्न किया कि कम-से-कम राजकुमारी के समक्ष तो उसके नेत्र न बरसें, परंतु जैसे ही वह राजकुमारी के चरण-स्पर्श करने को हुआ, उसके नेत्र बरस उठे, और लोपामुद्रा के चरण भिगोने लगे। लोपामुद्रा को लगा कि सारथी को रोते हुए देखकर स्यात् वह भी रो उठेगी। और···और यदि वह भी रो पड़ी, तो सारथी माता-पिता के सामने जाकर जो विवरण सुनाएगा, वह उनके लिए कितना दुखदायी होगा, कितना !

नहीं, नहीं, वह ऐसी मूर्खता नहीं करेगी। अस्तु, धैर्य एवं साहस बटोरकर उसने कहा, ''छिः-छिः, काका, इस प्रकार रोकर क्या आप मुझे भी रुलाना चाहते हैं ?···फिर आपको तो माता-पिता को भी समझाना है। यदि आप ही इस प्रकार धैर्य खोएँगे तो उनकी स्थिति कितनी दुःखद, कितनी चिंतनीय होगी ? यह भी तो सोचो, काका, कि रोने जैसी कोई बात भी है क्या ? विश्वास रखो, तुम्हारी लोपामुद्रा सुखी है, और न केवल सुखी रहेगी, बल्कि यशस्विनी भी बनेगी, यशस्विनी भी।''

''बेटी, परंतु···'' गलदश्रु होने के कारण सारथी और कुछ न कह सका।

''शुभाशीष दो काका,'' सारथी के कुछ और निकट आकर लोपामुद्रा ने कहा, ''और वचन दो कि घर जाकर कोई ऐसी बात नहीं कहोगे, जिसे सुनकर माता-पिता दुःखी हों।''

सुनकर सारथी ने स्वीकारात्मक सिर हिलाया, और चरण-स्पर्श कर ऋषि की

आज्ञा लेने के लिए चल दिया। लोपामुद्रा भी अब वहाँ और अधिक समय तक खड़ी न रह सकी। वह भी मुड़ी और पर्णकुटी पार कर कुटी के पश्चिमी द्वार के पास आ खड़ी हुई। सारथी ने ऋषि के चरण-स्पर्श कर उनका शुभाशीष लिया और रथ में अश्वों को जोड़कर रथ पर आ बैठा। फिर हाथ जोड़कर सबको प्रणाम निवेदित करते हुए उसने अश्वों की वल्गा खींची और ट ट ट, ट ट ट कहकर उन्हें चलने का संकेत किया। धीरे-धीरे रथ आश्रम-परिसर को पार कर मुख्य मार्ग पर आ गया।

लोपामुद्रा वहीं खड़े होकर सारथी तथा रथ को देखती रही। अकस्मात् उसे याद आया, आज से दो दिन पूर्व ही तो वह इस आश्रम में आई थी। रथ के पहियों की घरघराहट तथा घोड़ों की हिनहिनाहट सुनकर ब्रह्मचारियों को कौतूहल हुआ था। वे यह समझ ही न सके थे कि वह कौन-सा राजपुरुष है, जो आश्रम के नियमों का उल्लंघन कर आचार्य-कुटी की ओर बढ़ा जा रहा था।...क्या वह यह नहीं जानता कि कितना ही बड़ा राजपुरुष क्यों न हो, उसे अश्व अथवा रथ आश्रम के प्रवेश-द्वार पर ही छोड़ने होते हैं ?...और वहाँ से उसे आचार्य की पर्णकुटी तक पैदल ही जाना पड़ता है ? यह आश्रम का सामान्य शिष्टाचार है। और इस सामान्य शिष्टाचार की अभी तक किसी ने अवज्ञा की हो, ऐसा नहीं देखा-सुना गया। फिर यह क्यों इस प्रकार निर्बाध गति से आगे बढ़ा आ रहा है ? क्यों ?

"हो सकता है राजपुरुष अथवा श्रेष्ठी न होकर कोई ऋषि हो और आचार्य से मिलने चला आ रहा हो।" सुनकर एक ब्रह्मचारी ने कहा था, किंतु दूसरे ही क्षण किसी ने उससे कहा था, "आचार्य की अनुपस्थिति में न तो किसी राजपुरुष के आने की संभावना है और न किसी ऋषि की ही। तब...तब कौन हो सकता है। यह ?" ब्रह्मचारियों ने मन-ही-मन तर्क किया था और कौतूहल के वशीभूत होकर अपनी-अपनी कुटिया के द्वार पर आकर खड़े हो गए थे। रथ अब भी आगे बढ़ रहा था, बढ़ता ही जा रहा था। और जब तक रथ आचार्य-कुटी के पास नहीं पहुँचा था, बढ़ता ही गया था। अकस्मात् सारथी ने अश्वों की वल्गा खींची थी और घोड़ों के थमते ही वह उतरकर रथ के नीचे आ खड़ा हुआ था।

पार्श्व की कुटिया में रहने वाले अंतेवासी को लगा था कि स्यात् सुतीक्ष्ण जी आचार्य-कुटी में नहीं हैं। अत: वह अपनी कुटिया छोड़कर रथ की ओर बढ़ा। ठीक इसी समय रथ से उतरकर पुन: एक व्यक्ति नीचे आ खड़ा हुआ। देखते ही अंतेवासी आश्चर्यान्वित हो उठा था। "अरे यह तो आचार्य जी हैं।" कहकर वह उनके स्वागतार्थ रथ की ओर बढ़ गया था। अब तक सुतीक्ष्ण भी रथ के पास आ गए थे और आचार्य जी के चरणों में झुक गए थे। देखते ही उस अंतेवासी ने भी सुतीक्ष्ण का अनुगमन किया था। ठीक इसी समय उस रथ से उतरकर वह भी आचार्य के पार्श्व में आ खड़ी हुई थी, और वे ब्रह्मचारी, जो कौतूहल के वशीभूत होकर अपनी-अपनी कुटिया

के द्वार पर खड़े हुए थे, वे भी आचार्य के प्रति नमन करने के लिए आगे बढ़े आ रहे थे। किंतु उनका कौतूहल कम होने के स्थान पर बढ़ा ही था, और वे सब विस्मय-विस्फारित नेत्रों से आचार्य की ओर देख रहे थे। आचार्य से भी उनके मनस्थ भाव छिपे न रहे थे। अत: सुतीक्ष्ण की ओर उन्मुख होकर उन्होंने कहा था—

''सुतीक्ष्ण, यह तुम्हारी गुरुमाता हैं।''

''अच्छा'' कहकर सुतीक्ष्ण जैसे ही उसके चरण-स्पर्श करने आगे बढ़े थे, आचार्य ने उसकी ओर देखकर कहा था, ''लोपामुद्रा, ये मेरे शिष्य हैं, इन्हें शुभाशीष दो।''

सुनते ही उसने स्वस्त्ययन की मुद्रा में हाथ उठाकर सुतीक्ष्ण को शुभाशीष प्रदान किया था। धीरे-धीरे अन्य ब्रह्मचारी भी आ-आकर उसके तथा आचार्य के चरण-स्पर्श करने लगे थे, और वे दोनों 'स्वस्तिरस्तु', 'शुभमस्तु', 'कल्याणमस्तु' कहकर उन सबको शुभाशीष देने लगे थे।

अभी यह सब चल ही रहा था कि सुतीक्ष्ण त्वरित गति से अतिथिगृह से एक काष्ठ पीठ ले आया था और उसे आचार्य की काष्ठ पीठ के बाईं ओर डालकर उस पर कंबल एवं मृगचर्म बिछा दिया था। जब वह यह सब कर चुका तो बाहर आकर उसने कहा था—

''गुरुदेव, पर्णकुटी में पदार्पण करने की कृपा करें। माताजी, आप भी पधारें।''

''लोपामुद्रा, चलो अंदर चलें, वहीं चर्चा करेंगे।'' सुतीक्ष्ण के अनुरोध को सुनकर आचार्य ने अपनी प्रतिक्रिया प्रकट की थी, और फिर पर्णकुटी में आकर अपने आसन पर आ बैठे थे। ऋषि को पर्णकुटी के अंदर जाते हुए देखकर उसने भी उनका अनुसरण किया था तथा आचार्य का निर्देश पाकर वह भी पार्श्व में पड़ी हुई चौकी पर आ बैठी थीं। ब्रह्मचारी भी धीरे-धीरे पर्णकुटी में आ जुटे थे तथा ऋषि का संकेत पाकर भूमि पर पड़ी हुई चटाइयों पर बैठ गए थे।

सारथी अब तक रथ के पास में ही खड़ा हुआ था। उसे लगा, ऋषि से आज्ञा प्राप्त करने के लिए यह उपयुक्त समय है। अत: आचार्य के सामने आकर उसने कहा था, ''मुझे क्या आज्ञा है, ऋषिवर ?''

''कई दिन के प्रवास के कारण घोड़े तो थके हैं ही, तुम भी थक गए होगे।'' सारथी के प्रश्न को सुनकर प्रत्युत्तरस्वरूप आचार्य ने कहा था, ''अस्तु, दो-तीन दिन यहीं विश्राम करो, उसके पश्चात् जाने का विचार करना। सुतीक्ष्ण, किसी को भेजकर सारथी व अश्वों के रुकने आदि की समुचित व्यवस्था करा दो।''

''जो आज्ञा'' कहकर सुतीक्ष्ण ने अश्वों को गौशाला के एक भाग में बँधवा दिया था तथा सारथी के विश्रामादि की व्यवस्था अतिथिगृह में करवा दी थी।

सोचते-सोचते लोपामुद्रा को लगा, उसे यहाँ खड़े हुए पर्याप्त समय हो गया। हो सकता है, पर्णकुटी में आचार्य जी को उसकी आवश्यकता हो। अत: अंदर क्यों न चले ? ''ठीक तो है'' कहकर वह अंदर जाने को हुई तो उसे लगा, रथ अब

तक काफी दूर निकल गया होगा, किंतु···

किंतु सारथी का मन तो अभी इस पर्णकुटी के चतुर्दिक घूम रहा होगा। आह, जाते समय वह कितना विह्वल हो गया था !···आत्मीयता में स्यात् सबके साथ ऐसा ही होता होगा।···होता होगा ? नहीं, होता ही है।···तो क्या उसके परिजन सदैव इसी प्रकार दु:खी बने रहेंगे ? स्यात् नहीं। स्यात् क्यों ? निश्चित रूप से नहीं। लड़की तो पराए घर की धरोहर है, इसे सभी जानते हैं, और उसके अपने माता-पिता भी इस तथ्य से अनवगत नहीं। किंतु··किंतु उनका स्वप्न अपनी लाड़ली कुमारी को अपने से किसी अधिक वैभव-संपन्न तथा प्रतापी राजा के पुत्र से उसका विवाह करने का था और वह पूर्ण नहीं हो सका। अत: दु:खी होंगे, स्वाभाविक भी है, परंतु···

परंतु यदि यह सब उचित व स्वाभाविक है, तो मोह क्या है ? सचमुच यह प्रेम नहीं, मोह है। मोह···? फिर तुम स्वयं क्यों तड़प रही हो, लोपामुद्रा ?··क्या तुम्हारे लिए यह उचित है ?··फिर तुमने तो आचार्य से विवाह करने की स्वत: प्रेरणा दी थी। ऐसी अवस्था में क्या तुम्हारा दु:खी होना उचित है ?··नहीं।

लोपामुद्रा को लगा, उसे अपने आपको दृढ़ बनाना ही होगा, निर्मोही बनाना ही होगा।···क्या वह यह सब कर सकेगी···? क्यों नहीं ? वह यह सब करके दिखाएगी···आज से, बल्कि इसी क्षण से ही इस मोह को दूर झिटक देगी तथा सत एवं महत की प्राप्ति के लिए प्राणपण से प्रयत्न करेगी, करती रहेगी।

मन-ही-मन वह ऐसा संकल्प लेकर पर्णकुटी में प्रविष्ट हुई, तो आचार्य ने एक स्मिति के साथ उसकी ओर देखा और कहा, ''देवि, स्वस्थ चित्त तो हैं ? परिजनों के विछोह से अपने-आपको उबार सकीं या नहीं ?''

''क्षमा हो देव,'' ऋषि के प्रश्न को सुनकर लोपामुद्रा ने विनम्रतापूर्वक निवेदन किया, ''आपके सान्निध्य में रहकर तथा सतत साधना में रत रहकर एक न एक दिन इस मानवी दुर्बलता पर भी नियंत्रण पा लूँगी, ऐसा विश्वास है।''

''निश्चित रूप से,'' ऋषि के स्वर में उनका दृढ़ आत्मविश्वास मुखर हो उठा था, ''तुमसे अधिक तुम्हारी शक्तियों से मैं परिचित हूँ। इसीलिए तो तुम्हारे पिताश्री के सामने उपस्थित होकर तुम्हारा हाथ माँगने की धृष्टता कर सका।''

''धृष्टता नहीं, यह तो आपकी मुझ पर कृपा है, देव।'' विनम्रता की प्रतिमूर्ति-सी बनकर लोपामुद्रा ने निवेदन किया, और फिर अपनी चौकी पर आ बैठी।

अकस्मात् वायु का एक तीव्र झोंका आया, और अग्निहोत्र की बुझती हुई अग्नि को पुन: प्रज्वलित कर गया। मानो उन दोनों के विश्वास की सत्यता प्रमाणित करने के लिए स्वत: अग्निदेव ही उन दोनों के सामने प्रकट हुए हों। यह देखकर अगस्त्य के चेहरे पर एक स्मिति खेल गई और लोपामुद्रा भी आसन्न सफलता की कल्पना कर पुलकित, रोमांचित हो उठी।

2

अपनी कुटिया के आसपास यहाँ-वहाँ बनी हुई क्यारियों में आरोपित पौधों की निकाई-गुड़ाई करते हुए अगस्त्य कुछ ठिठके। अपने दायें हाथ में खुरपी और बायें हाथ में खर-पतवार लेकर वे तनिक उद्ग्रीव हुए, और लोपामुद्रा की ओर देखने लगे। वह निकाई-गुड़ाई की गई क्यारियों में पानी डाल रही थीं। पति को अपनी ओर दृष्टिपात करते हुए देखकर उन्हें लगा, जैसे उससे कुछ कहना चाहते हों। अस्तु, पास आकर बोलीं, ''आर्यपुत्र, कुछ काम है क्या ?''

''नहीं, परंतु मैं यह जानना चाहता हूँ कि थक तो नहीं गईं ? क्योंकि राजकुमारी होने के नाते तुम्हें इस प्रकार के श्रम करने का अभ्यास नहीं है।'' उत्तरीय सम्हालते हुए अगस्त्य ने उत्तर दिया।

''राजकुमारी ? हाँ, थी तो राजकुमारी ही, परंतु आज नहीं।'' सहसा लोपामुद्रा ने उत्तर दिया, ''आज···आज तो मैं स्वेच्छया तप, त्याग व बलिदान को ही जीवन का पर्याय मानने वाली ऋषि-पत्नी हूँ। हूँ न ?''

''निश्चित रूप से।'' कहकर अगस्त्य पुनः खुरपी चलाने लगे, और लोपामुद्रा क्यारियों के पौधों को पानी देने लगीं। आज श्रावण कृष्ण पक्ष की अष्टमी थी। अतः गुरुकुल के ब्रह्मचारियों व अंतेवासियों का अनध्याय था, परंतु प्रायः सभी किसी-न-किसी कार्य में संलग्न थे। कुछ गौशाला से गायों को निकाल कर चरागाह की ओर ले जा रहे थे। कुछ कुल्हाड़ी लेकर लकड़ियाँ लेने चले गए थे। कुछ आश्रम की सफाई तथा कुछ परिसर स्थित क्यारियों की निकाई-गुड़ाई कर रहे थे। वर्षा हुए कुछ दिन हो गए थे, वातावरण में हल्की-सी मसोस थी। आकाश में यहाँ-वहाँ छिटकी हुई बादलों की टुकड़ियों ने उसे कुछ और अधिक बढ़ा दिया था।

आश्रम से सटी हुई अमराई में रह-रहकर कोयल कुहू-कुहू कहकर कूक उठती थी। गौरैयाँ इधर-उधर फुदक कर चिं, चिं, चिं, चुं, चुं, चुं, चिं, चिं, चिं कर रही थीं। सभी लोग अपने-अपने कार्य में संलग्न थे। अकस्मात् अगस्त्य ने देखा, सामने कुछ मोर अपने पंख फैलाकर नाच रहे हैं। हठात् उनका ध्यान ऊपर आकाश की ओर गया। देखते ही वह प्रसन्न हो उठे, और कुछ-कुछ विस्मित भी। इधर-उधर फैली हुई बादल की टुकड़ियों ने कुछ ही समय में श्याम घन घटाओं का रूप ले लिया था। लगता था, कुछ ही क्षणों में जल-वृष्टि हो सकती है। अभी वह यह सोच ही रहे थे कि हल्की-हल्की बूँदें पड़ने लगीं। उन्होंने निकाई-गुड़ाई बंद कर दी और खुरपी लेकर खड़े हो गये। बोले—

''लोपामुद्रा, प्रकृति स्वतः अपने दायित्व का निर्वाह करने के लिए तत्पर दिखाई पड़ती है। अतः अब तुम सिंचाई रहने दो, और इसके पूर्व कि जल-वृष्टि तुम्हें भिगो दे, अंदर आ जाओ।''

लोपामुद्रा को सिंचाई बंद कर अंदर आने का निर्देश देकर अगस्त्य कुटिया में स्थित अपनी चौकी पर आ बैठे थे, और लोपामुद्रा सिंचाई-कार्य बंद कर द्वार पर आ खड़ी हुई थीं। अभी वह इधर-उधर देख ही रही थीं कि पानी की बौछार ने उन्हें पिंडलियों तक भिगो दिया। च च च करती हुई लोपामुद्रा तत्काल मुड़ीं और पास रखे हुए गाछे से अपने पैर पोंछकर तथा कंबल उठाकर पश्चिमाभिमुख द्वार से कुछ दूर जा बैठीं। ब्रह्मचारी भी अपना-अपना कार्य छोड़कर कुटिया के वातायनों से झाँककर तीव्र से तीव्रतर होती हुई वर्षा का दृश्य देखने लगे।

समस्त आश्रम-परिसर को जल से आप्लायित करने वाली वर्षा को देखकर अगस्त्य पुलकित, आह्लादित हो उठे। विचार आया, 'दो घड़ी पूर्व ही आकाश पूर्णतः निरभ्र था। फिर एक घड़ी के पश्चात् यहाँ-वहाँ कुछ बादलों की टुकड़ियाँ दिखाई देने लगी थीं, परंतु वायु से आलोड़ित होकर एक घड़ी में ही आकाश सघन श्याम घन घटाओं से बुरी तरह भर उठा था। और अब···अब मूसलाधार वृष्टि कर रहा है। अंततः यह सब किसके संकेत, किसके आदेश से हो रहा है ?

प्रकृति के···?···परंतु प्रकृति तो जड़ है, यह उसकी शक्ति नहीं कि उसके इंगित को पाकर सूर्य अपनी कक्षा में रहकर अहर्निश तपें और एक निश्चित अंतराल पर हमें दिखाई दें, पृथिवी व चंद्र अपनी-अपनी कक्षाओं में रहकर घूमें, वायु अनवरत प्रवाहित होती रहे, समुद्र अपनी मर्यादा में रहें, जीव-जंतु जीवन ग्रहण व धारण करें तथा अंत में समाप्त हो जाएँ। तो···तो फिर मेघ, वायु, सूर्य, चंद्र, पर्वत, समुद्र, जीव-जंतु आदि का सृजक, धारक व संहारक कौन है ? कौन है वह, जिसमें ये सब हैं, जो इन सबका आदि कारण, मूल कारण है ?···ऐसा तो हो नहीं सकता कि कार्य हो और कारण न हो।···क्या सचमुच हो सकता है ? अगस्त्य अपने आप से प्रश्न करते हैं, और फिर उत्तर खोजने के लिए अंतराभिमुख हो जाते हैं। उन्हें लगता है कि सृष्टि का आदि कारण, मूल कारण या परम कारण परब्रह्म है।

और परब्रह्म ?···परब्रह्म ही सबको व्याप्त किए हुए है, उसे कोई परिव्याप्त नहीं कर सकता। वह न उत्पन्न होता है, और न नष्ट ही। यही नहीं, उसके समान न कभी कोई हुआ है, न है, और न हो सकता है। वह अज है, अनादि है, अनंत है।···वही एकमात्र चेतन है, यहाँ-वहाँ जो चेतनता दिखाई पड़ती है, वह उसी चित शक्ति की देन है। वही एकमात्र सत्य है।' सोचते-सोचते अगस्त्य उस चित शक्ति के प्रति श्रद्धाभिभूत हो उठते हैं, और पुनः अंतराभिमुख हो जाते हैं। कुछ क्षणोपरांत उन्हें लगता है कि उनका अपना चिंतन ऋचाओं का आकार ग्रहण कर रहा है। वह अपने-आपको केंद्रित करते हैं। तभी, हाँ तभी उनके मुख से भुरिक त्रिष्टुप, त्रिष्टुप छंद में कुछ पंक्तियाँ फूट पड़ती हैं, और वह धैवत स्वर में गा उठते हैं—

क्व स्विदस्य रजसो महस्परं क्वावरं मरुतो यस्मिन्नायय।
स्च्च्या वयथ विथुरेव संहितम् व्याद्रिणा पतय वेषर्मणवम्।।

अनुत्तमा ते मघवन्न किनुं न त्वावां अस्ति देवा विदानः।
न जायमानो नशते न जातो यानि करिष्या कृणुहि प्रबुद्धः।।

लोपामुद्रा अभी तक पश्चिमी द्वार के पास बैठी हुई थीं, किंतु जैसे ही उन्होंने अगस्त्य को गाते हुए सुना, वह उनकी चौकी के पास आ खड़ी हुईं, और फिर अपनी चौकी पर बैठकर वह भी अगस्त्य के स्वर में स्वर मिलाकर इन्हीं ऋचाओं को गाने लगीं। अगस्त्य ने देखा, लोपामुद्रा अभी-अभी उनके मुख से मुखरित ऋचाओं को ही गुनगुना रही हैं, तो उन्हें आश्चर्यमिश्रित सुखानुभूति हुई। परंतु उन्होंने उन्हें कुछ कहा नहीं, चुपचाप स्मिति के साथ उन्हें देखते रहे।

अब वर्षा का वेग कुछ हल्का हो गया था, परंतु पानी ने पोखरों को पूर्व से ही परिपूरित कर दिया था। दादुर यहाँ-वहाँ से आकर उनमें तैरने तथा टर्र-टर्र करने लगे थे। अगस्त्य के मन में आया, मेंढक ही नहीं, सभी जीव-जंतु जल-वृष्टि से पुलकित, आह्लादित हो उठे हैं। हों भी क्यों नहीं ? जल ही जीवन है, और जीवन की जीवंतता जब उत्कट हो उठती है, तब…तब सुख, आनंद की सृष्टि नहीं होगी, तो क्या होगा ?…फिर ऋषि अपने चिंतन को विराम देकर कुछ देर के लिए रुक जाते हैं। हठात् उनके मन में आता है, हम बुद्धिजीवियों से तो ये मेघ ही अच्छे हैं, जो प्राणिमात्र को जीवन-दान देते हैं, और हम…? यदि बुद्धिजीवी होकर भी ब्रह्मचारियों को विद्यादान नहीं करते, स्वतः अपने और मात्र अपने ही सुख के लिए क्रियाशील रहते हैं, तो बुद्धिजीवी होने की बात तो अलग रही, हमें कौन चेतन कहेगा ? कोई नहीं। अगस्त्य अकस्मात् बाहर की ओर दृष्टिपात करते हैं। उन्हें लगता है, क्यारियों में पानी लबालब भर गया है, लगता है, जैसे उनमें पूर आ गया हो। वह एक क्षण के लिए चिंतित हो उठते हैं, फिर कुछ सोचते लगते हैं। और फिर इन्हीं भावनाओं को अभिव्यक्ति देते हुए गा उठते हैं—

ब्रह्माणि मे मतयः शं सुतासः इयर्ति प्रभृतो मे अद्रिः।
आ शासते प्रति हर्यन्त्युक्थेमा हरी वहस्तस्ता नो अच्छः।।

पिउ, पिउ की ध्वनि सुनकर लोपामुद्रा का ध्यान जैसे ही भंग हुआ, तो उन्हें ऋषि के कंठ से मुखरित ऋचा सुनाई पड़ती है। वह तत्काल अपने चित्त को एकाग्र करती हैं, और ऋचा को सुनने लगती हैं, और फिर स्वतः गा उठती हैं। सुनकर ऋषि आनंदविभोर होकर कह उठते हैं—

''लोपामुद्रा, तुम अत्यंत कुशाग्र बुद्धि हो। लगता है, तुम्हारी विद्वत्ता के संबंध में जो कुछ सुना गया था, वह सब सत्य है, पूर्णतः सत्य। तुम सचमुच विदुषी हो, अत्यंत विदुषी।''

''आर्यपुत्र, आपको यह जानकर अत्यंत प्रसन्नता होगी कि आपका तथा मेरा चिंतन-प्रवाह एक ही दिशा में और वह भी समान गति से गतिमान हो रहा है।'' ऋषि के कथन को सुनकर हर्ष गद्गद होकर लोपामुद्रा कहने लगीं, ''मैंने भी अभी-

अभी एक ऋचा की रचना की है।''

''तुमने ?'' विस्मय-विस्फारित नेत्रों से लोपामुद्रा के मुख पर अपनी दृष्टि को केंद्रीभूत करते हुए अगस्त्य ने कहा ।

''सुंदर, बहुत सुंदर, मैं भी तो सुनूँ कि तुम्हारी रचना की विषयवस्तु क्या है। सुनाओगी न प्रिये ?''

''क्यों नहीं,'' तपाक से लोपामुद्रा ने कहा। और फिर कंठावरोध को दूर करती हुई गाने लगीं—

''नदस्य मा रुधतः काम आगन्नित आजातो अमुतः कुतश्चित्।
लोपामुद्रा वृषणं नी रिणाति धीरमधीराधयति श्व सन्तम्।।

''अच्छा, अच्छा, तो तुम भी यह मानती हो।'' लोपामुद्रा द्वारा प्रस्तुत ऋचा को सुनकर मुस्कराते हुए अगस्त्य कहने लगे कि ''समान गुण, धर्म व स्वभाव संपन्न तथा विद्या, बुद्धि एवं धैर्य से युक्त स्त्री-पुरुष ही दांपत्य-सूत्र-बंधन में बँधकर सुखी होते हैं; हो सकते हैं। अन्य नहीं। साधु-साधु देवि, आज मैं तुम्हारी जैसी विदुषी एवं कवयित्री पत्नी को पाकर सचमुच अपने आपको गौरवान्वित अनुभव करता हूँ, भाग्यशाली मानता हूँ।''

''आपने तो मेरे मुँह की बात छीन ली, आर्यपुत्र। किंतु…''

''किंतु क्या ?'' कथन के प्रारंभ में ही पूर्ण विराम प्रस्तुत करती हुई लोपामुद्रा को टोकते हुए अगस्त्य ने जानना चाहा।

''किंतु…'' अपने मुख पर अपेक्षाकृत और अधिक गांभीर्य ओढ़ते हुए लोपामुद्रा ने कहा, ''किंतु जीवन की सार्थकता धन्यता की अनुभूति करने में नहीं, वरंच ऐसा कुछ करने में है, जो समाज व संसार को सुखी बनाने में तो सहायक हो ही, जिसे लोग युग-युग तक स्मरण रखें।''

''साध्वी होने के नाते तुम्हारा यह कथन उचित ही नहीं, युक्तियुक्त भी है।'' अगस्त्य ने कहा, ''अतः हम दोनों परमेश्वर से प्रार्थना करें, ताकि वे हमें विद्या, बुद्धि व शक्ति से संपन्न बनाकर सत्कर्म में प्रवृत्त करे, और…और सदैव सुखी रखे।''

''हूँ'' कहकर लोपामुद्रा जैसे ही प्रार्थना करने के लिए तत्पर हुईं अगस्त्य व लोपामुद्रा समवेत स्वर में गा उठे—

अग्ने नय सुपथा राये अस्मान् विश्वानि देव वयुनानि विद्वान।
युयोध्यस्मज्जुहुराण मेनो भूयिष्ठांते नमः उक्तम् विधेम।।

क्या मृत संबंधियों के प्रति भी हमारा अपना कोई कर्तव्य है, दायित्व है ? यह प्रश्न था, जो कई दिनों से लोपामुद्रा के मन व मस्तिष्क को मथ रहा था, और आज…?

आज भी जब पितृपक्ष के कारण गंगा-तट पर शत-शत मानव एकत्र होकर अपने पूर्वजों को तर्पण करते हुए दिखाई पड़ते थे, मथ रहा था। लोपामुद्रा चाहती थीं कि ऋषि के सामने यह प्रश्न प्रस्तुत कर उसका समाधान कराए, परंतु ऋषि तो स्वतः प्रतिदिन तर्पण, बलिवैश्वदेव करते थे। क्या उन्हें इस प्रकार तर्पण पिंडदान करते हुए देखकर भी उसका शंकाग्रस्त रहना उचित है ? जैसे ही लोपामुद्रा कुछ पूछने को होती, उसे लगता, क्या तर्पणरत पति से तर्पण कार्य के औचित्य-अनौचित्य के संबंध में प्रश्न करने का अर्थ उनके प्रति अविश्वास करना नहीं होगा ?

सोचते-सोचते लोपामुद्रा ठिठक जाती थीं। ऋषि से प्रश्न करने का साहस नहीं बटोर पाती थीं। किंतु साहस कर पाएँ या नहीं वे इस प्रश्न को लेकर अपने-आपसे तो उलझती ही रहती थीं। और अब भी उलझ रही थीं··तो क्या उसका इस प्रकार अपने-आपसे उलझना इन मान्यताओं, इन कार्यों के प्रति उसके अविश्वास, उसके असम्मान भाव का द्योतक था ?··नहीं। क्योंकि वह स्वतः ही यह मानती थी कि यदि प्रस्तुत जीवन के पूर्व कोई जीवन नहीं था, और न अब होने वाला है, तो विविध प्राणियों के जीवन में सुख-दुःख की जो असमानताएँ हैं, उनका औचित्य कैसे ठहराया जा सकता है ? और···और विभिन्न व्यक्तियों द्वारा संपादित कार्यों के जो अवांछित तथा अकल्पनीय परिणाम जब-तब सामने आते हैं, उनका युक्तियुक्तिकरण कैसे किया जा सकेगा ?··किसी प्रकार नहीं। और जब ऐसा है तो प्रस्तुत जीवन के पूर्व तथा पश्चात् किसी प्राणी के प्रति कुछ किया जाना अनुचित कैसे कहा जा सकता है ?

हठात् उसके मन में आया, यदि ऐसा है तो वह अपने पति के सम्मुख यह प्रश्न क्यों रखना चाहती है ?··क्या उसके अंतर के अंतर में कहीं उनके ज्ञान की परीक्षा लेने की भावना तो नहीं है ? यह प्रश्न कुछ इस प्रकार तथा ऐसे अवसर पर उसके सामने आए थे कि लोपामुद्रा सकपका उठी थी, और उसने मन-ही-मन यह निर्णय कर लिया था कि वह कम-से-कम ऋषि के सामने तो इस प्रश्न को नहीं रखेगी। किंतु··किंतु इस प्रश्न का उत्तर देने के लिए ऋषि से अधिक सक्षम कौन है···? कोई भी नहीं। अपने प्रश्न का उत्तर स्वतः देकर वह चुप कर गई थी।

सहसा उसे लगा, उसकी इस स्वीकृति में ही ऋषि के ज्ञान की अतुलनीयता की भी स्वीकृति है। तब··तब क्या उसका प्रश्न न करना अनुचित नहीं है ? अभी वह यह सोच ही रही थी कि ऋषि उसके सामने आ खड़े हुए और कहने लगे—

''लोपामुद्रा, किस ऊहापोह में पड़ी हुई हो ? किस अनिश्चय की स्थिति में हो बोलो। संकोच न करो, कहो क्या कहना चाहती हो ?''

''देव, मैं यह जानना चाहती हूँ···'' अगस्त्य के प्रश्न को सुनकर संकोच तथा संभ्रम के साथ अपनी प्रतिक्रिया प्रकट करते हुए लोपामुद्रा ने कहा, ''क्या मृत संबंधियों के प्रति भी हमारा अपना कुछ कर्तव्य है, कुछ दायित्व है ?''

प्रश्न को सुनकर ऋषि कुछ गंभीर हो उठे थे। अस्तु अपना स्थान ग्रहण करते हुए उन्होंने लोपामुद्रा को अपने पार्श्व में स्थित पीठ पर अपना स्थान ग्रहण करने का संकेत किया और फिर संयत स्वर में बोले—

''निश्चित रूप से। क्योंकि मृत्यु जीवन का, प्राणी के अस्तित्व का अंत नहीं है, वरंच देहांतरण-भर है। अस्तु, पूर्व जीवन तथा पुनः प्राप्त जीवन में केवल देह का ही अंतर आता है, जीव तो वही रहता है। सच तो यह है कि जीव की अपूर्ण अपेक्षाएँ व आकांक्षाएँ ही उसके कारण शरीर का निर्माण करती हैं। और स्पष्ट करना चाहें तो कह सकते हैं कि जीव अपनी अपूर्ण इच्छा, आकांक्षाओं की पूर्ति के लिए ही जन्म ग्रहण करता है। और जब ऐसा है तो यह निश्चित है कि अगले जन्म में भी उसकी कुछ अपेक्षाएँ, कुछ आकांक्षाएँ रहेंगी।''

''परंतु पहचान न हो पाने के कारण उसके परिवार-जन उनकी इन अपेक्षाओं व आकांक्षाओं की पूर्ति कैसे कर सकेंगे ?'' लोपामुद्रा के स्वर में संदेह ही नहीं अविश्वास भी था।

''प्रश्न युक्तियुक्त है, परंतु अनुत्तरेय नहीं।'' लोपामुद्रा के प्रश्न को सुनकर ऋषि ने कुछ सम्हल कर कहना प्रारंभ किया, ''क्योंकि जिस प्रकार सर्वव्यापी ब्रह्म यज्ञ में समर्पित हविष्यान्न को नहीं, अपितु होता की भावना व श्रद्धा को ही ग्रहण करता है, ठीक इसी प्रकार हमारे पूर्वज या पारिवारिक जन कहीं भी क्यों न रहें, वे तर्पण, पिंडदान व श्राद्ध के माध्यम से हमारे द्वारा व्यक्त भावना व श्रद्धा को ही ग्रहण करते हैं। क्योंकि प्राण भले ही एकदेशीय हों, आत्मतत्त्व तो सर्वव्यापी होता है। फिर व्यक्तिगत मन के अतिरिक्त समष्टिगत मन भी होता है। ब्रह्मांडीय चेतना-प्रवाह भी होता है। ऐसी अवस्था में वे हमारी भावना ग्रहण न कर सकें, ऐसा कैसे कहा जा सकता है ?''

''परंतु...''

''परंतु क्या...?'' लोपामुद्रा को वाक्य के मध्य में ही पूर्ण विराम प्रस्तुत करते हुए देखकर ऋषि ने टोका।

''ब्रह्म को किसी वस्तु-प्राप्ति की अपेक्षा नहीं रहती।'' लोपामुद्रा का तर्क था, ''वह पूर्ण काम भी होता है। किंतु जीव का जीवन तो भौतिक वस्तुओं की उपलब्धि पर ही टिका रहता है। ऐसी अवस्था में भावना के अतिरिक्त यदि वह किसी वस्तु की आकांक्षा करे तो अनुचित नहीं कहा जा सकता।''

''सच है।'' अगस्त्य ने भी लोपामुद्रा के तर्क को निस्संकोच भाव से स्वीकार किया। ''किंतु परिवर्तित जीवन में उसके पारिवारिक जन तो उसकी इन आवश्यकताओं की पूर्ति करते ही हैं, प्रकृति भी इस दिशा में सदैव सक्रिय रहती है। जब हम पितृ-तर्पण करते हुए पूर्वजों को जलदान करते हैं, तो सूर्य इस जल का वाष्पीकरण करता है। वाष्पीकृत यह जलराशि आकाश में एकत्र होती है, और स्थिति की अनुकूलता

पाकर मेघ का रूप ग्रहण करती है। कालांतर में वायु से आलोड़ित होकर ये मेघ जल-वृष्टि करते हैं। और आश्चर्य नहीं कि उस स्थान पर जल-वृष्टि करें, जहाँ हमारे तृषातुर पूर्वज रहते हों, और उन्हें यह जल प्राप्त हो सके।···फिर हम यह कैसे कह सकते हैं कि वे केवल हमारे ही पूर्वज थे। हो सकता है, हमारे जैसे शत-सहस्त्र प्राणी और हों और वे भी तर्पण, पिंडदान तथा श्राद्ध कर रहे हों, और उनकी इस आकांक्षा की पूर्ति कर रहे हों।''

''तब तो हम कुछ भी न करें, तो भी कुछ अनुचित न होगा।'' बात की गहराई तक पहुँचने के विचार से लोपामुद्रा ने पुनः तर्क किया।

''ऐसा सोचना उचित नहीं होगा, लोपामुद्रा।'' लोपामुद्रा के तर्क से सहमत न होने पर भी अगस्त्य ने शांतिपूर्वक कहा, ''क्योंकि जो पूर्वज अपने परिवार के प्रति जीवनपर्यंत कर्तव्य एवं दायित्व का निर्वाह करते रहे, यदि उनके उत्तराधिकारी उनके प्रति कृतज्ञता ही प्रकट न करें, उनका स्मरण तक न करें, तो व्यवस्था में एक बहुत बड़ा व्याघात उत्पन्न हो जाएगा, ऐसा व्याघात जो सृष्टि को विशृंखल किए बिना न रहेगा। अस्तु, तर्पण, पिंडदान व श्राद्ध करना आवश्यक ही नहीं, अनिवार्य भी है।''

''लगता है, आपका यह कथन तर्कसंगत ही नहीं, अक्षरशः सत्य भी है।'' यह कहकर लोपामुद्रा चुप कर गई। ऋषि को लगा, लोपामुद्रा के स्वर में आश्वस्ति ही नहीं, प्रसन्नता भी है। अस्तु, निश्‍चिंत होकर वह अपने आसन से उठे और पूर्वी द्वार की ओर चल दिए।

अभी वे थोड़ी दूर ही चले होंगे कि उनके मन में आया, लोपामुद्रा ने यह सब मेरी प्रसन्नता का विचार कर शिष्टाचार-भर के लिए कहा है अथवा उसका सचमुच समाधान हो गया है, कहा नहीं जा सकता। परंतु लगता तो यही है कि उसने जो कुछ कहा है, उसमें कृत्रिमता नहीं, वास्तविकता है। नहीं है क्या ?

सच है, किंतु भविष्य में कोई नक्षत्र या लोपामुद्रा इस प्रकार के संदेह नहीं करेगा, ऐसा भी कैसे कहा जा सकता है ?···किसी प्रकार नहीं। अस्तु, हमें धार्मिक कृत्यों को भी तर्कसंगत बनाने के लिए सदैव सतर्क रहना होगा। ठीक भी है, क्योंकि अंधश्रद्धा पर आधारित कार्यक्रम कितने ही सरल व मोहक क्यों न हों, स्थायी नहीं होते, हो भी नहीं सकते।

और लोपामुद्रा···? वह सोच रही थी कि तर्पण, पिंडदान, श्राद्ध आदि सचमुच आवश्यक हैं सचमुच, ऋषि ने उनकी आवश्यकता के पक्ष में जो तर्क दिए हैं, उन्हें सुनकर मेरी तो बात ही क्या जड़बुद्धि व्यक्ति भी उनसे असहमत नहीं हो सकता।···कम-से-कम तर्पणादि के औचित्य के आगे प्रश्नचिह्न तो उपस्थित कर ही नहीं सकता।

सोचते-सोचते लोपामुद्रा रुक गई। उसे लगा, किंतु ऋषि को तो समाज अयोनिज, घटज, कुंभोद्‍भव मानता है, ऐसी अवस्था में उनके पूर्वज कौन होंगे ?···वह स्वतः

किसका तर्पण करेंगे ?···करेंगे नहीं करते हैं। ये प्रश्न तो जैसे अब भी अनुत्तरित हैं। नहीं हैं क्या ? लोपामुद्रा जैसे अपने-आपसे प्रश्न करती है, और उत्तर पाने के लिए गंभीर चिंतन में डूब जाती है। किंतु कुछ देर बाद उसे स्मरण आता है, जब ऋषि उसके पिता के सम्मुख उसके साथ अपने विवाह का प्रस्ताव लेकर आए थे, तब···? तब माँ ने उनकी वंश-परंपरा जानने की जिज्ञासा प्रकट की थी, और···और उनके अयोनिज तथा घटज नाम से पुकारे जाने का रहस्य जानना चाहा था। यद्यपि इस वार्तालाप के समय वह माता-पिता के कक्ष में नहीं थी, परंतु इतने पास में तो थी ही कि पिताश्री माताजी को जो कुछ कह रहे थे, उसे सुन सके। अस्तु वह दूर रहकर भी सुन रही थी।

चूहे को इधर-उधर दौड़ते तथा एक पात्र में रखी हुई उड़द की दाल को खाते हुए देखकर लोपामुद्रा के विचार-प्रवाह में खंड आ गया था। उसके मन में आया कि दाल को या तो ढँक दे अथवा किसी ऊँचे स्थान पर रख दे। अभी वह यह विचार कर ही रही थी कि दूसरा चूहा भी आ गया और दाल के दाने खाने लगा। लोपामुद्रा अब बैठी न रह सकी। उठकर उसने दाल को ढँक दिया और फिर विचार-प्रवाह में खो गई।

हाँ, तो पिताश्री माँ से कह रहे थे कि ''अयोनिज या घटज होने का यह अर्थ नहीं है कि ऋषि के माता-पिता ही नहीं थे। यदि हम विचार करें, तो हमें यह समझने में विलंब न लगेगा कि घट मृतिका पात्र होता है, और मृतिका जड़ वस्तु है। क्या जड़ वस्तु किसी जीव या जीवाणु को जन्म दे सकती है ? क्या विचार है तुम्हारा ?''

पिताश्री के प्रश्न को सुनकर मुझे याद है माँ ने कहा था, ''नहीं, यही तो रहस्य है, जो उनकी जन्म-कथा के साथ जुड़ा हुआ है, और शंका में डाल रहा है। कृपया बताइए न, सचाई क्या है ?''

एक मच्छर लोपामुद्रा के दायें भुजमूल पर बैठकर बार-बार डंक मार रहा था। दंश की पीड़ा का अनुभव कर उसने बायें हाथ से जैसे ही उसे हटाना चाहा, वह उड़कर उसके कान के पास पहुँच कर विदा-गीत गा उठा। उसके जाते ही लोपामुद्रा का चिंतन-प्रवाह पुनः प्रवहमान हो उठा।

माँ की बात सुनकर पिताश्री ने कहा था, ''बात यह थी कि एक दिन जैसे ही रात्रि होने को हुई, मित्रावरुण ने देखा कि अतीव सुंदरी अप्सरा उर्वशी वस्त्राभूषण से अलंकृत होकर उनके सामने से जा रही है। देखते ही उनके मन में वासना जाग्रत् हो उठी। फिर क्या था, उन्होंने उससे रुकने का संकेत कर रतियाचना की। सुनकर उसने कहा, ऋषिवर आज तो मैं कुबेर द्वारा आमंत्रित हूँ, अत: आज की रात्रि में मैं किसी भी स्थिति में आपकी अंकशायिनी नहीं बन सकती। विवश होकर मित्रावरुण चुप कर गए, परंतु उसकी कुक्षि से पुत्ररत्न प्राप्त करने की उनकी अपनी जो इच्छा थी, क्या वह भी चुप रह सकी ?···नहीं।''

''तो क्या उन्होंने उसके साथ बलात्कार किया ?'' माँ का कौतूहल जैसे रस्सी तुड़ा उठा था।

पिताश्री ने कहा, ''नहीं देवि, ऋषि होकर वह ऐसा कैसे कर सकते थे ? किसी प्रकार नहीं। अस्तु उन्होंने अपने शुक्र को एक घटाकार परंतु लघुकाय उपकरण या नलिका में स्थापित किया और फिर रासायनिक द्रव्यों के सहयोग से उसे उपयोगी बनाए रखने का उपक्रम किया। तदुपरांत एक निश्चित अंतराल पर वैज्ञानिक प्रक्रिया द्वारा उसे उर्वशी के गर्भाशय में व्यवस्थित करवा दिया। समय पाकर मित्रावरुण के इसी शुक्र तथा उर्वशी के गर्भ में स्थापित घटाकार नलिका से अगस्त्य का जन्म हुआ। अस्तु उन्हें मित्रावरुणी, महामुनि, और्वश्य तो कहा ही जाता है, घटज, कुंभोद्भव तथा अयोनिज संज्ञाओं से भी पुकारा जाता है।''

''बड़े आश्चर्य की बात है, फिर···'' पिताश्री की बात सुनकर माँ कहते-कहते सचमुच आश्चर्यचकित हो उठी थीं।

''आश्चर्यचकित हो गईं न ?'' माँ के मुख पर स्पष्टतः परिलक्षित आश्चर्य को देखकर पिताश्री भी कहने लगे, ''कार्य-कारण की तर्कसंगत शृंखला सामने न होने पर जब तुम जैसी विदुषी चकित हो सकती है, तो सामान्य जन यदि रहस्य को ही सचाई मान लें तो इसमें अनुचित ही क्या है, भद्रे ?''

''सच है, आर्यपुत्र।'' पिताश्री के कथन को सुनकर माँ ने पूछा, ''परंतु विद्वत् जनों का उन्हें घटज स्वीकार करना तथा संबोधित करना अवश्य समझ में नहीं आता।''

''वह तो और अधिक स्पष्ट है, देवि।'' ईषत् मुस्कान के साथ पिताश्री ने कहा, ''घटज को घटज कहने से उनके आभिजात्य, अनाभिजात्य होने न होने का प्रश्न गौण हो जाता है। अतः उनके लिए तो इस रहस्य का रहस्य बना रहना ही अधिक हितकर एवं सुविधाजनक था और है। ठीक है न ?''

''हूँ, तो यह है। परंतु···'' विस्मय-विस्फारित नेत्रों से पिताश्री की ओर देखकर माँ कह उठी थीं।

''परंतु, किंतु कुछ नहीं, देवि। 'वृत्तेन भवति आर्येण विद्यया न कुलेन च' के सिद्धांतानुसार ऋषित्व व महानता जन्म तथा विद्या पर नहीं कर्म, आचरण पर निर्भर करती हैं। अतः यह प्रश्न नहीं उठता कि किसने किससे जन्म ग्रहण किया, प्रश्न यह आता है कि गुण व कर्म की श्रेष्ठता किसमें कम है और किसमें अधिक। सच है न ?'' एक ही श्वास में पिताश्री यह सब कह गए थे।

''निश्चित रूप से, आर्यपुत्र।'' अपनी प्रतिक्रिया प्रकट करते हुए तब माँ ने कहा था, ''इसका अर्थ है, ऋषि की भी अन्य मनुष्यों की भाँति एक वंश-परंपरा है, और उसमें संदेह करने का कोई कारण नहीं।''

''है, और बिल्कुल है।'' कहकर पिताश्री एक आवश्यक कार्यवश बाहर चले गए थे और रानी हल्की-सी निश्चिंतता की अनुभूति करती हुई वहीं रह गई थीं।

लोपामुद्रा यह सब याद कर पुनः अपने आपमें खो जाती है। अकस्मात् उसे याद आता है, तर्पण, श्राद्ध के पक्ष में तर्क देते ऋषि कुछ क्षण के लिए रुक गए थे, किंतु जैसे ही उत्सुकता के वशीभूत होकर मैंने उनकी ओर देखना प्रारंभ किया, वह कह उठे थे, ''स्यात् मैंने तुम्हें अपने विवाह की पृष्ठभूमि में घटित घटना सुनाई होगी। सुनाई थी क्या ?''

''नहीं तो,'' कुछ विस्मयाविष्ट-सी होकर मैंने कहा था, ''क्या घटना हुई थी, सुनाइए न ?''

''अच्छा तो सुनो'' कहकर ऋषि इस प्रकार देखने लगे, मानो सचमुच उनके सामने कोई दृश्य आ खड़ा हुआ हो, और फिर कहने लगे, ''एक रात को मैंने स्वप्न में देखा कि एक विशाल वटवृक्ष की शाखाओं पर कुछ घोंसले बने हुए हैं और उनमें कुछ पक्षी उलटे पैर लटके हुए हैं। कौतूहलवश जैसे ही मैं उनके पास पहुँचा, वे मनुष्य की भाषा में कहने लगे, हमारा कुल संपूर्णतः नष्ट हो गया है। परिवार में तर्पण, श्राद्ध करने वाला कोई नहीं रहा। अतः हम यह नारकीय यातना भोग रहे हैं। क्या आप हमारे उद्धार के लिए तर्पण, पिंडदान व श्राद्ध करने की कृपा करेंगे ? नींद से जागने पर मैं स्वप्नगत स्थान पर उस वटवृक्ष के निकट पहुँचा, तो मैंने देखा उन घोंसलों में सचमुच कुछ पक्षी उलटे पैर लटके हुए हैं, और मुझे देखते ही वे बुरी तरह चीख उठे हैं। मुझे लगा, जैसे वे सब तर्पणादि के लिए ही कह रहे हों। अतः मैंने उन्हें तो तर्पण, पिंडदान व श्राद्ध करने का आश्वासन दिया ही था, स्वयं के संबंध में भी विचार किया था। सोचा था कि अखंड ब्रह्मचर्य धारण करने के कारण मेरे पूर्वजों तथा स्वयं मुझे भी इस प्रकार की नारकीय यातना भोगनी पड़ सकती है, अतः मैंने कुछ ही दिनोपरांत तुम्हारे पिताश्री के पास जाकर तुम्हारा पाणिग्रहण करने की आकांक्षा प्रकट की थी। फिर क्या हुआ था, यह तुम्हें ज्ञात ही है। है न ?

''क्यों नहीं'' कहकर लोपामुद्रा मुस्करा उठी थी। फिर कुछ क्षण रुककर उसने कहा था, ''तो क्या आप स्वप्न में दृष्टिगत उन प्राणियों के उद्धारार्थ तर्पण आदि करते हैं ?''

''करता तो हूँ, परंतु उनका विस्तृत श्राद्ध अब आगामी पितृ मोक्ष अमावस्या को तुम्हारे साथ मिलकर करूँगा।'' लोपामुद्रा के प्रश्न को सुनकर ऋषि ने कहा, ''सहयोग करोगी न ?''

''अवश्यमेव,'' कहकर वह चुप हो गई थी, मानो मन-ही-मन इसके लिए अपने-आपको तैयार कर रही हो। और ऋषि यह सब कहकर वहाँ से कब चले गए थे, लोपामुद्रा यह न जान सकी थी। जानती भी कैसे, वह तो अपने-आपमें खो गई थी, सोच रही थी कि ऐसी स्थिति में ऋषि का तर्पण, बलिवैश्वदेव, पिंडदान व श्राद्ध करना स्वाभाविक ही है, बिल्कुल स्वाभाविक।

निश्चय के तट पर पहुँचकर लोपामुद्रा ने निष्कृति की श्वास ली, और उठने को हुई, तो उसने देखा कि ऋषि न जाने कब से उसके पास खड़े हैं। उन्हें देखते ही वह अपने स्थान से उठ खड़ी हुई और कहने लगी, ''आप···? आप यहाँ कब से खड़े हुए हैं, आर्यपुत्र? क्षमा कीजिए, अनजाने ही मुझसे अभद्रता हो गई।''

''नहीं, ऐसा कुछ नहीं है, प्रिये।'' अगस्त्य ने कहा, ''फिर मैं तो अभी-अभी यहाँ आया हूँ और वह भी यह कहने के लिए कि कल पितृ मोक्ष अमावस्या है। अत: हम न केवल अपने पूर्वजों का बल्कि उन व्यक्तियों का भी श्राद्ध करेंगे, जो कि स्वप्न या जागृतावस्था में हमसे तर्पण व श्राद्ध की अपेक्षा रखते हैं।''

''आज्ञा दीजिए, मुझे क्या करना होगा, आर्यपुत्र ?'' लोपामुद्रा के मुख पर निश्चय की दृढ़ता ही नहीं, कार्य करने की तत्परता भी स्पष्टत: परिलक्षित हो उठी थी। देखकर ऋषि को आश्वस्ति ही नहीं, प्रसन्नता भी हुई।

अगले दिन ऋषि अगस्त्य की कुटिया में ज्ञात-अज्ञात, बांधव-अबांधव, पशु-पक्षी सभी के उद्धारार्थ तर्पण, बलिवैश्वदेव, पिंडदान व श्राद्ध का आयोजन किया गया। लोपामुद्रा ने भोजन तो बनाया ही था, फल-मूल भी एकत्र कर रखे थे। नक्षत्र एवं सुतीक्ष्ण ऋषि के निर्देशानुसार सामग्री जुटा रहे थे। श्राद्ध करते हुए ऋषि जैसे ही पिंडदान करने को हुए, उन्होंने कहा—

''ओ३म् पितृभ्य: स्वधायिभ्य: स्वधा नम:, पिता महेभ्य: स्वधायिभ्य: स्वधा नम:, प्रपिता महेभ्य: स्वधायिभ्य: स्वधा नम:, ओ३म् अक्षन् पितरो अमीमदन्त पितरा अती तृपन्त पितर: पितर: शुन्धध्वम्।'' और जौ के आटे, भात, खीर आदि के पिंड बनाकर ज्ञात-अज्ञात पूर्वजों के उपयोगार्थ एक निश्चित स्थान पर रख दिए।

जब यह सब हो गया, तो समस्त ऋषि एवं ब्रह्मचारियों को भोजन करने के लिए आमंत्रित किया गया। नक्षत्र ने पत्तलें परोसीं, और फिर सुतीक्ष्ण तथा लोपामुद्रा के सहयोग से वह भोजन परोसने लगा। जब सब भोजन परोसा जा चुका, तो भोजन-मंत्र कहकर सब भोजन करने लगे।

बाहर कुछ दूरी पर पंचबलि के रूप में रखे हुए अन्न का देव, गाय, काक, श्वान तथा पिपीलिका स्वाद ले रहे थे, और अपनी-अपनी भाषा में तृप्ति का उद्घोष कर रहे थे।

लोपामुद्रा तथा ऋषि ने यद्यपि अभी तक एक भी ग्रास ग्रहण नहीं किया था, परंतु वे दोनों मन-ही-मन अब तक अप्राप्त सुख व तृप्ति की अनुभूति कर रहे थे।

गंगा के मूल प्रवाह से दो सौ हाथ की दूरी पर कनखल की ओर सघन वन के मध्य एक कुटिया बनी हुई थी, घास, फूस व पत्तों की कुटिया। उसमें आठ-दस हाथ के अंतर से बिस्तरनुमा घास के दो आसन बिछे हुए थे, और उन पर कंबल तथा मृगचर्म सुशोभित थे। उनमें से पहला अगस्त्य का था और दूसरा लोपामुद्रा

का। वे दोनों वाराणसी छोड़कर इन दिनों हरिद्वार में रह रहे थे तथा कठोर साधना एवं तपस्या में रत थे।

प्रतिदिन ब्राह्ममुहूर्त में उठते, स्नानादि से निवृत्त होकर संध्योपासन व अग्निहोत्र करते और ध्यानावस्थित हो जाते। फिर आत्मचिंतन, ईश्वर-स्मरण का अखंड क्रम प्रारंभ होता और संध्या तक अनवरत चलता रहता। इस बीच न तो उन्हें भूख लगती और न प्यास। संसार की तो बात ही क्या प्राय: अपने-आपको भी भुलाकर वह भगवद्भजन में रत रहते। तनसया ही नहीं, मनसया भी वे कठोर तप करते रहते। दिनभर एकासन से तो बैठे ही रहते, मन, बुद्धि तथा इंद्रियों को भी कठोर अनुशासन में रखते अहर्निश ब्रह्म और मात्र ब्रह्म का स्मरण, चिंतन व मनन करते। अपनी समस्त इंद्रियों को विषय-पराङ्मुख बनाकर तथा काम, क्रोध, लोभ, मोह, मद व मात्सर्य विकारों से ऊपर उठकर वे दिनभर तो साधना करते ही, रात्रि में भी वे चित्त को इधर-उधर न भटकने देते।

सायंकालीन संध्योपासन तथा अग्निहोत्र कर जो भी फल-मूल प्राप्त हो जाते वे उन्हें खाकर जलपान करते और आत्मचिंतन करते हुए सो जाते। दिन, सप्ताह, मास व वर्ष व्यतीत हो गए, परंतु उनकी इस दिनचर्या में कभी कोई व्यवधान नहीं आया। ग्रीष्म हो या वर्षा, शरद हो शिशिर, ब्राह्ममुहूर्त से लेकर एक याम रात्रि व्यतीत होने तक उनके इस कार्यक्रम में कभी कोई व्यतिक्रम नहीं आया। ईश्वराभिमुख होकर वे अनवरत धर्माचरण करते तथा ऐसा करते हुए उन्हें जो भी कष्ट सहन करने पड़ते, वे उन सबको मुस्कराते हुए सहन करते। एक क्षण के लिए भी उनके मन में अपनी इस साधना के प्रति न तो कभी ग्लानि की भावना आई और न आत्माभिमान की ही। सचाई तो यह है कि उन दोनों ने संपूर्णत: अपने-आपको भगवान् के चरणों में समर्पित कर दिया था।

किंतु उनकी इस साधना के मूल में मात्र आत्मकल्याण की ही भावना नहीं थी, वरंच विश्वकल्याण की भावना भी थी। और यदि यह कहा जाए कि विश्वकल्याण की कामना आत्मकल्याण की भावना से अधिक प्रखर थी, तो असत्य न होगा।

और जब ऐसा था, तो उनके मन, मस्तिष्क व हृदय से विश्वकल्याणकारी भावनाओं व विचारों का प्रस्फुटन क्यों न होता ? सच तो यह है कि भजन, स्मरण व चिंतन के अतिरिक्त समय में उनके मन में जिस लोकहित भावना का उद्रेक होता था, उसके परिणामस्वरूप वे जाने-अनजाने कुछ ऋचाओं का सृजन करने लगते थे। आज भी कुछ ऐसे ही क्षण थे। अगस्त्य अपनी साधना से निवृत्त होकर तथा संध्या, अग्निहोत्र का संपादन कर बैठे ही थे कि उनके मन में आया, यह जीव क्या है ? विचार करते-करते उन्हें लगा, यह जीव भी अनादि, अनंत, चेतन है। ऐसा चेतन जो जीव-रूप में उत्पन्न होकर भी, उत्पन्न नहीं होता, और विनाश को प्राप्त होता हुआ दिखने पर भी कभी नष्ट नहीं होता। यही क्यों ? जन्म-मृत्यु को

प्राप्त होने वाला यह जीव भी जब इस अनादि चेतन का साक्षात्कार कर लेता है तो वह भी अनादि चेतन ही हो जाता है।

और फिर उनके मुख से 'न नूनमस्ति नो श्व कस्तद्वेद यदद्भुतम:, अन्यस्य चित्तमभि सञ्चरेण्य मुताधीत न विनश्यति' विषयक ऋचा सहसा प्रस्फुटित हो उठती है। अगस्त्य इस ज्ञानालोक को पाकर पुलकित, आह्लादित हो उठते हैं, और कुछ क्षणों तक मन-ही-मन वह इस ऋचा को गुनगुनाया करते हैं।

अभी उनका गुनगुनाना चल ही रहा था कि लोपामुद्रा आ पहुँची। वह कुछ भक्तों द्वारा लाए गए फल-मूल को धोकर एक पत्तल में रखकर लाई थी। जैसे ही उसने ऋषि को कुछ गुनगुनाते हुए सुना, उसे लगा, ऋषि को किसी नवीन सत्य की अथवा सत्य के नवीन पक्ष की अनुभूति हुई है, अत: कहने लगी, ''क्या कुछ नया सृजन किया है ? यदि हाँ तो मुझे भी सुनाइए न। आपके द्वारा सृजित रचना को सुनकर मैं भी वह सब सुनाऊँगी, जिसका इधर मैंने सृजन किया है।''

''अच्छा ऐसा है,'' ईषत् मुस्कान के साथ लोपामुद्रा के मुख पर अपनी दृष्टि केंद्रीभूत कर अगस्त्य ने कहा, ''तब तो मुझे सुनाना ही होगा। वैसे मेरा विचार यह था कि फलाहार ग्रहण करने के उपरांत ही तुम्हें वह सब सुनाऊँ, जिसका मैंने अभी-अभी अनुभव किया है, परंतु मैं अपनी रचना सुनाने के लोभ का भले ही संवरण कर लूँ, परंतु तुम्हारे द्वारा सृजित ऋचा सुनने के लोभ का संवरण नहीं कर सकता। हाँ, तो पहले तुम सुनाओगी या मुझे सुनाना होगा ?''

''यह आप क्या कह रहे हैं ?'' अपने दायें कपोल पर अमृत कूप बनाते हुए लोपामुद्रा ने कहा, ''क्या कभी आपकी रचना सुनने के पूर्व मैंने अपनी रचना सुनाई है ? यदि नहीं, तो आज ही ऐसा कैसे हो सकता है ? अस्तु, विलंब न कीजिए, सुनाइए।''

''सुना है, स्त्री-हठ के आगे सभी पराजय स्वीकार करते आए हैं।'' खिलखिलाते हुए अगस्त्य कहने लगे, ''फिर मैं तो हूँ ही किस खेत की मूली ? अच्छा सुनो— '' 'न नूनमस्ति नो श्व' '' सुनाकर अगस्त्य लोपामुद्रा की प्रतिक्रिया जानने के लिए जैसे ही चुप हुए लोपामुद्रा ने कहा, ''ऋषिवर, यह संसार का सर्वश्रेष्ठ सत्य है। अस्तु, इस सत्यानुभूति तथा उसकी अभिव्यकित के लिए समाज के एक घटक के नाते मैं समस्त समाज की ओर से आपके प्रति कृतज्ञता ज्ञापित करती हूँ।''

''हमारा सृजन किसी से कृतज्ञता-ज्ञापन की अपेक्षा नहीं रखता, लोपामुद्रा।'' गुरु गंभीर स्वर में ऋषि कहते हुए सुनाई पड़े, ''अस्तु छोड़ो इसे, और अपनी रचना, अपनी ऋचा सुनाओ।''

''और फलाहार···?'' लोपामुद्रा कहते-कहते रुकी।

''तुम्हारी ऋचा सुनने के पश्चात् करेंगे। वैसे भी जो रस ऋचाओं में है, उसकी उपलब्धि की संभावना फलों से नहीं की जा सकती। अस्तु, प्रारंभ करो।'' ऋषि

का निर्देश सहसा उस कुटी में गूँज उठा।

लोपामुद्रा ऋषि के इस निर्देश की अवहेलना न कर सकी। उसने पत्तलों को एक ओर खिसका दिया और उनमें रखे हुए फलाहार को रिक्त पत्तलों से ढँककर ऋषि के सम्मुख स्थित आसन पर बैठ गई। फिर दो क्षण चुप रहकर पहले धीरे-धीरे फिर मुखर होकर गा उठी—

''अगस्त्य: स्वनमाना: खनित्रै: प्रजामपत्यं बलाभिच्छमान:।
उभौ वर्णा वृषिरुग्र: पुपोष सत्या देवेष्वाशिषो जगाम।।

सुनते ही ऋषि एकदम नि:शब्द हो गए। लोपामुद्रा दो क्षण तक यह समझ ही न सकी कि यह आनंद की तन्मयता है अथवा किसी विस्मृत बात के स्मृत हो आने की प्रसन्नता। परंतु वह कैसे निष्क्रिय हो सकती थी। अत: ऋषि द्वारा किसी प्रकार की प्रतिक्रिया न किए जाने की स्थिति में उसने पत्तलें उठाईं, और फलाहार से युक्त एक पत्तल ऋषि के आगे रखकर एक अपने आगे रख ली और फिर जलपात्र रखकर भोजन-मंत्र पढ़ने लगी। उसे सुनते ही ऋषि की तंद्रा भंग हुई। स्मिति बिखेरते हुए वह भी भोजन-मंत्र कहने लगे। और जैसे ही भोजन-मंत्र समाप्त हुआ, दोनों चुपचाप अपना-अपना फलाहार करने लगे तथा जब तक वह समाप्त नहीं हो गया, उनमें से किसी ने भी किसी को कुछ नहीं कहा।

किंतु जैसे ही फलाहार समाप्त हुआ, ऋषि मुस्कराते हुए बोले, ''लोपामुद्रा, तुम्हारी यह ऋचा काव्य-रचना-भर नहीं है, वरंच अदृष्ट की आज्ञा भी है। ओह, मैं तो यह भूल ही गया था कि मैंने पितृऋण चुकाने के उद्देश्य से पुत्रोत्पत्ति का संकल्प लेकर तुम्हारे पिता राजा मलयध्वज से तुम्हारा पाणिग्रहण करने की अनुमति चाही थी। क्षमा करें देवि, प्रमादवश मैं अपने दायित्व को भुला बैठा था।''

''यह आप क्या कह रहे हैं, आर्यपुत्र!'' संकुचित व कुछ-कुछ लज्जित-सी होकर लोपामुद्रा कुछ पीछे खिसक गई थी, परंतु उसके शब्द आगे और आगे बढ़ते जा रहे थे। वह कह रही थी, ''पति पत्नी से क्षमायाचना करेगा, और वह भी अकारण! नहीं, नहीं, यदि मुझसे भूल हुई है, तो उसका दंड-विचार किया जा सकता है, परंतु ऐसा न कहिए, और एक बार पुन: ऋचा के अर्थ पर विचार कीजिए।''

''ऋचा के भावार्थ पर विचार कर ही मैं यह कह रहा हूँ, भद्रे।'' ऋषि के ओष्ठों पर ही नहीं, आँखों में भी स्मिति खेल रही थी और वे कह रहे थे, ''ऋचा में कहा गया है कि जिस प्रकार अच्छा कृषक भली भाँति तैयार किए हुए खेत में यथासमय उत्तम बीज बोता है, ठीक इसी प्रकार ब्रह्मचर्य से परिपुष्ट पुरुष को चाहिए कि वह नवयौवना पत्नी को शुक्र का दान कर उत्तम संतान प्राप्त करे। यही न ?''

''बिल्कुल यही,'' लोपामुद्रा कुछ कहना नहीं चाहती थी, परंतु ऋषि का रुख देखकर उसे कहना ही पड़ा, ''परंतु इस ऋचा में उपमा अलंकार है, और मुझे लगता है, हमें इस उपमा में कृषक को उपमान तथा ब्रह्मचर्य से परिपुष्ट युवक को

उपमेय मानना चाहिए।''

लोपामुद्रा की बात सुनकर ऋषि उसके कुछ और पास खिसक आए, और कहने लगे, ''प्रिये, बहकाने की बात मत करो। देखतीं नहीं, आज आकाश से चंद्रदेव दूध के मटके पर मटके उँडेल रहे हैं। क्या आज तुम्हारा संयम समस्त बंधनों को तोड़कर अपने स्व को किसी के चरणों में उँडेल देने के लिए पागल नहीं हो रहा ? चुप न रहो, सच बताओ। तुम्हारे मन में क्या वही सब नहीं चल रहा, जो मैं अनुभव कर रहा हूँ?''

''किंतु···'' प्रेमविह्वल नेत्रों से ऋषि की ओर दृष्टिपात करते हुए लोपामुद्रा ने कहा।

''किंतु क्या···?'' सुनकर ऋषि ने पूछा।

''किंतु अपने संयम को तिलांजलि देने की स्वतंत्रता होने पर भी क्या हमें यह अधिकार है कि हम काषाय वस्त्रों की मर्यादा को भी भुला दें; तनिक इस पर विचार करो।'' कहकर लोपामुद्रा कुछ और दूर हट गई।

''ठीक कह रही हो, देवि।'' लोपामुद्रा की वर्जना में निहित भावना को समझकर अगस्त्य आगे बढ़ते-बढ़ते रुक गए और फिर बोले, ''हमें इस कार्य के लिए उपयुक्त वस्त्राभूषणों की व्यवस्था करनी होगी, और···और जब तक यह न हो जाए हमें इसी प्रकार संयम धारण करना होगा। यही कहना चाहती हो न ?''

लोपामुद्रा के मन में आया कह दे, 'जी हाँ, बिल्कुल यही।' परंतु संकोच ने उसके ओष्ठों को विजड़ित कर दिया था, अतः वह कुछ न कह सकी, किंतु चातक चुप न कर सका, 'पिउ, पिउ' कहता हुआ वह उन दोनों के सामने से उड़ गया। सुनकर ऋषि तथा लोपामुद्रा दोनों एक-दूसरे को देखकर मुस्करा उठे, और कुछ देर तक मुस्कराते ही रहे, मुस्कराते ही।

3

हमें संयम-नियम के बंधन शिथिल करने न करने का अधिकार तो है, परंतु··· परंतु काषाय की मर्यादा को अनादृत, तिरस्कृत करने का नहीं। किसने कहा था यह ? लोपामुद्रा ने ? हाँ, लोपामुद्रा ने ही तो कहा था।···असत्य कहा था क्या ? सोचते-सोचते अगस्त्य ठिठक जाते हैं। उन्हें लगता है, लोपामुद्रा का कथन न तो असत्य था, और न अनुचित ही। फिर उसके इस कथन पर अपने ध्यान को केंद्रित कर अपने-आपसे क्यों उलझ रहे हो ?

अगस्त्य को लगा बात तो ठीक है।...फिर थोड़ी देर बाद विचार आया, ठीक क्या है ? जिस दिन वे दोनों दांपत्य-सूत्र में आबद्ध हुए उसी दिन, हाँ उसी दिन वे ब्रह्मचर्य व्रत से संबंधित संयम, नियमों में शिथिलता लाने के लिए प्रतिश्रुत हो चुके थे। यदि इतने दिन वे ब्रह्मचारियों द्वारा स्वीकृत संयम, नियम का पालन करते रहे, तो इतने-भर से यह तो नहीं माना जा सकता कि उन्हें दांपत्य-सुख प्राप्त करने का अधिकार ही नहीं है।

किंतु लोपामुद्रा भी तो ऐसा नहीं मानती। मानती है क्या ?...नहीं। अगस्त्य को लगा कि या तो वह लोपामुद्रा को ठीक से समझ नहीं पाए अथवा फिर उसके साथ न्याय नहीं करना चाहते। वह कुछ गंभीर हो उठे, एकदम गंभीर। फिर उनके मन में आया, लोपामुद्रा तो काषाय वस्त्रों को अनादृत, तिरस्कृत न करने भर का अनुरोध कर रही थी।...तो क्या उसके इस कथन का मात्र यही अर्थ है कि गार्हस्थिक जीवन व्यतीत करने के पूर्व काषाय वस्त्रों का परित्याग कर दिया जाए ?

स्यात् हाँ, स्यात् नहीं। उसका यह कथन एक नई दिशा की ओर संकेत करता है। नई दिशा की ओर...? किस दिशा की ओर ? अगस्त्य का चिंतन-प्रवाह सहसा रुक जाता है तथा कुछ क्षण तक रुका ही रहता है। तदनंतर उन्हें लगता है, लोपामुद्रा के कथन का निहितार्थ यह है कि गार्हस्थिक जीवन जीना बुरा नहीं है, बुरा है, गार्हस्थिक जीवन के लिए अनुपयुक्त परिस्थितियों में गार्हस्थिक सुखोपभोग में रत होना। और उसके सोच में कहीं कोई दोष है, कहीं कोई खोट है, ऐसा नहीं कहा जा सकता।

तब...? तब क्या किया जाए ? अगस्त्य अब एक नवीन प्रश्न के सामने थे, और कठिनाई यह थी कि चाहकर भी वह इस प्रश्न को अनुत्तरित छोड़कर आगे नहीं बढ़ पा रहे थे। अकस्मात् उन्हें लगा, लोपामुद्रा चाहती है कि गार्हस्थिक जीवन जीने के लिए राजोचित न सही, परंतु सद्गृहस्थोचित सुख-सुविधाओं की उपलब्धि आवश्यक ही नहीं, अनिवार्य भी है। और तुम स्वत: क्या मानते हो ? क्या चाहते हो बोलो न ? ऋषि के अंतर के अंतर में उनके स्व ने उन्हें टोका। सुनकर वह तत्काल कोई उत्तर न दे सके। किंतु जैसे ही कुछ क्षण व्यतीत हुए उन्हें लगा, वे यह चाहें या न चाहें, परंतु लोपामुद्रा से किसी प्रकार असहमत नहीं हुआ जा सकता। हुआ जा सकता है क्या ?

नहीं, कदापि नहीं। परंतु प्रश्न तो यह है कि सद्गृहस्थोचित भवन, पर्यंक, उपधान, आस्तरण, वस्त्राभूषण आदि को किस प्रकार प्राप्त किया जाए ? ये सब वस्तुएँ शिलान्न तो हैं नहीं, जिन्हें किसी भी कटे हुए खेत से बीनकर, बटोरकर लाया जा सके। और ऐसी नगण्य तथा उपेक्षणीय वस्तुएँ भी नहीं हैं कि किसी भी गृहस्थ से उन्हें भिक्षा में प्राप्त किया जा सके। यही नहीं, ये वस्तुएँ ऐसी भी नहीं हैं जिन्हें सरलतापूर्वक बाजार से क्रय किया जा सके। इन्हें क्रय करने के लिए प्रचुर धनराशि

की आवश्यकता होगी, प्रचुर धनराशि की, और प्रचुर धनराशि किसी श्रेष्ठी अथवा राजा से ही प्राप्त की जा सकती है।

अभी वह यह सोच ही रहे थे कि उन्होंने देखा कुछ तितलियाँ सामने स्थित क्यारियों के पौधों से पराग केसर को लेकर दूसरे फूलों के गर्भ केसर पर रख रही हैं। देखते ही अगस्त्य के अधर-पल्लवों पर हल्की-सी स्मिति खेल उठी। उन्हें लगा, प्रकृति अबाध गति से सृजन, भरण तथा क्षरण, संहरण का खेल खेला करती है। क्या कभी उसके सामने भी परिस्थितियों की अनुकूलता-प्रतिकूलता का प्रश्न आता है ?…आता तो है, परंतु इसके लिए उसे विशेष श्रम नहीं करना पड़ता, आयास प्रयास नहीं करना पड़ता। स्यात् उसकी अपनी प्रवृत्ति, कृति में ही यह सब समाहित रहता है। और मनुष्य को…? अगस्त्य अपने आपसे पूछते हैं, और फिर स्वयं उत्तर देते हुए कहते हैं, मनुष्य को सतत सजग व सतर्क रहकर इस दिशा में प्रयत्नशील रहना पड़ता है।

स्वयं को देखो न ! तुम्हें सद्गृहस्थोचित सुख-सुविधाएँ जुटाने के लिए पर्याप्त धनराशि की आवश्यकता है। तुम चाहो तो तुम्हें किसी भी दस्यु से प्रचुर धनराशि मिल सकती है, परंतु तुम्हें न्यायोचित साधनों से एकत्र धनराशि को ही प्राप्त करने की सजगता व सतर्कता बरतनी ही होगी। क्यों ?…क्योंकि यदि तुम अधर्म, अन्याय व अत्याचार से संचित धनराशि से अपने लिए सद्गृहस्थोचित सुख-सुविधाएँ जुटाते हो, तो इस अवस्था में तुम्हें ऐसी संतति भी प्राप्त हो सकती है जो अशिक्षित, असंस्कारित ही न हो, वरंच कदाचरण में लिप्त भी हो। इसीलिए तो तुमने एक-दो नहीं, कई लोगों द्वारा प्रदत्त प्रचुर धनराशि को ठुकरा दिया है। और…और तुम्हारा स्व अब भी अधर्म व अन्याय द्वारा संचित प्रदेय को स्वीकार करने के लिए तन व मन से उद्यत नहीं, तत्पर नहीं।

लोपामुद्रा को सामने की ओर से आते हुए देखकर अगस्त्य का चिंतन-प्रवाह सहसा थम गया, और उसकी ओर उन्मुख होकर कुछ मुस्कराते हुए उन्होंने पूछा, ''सौम्ये, मेरी अनुपस्थिति में तुम्हें कोई असुविधा तो नहीं हुई ?''

''मुझे ? मुझे तो कोई असुविधा नहीं हुई।'' प्रात:कालीन उज्ज्वल धूप के सदृश अपनी देहयष्टि की दीप्ति यतस्तत: छिटकाती हुई लोपामुद्रा उस काषाय वस्त्र में भी ऋषि को अत्यंत शोभन, अत्यंत आकर्षक प्रतीत हुई। ''परंतु असुविधाओं का वरण करने पर भी आपको अपने उद्देश्य में कुछ सफलता प्राप्त हुई या नहीं ? यह तो बताइए।''

''बैठिए बताता हूँ,'' कहकर ऋषि ने अपना उत्तरीय सम्हाला और पलथी मारकर चौकी पर बैठ गए। फिर बोले, '' जैसा कि तुम्हें ज्ञात ही है, मैं यहाँ से राजा श्रुतर्वा के पास गया था। वहाँ पहुँचकर मैंने राजा को अपने आने की सूचना दी। सुनकर वह स्वत: राजप्रासाद से बाहर आए और ससम्मान मुझे अपने निवास में ले गए,

और आसन आदि देकर मेरा यथोचित सम्मान किया और फिर मेरे आगमन का कारण पूछा। मैंने उन्हें स्पष्ट शब्दों में बताया कि 'मैं आपकी नैतिक तथा धर्मसंगत आय से धन-प्राप्ति की इच्छा लेकर आया हूँ।'

" सुनते ही राजा अवाक् रह गया, और कुछ क्षण तक वह अवाक् ही बना रहा। फिर अत्यंत संकोच के साथ कहा, 'ऋषिवर क्षमा करें। यदि मेरे द्वारा प्रदत्त धन को स्वीकार करने के लिए आप उद्यत हों, तो मैं आपको प्रचुर परिमाण में धन देने को तत्पर हूँ, परंतु वह धन नैतिक एवं धर्मसंगत आय का ही अंश होगा, ऐसा मैं नहीं कह सकता, क्योंकि राज्य तो शोषण, पीड़न तथा दमन का प्रमुख अभिकरण होता है। ऐसी अवस्था में अधिकांश राजाओं से नैतिक एवं धर्मसम्मत ढंग से अर्जित धनराशि-प्राप्ति की आशा करना आकाश-कुसुम-प्राप्ति की संभावना के समान निरर्थक ही है।'

" 'ऐसा है, तब मैं चलता हूँ राजन्, अनैतिक ढंग से अर्जित धन से जुटाया गया भोजन तक मैं ग्रहण नहीं कर सकता।' आसन से उठकर जाने के लिए उद्यत होकर मैंने कहा, 'ईश्वर तुम्हें सद्बुद्धि प्रदान करे।'

" मुझे चलने के लिए उद्यत देखकर राजा अपने सिंहासन से उतरकर नीचे आया, और अंजलिबद्ध होकर बोला, 'यदि आज्ञा हो, तो मैं आपको एक ऐसे राजा के पास ले चलता हूँ, जो अत्यंत धार्मिक तो है ही, अनैतिक, असंगत ढंग से अर्जन करने में भी विश्वास नहीं रखता।' "

ऋषि की बात सुनकर लोपामुद्रा के हताशा से उद्विग्न मुखमंडल पर आशा की हल्की-सी आभा खिल उठी। फिर भी उसने ऋषि को टोका नहीं, वह उनकी ओर टकटकी लगा कर देखती भर रहीं।

"मुझे लगा, राजा के इस प्रस्ताव में कोई अनौचित्य नहीं, अत: मैंने राजा को अपने साथ चलने के लिए मना नहीं किया। किंतु जैसे ही हम लोग व्रध्नश्व राज्य के राजा व्रध के पास पहुँचे और उन्हें अपना मंतव्य कह सुनाया, उन्होंने कहा—

" 'ऋषिवर, मेरे राजकोष में अनैतिक रूप से अर्जित धन तो नहीं है, परंतु इस वर्ष मेरे राज्य में अकाल पड़ गया है, अस्तु मुझे अपने कृषकों व श्रमिकों के भरण-पोषण की भी व्यवस्था करनी होगी। फिर भी मैं आपकी सेवा के लिए तत्पर हूँ। आज्ञा दीजिए, क्या सेवा करूँ ?' "

लोपामुद्रा को लगा, जैसे राजा स्वयं तो कठिन परीक्षा देने के लिए उद्यत हो ही गया हो, ऋषि की भी परीक्षा लेना चाहता हो। अस्तु, वह हड़बड़ाकर पूछ बैठी, "फिर क्या हुआ ?"

" 'लोकहित के मूल्य पर अपना व्यक्तिगत हित साधन करने से बढ़कर कोई पाप नहीं हो सकता, राजन्। अस्तु, मैं आपके द्वारा आयोजित लोकमंगल कार्य में बाधक नहीं बनूँगा। अच्छा, मैं चलता हूँ।' कहकर मैं जैसे ही परावर्त होने को हुआ,

राजा हाथ जोड़कर आगे आ खड़ा हुआ, और बोला, 'भगवन्, कुछ तो स्वीकार कीजिए।'

"भद्रे, राजा के निवेदन को सुनकर मैं वहीं खड़ा हो गया और दो क्षण तक मैं यह समझ ही न सका कि क्या करूँ, क्या नहीं। किंतु चुप करना भी तो उचित नहीं था, अस्तु मैंने कहा—

" 'राजन्, क्षुधानिवृत्ति-भर के लिए मैं आपका भोजन ग्रहण कर सकता हूँ, धन कदापि नहीं, क्योंकि मैं याचित धन से सुखोपभोग के उपकरण जुटाना चाहता हूँ, और आप स्वत: स्वीकार करेंगे कि ऐसा करना वर्तमान स्थिति में उचित नहीं होगा।' "

"राजा द्वारा आवश्यक धन देने की तत्परता दिखाने पर भी आपका उसे स्वीकार करने के लिए उद्यत न होना आवश्यक ही नहीं, उचित भी था, आर्यपुत्र।" अगस्त्य के उत्तर से प्रसन्न होकर लोपामुद्रा ने मुस्कराते हुए कहा, "लगता है, राजा तो परीक्षा में उत्तीर्ण हो ही गया, आप भी संपूर्णत: सफल रहे। फिर क्या हुआ, कहिए।"

"इसके पश्चात् मैं राजा तृसद्दस्यु के पास पहुँचा, भद्रे।" लोपामुद्रा की उत्सुकता को देखकर अगस्त्य ने कहा, "और उन्हें अपने आगमन का कारण बताया। सुनकर उन्होंने अपने वित्त मंत्री तथा वित्त सचिव को बुलाया तथा उनसे कहा, 'नैतिक तथा धर्मसम्मत उपायों से अर्जित कितना धन राजकोष में संचित है, आय-व्यय पंजिकाओं को देखकर बताओ, ताकि ऋषि को उनकी आवश्यकतानुसार धन दिया जा सके।'

"राजा का निर्देश पाकर उन दोनों ने आय-व्यय-विवरण पंजिकाओं को देखा और कहा, 'वर्तमान में तो राज्य की आय तथा व्यय लगभग बराबर ही है, फिर भी यदि आदेश हो तो कुछ विकास योजनाओं को निरस्त कर ऋषि को धन दिया जा सकता है।' उनके परामर्श पर राजा भी धन देने के लिए उद्यत हो गया, किंतु मैंने कहा, 'राजन्, किसी ब्राह्मण अथवा ऋषि के लिए यह उचित नहीं है कि वह किसी राजा को लोकरंजन, लोकमंगल के कार्य करने से रोके। फिर उस व्यवधान का स्वत: कारण बनना तो अनुचित ही नहीं अधर्म भी है। अत: संकोच न करें, मेरा कार्य रुकेगा नहीं, विश्वास रखें।' ऐसा कहकर मैं वहाँ से चला आया। "

"लगता है, इतने श्रम तथा प्रयास के बावजूद अब तक आपको असफलता तथा अकृतकार्यता ही हाथ लगी है।" ऋषि के कथन को सुनकर लोपामुद्रा ने अपनी प्रतिक्रिया प्रकट की, "और भविष्य के संबंध में तो कहा ही क्या जा सकता है ?"

"नहीं शुभे, ऐसा सोचना उचित नहीं," लोपामुद्रा की निराशा तथा उद्विग्नता को लक्ष्य कर ऋषि ईषत् मुस्कान के साथ दृढ़ स्वर में बोले, "मुझे राजा तृसद्दस्यु ने बताया है कि राजा सुभद्र के पास नैतिक और धर्मसंगत साधनों से अर्जित विपुल धनराशि है और वहाँ से मुझे निराश होकर नहीं लौटना पड़ेगा। अस्तु एक-आध दिन यहाँ रुककर वहाँ जाने का विचार है। यदि अपना आश्रम मार्ग में न पड़ता, तो

आता ही नहीं। फिर तुम्हारी चिंता ने भी मुझे आने के लिए विवश कर दिया, अन्यथा आता ही नहीं।''

''अच्छा किया,'' लोपामुद्रा के मुख पर ही नहीं स्वर में भी संकोच स्पष्टतः परिलक्षित हो उठा था। वह कह रही थी, ''कभी-कभी तो मुझे लगता है कि यदि मैंने काषाय को अनादृत करने का प्रस्ताव न रखा होता तो आपको इतना कष्ट न उठाना पड़ता, किंतु…''

''नहीं, लोपामुद्रा, तुम्हारा प्रस्ताव उचित ही नहीं, धर्मसंगत भी है।'' ऋषि कहने लगे, ''मुझे तो लगता है, यदि तुमने मुझे सावधान न किया होता, तो बहुत संभव है कि मैं अवांछनीय कार्य कर बैठता। अस्तु तुम्हें दुःखी अथवा संकुचित होने की आवश्यकता नहीं। सचाई तो यह है कि मुझे इसके लिए तुम्हारा धन्यवाद करना चाहिए।''

लोपामुद्रा चाहती थी कि वह ऋषि के इस कथन का प्रतिवाद करे, परंतु संकोचवश वह कुछ भी न कह सकी और उठकर अपने काम में लग गई।

अगस्त्य कुछ दिन तक विश्राम करने की दृष्टि से आश्रम में और रुके, और फिर लोपामुद्रा से विदा लेकर प्रवास पर चल दिए और कई दिन तक लगातार चलते ही गए। अंततः वह राजा सुभद्र के राजदरबार में पहुँचे। यहाँ आकर ऋषि ने राजा को अपने आने का उद्देश्य बताया और फिर उनकी प्रतिक्रिया जानने के अभिप्राय से चुपचाप अपने लिए निर्धारित आसन पर बैठ गए।

राजा ने ऋषि के अनुरोध को सुना और फिर मुस्कराते हुए कहा, ''ऋषिवर, आप भोजन व विश्राम करें, अर्थ की चिंता न करें। मेरे राजकोष में प्रचुर धनराशि है, और जो भी धनराशि है, उसमें एक भी मुद्रा ऐसी नहीं है, जिसे अधर्म अथवा अनैतिक कार्यों द्वारा अर्जित किया गया हो। दमन, पीड़न व शोषण परकीयों का किया जाता है, आत्मीयों का नहीं। समस्त प्रजाजन मेरे लिए पुत्रवत् हैं। अतः उनके शोषण, दमन या उत्पीड़न का तो प्रश्न ही नहीं उठता।''

अब तक अगस्त्य गंभीर ही नहीं, उद्विग्न भी थे, परंतु जैसे ही उन्होंने राजा के कथन को सुना, वह प्रसन्न हो उठे और कहने लगे, ''धन्यवाद राजन्, धन प्रदान करने की आपकी इस तत्परता ने ही मेरा श्रम सार्थक कर दिया। अब न तो मुझे भूख है और न किसी प्रकार की थकान ही। फिर भी मैं आपकी अनुरोध-रक्षा में विश्राम भी करूँगा, और भोजन भी।''

''मेरे अनुरोध को स्वीकार कर आपने मुझ पर कृपा की है, उसके लिए मैं आपका सदैव ऋणी रहूँगा।'' राजा ने अगस्त्य से प्रार्थना की और स्वागताध्यक्ष को उचित व्यवस्था करने का आदेश दिया।

धीरे-धीरे तीन दिन व्यतीत हो गए। चौथे दिन जब अगस्त्य जी ने अपने आश्रम को लौटने की इच्छा प्रकट की, तो राजा ने कोषाध्यक्ष को बुलाकर ऋषि को आवश्यक

धनराशि देने तथा ऋषि को कुछ अंगरक्षकों के साथ रथ में बिठाकर आश्रम तक छोड़ आने का निर्देश दिया।

ऋषि पुष्कल धनराशि लेकर जब आश्रम में पहुँचे, तो लोपामुद्रा ने हर्ष-गद्गद होकर ऋषि का स्वागत किया। देखते ही आम्रमंजरी से सुसज्जित शाखा पर बैठी हुई कोयल कुहू, कुहू कहकर कूक उठी। सुनकर पपीहा भी चुप न कर सका, वह भी पिउ, पिउ कह उठा, और अगस्त्य तथा लोपामुद्रा उन दोनों के मधु, मादक बोल सुनकर एक-दूसरे को देखकर मुस्करा उठे।

पूर्वाभिमुख वातायन के सामने खड़े होकर लोपामुद्रा आश्विन शुक्ल पूर्णिमा की उज्ज्वल चंद्र-ज्योत्स्ना को देख रही थी। चंद्रदेव अपने किरण-करों से सुधावृष्टि करते हुए जल, थल व नभ को आप्लावित कर रहे थे। शीतल, मंद, सुगंध वायु नव निर्मित प्रासाद के द्वार, वातायान तथा गवाक्षों से अंदर आकर अपने मृदुल स्पर्श से लोपामुद्रा को पुलकित एवं शीतल बना रही थी। और···और स्वयं भी शीतलता की अनुभूति कर रही थी।

सहसा लोपामुद्रा को लगा, जैसे किसी की पदचाप सुनाई पड़ी हो। सुनते ही वह तत्काल द्वार की ओर उन्मुख हुई। रजनीगंधा की भीनी-भीनी गंध से सारा प्रकोष्ठ सुवासित हो रहा था। लोपामुद्रा को लगा, जैसे वातावरण मादकता से बोझिल होने पर भी अत्यंत सरस व सुखद हो उठा हो। उसने द्वार की ओर दृष्टि दौड़ाई, परंतु उसे कोई भी आते हुए दिखाई नहीं दिया। एक क्षणांश के लिए वह मन-ही-मन खिन्न हो उठी, परंतु उसे अपनी खिन्नता, उद्विग्नता का उचित कारण समझ में नहीं आया। वह पुन: वातायन के पास आई और झुककर दूर-दूर तक देखने लगी।

उसे लगा, अभी कुछ दिन, कुछ महीने पहले की ही तो बात है, जब काषाय-वसना होने पर भी ऋषि ने प्रणय-निवेदन करते हुए उससे रति-याचना की थी। और···और उसने सद्गृहस्थोचित साधन-संपन्नता न होने तक उनसे ऐसा न करने का अनुरोध किया था। दूर कहीं कोयल बोल रही थी। पंचम स्वर में कूक रही थी। लोपामुद्रा ने उसकी काकली को सुना, रजनीगंधा की मधुर मादक गंध से सुवासित शीतल वायु का स्पर्श किया और फिर व्यग्र हो उठी। सोचने लगी, उसके इस अनुरोध को सुनकर ऋषिवर देश के कई राजाओं के पास अपेक्षित धन प्राप्त करने के लिए पहुँचे थे और अंत में राजा सुभद्र से अपेक्षित धनराशि प्राप्त कर सद्गृहस्थोचित सुख-सुविधाएँ जुटाने में संलग्न हो गए थे।

और आज स्थिति यह है कि उनके पास राजोचित सुख-सुविधाओं का कोई अभाव नहीं। आज उनके पास राजाओं के लिए भी स्पृहणीय प्रासाद है, स्वर्ण रथ है, राजा सुभद्र द्वारा प्रदत्त विराव व सुराव जैसे सुंदर-सुष्ठु अश्व हैं, कामधेनु के सदृश सहस्रों गायें हैं, पुष्कल धन है, वस्त्राभूषण हैं, उद्यान है; किंतु···

किंतु यह सब होने पर भी उसका मन रिक्तता की अनुभूति क्यों करता रहता है ? क्या कमी है उसके पास ? एक निश्वास छोड़कर लोपामुद्रा ने ईषाण कोण स्थित गवाक्ष की ओर दृष्टिपात किया, परंतु जैसे ही उसने उस पर दृष्टिपात किया उसमें बैठे हुए चातक ने कहा, पिउ, पिउ···। एक स्निग्ध दृष्टि चातक पर डालकर लोपामुद्रा मुस्करा उठी। कहने लगी, बताओ तो सही, तुमने मेरे मन की बात कैसे जान ली ?···चुप न करो, बताओ, चातक। सुनकर पिउ, पिउ, कहकर चातक गवाक्ष से उड़कर सामने स्थित एक वृक्ष पर जा बैठा।

लोपामुद्रा उलझन में पड़ गई, समझ ही न सकी, चातक बार-बार पिउ, पिउ की रट क्यों लगा रहा है ? क्या उसका प्रिय सचमुच उसके पास नहीं है ? एक क्षण रुककर फिर स्वत: उसके इन प्रश्नों का उत्तर देती हुई बोली, 'उसका यह कथन जितना उसके अपने संबंध में है, उतना, बल्कि उससे भी अधिक उसके स्वयं के, लोपामुद्रा के संबंध में भी तो है, परंतु···'

परंतु उसके प्रिय तो उसके पास ही हैं। नहीं हैं क्या ? लोपामुद्रा ने अपने-आपको टटोला, और फिर बोली, 'प्रिय का पास होना और उसका प्रगाढ़ प्यार प्राप्त होना दोनों एक ही वस्तु नहीं हैं। हाँ, यह सच है कि प्रियतम की सन्निधि के बिना स्नेहिल स्नेह तथा प्रगाढ़ प्रेम की संप्राप्ति असंभव नहीं तो कठिन अवश्य है। तो क्या तुम्हें लगता है कि प्रियतम तुम्हें प्यार नहीं करते ? तनिक विचार करो, फिर उत्तर दो, लोपामुद्रा।' अपराधबोध जैसी भावना से ग्रस्त होकर वह सहसा चुप कर गई, किंतु कुछ देर बाद शीतल, मंद, सुगंध वायु के स्पर्श से पुलकित होकर वह पुन: कह उठी—

'नहीं, परंतु जिस उद्देश्य से ऋषि ने राजोचित सुख-सुविधाएँ जुटाई थीं, उन्हें उसका विस्मरण कैसे हो गया ?···क्या अपने द्वारा प्रस्तुत प्रस्ताव की उपेक्षा देखकर वह मन-ही-मन रुष्ट हो गए ?' लोपामुद्रा किंचित् रुक कर तर्कों की बोझिलता को तौलती है, और हठात् कह उठती है, 'यदि ऐसा ही होता, तो वह इन साधनों को जुटाने के लिए श्रम व प्रयास ही क्यों करते ?···नहीं, नहीं, उन्हें न तो अपने प्रस्ताव का विस्मरण हुआ, और न मेरा ही। यदि तुम्हारी अपनी यही मान्यता है, तो रिक्तता की अनुभूति करने का क्या औचित्य ? कुछ भी तो नहीं।'

अभी लोपामुद्रा यह सब सोच ही रही थी कि प्रकोष्ठ के पश्चिमी द्वार के कपाट हटाकर ऋषि ने प्रवेश किया। लोपामुद्रा की तंद्रा भंग हुई तो उसने देखा कि ऋषि वृषभ के समान कंधे ऊँचे कर सिंह की चाल से उसकी ओर बढ़े आ रहे हैं। देखते ही वह पुलकित हो उठी, और कहने लगी—

"आर्यपुत्र, चंद्र-ज्योत्स्ना से ज्योतित आकाश को स्पर्श करने के लिए लालायित इस प्रासाद में आपका हार्दिक स्वागत है, पधारिए।"

"वरोरु," लोपामुद्रा के कथन को सुनकर अगस्त्य ने कहा, "आज तो मैं

तुम्हारा स्वागत करने आया हूँ। देखतीं नहीं, मेरे दायें हाथ में एक सुंदर, सुरभित हार है और बायें हाथ में मालती पुष्पों के गजरे हैं। आओ, मेरे निकट आओ, मैं इनसे तुम्हारा शृंगार करना चाहता हूँ, प्रिये।''

''आप···? आप मेरा शृंगार करेंगे, आर्यपुत्र?'' ठठाकर हँसते हुए लोपामुंद्रा बोली, ''देखते नहीं, मैं तो पूर्व से ही रानियों के लिए भी अप्राप्त वस्त्राभूषण धारण किए हुए हूँ।''

''देख क्यों नहीं रहा, प्रिये,'' लोपामुद्रा की ओर बढ़कर तथा उसकी केश-राशि को सहलाते हुए अगस्त्य कहने लगे, किंतु···''

''किंतु क्या, देव ?'' अपने ही यौवन की अँगड़ाइयों की लहरों में संतरण जैसा करती हुई लोपामुद्रा ऋषि के स्नेहिल कर का स्पर्श कर हर्षित, पुलकित हो उठी।

''किंतु तुम मात्र राजकुमारी ही नहीं हो, वरंच ऋषि-पत्नी भी हो।'' आज ऋषि की वाणी ही मधुर मोहक नहीं है, प्रत्युत वह स्वत: भी अत्यंत मधुर, मादक व मोहक हैं। लोपामुद्रा ने मन-ही-मन ऐसा अनुभव किया, परंतु कहा कुछ भी नहीं। स्नेहिल दृष्टि से ऋषि की ओर देखती भर रही, ''अस्तु, राजकन्या के सदृश वस्त्राभूषणों से अलंकृत होने पर भी तुम्हें उन पुष्पहारों से सज्जित करना चाहता हूँ, जिनमें सुंदरता ही नहीं, राशि-राशि सुगंधि भी है। इस पर्यंक पर बैठो, संकोच न करो।''

लोपामुद्रा का हृदय ऋषि के स्नेह की स्निग्धता से इतना स्निग्ध हो गया था कि एक पग आगे बढ़ते ही वह फिसल सकती थी। अस्तु, उसने ऋषि के कथन की प्रतिक्रिया में न तो कुछ कहा, और न किया ही, चुपचाप अपने हृदय के समस्त स्नेह, सम्मान व सौहार्द को अपनी आँखों में समेट कर वह उनकी ओर अपलक दृष्टि से देखती रही, और फिर ऋषि के पास सज्जित पर्यंक पर आ बैठी। ऋषि भी उसकी इस स्नेह-विह्वलता को देखकर पुलकित हुए बिना नहीं रहे। परंतु उन्होंने यों ही कालक्षेप करना उचित नहीं समझा। उन्होंने त्वरित गति से अपने दक्षिण कर में ग्रहीत पुष्पहार को उठाया और लोपामुद्रा के गले में डाल दिया। फिर एक क्षण के लिए उसकी रूप-सुधा को अपने पलक-चषकों में भर-भर कर पीते रहे। किंतु··किंतु जब थकान की अनुभूति न हुई तो उन्होंने पास में रखे हुए गजरों को उठाया, और उनमें से एक से उसके जूड़ा को सुसज्जित कर दिया। पश्चात् अवशिष्ट गजरों को उठाया, और लोपामुद्रा के दायें तथा बायें हाथ में पहना दिया। जब यह सब हो चुका तो ऋषि ने कहा, ''देवि, अब मुकुर उठाकर अपने रूप-सौंदर्य का अवलोकन करो, विश्वास है, मुग्ध हुए बिना न रहोगी।''

''इस मुकुर में ?··नहीं, आर्यपुत्र,'' अपनी तिरछी चितवन को ऋषि के मुख पर केंद्रित करते हुए लोपामुद्रा ने कहा, ''मैं तो आपके हृदय-मुकुर में अपने रूप-सौंदर्य को प्रतिच्छायित होते देखना चाहती हूँ। और···और अपने हृदय-मुकुर में आपको मुग्ध होते हुए देखने की इच्छा रखती हूँ।''

''बड़ी स्वार्थिनी हो, लोपामुद्रा,'' खिलखिलाकर हँसते हुए अगस्त्य ने कहा, ''अपनी रूप-माधुरी पर मुझे भ्रमर के समान पागल बनकर मँडराते हुए देखना चाहती हो, परंतु स्वत: मुग्ध नहीं होना चाहतीं। क्या यह उचित है ?''

''देव, आपका यह आरोप मिथ्या ही नहीं, निराधार भी है।'' लोपामुद्रा ने कहा और फिर दो क्षण रुककर बोली, ''स्यात् आप ठीक ही कहते हैं। आपने मुझे तो अलंकृत कर दिया, परंतु आप···आप तो अभी तक अनाभरण व अनलंकृत ही हैं। लाइए, मैं भी आपको पुष्पहारों से अलंकृत कर दूँ।''

ऐसा कहकर लोपामुद्रा ने ऋषि के पार्श्व में पड़े हुए पुष्पहारों को उठाया और उन्हें ऋषि के कंठ तथा कलाइयों में डाल दिया। देखकर ऋषि के ओष्ठों पर हल्की-सी स्मिति खेल गई। ऋषि को मुस्कराते हुए देखकर लोपामुद्रा चुप न कर सकी, बोली—

''अब मेरे हृदय-मुकुर में झाँककर देखिए और फिर बताइए कि वहाँ आपको मुग्धा लोपामुद्रा दिखाई देती है या नहीं ?''

''तुम्हारे हृदयाकाश की बात तो तुम जानो,'' लोपामुद्रा के दाएँ हाथ को अपने दाएँ हाथ में थामते हुए अगस्त्य बोले, ''परंतु मेरे हृदयाकाश के कोने-कोने में आज तुम और मात्र तुम्हीं विराजमान हो। लगता है, अखिल विश्व में आज तुम जैसी कोई सुंदरी नहीं, कोई।''

''ऋषि ने चाटुकारिता करना कब से सीख लिया, देव ?''

''तो तुम वास्तविकता को चाटुकारिता मानती हो, लोपामुद्रा ?'' हँसी में कही गई लोपामुद्रा की बात को सुनकर ऋषि ने कहा, ''मैं तो तुम्हें विदुषी मानता रहा हूँ। किन्तु···''

ऋषि की ठोड़ी को अपने दाएँ हाथ से ऊपर उठाकर उनकी आँखों में झाँकने का उपक्रम करते हुए लोपामुद्रा ने अपने बाएँ हाथ में ऋषि की हथेलियों को लेकर कहा, ''रुष्ट हो गए न, देव ?''

''रुष्ट और मैं ? लोपामुद्रा, मैं आज सचमुच पागल हुआ जा रहा हूँ।'' स्नेह-स्निग्ध स्वर में ऋषि कहने लगे, ''देखती नहीं, ज्योतिवसना रजनी तारकरत्न-जटित साड़ी पहनकर अभिसार करने जा रही है। शीतल, मंद, सुगंध वायु अपनी प्रियतमा का स्पर्श करने के लिए कब से मंद तथा मंथर गति से दौड़ रही है। चातक विरह-विह्वल होकर अनवरत पिउ, पिउ की रट लगा रहा है। और···और कोकिल 'कुहू, कुहू' कहकर अपने प्रियतम की टोह लेने के लिए आम की डाली पर बैठकर रात्रि जागरण कर रही है। क्या यह सब देखकर भी मैं रुष्ट हो सकता हूँ! और वह भी तुमसे! असम्भव है, एकदम असम्भव।''

ऋषि के शब्दों में स्नेहिल स्निग्धता की जो विछलन थी, उसके संपर्क में आकर लोपामुद्रा बैठी न रह सकी। वह ऋषि की जंघा पर अपना सिर रखकर लेट गई,

और निर्निमेष दृष्टि से ऋषि की ओर देखने लगी।

हठात् ऋषि के मन में आया, आज से कुछ वर्ष पूर्व पितृऋण चुकाने के अभिप्राय से पुत्र प्राप्त करने की इच्छा लेकर मैंने लोपामुद्रा से विवाह किया था; परंतु तपस्या करने में इस प्रकार संलग्न हो गया कि मुझे इस सबका विस्मरण ही हो गया। और जब स्मरण आया तथा अपनी इच्छा, अभिलाषा को मूर्त रूप देने के लिए मैं उद्यत हुआ, तो लोपामुद्रा ने मेरे सामने एक नवीन प्रस्ताव प्रस्तुत कर दिया। इस प्रकार वर्षों टल गए।

सच है, परंतु आज तो ऐसी कोई बाधा नहीं है। है क्या ? ऋषि ने अपने-आपसे प्रश्न किया। लोपामुद्रा ने आज ही ऋतु-स्नान किया है तथा उसके साथ उन्होंने आज ही गर्भाधान संस्कार किया है, तब…तब क्या कठिनाई है ?…स्यात् कुछ नहीं। स्यात् नहीं, निश्चित रूप से कुछ नहीं है। अगस्त्य ने बुदबुदाते हुए कहा। ठीक इसी समय शीतल, मंद, सुगंध वायु से आलोड़ित होकर लोपामुद्रा के मुखमंडल से वस्त्र पूर्णत: अलग हट गया था। ऋषि ने देखा, लोपामुद्रा सचमुच अतीव सुंदरी है, अतीव सुंदरी। राजकुमारी है न। है नहीं, थी। इससे क्या अंतर पड़ता है ? अगस्त्य, सुंदरता व सुष्ठुता में तो वंश-सूत्र ही अपनी प्रभावी भूमिका निभाते हैं। वातावरण तथा प्रसाधन सुंदरता व सुष्ठुता को सम्हालने में सहायक भले ही हों, कुरूपता को सुंदरता में नहीं बदल सकते।

सहसा लोपामुद्रा ने करवट बदली और फिर बैठ गई। ऋषि ने कहा, "देवि, थक गई होंगी, ठीक से लेट जाओ।"

"और आप ? लोपामुद्रा ने टोका।

"मैं भी लेटूँगा।" कहकर ऋषि ने पर्यंक पर स्थान बना दिया। लोपामुद्रा सम्हल कर लेट गई। कुछ देर पश्चात् वह पुन: उठी और अलसाई हुई देह की जकड़न को खोलकर लेट गई। ठीक इसी बीच चातक ने अपेक्षाकृत और अधिक जोर से 'पिउ, पिउ' कहा। पूर्व व पश्चिमी वातायन से आकर चाँदनी भी उसी प्रकोष्ठ में शयन करने के लिए मचलती जैसी प्रतीत हुई। ऋषि ने दीपक की वर्तिका बुझा दी, और वह भी लेट गए।

देखते ही चंद्रदेव दक्षिण की ओर चलने को हुए। आकाश अपनी तारक दंतावलि दिखाकर हँसने लगा, वायु पंख लगाकर इधर-उधर भागने लगी, 'पिउ-पिउ' की रट लगाकर चातक भी कुछ थक-सा गया था। अत: वह भी सामने के वृक्ष के कोटर में जाकर लेट गया। कोयल ने अवश्य दो-एक बार 'कुहू-कुहू' कहा, किंतु कुछ ही क्षणोपरांत वह भी कहीं अन्यत्र चली गई।

प्रकोष्ठ में रह गए, पुलकित, कंटकित, आह्लादित होते हुए अगस्त्य व लोपामुद्रा, लोपामुद्रा व अगस्त्य।

भवन के द्वितीय तल पर निर्मित एक सुंदर तथा विशाल कक्ष। इसके पश्चिम में पूर्व की ओर विस्तृत, साफ, स्वच्छ उपधान, गद्दा तथा आस्तरण युक्त एक शय्या पड़ी है और उसके दूसरे सिरे पर एक काष्ठ पीठ पर फैले हुए कंबल पर मृगचर्म बिछा हुआ है। शय्या तथा काष्ठ पीठ के मध्य एक पालना पड़ा हुआ है, और उसमें गाव-तकियों के मध्य एक शिशु लेटा हुआ है। भवन के निम्न तल में ऋषि अगस्त्य उपासना में रत हैं, और लोपामुद्रा शय्या के पास खड़ी होकर अपलक दृष्टि से शिशु की ओर देख रही हैं। वह चाहती हैं कि बड़ी देर से जाग्रत् शिशु सो जाए, परंतु शिशु है कि सोता ही नहीं।

अकस्मात् भवन के पिछवाड़े निर्मित गौशाला से सद्य प्रसूता गायों के बछड़े माँ, माँ कहकर रँभाने लगे। उनके इस स्वर को सुनकर शिशु भी चुप न कर सका, वह भी अपने हाथ-पैर इधर-उधर पटक कर रोने लगा। लोपामुद्रा ने सुना तो मन-ही-मन चिंतित तथा व्यथित हो उठीं। पालने के ऊपर झुककर उन्होंने शिशु को उठा लिया तथा चुप कराने के विचार से उसे अपनी गोद में लेकर दुलारने तथा थपकियाँ देने लगीं।

माँ की गोद में जाकर बछड़ों का रँभाना सुनकर भी शिशु अपने-आपको सुरक्षित समझने लगा, अतः जब-तब उनके रँभाने की ध्वनि सुनकर भी वह न तो चौंका और न ही उसने किसी काल्पनिक भय से अपने-आपको बचाने के लिए अपने हाथ-पाँव इधर-उधर पटके। वह उन्निद्र जैसा होकर चुपचाप माँ की गोद में लेटा रहा। लोपामुद्रा ने सोचा, शिशु को जल व दूध पिला ही दिया है, सुला क्यों न दिया जाए। ऐसा विचार मन में आते ही उन्होंने उसे पुनः पालने में लिटा दिया, और फिर वह डोरी खींचकर पालने को झुलाने लगीं। बीच में रह-रहकर उसे थपकियाँ तो दे ही देती थीं, मृदु, मधुर स्वर में जब-तब लोरी भी गा उठती थीं, और···और अब भी गा रही थीं।

" वत्स, सो जाओ, तुम्हारे पिताश्री चिंतन में रत हैं, ऋत व सत्य की खोज में संलग्न हैं, वह सृष्टि के मूल, निमित्त तथा उपादान कारणों की खोज में व्यस्त हैं। ऐसा न हो कि तुम्हारे रोदन व क्रंदन को सुनकर वह व्यथित हो जाएँ, और···और उनके चिंतन-क्रम में व्यतिक्रम आ जाए। सो जाओ, वत्स सो जाओ।

" वत्स, सो जाओ। तुम्हारे पिताश्री आर्य-संस्कारों को रूपायित करने, भारतीय संस्कृति को उदात्त भाव एवं उत्कृष्ट विचारों से समृद्ध करने तथा विस्तृत आयाम देने के उपायों की खोज में विचार-मग्न हैं। तप, त्याग एवं बलिदान को ही जीवन का पर्याय मानने वाली आर्य-परंपरा को नष्ट कर भोगवादी वृत्ति को प्रश्रय देने वाली अनार्य संस्कृति के प्रवाह को अवरुद्ध ही नहीं, एक सीमा तक नष्ट करने के लिए यत्नशील हैं। ऐसा न हो कि तुम्हारे इस रोदन, क्रंदन को सुनकर वह व्यथित हो जाएँ, और···और उनके इस महत्तम कार्यक्रम में व्यतिक्रम आ जाए। सो

जाओ, वत्स, इसलिए सो जाओ।

" वत्स, सो जाओ, तुम्हारे पिताश्री विंध्य पार से आने वाले आसुरी संकटों को संपूर्णत: समाप्त कर सबको अपनी इच्छानुसार अपनी जीवन-पद्धति अपनाने की सुविधा प्रदान करने के अभिप्राय से शक्ति-साधना कर रहे हैं। अज्ञानांधकार से आवेष्टित लोगों के हृदय में ज्ञानालोक विकीर्ण करने तथा सर्वसाधारण को अमरत्व-प्राप्ति की ओर अग्रेषित करने के लिए प्रतिश्रुत होकर अहर्निश तप कर रहे हैं। ऐसा न हो कि तुम्हारे इस रोदन, क्रंदन को सुनकर वह चिंतित तथा व्यथित हो जाएँ, और उनके इस स्पृहणीय तथा अनुकरणीय कार्यक्रम में व्यतिक्रम आ जाए। इसलिए सो जाओ, वत्स, सो जाओ। "

लोरी की स्वर-लहरी वातावरण को ध्वनित, गुंजित कर रही थी। शिशु आश्वस्त, निश्चिंत होकर सो गया था। लोपामुद्रा ने लक्ष्य किया कि सोते-सोते शिशु मुस्करा उठा है, स्यात् कोई स्वप्न देख रहा है। स्वप्न…? हाँ, स्वप्न। उसके पिताश्री आज जिन कार्यों को मूर्त रूप देने जा रहे हैं, वह भी अपनी शैशवास्था में उनका स्वप्न देखा करते थे। नहीं देखा करते थे क्या ? निश्चित रूप से।

लोपामुद्रा ने शिशु पर पुन: दृष्टि डाली। लगा कि वह अब निश्चिंत होकर सो रहा है। देखते ही वह मुस्करा उठीं, और…और यह सोचकर कि एक सुंदर एवं उज्ज्वल भविष्य उनके भवन के प्रवेश-द्वार को खटखटा रहा है, वह कुछ क्षणों तक मुस्कराती ही रहीं, और फिर अपनी शय्या पर आ बैठीं।

विचार आया, बच्चों, गर्भस्थ शिशुओं को भी संस्कारित करने में ऋषि की दृढ़ आस्था है, इसीलिए तो उन्होंने गर्भाधान संस्कार तो किया ही था, पुंसवन, सीमंतोनयन जात कर्म, नामकरण, निष्क्रमण, अन्नप्राशन तथा चूड़ा कर्म संस्कारों का भी संपादन किया था। पूर्वी वातायन में आकर बिल्ली ने जैसे ही म्याऊँ, म्याऊँ किया, लोपामुद्रा की विचार-शृंखला टूट गई। उन्होंने तत्काल बिल्ली की ओर देखा। स्यात् उसकी दृष्टि भी लोपामुद्रा पर पड़ गई थी। अत: मुड़कर वह पुन: बाहर निकल गई। अब लोपामुद्रा के मन में आया, पुंसवन संस्कार करते समय ऋषि ने जो प्रार्थना की थी तथा मुझसे कराई थी, वह कितनी प्रासंगिक तथा सार्थक थी! क्या कहा था ऋषि ने ? हठात् एक प्रश्न लोपामुद्रा के सामने आता है, और वह उसका प्रत्यास्मरण करने के लिए अपनी स्मृति पर बल देती हैं। फिर धीरे-धीरे गा उठती हैं—

"ओ३म् अग्नि रेतु प्रथमो देवतानां सोऽस्ये प्रजां मुञ्चतु, मृत्यु पाशात्। तदर्थ राजा वरुणोऽनु मन्यतां वथेयं स्त्री पौत्रमघं न रोधात् स्वाहा।।"

वह कुछ देर तक इन पवित्र भावों का स्मरण करती हुई पुलकित, आह्लादित होती रहती हैं, किंतु कुछ देर बाद उन्हें स्मरण आता है, केशच्छेदन, मुंडन करते समय भी हमने जो प्रार्थना की थी, वह भी कम स्मरणीय नहीं, कम भावपूर्ण एवं कम अर्थगर्भित नहीं। देखिए न—

ओ३म् येना वपत्सविता क्षुरेण सोमस्य राज्ञो वरुणस्य विद्वान।
तेन ब्रह्माणो वपतेद मस्य गोमानश्व वानय मस्तु प्रजावाम्।।

सचमुच आर्य-संस्कृति की उदात्तता तथा महानता गर्व एवं गौरव का विषय है। परंतु''परंतु क्या आर्य-संस्कृति की यह उदात्तता व महानता एक पीढ़ी से दूसरी पीढ़ी तक यों ही संक्रमित होती रहेगी ?''नहीं, इसके लिए हमें सदैव विवेकपूर्ण प्रयास करने होंगे, और 'कृण्वन्तो विश्वम् आर्यम' के सिद्धांत को दृष्टि में रखकर भी बलात् किसी पर अपनी संस्कृति को थोपने के दुष्कर्म से अपने-आपको बचाना होगा।

किंतु क्या आगे आने वाली पीढ़ियाँ ऋषियों के इस स्वप्न को सत्य में परिणत कर सकेंगी ? कौन जाने ?'''अन्य की बात तो अलग रही, क्या हमारा दृढस्यु भी अपने माता-पिता की आकांक्षा के अनुरूप अपने-आपको ढाल सकेगा ? लोपामुद्रा क्षितिज के उस पार देखती हुई कहती हैं, क्यों नहीं! आर्यपुत्र ने उसका दृढस्यु नाम इसीलिए तो रखा है कि वह आर्य-संस्कारों का दृढ़ वाहक ही न बने, आर्य-संस्कृति के प्रचार-प्रसार में बाधक तत्त्वों का भी दृढ़ता के साथ उच्छेदन कर सके।

कर सकेगा, वह यह सब या नहीं ? लोपामुद्रा अपने-आपसे पूछती हैं, और फिर कुछ क्षण रुक कर कहती हैं, जन्मना जायते शूद्रो संस्कारोति द्विजोत्तमः की उक्ति में यदि कुछ भी सत्यांश है, तो दृढस्यु को हमारी अपेक्षाओं पर खरा उतरना ही चाहिए। हमने अभी तक गर्भाधान से लेकर चूड़ाकर्म तक उसके सभी संस्कारों का विधिवत् संपादन किया है, और समय आने पर उसके कर्णवेध, उपनयन, ब्रह्मचर्य व्रत धारण तथा वेदाध्ययन संस्कारों को भी संपन्न कराया जाएगा। इन संस्कारों से संस्कारित होकर दृढस्यु को यह समझने में विलंब नहीं लगेगा कि मनुष्य को केवल पितृऋण ही नहां चुकाना होता, वरंच देवऋण, पितृऋण, ऋषि-ऋण, भूतऋण, मनुष्यऋण भी चुकाने हांते हैं,'''और यह समझने पर भी वह कुछ नहीं करेगा, ऐसी आशंका क्यों ?

अभी लोपामुद्रा यह सोच ही रही थीं कि उन्हें सीढ़ियों पर किसी के आने की पदचाप सुनाई दी। उत्कर्ण होकर वह अपने स्थान से जैसे ही उठने को हुईं, ऋषि उनके सामने आ खड़े हुए। बोले, "भद्रे, क्या चिंतन कर रही हो? क्या किसी ऋचा-रचना का उपक्रम चल रहा है ?"

"नहीं, आर्यपुत्र, मैं दृढस्यु के भविष्य के संबंध में सोच रही थी। वह हमारी, आपकी अपेक्षाओं के निकष पर खरा उतरेगा या नहीं ?— यह विचार कर रही थी।" लोपामुद्रा एक ही श्वास में यह सब कह गईं।

"परंतु वह हमारी अपेक्षाओं पर खरा नहीं उतरेगा, ऐसी आशंका ही तुम्हें क्यों हुई, देवि ?" काष्ठ पीठ पर बिछे हुए मृगचर्म पर अपना स्थान ग्रहण करते हुए अगस्त्य ने पूछा। सुनकर लोपामुद्रा अपनी शय्या की ओर मुड़ीं, और उस पर बैठ कर बोलीं—

"दृढस्यु के संस्कार, उसका पारिवारिक व सामाजिक परिवेश ऐसा है कि हमें, आपको उसकी ओर से आशंकित होने की आवश्यकता नहीं, देव। परंतु मेरे ये कर्ण हिमालय से हिंदमहासागर तक विस्तृत इस आर्यभूमि पर वेद की ऋचाओं को ध्वनित होते हुए सुनना चाहते हैं। मैं यह चाहती हूँ कि मेरे इन चक्षुओं को इस भूमि के गृह-गृह से उठता हुआ प्रात: व सायंकालीन यज्ञ का सुवासित धूम यहाँ की वायु को सदैव सुगंधित, सुवासित करता हुआ दिखाई पड़े। यहाँ के मनुष्य ही नहीं, जीव-जंतु भी अपने लिए निर्धारित नियमों का उल्लंघन न करें। और···और सदैव एक-दूसरे के कल्याण में सहायक हों।"

"बहुत सुंदर विचार हैं, देवि।" लोपामुद्रा के भावोद्दीप्त मुख पर विहंगम दृष्टि डालकर अगस्त्य ने कहा, "परंतु विचारों की उत्कृष्टता-भर पर्याप्त नहीं है, उनके अनुसार आचरण की श्रेष्ठता भी होनी चाहिए। और···और इसके शुभारंभ की अपेक्षा किसी अन्य से न करते हुए हमें स्वयं उत्कृष्ट विचार तो रखना ही चाहिए, आचरण को भी आदर्श बनाना चाहिए।"

"सच है, आर्यपुत्र।" अगस्त्य के कथन के प्रति अपनी सहमति प्रकट करती हुई लोपामुद्रा बोलीं, "सुना है, आर्यपुत्र, विंध्य के उस पार कुछ अनार्य जातियाँ रहती हैं, वे त्याग में नहीं संग्रह में विश्वास रखती हैं, तप को नहीं भोग को महत्त्व देती हैं। क्या आपको नहीं लगता कि ये जातियाँ भविष्य में हमारे लिए आपत्ति का सृजन कर सकती हैं ?"

"आपत्ति का सृजन करेंगी ही नहीं," लोपामुद्रा के कथन की प्रतिक्रिया में अगस्त्य का गुरु गंभीर स्वर गूँज उठा, "कर ही रही हैं। कहा जाता है कि उनके यहाँ विवाह जैसी कोई संस्था ही नहीं। यही नहीं, उनमें बहुपत्नी प्रथा तो है ही, बहुपति प्रथा भी है। दुर्भाग्यवश यदि हम और वे एक-दूसरे के संपर्क में आए, तो क्या हम उनके कुसंस्कारों से प्रभावित नहीं होंगे ?"

"निश्चित रूप से होंगे।" लोपामुद्रा ने दो टूक शब्दों में कहा, "मनुष्य का स्वभाव पतनोन्मुख है, विकासोन्मुख नहीं। परंतु हम कर ही क्या सकते हैं ?"

"करने की बात तो दूर रही, लोपामुद्रा," अपेक्षाकृत और अधिक गांभीर्य धारण कर ऋषि ने कहा, "दृढस्यु को अपना सक्षम तथा योग्य उत्तराधिकारी बनाए बिना हम जाने का विचार तक नहीं कर सकते।"

ऋषि की बात सुनकर लोपामुद्रा को प्रस्तुत चुनौती की गंभीरता का आभास तो हुआ ही, उन्हें लगा कि ऋषि भी दृढस्यु के भविष्य की उज्ज्वलता तथा सुखदता के प्रति गंभीर ही नहीं, कृत संकल्पित भी हैं। ऐसा मन में आते ही वह हर्षित पुलकित होने को हुईं, परंतु प्रसन्नता की अभिव्यक्ति के लिए उन्हें इस समय अनुकूल अवसर प्रतीत नहीं हुआ। विवश, निरुपाय चुप कर गईं।

उन्हें चुप होते देखकर दृढस्यु ने करवट बदली और उनकी ओर उन्मुख होकर

ऊँ-ऊँ कर रोने तथा हाथ-पैर पटकने लगा। देखते ही लोपामुद्रा ने उसे तत्काल उठाकर अपने अंक में भर लिया, और वस्त्र से उसके अश्रुओं को पोंछ कर उसका चुंबन करनी लगीं।

ऋषि अब तक चुप बैठे हुए थे, परंतु अब उनसे भी चुप न रहा गया। बोले, ''बड़ा नटखट हो गया है। हो भी क्यों नहीं ? उसे विश्वास है कि वह झूठमूठ भी ऊँ-ऊँ करेगा, तो माँ के प्राण कंठ की ओर खिसकने लगेंगे, और वह उसे तत्काल अंक में भर लेंगी।''

''और पिताश्री उसके इस रोदन-क्रंदन से अनंत काल तक अप्रभावित बने रहेंगे, वह यह भी नहीं मानता। मानता है क्या ? बताओ।'' लोपामुद्रा ने सीधा प्रश्न किया।

अगस्त्य लोपामुद्रा ने इस उपालंभ-मिश्रित कथन को सुनकर किंचित् मुस्कराए, और फिर उन्होंने अपनी दोनों बाँहों को लोपामुद्रा की ओर फैला दिया। लोपामुद्रा उनके मनस्थ भाव को ताड़ गईं। अस्तु, उन्होंने दृढस्यु को ऋषि के हाथों में दे दिया, और बोलीं, ''मैं थाली परोसती हूँ, तब तक आप सम्हालिए।''

''परंतु यदि वह रोने लगा, तो उसे चुप कराने की कला तो मुझे आती ही नहीं।'' सहसा अगस्त्य ने कहा।

''आर्यावर्त, भरतखंड के श्रेष्ठतम विद्वान होने पर भी आपको इस कला में निष्णातता प्राप्त नहीं है, यह आप क्या कह रहे हैं ?'' जाते-जाते लोपामुद्रा रुक गईं, और बोलीं, ''यदि यह सत्य है, तो भी चिंता की कोई बात नहीं, मेरा शिष्यत्व स्वीकार कीजिए। मैं अल्पकाल में ही आपको इस कला में निपुण बना दूँगी।''

''मैं तो तुम्हारी गुरुता को पाणिग्रहण के क्षण से स्वीकार करता हूँ,'' दृढस्यु का चुंबन करते हुए ऋषि ने कहा, ''और अब भी स्वीकार करता हूँ। विश्वास न हो, तो गुरुदक्षिणा माँगकर देखो।''

''वह तो मैं पहले ही प्राप्त कर चुकी हूँ। नहीं कर चुकी क्या ?'' लोपामुद्रा को ठठाकर हँसते हुए देखकर दृढस्यु की ओर स्नेहिल दृष्टि डालकर अगस्त्य भी खिलखिलाकर हँस पड़े, और कुछ देर तक हँसते ही रहे।

4

भृगु तीर्थ स्थित आश्रम से जैसे ही अगस्त्य भ्रमण पर जाने के लिए उद्यत हुए, उनकी दृष्टि हठात् दृढस्यु इध्मबाह पर पड़ी। देखते ही वह वहीं ठिठक कर खड़े हो गए। चाहकर भी वह मुड़कर आगे बढ़ने के लिए पग नहीं उठा सके। लगा कि स्नेह-

सूत्र के इस सरल, कोमल तंतु को तोड़ने की कल्पना करते ही उनका हृदय टूट जाएगा। तो क्या वह आर्यावर्त के विभिन्न स्थानों का भ्रमण करने का अपना विचार छोड़ दें ?···फिर शिशु के स्नेह-सूत्र का ही तो प्रश्न नहीं है। लोपामुद्रा के प्रगाढ़ प्रणय-बंधन को भी तो तोड़ना होगा। क्या वह यह सब कर सकेंगे ? अपने स्थान पर खड़े-खड़े ही उन्होंने सोचा।

किंतु फिर मन में विचार आया, न तो वह स्नेह-सूत्र के कोमल तंतु को सदा-सदा के लिए तोड़ने जा रहे हैं, और न प्रणय के प्रगाढ़ बंधन को ही। और···और सचाई तो यह है कि इनको तोड़ने की आवश्यकता भी नहीं है। फिर इस समय तो वह मातृभू की पुकार पर भ्रमण करने जा रहे हैं। उस भ्रमण पर जो न केवल उनके सामाजिक, राजनीतिक व आर्थिक सर्वेक्षण में सहायक होगा; वरंच धार्मिक व सांस्कृतिक अध्ययन में भी उपयोगी हो सकेगा। तो क्या लोपामुद्रा व दृढस्यु इध्मबाह को साथ लेकर ऐसा भ्रमण नहीं किया जा सकता ?

'निश्चित रूप से नहीं,' निर्णायक स्वर में अगस्त्य ने मन-ही-मन कहा। और फिर दृढस्यु को उठाकर उसके ललाट पर स्वस्तिसूचक अपना चुंबन अंकित कर दिया। मुड़कर देखा, तो लोपामुद्रा अपने छलछलाए नेत्रों से उन्हें विदा देने के लिए तत्पर खड़ी थीं। ऋषि कुछ मुस्कराए, फिर बोले, "देखता हूँ दृढस्यु तो शिशु है ही, हम दोनों भी शिशु हो गए हैं या होने जा रहे हैं। अन्यथा क्या हमें इतना भावविह्वल होना चाहिए था ?"

"क्षमा करें, देव," ऋषि के हृदय की पीड़ा का अनुभव करते हुए लोपामुद्रा ने कहा, "ये अश्रु भावविह्वलता के नहीं, वरंच आत्मीयता के द्योतक हैं। उन्हें लेकर आपको न तो आज चिंतित होने की आवश्यकता है, और न कल। भगवान् वरुणदेव आपका पथ प्रशस्त करें, इस शुभकामना के साथ विदा, पधारिए।"

"शुभमस्तु, कल्याणमस्तु" स्वस्त्ययन की मुद्रा में हाथ उठाकर ऋषि ने कहा, "लोपामुद्रा, भगवान् तुम दोनों को सुखी रखे, धर्माचरण के मार्ग में प्राप्त कष्टों को देखकर दृढस्यु कभी विचलित न हो, सदैव दृढ़ बना रहे, तुम ऐसा प्रयास करोगी, इस विश्वास के साथ विदा।"

लोपामुद्रा ने स्वीकारोक्तिसूचक सिर हिलाया। आश्वस्त होकर ऋषि द्वार की ओर मुड़े और बाहर आ गए। लोपामुद्रा कुछ दूर तक एकाकी ही उन्हें भेजने के लिए उनके साथ गईं, और फिर लौटकर आश्रम में आ गईं। ऋषि एकदम सहज होकर आगे बढ़े, और बढ़ते ही गए। वैसे भी वह अपने आश्रम से पर्याप्त दूर जाना चाहते थे। फिर चलते समय जो दृश्य उन्होंने देखा था, उसने उन्हें दूर, बहुत दूर जाने के लिए बाध्य कर दिया था। अत: वह अनवरत चलते गए। कितनी दूर तक चले, यह तो ठीक से नहीं कहा जा सकता, किंतु बारहवें दिन जब वह अरण्य में स्थित एक आश्रम के निकट पहुँचे तो उस आश्रम के अंतेवासियों ने उन्हें बताया

कि यह ऋषिवर मेधातिथि का आश्रम है।

'मेधातिथि का ?' सुनते ही अगस्त्य मन-ही-मन बुदबुदाए, फिर एक ब्रह्मचारी की ओर उन्मुख होकर बोले, "उन मेधातिथि का, जो ऋचा-रचयिता हैं, मंत्रद्रष्टा हैं ?···क्या, क्या यह उन्हीं मेधातिथि का आश्रम है ?" विस्मयाविष्ट-से होकर अगस्त्य अकस्मात् वहीं रुक गए थे।

"हाँ, ऋषिश्रेष्ठ, उन्हीं मेधातिथि का।" सत्यकाम ने कहा, "क्या आप अपना भी परिचय देने की कृपा करेंगे ?"

"मुझे अगस्त्य कहते हैं, वत्स।" अब सत्यकाम के विस्मयाविष्ट होने की बारी थी। "पधारिए भगवन्, गुरुदेव प्राय: आपका ही स्मरण किया करते हैं। लगता है, आज आश्रम में आपके बहाने हमारा सौभाग्य ही पधार रहा है।"

"इतना प्रगल्भ न बनो अंतेवासी। यदि ऋषि अवकाश में हों, तो मुझे सीधे उन्हीं के पास ले चलो।" अगस्त्य की उत्सुकता अत्यंत बलवती हो उठी थी, वह दो क्षण भी इधर-उधर नहीं बिताना चाहते थे।

"जो आज्ञा।" सत्यकाम ने कहा और ऋषि को अध्ययन-कक्ष तथा यज्ञशाला के मध्य निर्मित एक विस्तृत, उच्च तथा अपेक्षाकृत अधिक सुरुचिपूर्ण कुटी के पास ले गया। मेधातिथि एक काष्ठपीठ पर मृगचर्म बिछाकर बैठे थे तथा चिंतन कर रहे थे। पर्णकुटी में न तो कोई ब्रह्मचारी था, और न ऋषि-पत्नी ही। कुटिया के बाहर एक हरिण कुछ दूर पर बैठकर अपने एक पैर से पीठ खुजला रहा था। नवागंतुक को देखकर वह कुछ चौकन्ना हुआ, और त्वरित गति से उठकर कुटिया के अंदर आकर ऋषि की ओर देखने लगा, मानो ऋषि को बताना चाहता हो, कहना चाहता हो कि कोई आपसे मिलने आया है। ऋषि ने कुछ कहने, कुछ बताने के लिए आतुर उस हरिण के मुख की ओर देखा और फिर एक स्निग्ध दृष्टि उस पर डालकर हल्के हाथ से उसकी पीठ को सहलाया। हरिण अपनी प्रसन्नता प्रकट करने के लिए अपना मुँह खोलने जा ही रहा था कि सत्यकाम ऋषि को साथ लेकर कुटी के प्रवेश-द्वार पर आ पहुँचा। देखते ही मेधातिथि अपने आसन से उठे और हाथ जोड़कर अपना प्रणाम निवेदित करते हुए बोले, "ऋषिवर पधारिए, अपनी पावन पदरज से इस कुटिया को पवित्र करने की कृपा कीजिए।"

"आपका कथन आपके योग्य ही है, मुनिश्रेष्ठ।" मेधातिथि के कथन को सुनकर अगस्त्य ने कहा, "परंतु जिस कुटी में आप जैसा मेधावी रहता हो, उसे अपवित्रता की छाया भी छू सकेगी, इसकी कल्पना भी नहीं की जा सकती। अकस्मात् आपके दर्शन करने का जो सुयोग प्राप्त हुआ, उसे मैं अपना सौभाग्य मानता हूँ। स्थान ग्रहण कीजिए।"

अगस्त्य का अनुरोध सुनकर भी मेधातिथि ने उस समय तक अपना स्थान ग्रहण नहीं किया, जब तक अगस्त्य स्वत: उनके पास पड़े हुए मृगचर्म पर बैठ नहीं गए।

सत्यकाम ऋषि को गुरु की कुटिया में भेजकर लौट गया था। कुछ देर बाद वह फल, मूल तथा जल लेकर ऋषि के सामने उपस्थित हुआ। कहने लगा, ''स्वीकार करें, ऋषिवर।''

सत्यकाम के निवेदन को सुनकर भी अगस्त्य ने कुछ नहीं लिया, लगा, जैसे पूछ रहे हों, क्या मुझे एकाकी ही फलाहार ग्रहण करना होगा ? मेधातिथि स्यात् उनके मनस्थ भाव को ताड़ गए थे, अतः उन्होंने कहा, ''ऋषिवर, हम सब भोजन, फलाहार कर चुके हैं। आपने अभी तक कुछ भी ग्रहण नहीं किया है। अतः संकोच में न पड़कर भोजन ग्रहण कीजिए। कई दिन से चलने के कारण आप थक भी गए होंगे, इसलिए फलाहार ग्रहण करने के उपरांत विश्राम करें। कल गुरुकुल में अनध्याय रहेगा, अस्तु कल विस्तार से चर्चा करेंगे।''

''ठीक है।'' कहकर ऋषि ने फलाहार किया, और अतिथिगृह में जाकर विश्राम करने लगे। दूसरे दिन नित्य नैमित्तिक कर्म से निवृत्त होकर जब ऋषि मेधातिथि को साथ लेकर अध्यापन कक्ष में पहुँचे, तो वहाँ आश्रम के अधिसंख्य ब्रह्मचारी तथा अंतेवासी उपस्थित थे। ऋषि को आता हुआ देखकर उन सबने अभ्युत्थान देकर उनका स्वागत किया, और ऋषि के स्थान ग्रहण करने के उपरांत वे सब यथास्थान बैठ गए। मेधातिथि ने आश्रम की ओर से उनका स्वागत करते हुए उनका, ऋषि का, परिचय कराया, और फिर पूछा, ''देव, किस उद्देश्य-विशेष से इधर भूल पड़े ?''

''ऋत व सत्य की खोज के लिए जिस प्रकार एकांत अभीष्ट होता है, ठीक उसी प्रकार कभी-कभी जनाकीर्ण स्थान भी अपेक्षित होता है, मेधातिथि।'' अंतर की चिंता को वाणी देते हुए अगस्त्य ने कहा, ''विशेषकर उस समय जब हमारी आस्था व निष्ठा को ही नहीं, हमारी संस्कृति व जीवन-पद्धति को ही चुनौती दी जा रही हो।''

''आपकी चिंता स्वाभाविक ही नहीं उचित भी है, ऋषिवर।'' ऋषि के कथन की प्रतिक्रिया में मेधातिथि ने कहा। ''विंध्याचल के सुदूर दक्षिण में जो वन्य जातियाँ रहती हैं, जन स्थान में आकर रहने वाले विदेशी उनका उपयोग हमारी संस्कृति को मूलोच्छेदित करने के लिए करते रहते हैं। अस्तु, हमें अपने तत्त्व ज्ञान को तो तर्कसंगत तथा निर्भ्रांत बनाना ही होगा, दूर-दूर तक उसका प्रचार व प्रसार भी करना होगा।''

''मझे यह जानकर प्रसन्नता हुई, मेधातिथि, कि मेरे तथा आपके विचारों में समानता है।'' गंभीरता से आवेष्टित अगस्त्य के मुख पर पहली बार स्मिति दिखाई दी थी। ''परंतु आपके तथा मेरे प्रयत्नों में भी समानता हो सकती, तो कितना अच्छा होता, कितना ?''

समय आने पर आप मुझे इस दिशा में भी निष्क्रिय नहीं पाएँगे, ऋषिवर।'' मेधातिथि का आत्मविश्वास उनके चेहरे पर परिलक्षित हो उठा। ''कृपया यह तो बताइए कि ऋत एवं सत्य के संबंध में आपकी अब तक की उपलब्धि क्या है ?''

"ऋषिवर, मैंने अब तक मरुत, इंद्र, अश्विनी, द्यावा तथा पृथिवी देवता को संबोधित कर अनेक ऋचाओं की रचना की है।" संक्षेप में अपना अभिप्राय अभिव्यक्त कर उपस्थित जनों की प्रतिक्रिया जानने के लिए चुप कर गए।

"तो क्या आपका यह विश्वास है कि सत्य के मरुत, इंद्र, अश्विनी, द्यावा तथा पृथिवी आदि अनेक रूप हैं ?" अभिजित नामक अंतेवासी ने पूछा।

"इस समस्त दृश्यमान जगत् का मूल कारण अविनाशी सत्य ही है। परंतु मरुत आदि स्वत: सत्य नहीं हैं, ये सब तो नश्वर हैं। और जो नश्वर है, शाश्वत, चिरंतन नहीं है, वह कदापि सत्य नहीं हो सकता। है भी नहीं। ऐसा मेरा अपना अनुभव है, ब्रह्मचारी।" अगस्त्य ने पैनी दृष्टि से प्रश्नकर्ता अंतेवासी की ओर देखा और फिर मेधातिथि की ओर देखने लगे।

"और सत्य क्या है, देव ?" ऋषि के चुप होते ही सत्यकाम ने पूछा।

"यह वह तत्त्व है, जो अज है, अनादि है, अनंत है, सर्वव्याप्त है, वह सबको व्याप्त कर स्थित है, परंतु उसे कोई व्याप्त नहीं कर सकता।" ऋषि ने ईषत हास के साथ कहा, "हम चाहें, तो इस सत्य को आत्म-तत्त्व भी कह सकते हैं।"

"तो क्या आपकी समस्त ऋचाओं का विषय यही है ?" अभिजित ने ही पुन: पूछा।

"नहीं" दो टूक शब्दों में ऋषि ने कहा, "मरुत से संबंधित ऋचाएँ विद्वानों के व्यवहार से संबंधित हैं, इंद्र को संबोधित ऋचाएँ राजन्य वर्ग से संबंधित हैं, परंतु इन सबका प्रतिपाद्य लौकिक व्यवहार भर नहीं है, वरंच ईश्वर के नियमों, ऋत का उद्‌घाटन करना भी है। प्रकारांतर से कहना चाहें, तो उनमें भौतिक एवं आध्यात्मिक पक्ष दोनों का समावेश है। और ईश्वर की स्तुति प्रशंसा तो है ही, प्रार्थना व याचना भी है।"

"बहुत सुंदर। आपने जिस महत् सत्य से हम सबको अवगत कराया है, उसके लिए मैं आपके निकट अपनी कृतज्ञता ज्ञापित करता हूँ, ऋषिवर।" मेधातिथि ने कहा।

"ऐसा मत कहो, मेधातिथि, आप तो स्वत: मंत्रद्रष्टा ऋषि हैं तथा आपने भी कई ऋचाओं की रचना की है। कृतज्ञता ज्ञापित कर क्या आप हमें अपने प्रति कृतज्ञता ज्ञापित करने के अवसर से वंचित करना चाहते हैं, ऋषिश्रेष्ठ? आप ही बताइए कि ऋत व सत्य के संबंध में आप अब तक किस निष्कर्ष पर पहुँचे हैं ?" अगस्त्य की जिज्ञासा में जो तीव्रता थी, वह इन शब्दों में एकसाथ फूट पड़ना चाहती थी।

सुनकर मेधातिथि किंचित् मुस्कराए, फिर कहने लगे, "यह सच है कि मैंने कुछ ऋचाओं का सृजन किया है, परंतु उनमें वर्णित निष्कर्षों में अननुभूत मौलिकता है, मैं ऐसा नहीं मानता। फिर भी आप आदेश देंगे, तो मैं एकाधा ऋचा सुना दूँगा, ताकि आप मेरी उपलब्धियों के संबंध में स्वत: निष्कर्ष निकाल सकें।"

"सुनाइए, ऋषिवर, सुनाइए।" अगस्त्य ने आग्रहपूर्ण स्वर में कहा, "आपके ब्रह्मचारी तो आपको सदैव सुना ही करते हैं, परंतु मेरे लिए तो आपकी ऋचाओं का श्रवण उपलब्धि ही नहीं, सौभाग्य भी होगा।"

"कृपया शांत होकर सुनिए।" अपनी प्रशंसा सुनकर मन-ही-मन संकुचित व लज्जित जैसा होकर मेधातिथि ने कहा, और फिर अपने स्वर को संयत बनाते हुए नृचत गायत्री छंद तथा षडज स्वर में गा उठे—

"मा नः शंसो अररुषो धूर्तिः प्रणङ् मर्त्यस्य, रक्षाणो ब्रह्मणस्पते।"

"साधु, साधु मेधातिथि, कपटाचरण करने वाले अधार्मिक व्यक्तियों से मानव समाज को बचाने तथा यज्ञानुष्ठान की निरंतरता बनाए रखने विषयक जो प्रार्थना इस ऋचा में आपने परमेश्वर से की है, वह प्रशंसनीय ही नहीं अनुकरणीय भी है, ऋषिवर। कृपया हार्दिकता से युक्त मेरा धन्यवाद ग्रहण करें।"

विचार सत्र की परिसमाप्ति पर परितृप्ति की अनुभूति न करने पर भी अंतेवासी व ब्रह्मचारी ही नहीं ऋषिद्व भी अत्यंत उत्साहित व आह्लादित हुए। अस्तु, प्रत्येक दिन अपराह्न में विचार सत्र में अध्यात्म की ही नहीं, धर्म, संस्कृति अर्थनीति व राजनीति पर भी गंभीर विचार-विनिमय होने लगा। धीरे-धीरे कई दिन निकल गए। अंततः अगस्त्य कुत्स, दीर्घतमा आदि ऋषियों से मिलने तथा विचार-विनिमय करने का निर्णय लेकर मेधातिथि से अनुमति लेकर आगे चल दिए।

चलते-चलते उन्हें लगा, 'लोपामुद्रा तथा दृढस्यु के दिन न जाने कैसे कट रहे होंगे ? ऐसा न हो कि मेरे इधर आ जाने के कारण वे कष्ट भोग रहे हों ? हो सकता है ऐसा ही हो, परंतु क्यों ?' अगस्त्य का मन जैसे स्वतः आश्वस्त हो लेना चाहता था। अस्तु उन्होंने कहा, 'लोपामुद्रा विदुषी हैं। एक गुरुकुल की संचालिका हैं, उनके पास एक-दो नहीं कई ब्रह्मचारी हैं, अंतेवासी हैं। क्या वे सब तटस्थ बनकर उन्हें कष्ट सहन करने के लिए अकेला छोड़ देंगे ?···नहीं, नहीं, ऐसा कदापि नहीं हो सकता।···नहीं हो सकता, तो तुम चिंतित व दुखित क्यों हो रहे हो, अगस्त्य ? तुम तो ऋषि हो, मंत्रद्रष्टा ऋषि, समाज व संसार को ज्ञानालोक की ओर ले जाने वाले व्यक्ति।···क्या तुम्हीं मोह में पड़ोगे ? तुम्हारे लिए यह उचित प्रतीत नहीं होता। किंतु···'

'किंतु क्या पारिवारिक जनों के प्रति कर्तव्य का पालन करना अनुचित है ?' अगस्त्य अब नए तर्क-शस्त्रों से अपने-आपको विजयी बनाने के लिए सन्नद्ध जैसे हो गए थे। एक जलाशय के निकट पहुँचकर वह उसके घाट पर बैठ गए, और हाथ-मुँह धोकर उन्होंने अंजलि भर-भर कर जल पिया। जब चित्त कुछ शांत हुआ तो उनके मन में आया, 'पारिवारिक जनों के प्रति कर्तव्य-पालन करना तो अनुचित नहीं है, परंतु समाज व संसार की उपेक्षा कर परिवार को ही सब कुछ मान बैठना, अवश्यमेव अनुचित है।···नहीं है क्या ?' अपने निर्णय के औचित्य को प्रमाणभूत

सिद्ध करने के लिए उन्होंने अपने आपसे पुनः तर्क किया और इस प्रश्न को अनुत्तरित छोड़कर ही वह पुनः आगे चलने लगे।

हठात् उन्हें लगा अपने आत्मीय जनों की चिंता इस सीमा तक नहीं की जानी चाहिए कि समाज व सृष्टिकर्ता के प्रति अपने दायित्व का ही विस्मरण हो जाए।

अब वह एक आश्रम के निकट पहुँच रहे थे। संध्योपासन का भी समय हो रहा था, और उन्हें भूख भी लग रही थी। अतः उन्होंने सरित-जल में अवगाहन किया, और संध्या करने बैठ गए। जैसे ही वह उससे निवृत्त होकर उठने को हुए, दो ब्रह्मचारी उनके निकट आए और कहने लगे, ''ऋषिवर, रात्रि सन्निकट है और आगे सघन वन है। अतः आज रात्रि को यहीं विश्राम करें। चलिए, हम आपको गुरुवर कुत्स के पास ले चलते हैं।''

''ठीक है, मैं भी उन्हीं से मिलने के लिए आया हूँ।'' कहकर ऋषि ने जैसे ही अस्तोन्मुख सूर्य को प्रणाम किया, वह अपने अनुराग की लालिमा क्षितिज में बिखेर कर अंतर्धान हो गए। अपने-अपने नीड़ों की ओर जाते हुए पक्षियों ने देखा कि आज उनके आश्रम में एक महर्षि पधार रहे हैं। अतः समवेत स्वर से स्वागत गीत गाते हुए वे भी आश्रम की ओर चल पड़े, उड़ चले। देखकर रजनी-रमणी मुस्करा दी, और उसकी तारक-दंतावलि के दो-चार दाँत दीप्तिमान हो उठे। ठीक इसी समय ऋषि आश्रम में प्रविष्ट हो रहे थे, प्रसन्न व आह्लादित।

''इध्मबाह, अरे ओ इध्मबाह, कहाँ गया रे, आकर दूध तो पी ले। आ, आ जा।'' द्वितीय तल के मध्यवर्ती कक्ष से दक्षिणी प्रकोष्ठ की ओर बढ़ते हुए लोपामुद्रा ने कुछ उच्च स्वर में कहा, और दक्षिणी प्रकोष्ठ में जा पहुँचीं, परंतु इधर-उधर दृष्टि डालने पर भी इध्मबाह उन्हें कहीं दिखाई नहीं दिया। कहाँ गया होगा यह नटखट! अभी तो सद्यजात गाय के बछड़े को अपने गले से लगाकर खिला रहा था, मना किया तो न जाने कहाँ चला गया ?···रूठ गया क्या···? नहीं, यहीं कहीं होगा। लोपामुद्रा ने मन-ही-मन कहा, और दक्षिणी प्रकोष्ठ से निकलकर मध्यवर्ती कक्ष की बाईं ओर बने हुए प्रकोष्ठ की ओर बढ़ीं।

अभी वह द्वार पर ही पहुँची होंगी कि उन्होंने देखा कि इध्मबाह कोपीन पहनकर कक्ष के ठीक मध्य में एक आसन पर बैठा है। उसके दाईं ओर एक ताम्रपात्र व स्रुवा, चम्मच रखा है और दूसरी ओर अर्घ्या रखा है। लोपामुद्रा ने दबे पाँव कमरे में प्रवेश किया। इध्मबाह आचमन कर रहा था। उसे संध्योपासन का स्वाँग करते हुए देखकर वह चुपचाप आड़ में खड़ी हो गईं। इध्मबाह ने अब एक तश्तरी उठाई और दूसरी तश्तरी में रखे हुए तिल, यव, चावल आदि लेकर उस पात्र में डालते हुए बोला, ''स्वाहा, स्वाहा।''

सुनते ही लोपामुद्रा को हँसी आ गई, और प्रयत्न करके भी वह अपने-आपको

चुप न रख सकीं, न रख सकीं, और खिलखिला कर हँस पड़ीं। हँसी की ध्वनि सुनकर इध्मबाह का ध्यान भंग हो गया, और वह अपने स्थान पर खड़े होकर इधर-उधर देखने लगा। अब लोपामुद्रा चुप न कर सकीं, ओट से निकल कर तथा सामने आकर बोलीं, "क्या कर रहा है, इध्मबाह ?"

"कुछ नहीं, मैं तो स्वाह-स्वाहा कर रहा था, माँ।" दृढस्यु इध्मबाह ने कहा, और निरीह भाव से संकोचपूर्वक माँ की ओर देखने लगा।

"अच्छा तो तू यज्ञ कर रहा था, पागल, यही न ?" लोपामुद्रा ने कुरेदा।

"अग्नि जलाकर उसमें तिल, यव, घी, खाँड व वनस्पति आदि डालकर लोग स्वाहा करते हैं न, उसे क्या कहते हैं माँ यज्ञ कि स्वाहा ?" अपनी झेंप मिटाते हुए मध्मबाह माँ के पास आकर खड़ा हो गया था, और नीचे की ओर देखने लगा था।

"हाँ बेटे, किंतु यज्ञ तो यज्ञवेदी में किया जाता है, थाली में नहीं। तुझे यह भी नहीं मालूम ?" बच्चे की अनुकरण-वृत्ति की मन-ही-मन प्रशंसा करते हुए लोपामुद्रा ने टोका।

"वह तो मैंने उस कक्ष में बनाया है न ! क्या तुमने देखा नहीं, माँ ?"

"कहाँ ?" कौतूहल से लोपामुद्रा की आँखें फैल गईं। बोलीं, "उधर किधर ? उस कक्ष से तो मैं अभी ही लौटी हूँ। चल बता।"

कोपीन लपेटे तथा गले में उत्तरीय डाले हुए इध्मबाह माँ की उँगली पकड़कर दक्षिणी कक्ष की ओर बढ़ा। लोपामुद्रा को विचार आया, उस कक्ष में यज्ञवेदी बनी हुई है, क्या यह सच है…?…फिर वह यज्ञवेदी मुझे क्यों दिखाई नहीं दी? हो सकता है, उस कक्ष में नहीं कहीं अन्यत्र बनाई हो उसने। अभी वह यह सोच ही रही थीं कि दक्षिणी प्रकोष्ठ आ गया। इध्मबाह उन्हें त्वरित उस स्थान पर ले पहुँचा जहाँ यज्ञवेदी बनी हुई थी। लोपामुद्रा ने देखा, वह सचमुच यज्ञवेदी की ही आकृति थी। अभी उसमें अपेक्षित सुष्ठुता व सुंदरता तो नहीं थी, परंतु उसकी आकृति थी यज्ञवेदी जैसी ही।

देखकर वह विस्मित, चकित हो गईं। प्रसन्न होकर उन्होंने इध्मबाह को अपनी गोद में उठा लिया और उसके ललाट पर स्वस्तिसूचक चुंबन अंकित करते हुए बोलीं, "तूने बनाया है इसे ?" सुनकर इध्मबाह ने स्वीकृतिसूचक सिर हिला दिया। लोपामुद्रा ने कहा, "बहुत सुंदर है, बहुत सुंदर। अच्छा अब मेरे साथ चल, दूध ठंडा हो गया होगा। तुम्हारे पिताश्री जब लौटकर आएँगे, तो वे तुम्हारे कार्यों को देखकर बहुत प्रसन्न होंगे। तब तक तो तुम और अच्छी बनाने लग जाओगे, है न ?" इध्मबाह ने अब भी 'हाँ, ना' कुछ नहीं कहा, उसने मात्र अपना सिर हिलाया और अपने नेत्रों की पुतलियों को फैलाकर शून्य में देखने लगा, मानो अपने पिताश्री को ढूँढ़ रहा हो।

लोपामुद्रा ने अब उसे अपनी गोद से नीचे उतार दिया था तथा उसकी उँगली पकड़कर उसे रसोईघर की ओर ले जा रही थीं। यहाँ आकर उन्होंने दूध उठाया और ठंडा कर उसे पिला दिया, फिर बोलीं, ''मैं गुरुकुल जा रही हूँ, तुम या तो मेरे साथ चलो या फिर यहीं खेलो।'' ''मैं भी चलता हूँ।'' इध्मबाह ने प्रस्तुत प्रश्न की प्रतिक्रिया में जैसे ही यह कहा, लोपामुद्रा उसे अपने साथ लेकर गुरुकुल के अध्यापन कक्ष की ओर बढ़ीं और वहाँ पहुँच कर इध्मबाह को बाहर छोड़कर ब्रह्मचारियों को नवीन पाठ पढ़ाने लगीं।

इध्मबाह कुछ देर तक तो वहीं बैठा रहा, फिर इधर-उधर घूमता रहा। अंत में एक विशाल वटवृक्ष के नीचे जाकर एक पत्थर पर जाकर बैठ गया, किंतु जब बैठे-बैठे उसका मन नहीं लगा तो उसने कुछ पत्थर एकत्र किए और फिर उन्हें अपनी दाईं, बाईं तथा सामने की पंक्ति में एक निश्चित अंतराल पर रख दिया। जब वह यह सब कर चुका, तो उसने अपनी माँ के समान उपाध्याय बनने का निर्णय लिया और फिर उसी पाषाण खंड पर बैठकर उन काल्पनिक ब्रह्मचारियों को पढ़ाने लगा।

इधर लोपामुद्रा पढ़ाकर जैसे ही अपने कार्य से निवृत्त हुईं उन्होंने इधर-उधर दृष्टि दौड़ाई, परंतु उन्हें इध्मबाह कहीं दिखाई नहीं दिया। 'तो क्या यह नटखट फिर भाग गया। परंतु गया कहाँ होगा ?' सोचकर लोपामुद्रा अपने आसन से उठीं और ब्रह्मचारियों की ओर उन्मुख होकर बोलीं, ''आप सब तब तक अपना-अपना अभ्यास करें, मैं अभी आती हूँ।''

ब्रह्मचारियों को लगा, कोई विशेष कार्य आ गया होगा, ऐसा कार्य जिसे माताश्री स्वत: करना चाहती होंगी। अत: उन्होंने कुछ नहीं कहा, वहीं रहकर वे श्रुत ऋचाओं को कंठस्थ करने लगे। लोपामुद्रा को जब इध्मबाह वहाँ उस कुटी के आसपास कहीं दिखाई नहीं दिया, तो वह आगे की ओर बढ़ीं। दूर तक दृष्टि डालने पर उन्हें लगा कि पश्चिम में विशाल वटवृक्ष के नीचे कोई बालक बैठा है, हो सकता है वही इध्मबाह हो, अस्तु वह उसी ओर चल दीं, और कुछ इस प्रकार कि इध्मबाह उन्हें न देख सके। और सचमुच हुआ भी ऐसा ही। जब लोपामुद्रा अकस्मात् इध्मबाह के पीछे जा खड़ी हुईं, तो उन्होंने देखा कि इध्मबाह उपाध्याय आचार्य बनकर पत्थर रूपी बालकों को पढ़ा रहा है, कह रहा है, कहो, ''तेजस्वि नाव धीतमस्तु''। सुनते ही लोपामुद्रा ठठाकर हँस पड़ीं। बोलीं, ''अरे नटखट, ब्रह्मचारी बने बिना ही आचार्य बन बैठा!···क्या तू यह नहीं जानता कि आचार्य बनने के पूर्व बालक को वर्षों ब्रह्मचारी रहकर वेदाध्ययन करना होता है, और वेद-वेदांग में निष्णातता प्राप्त करने के उपरांत ही वह उपाध्याय या आचार्य के महत्त्वपूर्ण दायित्व का निर्वाह करता है, परंतु···''

सकुचाते, लजाते हुए इध्मबाह ने माँ के कथन का कोई प्रतिवाद नहीं किया।

चुपचाप अपने आसन से उठा और माँ के पास आकर उससे लिपट गया। माँ के नेत्र छलछला आये, झुककर उन्होंने उसके सिर पर अपना वरद हाथ रखा, पीठ पर हाथ फेरा, फिर बोलीं, ''भूख तो नहीं लग रही रे ?···अच्छा मेरे साथ चल, कुछ फल रखे हैं, उनमें से तुझे जो अच्छा लगे, खा लेना। चल।''

''भूख···? नहीं, मुझे भूख नहीं है, अभी ही तो दूध पिया था मैंने।'' छिटककर कुछ दूर जाकर खड़े होते हुए इध्मबाह ने अपनी प्रतिक्रिया प्रकट की। लोपामुद्रा को लगा, नहीं खाना चाहता तो न सही, परंतु यहाँ एकाकी रहकर क्या करेगा ? अतः उन्होंने कहा, ''अच्छा, तो मेरे साथ चल वहीं खेलना।''

लोपामुद्रा ने पास आकर इध्मबाह की उँगली पकड़ी और उसके साथ अध्यापन कक्ष की ओर जाने को मुड़ीं, तो सहसा उनके मन में आया, इध्मबाह संध्योपासन व यज्ञ करने का अभिनय करने लगा है। यही नहीं, अपने-आपको उपाध्याय या आचार्य की भूमिका में रखकर पढ़ाने का स्वाँग करने लगा है। निश्चित रूप से उसके ये कार्य उसकी अपनी अभिरुचियों के परिचायक तो हैं ही, उसके भविष्य की उज्ज्वलता के सूचक भी हैं।···किसी ने ठीक ही कहा है, मनुष्य अनुकरणशील प्राणी है, वह अपने पारिवारिक तथा सामाजिक परिवेश के अनुरूप अपने-आपको ढालता है। इध्मबाह भी यदि ऐसा कर रहा है, तो यह न तो अस्वाभाविक है और न आश्चर्यजनक ही, किंतु···

किंतु 'तेजस्वि नाव धीतमस्तु' वाक्यांश का जिस शुद्धता तथा स्पष्टता के साथ वह उच्चारण कर रहा है, उसके आधार पर यह तो कहा ही जा सकता है कि कुशाग्र बुद्धि होगा, और···और बात की गहराई में जाने के लिए वह जिस प्रकार के तर्क करता है, उससे यह विदित होता है कि वह निश्चित रूप से मेधावी होगा। परंतु संभावना कितनी ही प्रबल क्यों न हो, जब तक उसे घटना में परिणत करने के लिए उचित दिशा में अपेक्षित प्रयास नहीं किए जाते, तब तक वह संभावना घटना नहीं बन सकती। लोपामुद्रा ने अपने आपसे तर्क किया और चुप कर गईं।

अभी वह पचास पग ही आगे बढ़ी होंगी कि उन्हें एक नकुल युग्म अपने बच्चों के साथ बाईं ओर से दाईं ओर जाते हुए दिखाई दिया। देखकर लोपामुद्रा को लगा जैसे ये नकुल यह कहना चाहते हों कि बच्चों का बहुमुखी विकास न तो एकाकी माँ के द्वारा संभव है, और न अकेले पिता द्वारा ही। माता तथा पिता दोनों की ही महत्त्वपूर्ण भूमिका रहती है उनके बहुमुखी विकास में, उनके व्यक्तित्व के निर्माण में। किंतु ऋषि को तो यहाँ से गए हुए बहुत दिन हो गए, बहुत, और अभी भी यह पता नहीं कि वह इस आश्रम में कब लौटेंगे ? तब क्या करे वह ? सोचते-सोचते लोपामुद्रा का हृदय उद्विग्नता से परिपूरित हो उठा। वह कुछ क्षण तक वहीं खड़ी रहीं, और फिर अपने गंतव्य की ओर चल पड़ीं।

'सचमुच बच्चे का बहुमुखी विकास माता-पिता का संयुक्त दायित्व है, किसी

एक का नहीं।' उद्वेलित स्वर में लोपामुद्रा ने कहा और फिर एक निश्वास छोड़कर इध्मबाह की ओर देखने लगीं। अकस्मात् उन्हें लगा, वह व्यर्थ उदास, निराश हो रही हैं, ऋषि निश्चित रूप से इध्मबाह के उपनयन संस्कार के पूर्व आश्रम में लौट आएँगे।··क्या ऐसा कहकर गए थे वह ? नहीं, परंतु ऋषि जानते हैं कि पितृऋण चुकाने के लिए पुत्र प्राप्त करना भर पर्याप्त नहीं है, उसे तदर्थ योग्य एवं सक्षम बनाना होता है। अविश्वास में विश्वास जमाने का उपक्रम करते हुए लोपामुद्रा ने अपने-आपसे कहा, 'आर्यपुत्र निश्चित रूप से इध्मबाह की उपनयन वेला के पूर्व यहाँ लौट आएँगे।'

गुरुकुल की अध्यापन कुटीर आ गई थी। अतः इध्मबाह को खेलने के लिए कहकर वह कुटीर में गईं, और अपूर्ण पाठ को पुनः पूर्ण कराने लगीं। धीरे-धीरे लोपामुद्रा में ऋषि के प्रति विश्वास का उद्रेक हो उठा था, अतः वह पुनः प्रसन्न व उत्साहित हो उठी थीं। ऐसी अवस्था में उनके अंतर्द्वंद्व का आभास किसी ब्रह्मचारी को कैसे हो सकता था ? हुआ भी नहीं।

जिस समय अध्यापन कार्य समाप्त कर लोपामुद्रा घर लौटने के लिए कुटीर के बाहर आईं, ग्यारह घड़ी के लगभग समय व्यतीत हो चुका था। उन्होंने झटपट इध्मबाह के हाथ-मुँह धुलाए और उसे खाने के लिए कुछ फल देकर वह भोजन बनाने में जुट गयीं। इस प्रकार ढाई, तीन घड़ी और बीत गईं। अंत में इध्मबाह के साथ स्वयं भोजन कर वह विश्राम करने लगीं।

कुछ देर तक उनके विचार-सूत्र इधर-उधर बिखरे रहे। किंतु जैसे ही उन्हें कुछ विश्राम मिला, उनका विचार-प्रवाह पुनः उसी दिशा में प्रवाहित हो उठा। मन में आया, इध्मबाह चार वर्ष का होने को आया, अब एकाधा वर्ष ही तो रहा है, जब वह शास्त्र द्वारा निर्धारित उपनयन की आयु को प्राप्त होगा। तब··तब उसका उपनयन संस्कार कराकर उसे वेदों के अध्ययन में संलग्न करना ही होगा।··परंतु क्या आर्यपुत्र की अनुपस्थिति में दृढस्यु इध्मबाह का उपनयन संस्कार कराना उचित होगा ?··नहीं। किंतु अधिक समय तक टालना भी तो उचित नहीं होगा। होगा क्या ? कदापि नहीं।

आह, वह दिन कितना सुखद होगा, जब इध्मबाह वेदाध्ययन कर वेद-वेदांग में पारंगत होकर आर्य-धर्म, संस्कृति के प्रचार-प्रसार के लिए दिगदिगंत में भ्रमण करेगा!···और आर्यपुत्र···? वह तो आज भी इसी उद्देश्य को लेकर भ्रमण, पर्यटन कर रहे हैं। लोपामुद्रा चिंतन को विराम देकर रुक गईं। सोचने लगीं, बहुत दिन हो गए, अब तो उन्हें लौट आना चाहिए। इध्मबाह भी तो अब जब-तब उनके संबंध में प्रश्न करने लगा है। अभी दो दिन पहले की ही तो बात है, जब वह पूछ रहा था, 'माँ, पिताजी कब आएँगे ?··क्या यहाँ से रूठकर गए हैं···? क्या कहती हो, रूठकर नहीं गए, तो फिर इतने दिन से यहाँ क्यों नहीं आए ?··नहीं माँ, तू कहे

या न कहे, परंतु मुझे लगता है कि रूठकर ही गए हैं, अन्यथा कोई भी पिता बिना रूठे अपने घर वालों को छोड़कर इतने दिन बाहर रह सकता है ?...नहीं, नहीं रह सकता।'

अभी वह यह सोच ही रही थीं कि एक गौरैया वातायन में आकर अपना सिर हिलाने लगी, मानो इध्मबाह के कथन की पुष्टि कर रही हो, कह रही हो, सचमुच नहीं रह सकता। उसे याद आया, जब उन्होंने पुत्र को यह विश्वास दिलाने का प्रयास किया था कि वह रूठकर नहीं गए, आर्य-संस्कृति तथा मातृभू की सेवा करने की योग्यता व क्षमता प्राप्त करने गए हैं, और जल्दी ही लौटकर आएँगे, तो उसने कहा था, 'इतने दिन से ? नहीं माँ, इतने दिन के लिए क्या कोई बच्चों को छोड़कर जाता है ? नहीं, तू मुझे बहलाने का प्रयास कर रही है। सुन माँ और सुनकर गाँठ बाँध ले, वह रूठकर गए हों या नहीं, किंतु जब वह यहाँ आएँगे, तो मैं उनसे नहीं बोलूँगा, और जब तक वह तुम्हें नहीं मनाएँगे, तब तक मैं उनसे रूठा रहूँगा, रूठा।' अभी से जब इसके ये हाल हैं, तो आगे क्या होगा ? एक निश्वास लेकर लोपामुद्रा ने पर्यंक पर दृष्टि डाली, देखा तो इध्मबाह सोते-सोते उठ कर बैठ गया है।

'स्यात् प्यासा होगा।' सोचकर लोपामुद्रा ने कहा, ''क्या पानी पिलाऊँ ? पिएगा पानी ?''

''नहीं माँ, मैंने अभी-अभी सपने में पिताजी को देखा है। बताऊँ उनका रूप-रंग ? तूने तो उन्हें देखा है, सुनकर बताओ कि वह पिताजी ही थे या नहीं।'' शय्या से नीचे उतरकर माँ की गोद में बैठकर इध्मबाह ने कहा, ''बताऊँ माँ।''

''हाँ, बता न। तूने क्या देखा है ? और क्या सुना है ?'' लोपामुद्रा की जिज्ञासा भी इध्मबाह की बात सुनकर बलवती हो उठी थी।

''माँ, उनका गौर वर्ण था, चेहरे पर घनी दाढ़ी-मूँछें थीं, सिर पर लंबी श्याम-वर्णी केशराशि थी। वह पैरों में खड़ाऊँ पहने थे। माँ, जानती हो मुझे देखकर उन्होंने क्या कहा था ?'' इध्मबाह ने अत्यंत उत्सुकता के साथ पूछा।

''नहीं तो वत्स, तुम्हीं बताओ उन्होंने तुम्हें कैसे पहचाना और क्या कहा ?'' सपने की बात जानकर भी लोपामुद्रा ने वार्तालाप में रुचि लेते हुए कहा, ''सुनाओ, और पूरी बात बताओ।''

''वही तो कर रहा हूँ, माँ। मैं उसी वटवृक्ष के नीचे बैठा था, जिसके नीचे उस दिन बैठा था, और उसी प्रकार झूठ-मूठ के बच्चों को पढ़ा रहा था। सहसा वे मेरे निकट आए और बोले, 'वत्स, इध्मबाह, तुम इतने बड़े हो गए! वाह, तुम्हें देखकर बड़ी प्रसन्नता हुई। आओ, मेरे पास आओ।' सुनकर जैसे ही मैं उनके पास पहुँचा, उन्होंने मुझे उठाकर अपनी गोद में ले लिया और माथे को चूमकर कहा, 'मनस्वी भव, तेजस्वी भव, यशस्वी भव' यह क्या होता है, माँ ?''

सुनते ही लोपामुद्रा की आँखें तरल हो उठीं, कंठ में अवरोध आ गया, अस्तु

चाहकर भी वह इध्मबाह के प्रश्न का उत्तर न दे सकीं। इध्मबाह तो शीघ्रता में था, वह माँ की गोद से उतरकर नीचे आ गया, और बोला, "माँ, यदि तुम मुझे पिता की बात नहीं समझाओगी, तो मैं रूठ जाऊँगा, न तो तुमसे बोलूँगा और न तुम्हारे साथ सोऊँगा।"

"नहीं, नहीं, बेटा ऐसा न करना।" कपोलों पर लुढ़कते हुए आँसुओं को पोंछ कर लोपामुद्रा ने कहा, "जिन्होंने तुम्हें गोद में लिया था, उनका रूप-रंग पिताश्री से मिलता-जुलता है। लगता है, सपने में उन्होंने ही तुम्हें अपना दर्शन दिया है, और आशीर्वाद देते हुए कहा है कि तुम बुद्धिमान, विद्वान बनो, तेजवान बनो और यश प्राप्त करो।"

"सच माँ ? तब तो पिताजी बड़े अच्छे हैं। अब मैं उनसे कभी नहीं रूठूँगा, कभी। और तू भी मत रूठना, माँ, कह नहीं रूठूँगी।"

"नहीं रूठूँगी।" कहकर लोपामुद्रा ने इध्मबाह को अपने अंक में भर लिया और मुस्करा उठीं, परंतु अश्रुमुक्ता अब भी इध्मबाह के सिर पर गिरकर उसका शृंगार कर रहे थे, करते ही जा रहे थे। परंतु इध्मबाह अपने-आपमें तन्मय होकर माँ को देखे जा रहा था। उन दोनों को इस प्रकार अपने-आपमें तन्मय होते देखकर भगवान् भुवनभास्कर ने भी अपनी गति धीमी, कुछ धीमी कर दी थी।

'हृदयस्थ समस्त सद्‌भावनाओं के साथ भगवत अर्पण बुद्धि से वरुणदेव के निमित्त किए जाने वाले कर्म ही यज्ञ हैं और लोककल्याणार्थ अपने सुखों का त्याग ही हविष्यान्न है, होता है, प्रबुद्ध व धर्मनिष्ठ साधक, समाज का घटक और समिधा…? जो होता है, वही समिधा है…होता ही समिधा है ? यह पहेली है या सचाई ?' अंतर के अंतर में स्थित अगस्त्य के स्व ने उन्हें टोका।

'पहेली नहीं है, सचाई है यह।' शंका उपस्थित होते ही अगस्त्य ने तपाक से कहा, 'यदि हम चाहते हैं कि यज्ञ का सुवासित धूम हमारे चारों ओर व्याप्त वातावरण को दूषित होने से बचाता रहे, तो हमें उसमें अपने सुखों के त्याग का हविष्यान्न तो डालना ही होगा। स्वतः भस्मीभूत होकर उस यज्ञ-धूम को सतत प्रज्वलित बनाए रखने की तत्परता रखने वाली बलिदानी समिधाओं की भी आवश्यकता होगी। नहीं होगी क्या ?…निश्चित रूप से होगी। परंतु समिधा बनेगा कौन ?' प्रश्न सामने आते ही अगस्त्य कुछ सजग, कुछ सतर्क हुए। वह उस पर विचार कर ही रहे थे कि उन्हें लगा कि उनके अंतर में कोई बुदबुदा रहा है, 'तुम स्वतः समिधा बन सकोगे क्या ? बोलो अगस्त्य, बोलो।'

'बन पाऊँ या नहीं, परंतु यदि अज्ञानांधकार को दूर करने के लिए यज्ञ की ज्वाला को प्रज्वलित बनाए रखना हो, तो किसी-न-किसी को तो समिधा बनना ही होगा।' प्रत्युत्तर देते हुए अगस्त्य ने कहा।

'सच है, परंतु किसी अन्य को ढूँढ़ने कहाँ जाओगे ? अपने तथा अपने पारिवारिक जनों को ही समिधा क्यों नहीं बनाते ?' हठात् अगस्त्य के मन में आया। सुनकर वह गंभीर हो गए। विचार आया, 'वह तो इसके लिए सदैव तत्पर रहे हैं। लोपामुद्रा को भी समिधा बनकर जलने में स्यात् ही कोई आपत्ति हो। रह गया दृढस्यु इध्मबाह, सो उसके संबंध में क्या कहा जा सकता है! उसे छोड़े हुए दो-तीन वर्ष होने आए, इस बीच उसकी रुचि, अभिवृत्ति, प्रवृत्ति तथा बुद्धि ने क्या मोड़ लिया, कहा नहीं जा सकता।'

'यह क्या कह रहे हो, अगस्त्य! तुम उसके पिता हो, क्या उसके सर्वतोमुखी विकास का दायित्व तुम्हारा अपना कुछ भी नहीं, कुछ भी ?···क्या लोपामुद्रा और मात्र लोपामुद्रा ही इसके लिए उत्तरदायी है ?' अगस्त्य इन प्रश्नों को बराबर टालते आ रहे थे, परंतु वे जितना इन प्रश्नों को टालने का प्रयत्न करते थे, उतनी ही प्रबलता से ये प्रश्न उनके सामने आ खड़े होते थे। और आज पुन: उनके सामने खड़े थे। अगस्त्य इन प्रश्नों को सुनकर सहसा कोई उत्तर न दे सके, किंतु उन्हें लगा कि यज्ञ पुरुष, विराट समाज पुरुष के काम आने के लिए उपयुक्त समिधा बनने के चक्कर में पड़कर उन्होंने इध्मबाह की अब तक जो उपेक्षा की है, वह अक्षम्य ही नहीं, अपराध भी है।

सोचते-सोचते अगस्त्य का मन अपराध-बोध से उत्पन्न अवसाद से भर उठा। आज पहली बार उन्हें लगा कि उन्हें अब यहाँ न रुककर अपने आश्रम को लौट जाना चाहिए। लोपामुद्रा तथा इध्मबाह तुम्हारी प्रतीक्षा कर रहे होंगे। इध्मबाह तो तुम्हें जानता तक नहीं, वह तुम्हारी प्रतीक्षा क्यों क़रेगा ? क्या कहते हो अगस्त्य ? वह तुम्हें जानता ही नहीं होगा ?···नहीं, इससे बढ़कर असत्य नहीं हो सकता। माना कि वह तुम्हें तुम्हारे रूप से नहीं पहचान पाएगा, परंतु उसे यह तो ज्ञात हो ही गया होगा कि तुम उसके पिता हो।···हो सकता है, उसे यह भी अखरने लगा हो कि तुम उसके प्रति अपने दायित्वों को भुलाकर इधर-उधर भटक रहे हो।

सचमुच अब उन्हें यहाँ से चलना ही चाहिए। इध्मबाह अब चार वर्ष का हो रहा होगा, उसके उपनयन संस्कार का समय सन्निकट ही है। और कर्णवेध ? कर्णवेध स्यात् हो चुका होगा। न हुआ होगा, तो उपनयन के पूर्व उसे भी कराना होगा। तो चलूँ ?

हाँ, चलना ही श्रेयस्कर होगा। यदि इध्मबाह को भी यज्ञ पुरुष, समाज पुरुष के उपयोगार्थ समिधा बनाना है, तो उसका उपनयन संस्कार तो शीघ्र कराना ही होगा, वेदाध्ययन भी प्रारंभ कराना होगा। तभी, और मात्र तभी वह यज्ञ पुरुष की पवित्र समिधा बनने की पात्रता प्राप्त कर सकेगा।

ठीक है, कुत्स से अनुमति लेकर दो-एक दिन में मैं अपने आश्रम के लिए चल पड़ूँगा। आश्रम···? पास में नहीं है, बहुत दूर है, यह सच है, परंतु कितनी ही

दूर क्यों न हो, वहाँ पहुँचना ही होगा। चिंतन को सहसा विराम देकर अगस्त्य कुछ रुक गए। थोड़ी देर बाद उनके अंतश्चक्षु अपने आश्रम का दृश्य देखने लगे। उन्होंने अनुभव किया कि इध्मबाह अब बड़ा हो गया है। उसकी स्मरण-शक्ति अत्यंत विलक्षण है, उपनयन संस्कार न होने तथा वेदाध्ययन का शुभारंभ न करने पर भी गुरुकुल में रहकर वह बहुत कुछ जानने लगा है। बहुत कुछ···? अगस्त्य को लगा कि वह अनुपयुक्त क्रिया-विश्लेषण का प्रयोग कर बैठे हैं। अत: अपने कथन को संशोधित करते हुए उन्होंने कहा कि बहुत कुछ वेद-वेदांग की नहीं लोक-व्यवहार की विशेषता बताने के लिए प्रयुक्त किया गया है।

'हूँ, न सही, दस-बीस दिन बाद सत्य अपन-आप सामने आ जाएगा।' सम्हलते हुए अगस्त्य ने कहा और सायंकालीन संध्योपासन में लग गए। कुत्स को जब यह ज्ञात हुआ कि अगस्त्य अब अपने आश्रम को लौटना चाहते हैं, तो उन्हें आश्चर्य नहीं हुआ, लेकिन हल्का-सा दु:ख अवश्य हुआ। इसलिए नहीं कि आर्य-धर्म व संस्कृति का एक अच्छा अध्येता व व्याख्याता उनके आश्रम से विदा ले रहा है, बल्कि इसलिए कि उनके गुरुकुल के ब्रह्मचारी व अंतेवासी ऋषि के विस्तृत ज्ञान व अनुभव से वंचित हो जाएँगे। परंतु उन्होंने उन्हें रोकना उचित नहीं समझा। अस्तु, ब्रह्मचारी तथा अंतेवासियों को शुभाशीष देकर और कुत्स से विदा लेकर अगले ही दिन ऋषि अपने आश्रम के लिए लौट पड़े।

तीन सप्ताह तक अनवरत चलकर अगस्त्य अंत में अपने आश्रम में पहुँचे। चैत्र का कृष्ण पक्ष चल रहा था। सूर्योदय हुए आठ-नौ घड़ी बीती होंगी। गुरुकुल में अध्ययन-अध्यापन चल रहा था। इध्मबाह अपने प्रिय वटवृक्ष के नीचे स्थित पत्थर पर बैठकर काल्पनिक ब्रह्मचारियों को पढ़ाने का अभिनय कर रहा था। लोपामुद्रा स्वरचित नवीन ऋचाओं का अभ्यास करा रही थीं। ठीक इसी समय अगस्त्य गुरुकुल के अध्यापन कक्ष के सामने आए। देखते ही लोपामुद्रा तत्काल उठ खड़ी हुईं, और ऋषि के चरणों में झुक गईं। ऋषि ने अपने दृढ़ बाहुओं से उन्हें तत्काल उठाया, और पूछा, "इध्मबाह कहाँ है ?"

"इध्मबाह···?" लोपामुद्रा को गलदश्रु हो आया था। अत: वह इससे अधिक कुछ न कह सकीं, परंतु ऋषि का प्रश्न सुनकर उन्होंने इधर-उधर दृष्टि दौड़ाई और फिर वटवृक्ष की ओर उँगली बताते हुए सम्हल कर कहा, "वह रहा।"

ऋषि ने संकेतित दिशा की ओर देखा। फिर कहा, "किधर ? उधर ? अच्छा।" अब तक ब्रह्मचारी अध्यापन कक्ष से बाहर आ गए थे। सुनते ही एक ब्रह्मचारी आगे आया और ऋषि के चरण-स्पर्श कर इध्मबाह को बुलाने के लिए चल दिया। धीरे-धीरे अन्य आचार्य, उपाध्याय तथा ब्रह्मचारी भी आ-आकर ऋषि के चरण-स्पर्श कर उनका शुभाशीष ग्रहण करने लगे।

अभी यह सब चल ही रहा था कि इध्मबाह के पास पहुँचकर ब्रह्मचारी ने

कहा, "इध्मबाह, तुम्हारे पिताश्री आ गए हैं, चलो तुम्हें माताजी ने बुलाया है। वह वहाँ रहे, वहाँ।"

"अच्छा" कहकर इध्मबाह ने ब्रह्मचारी को पीछे छोड़ा और दौड़कर लोपामुद्रा के पास आ पहुँचा और अपने पिताश्री के चरणों में झुक गया। यह प्रथम अवसर था जब इध्मबाह अपने पिताश्री के चरण-स्पर्श कर रहा था, अस्तु पुलकित आह्लादित होकर ऋषि ने उसे उठाकर उसके ललाट पर स्वस्तिसूचक चुंबन अंकित कर दिया और फिर नीचे उतार कर अपना वरदहस्त उसके सिर पर रख दिया।

इध्मबाह भी कम प्रसन्न नहीं था, परंतु प्रसन्नता से अधिक उसके मन में कौतूहल था, जिज्ञासा थी। अत: माँ की ओर मुड़कर उसने कहा, "माँ, मैंने स्वप्न में जिन्हें देखा था, वह भी तो ठीक ऐसे ही थे, बल्कि बिल्कुल यही। याद है न तुम्हें ? मैंने पिताश्री के रूप-रंग की रूपरेखा ऐसी ही बताई थी न ?"

लोपामुद्रा इध्मबाह के उत्साह को देखकर तन्मयतापूर्वक उसकी बात सुन रही थीं, अत: वह यह समझ ही न सकीं कि उससे क्या पूछा गया है। किंतु ऋषि ने न तो उसे कुछ पूछने का समय दिया, और न संकोच करने का ही। वह तत्काल बोले, "क्या कह रहे हो, वत्स ? तुमने मुझे स्वप्न में देखा था ? बताओ, तुमने मुझे किस रूप में देखा था और क्या देखा था ?"

पिता से बात करने का इध्मबाह का यह पहला अवसर था, अत: कुछ न कहकर वह अपनी माँ की ओर देखने लगा, किंतु जब माँ ने उसे बात करने के लिए प्रोत्साहित किया तो झिझकते हुए उसने कहा, "बताऊँगा, परंतु पहले आप तो बताइए कि क्या कभी आपने भी हम लोगों को स्वप्न में देखा था ?"

इध्मबाह के प्रश्न को सुनकर ऋषि मुस्कराने को हुए, परंतु प्रयत्न करके भी वह मुस्करा न सके। उनके नेत्र भर आए। लगा कि गला भर आने के कारण वह इध्मबाह के प्रश्न का उत्तर ही न दे सकेंगे। किंतु किसी प्रकार अपनी भावनाओं को नियंत्रित कर उन्होंने कहा—

"तुम्हें, इध्मबाह ? तुम्हें मैं कैसे भुला सकता था! तुम तो मेरे प्रतिरूप हो, आत्मरूप हो, तुम्हें भूलने का अर्थ है, अपने-आपको भुलाना। तुम भी स्वीकार करोगे कि ऐसा मैं तो क्या कोई भी नहीं कर सकता।"

"चलो, अब अपनी कुटिया में चलें, वहीं बात होंगी।" कहकर लोपामुद्रा अगस्त्य की ओर देखने लगीं। उन्होंने भी यह अनुभव किया कि यह स्थान अंतरंग चर्चा के लिए उपयुक्त नहीं है। अस्तु, सबसे अनुमति लेकर अगस्त्य लोपामुद्रा तथा इध्मबाह के साथ अपने आवास में आ गए। यहाँ आकर लोपामुद्रा ने ऋषि के पैर धुलाए और वह उन्हें लेकर मध्यवर्ती कक्ष में प्रविष्ट हुईं। ऋषि अपने वर्षों पुराने आसन पर आकर बैठ गए। लोपामुद्रा कुछ फल व जल ले आईं। ऋषि ने इध्मबाह के साथ फल खाए, जल पिया और फिर काष्ठपीठ पर लेट गए।

कक्ष में यहाँ से वहाँ तक मौन पसरा हुआ था। पिताश्री को विश्राम करते हुए देखकर इध्मबाह बाहर निकल आया था। ऋषि सोच रहे थे, इध्मबाह प्रगल्भ तो है ही, प्रखर बुद्धि भी है। अब उसके उपनयन संस्कार में विलंब नहीं करना चाहिए। कर्णवेध न हुआ होता, तो उपनयन के पूर्व उसे कराना पड़ता, किंतु अब उसकी आवश्यकता नहीं है। अस्तु, सबसे पहले इस ओर ही ध्यान देना होगा।

और लोपामुद्रा सोच रही थीं, आर्यपुत्र ने इध्मबाह के प्रश्न का स्पष्ट उत्तर नहीं दिया। लगता है ऋत व सत्य के चिंतन तथा धर्म व संस्कृति के प्रसारण में इतने व्यस्त रहे कि हम लोगों के स्मरण के लिए उन्हें कभी अवकाश ही नहीं मिल सका। अस्वाभाविक व अनुचित भी नहीं है। परंतु···

"लोपामुद्रा, वहाँ तो तुम घर आने के लिए उतावली कर रही थीं, परंतु यहाँ आने पर एकदम चुप कर गईं, न कोई चर्चा न कोई वार्ता। लगता है, बहुत अधिक रुष्ट हो। हो न ?"

"रुष्ट···? और मैं ?" लोपामुद्रा रुआँसी-सी हो आईं। उन्होंने कभी कल्पना भी न की थी कि आर्यपुत्र आते ही उस पर आरोप मढ़ने लगेंगे। वह तो सोच रही थीं कि वह उन्हें इतने उपालंभ देंगी, इतने कि वह निरुत्तर हो जाएँगे, सफाई देने का विचार तक न कर सकेंगे। परंतु वह तो उपालंभ दे ही नहीं पाईं और उन्होंने उस पर आरोप जड़ दिया। तब···? क्या उत्तर दें वह ? परंतु कुछ भी न कहकर क्या वह स्वतः आरोप की पुष्टि करेंगी ?···नहीं, उन्हें उत्तर देना ही होगा। बोलीं—

"रुष्ट होने का तो प्रश्न ही नहीं है, आर्यपुत्र। चुप रहकर मैं यह सोच रही थी कि आपने इध्मबाह के प्रश्न का स्पष्ट उत्तर क्यों नहीं दिया ?···क्या आपको हम दोनों का स्मरण सचमुच कभी नहीं आया, कभी ?"

"अच्छा, तो यह है, जो तुम्हें अंदर ही अंदर मथ रहा है, दंश दे रहा है!" उठकर बैठते हुए ऋषि बोले, "परंतु तुम यह क्यों नहीं समझ पातीं लोपामुद्रा कि मेरे उत्तर में कहीं कोई अस्पष्टता नहीं थी। हाँ, यह सच है कि धर्म, संस्कृति, समाज, राष्ट्र व मानवता ने मेरे हृदय के अधिकांश भाग को आवृत्त कर रखा था, परंतु उसमें तुम्हारे तथा इध्मबाह के लिए जो स्थान सुरक्षित था, वे सब मिलकर भी उसका अतिक्रमण नहीं कर सके। दिवा हो या रात्रि, स्वप्न हो या जागृति, जब भी मुझे तुम दोनों का स्मरण आता, मेरा मन मुझे तुम दोनों की उपेक्षा के लिए धिक्कार उठता था। और···आज भी मेरा मन तुम दोनों के प्रति अपना दायित्व न निभा पाने के अपराध-बोध से उत्पन्न अवसाद-बोझ से दबा जा रहा है। क्या तुम्हें अब भी मुझ पर विश्वास नहीं है ?"

"लगता है, आप मुझे रुलाकर ही मानेंगे।" मन-ही-मन पश्चात्ताप करती हुई लोपामुद्रा बोलीं, "मैं तो आपकी दुर्बल काया को देखकर ही समझ गई थी कि आप कितने ही सुख में क्यों न रहे हों, हम दोनों के लिए सदैव चिंतित रहे, अन्यथा

क्या आप इतने दुर्बल हो सकते थे ?''

''तो तुम्हें लगता है कि मैं दुर्बल हो गया हूँ, खूब!'' मुस्कराते हुए अगस्त्य ने लोपामुद्रा के मुख पर अपनी दृष्टि केंद्रित कर दी।

''विश्वास न हो तो मुकुर उठाकर देखो न।'' प्रत्युत्तरस्वरूप लोपामुद्रा भी मुस्करा दीं।

''तुम्हारे हृदय-मुकुर में झाँकने पर तो मैं निश्चित रूप से दुर्बल ही दिखाई दूँगा, परंतु मुझे तो लगता है कि मेरे शरीर का भार इन दिनों कुछ बढ़ा ही है।'' कहकर अगस्त्य ठठाकर हँसे, तो लोपामुद्रा भी अपने-आपको संयत न रख सकीं, और वह भी ठठाकर हँस पड़ीं।

इध्मबाह उन्हें हँसता हुआ देखकर उनके पास आ बैठा, और कहने लगा, ''पिताश्री, आपके बिना यहाँ बड़ा वैसा-वैसा लगता था। और माताश्री तो कभी-कभी बहुत दुःखी हो जाती थीं।''

''स्वाभाविक ही है, वत्स।'' सुनकर अगस्त्य ने प्रतिक्रिया प्रकट करते हुए कहा, ''परंतु अब हम सब जहाँ भी रहेंगे, साथ-साथ ही रहेंगे।''

''जहाँ रहेंगे का क्या अर्थ है, आर्यपुत्र ?'' चौंकते हुए लोपामुद्रा ने पूछा, ''क्या आप यहाँ से कहीं अन्यत्र जाने का निर्णय लेकर आए हैं ?''

''हाँ, देवि, तृत्सुओं के राजा दिवोदास ने मुझे अपने गुरुकुल का कुलपति नियुक्त किया है तथा तृत्सु ग्राम के निकट सरस्वती नदी के तट पर एक गुरुकुल स्थापित करने का अनुरोध किया है।''

''हूँ, तो कब चलने का विचार है ?'' लोपामुद्रा ने कुरेदा।

''सोचता हूँ कुछ दिन यहाँ रुककर गुरुकुल का प्रभार किसी योग्य व सक्षम व्यक्ति को देकर तथा सबसे मिल-मिलाकर चल दिया जाए। भरतश्रेष्ठ गाधि ने अपने पुत्र विश्वरथ तथा ऋचीक ने अपने पुत्र जमदग्नि को भी इस गुरुकुल में प्रवेश दिलाने का निर्णय लिया है। सुदास के अतिरिक्त अन्य राजकुमार तथा ऋषि कुमारों के भी गुरुकुल में प्रवेश प्राप्त करने की संभावना है।'' कहते-कहते अगस्त्य रुक गये। मानो तृत्सु एवं भरतों की संगठित शक्ति से आर्यावर्त तथा दक्षिणापथ में निवसित अनार्यों के दमन की संभावनाओं का आकलन कर लेना चाहते हों।

राज्य-शक्ति तथा ऋषि-शक्ति के मिलन से उत्पन्न सुखद संभावनाओं का विचार कर लोपामुद्रा भी प्रसन्न हो उठीं। किंतु इध्मबाह को एक ओर अपने बाल-सखाओं से बिछुड़ने का दुःख हो रहा था, तो दूसरी ओर नवीन मित्रों से मिलने तथा नवीन स्थानों को दखने का हर्ष भी हो रहा था। वह अपने-आपमें मग्न था।

अकस्मात् गौशाला से एक गाय भाँ-भाँ करती हुई उनकी ओर आई, और लोपामुद्रा के पास आकर भाँ-भाँ करती हुई आँसू गिराते हुए उसे देखने लगी। मानो उसके संभावित वियोग को न सह पाने के कारण रो रही हो,. और रँभा-रँभाकर उससे न

जाने का अनुरोध कर रही हो।

ठीक इसी समय उसका बछड़ा गौशाला से निकलकर उसके पास आया और हुमक-हुमक कर उसके उदर से सिर टकराने लगा। गाय उसके अभिप्राय को समझ गई। अत: एक स्थान पर चुपचाप खड़ी हो गई। बछड़ा दूध पीने लगा, मानो कह रहा हो, चिंता क्यों करती हो, मैं तो हूँ ही। क्या तुम मेरी खातिर भी यहाँ नहीं रुकोगी ? ना, ना, ऐसा मत करना।

गाय की पीड़ा लोपामुद्रा से भी छिपी न रही। अत: वह भी उठकर खड़ी हो गईं तथा उसकी गर्दन सहलाने लगीं। गाय को लगा कि वह कहीं क्यों न रहें, परंतु उन्हें उसका स्मरण सदैव बना रहेगा। फिर··फिर चिंता क्या ?

बछड़ा दूध पी रहा था और गाय अपना थूथन उठाकर लोपामुद्रा के हाथ पर रख रही थी। ऋषि प्रसन्न होकर यह सब देख रहे थे। इध्मबाह बैठा न रह सका था, अब वह उठकर तथा आशंकित जैसा होकर अपनी माँ से सटकर खड़ा हो गया था। वृक्षों पर बैठे हुए पक्षी कलरव कर रहे थे। सहसा आकाश के एक कोने में घनगर्जना हो उठी, मानो अंतरिक्ष के देवता आनंदित होकर दुंदुभि बजा रहे हों।

5

सरस्वती नदी के उत्तर में तथा तृत्सु राज्य की सीमा में एक ग्राम था, बड़ा-सा ग्राम। इस ग्राम के पूर्व में पर्याप्त दूरी पर एक मझोले आकार की पर्णकुटी थी, जिसमें कुलपति अगस्त्य अपनी पत्नी लोपामुद्रा तथा पुत्र इध्मबाह के साथ रहते थे। और···और उससे कुछ दूर स्थित भूभाग पर एक विशाल पर्णकुटी थी, जो अतिथिगृह के रूप में प्रयुक्त होती थी।

दूसरी ओर उपाध्याय व आचार्यों के लिए निर्मित पर्णकुटियाँ थीं, और थीं अंतेवासियों के रहने के लिए निर्धारित पर्णकुटियाँ। भृत्य व परिचारकों के आवास छात्रावास के निकट ही थे।

सामने के मैदान में गुरुकुल के अध्यापन कक्ष थे। सभाकक्ष, यज्ञशाला, व्यायामशाला तथा वाटिकादि भी गुरुकुल के लिए निर्धारित परिसर में ही थे। परंतु सबके मध्य अपेक्षित अंतराल विद्यमान था। गुरुकुल की ख्याति आर्यावर्त में ही नहीं, समूचे भरतखंड में थी। अत: राजकुमार एवं ऋषि कुमार प्राय: यहीं शिक्षा ग्रहण करने आया करते थे।

अभी दो दिन पूर्व ही अथर्वण ऋचीक अपनी पत्नी सत्यवती, विश्वरथ तथा

जमदग्नि को लेकर गुरुकुल में आए थे तथा अतिथिगृह में रुके थे। आज विश्वरथ तथा जमदग्नि ब्रह्मचर्याश्रम में प्रवेश कर वेदाध्ययन प्रारंभ करने वाले थे। राजा दिवोदास के पुत्र सुदास तथा बालसखा ऋक्ष को भी उन्हीं के साथ दीक्षित किया जाना था। और इध्मबाह…? वह तो इस आश्रम में रहकर कई दिन से इस शुभ मुहूर्त की प्रतीक्षा में था। अस्तु अगस्त्य तथा लोपामुद्रा ने इन सबके साथ उसका भी उपनयन संस्कार करने का निर्णय ले रखा था।

अतिथिगृह से कुछ दूरी पर बने हुए गुरुकुल के विशाल प्रांगण में अवस्थित यज्ञशाला में अग्नि की स्थापना कर अगस्त्य ने वरुणदेव का आह्वान किया और विश्वरथ, जमदग्नि, सुदास, इध्मबाह तथा ऋक्ष को बुलाकर उन्हें नवीन मृगचर्म पहनने को दिए, फिर मूँज कर धागा उस मृगचर्म को बाँधने के लिए दिया और जब यह सब हो गया तो उनके ललाट पर भस्म का तिलक लगाकर उनके हाथों में दंड दिया। अंत में प्रार्थना, स्वस्तिवाचन, अग्निहोत्र आदि के पश्चात् उन सबका उपनयन व वेदारंभ संस्कार किया गया, और फिर अगस्त्य ने प्रतिज्ञा-मंत्र कहकर सुनाया तथा समस्त शिष्यों को उसे दुहराने के लिए कहा। निर्देश पाकर उन सबने कहा—

ओ३म, मम व्रते ते हृदयं दधामि मम चित मनुचितंते अस्तु।
मम वाच मेक मनाजुषस्व वृहस्पतिष्टवा नियुक्त महयम्।

जब यह सब हो चुका, तो शांति पाठ किया गया, और फिर अगस्त्य, लोपामुद्रा, वशिष्ठ, दिवोदास तथा अन्य सबने शुभाशीष देते हुए कहा, ''ओ३म् त्वं शरदः-शतम् वर्द्धमान आयुष्मान तेजस्वी मनस्वी, वर्चस्वी च यशस्वी भूयः'' सुनकर नवदीक्षित ब्रह्मचारियों ने कृतज्ञतापूर्वक सबको नमन किया। देखते ही अग्निशिखाएँ और अधिक प्रखर हो उठीं, मानो उन सबके प्रतिज्ञा लेते ही अग्नि के रूप में ज्ञानालोक ही विकीर्ण हो उठा हो। शुभ शकुन समझकर अगस्त्य व लोपामुद्रा मन-ही-मन मुस्करा उठे। ठीक इसी क्षण आकाश से नन्हीं-नन्हीं बूँदें टपक पड़ीं, मानो अंतरिक्ष के निवासी भी आनंदाश्रु छलका कर अपनी प्रसन्नता प्रकट कर रहे हों। देखकर तृत्सुराज दिवोदास, अथर्वण ऋचीक एवं सत्यवती भी पुलकित, आनंदित हो उठे। किंतु…

किंतु विश्वरथ व जमदग्नि चाह कर भी हर्षित, उत्साहित न हो सके। होते भी कैसे ? उन्हें गुरुकुल कारागृह जैसा लग रहा था। और उसका व्यस्त कार्यक्रम…? ओह, वह तो और अधिक उबाने, थकाने वाला था। माना कि यहाँ सुंदर, सुखद वृक्ष थे, यहाँ-वहाँ चौकड़ी भरकर भागने वाले हरिण थे, मधुर मादक ध्वनि से श्रोताओं के मन को अपनी ओर खींचने वाले बहुवर्णी पक्षी थे, परंतु घोषा व सत्यवती के साथ रहने में जो स्वतंत्रता थी, वह यहाँ कहाँ…? कहीं भी नहीं।

सहसा विश्वरथ के मन में आया, वह क्यों न सत्यवती तथा ऋचीक से कहें कि वे यहाँ नहीं पढ़ना चाहते, घर पर दादा जी तथा आप जो भी पढ़ाएँगे, वे वह सब मनोयोगपूर्वक पढ़ेंगे। अभी वह यह सोच ही रहा था कि जमदग्नि ने कहा,

"मामा, तुमने गुरुजी को देखा न ? कैसे खड़म-खड़म चलते हैं। और हाँ, पिताश्री क्या कह रहे थे ? आर्यों की समस्त जाति में उन जैसा कोई विद्वान नहीं, मनस्वी नहीं।"

"कहते तो थे," प्रत्युत्तरस्वरूप विश्वरथ ने कहा, "परंतु न जाने मुझे क्यों उनसे डर लगता है। फिर इस सुदास व ऋक्ष को देखो, सदैव हमें चिढ़ाने में ही रस लेते हैं। लेते हैं न ? अग्नि, मेरे विचार से तो हमें बहन व जीजा जी के साथ ही लौट जाना चाहिए।"

"परंतु क्या वे साथ चलने को तैयार होंगे ? नहीं, मामा, वे ऐसा करने को कदापि तैयार नहीं होंगे। तो क्या रात्रि के अँधेरे में कहीं भाग चलें ?"

सोचते-सोचते उन दोनों को काफी समय हो गया, परंतु वे किसी निष्कर्ष पर न पहुँच सके। अंततः वे सो गए और प्रातः फिर गुरुकुल की व्यस्त दिनचर्या में संलग्न हो गए। ऐसा नहीं है कि इस बीच उन्हें पुनः सोचने का अवसर ही न मिला हो, परंतु न तो वे अपना विचार अथर्वण ऋचीक तथा सत्यवती पर प्रकट कर सके और न भागने का ही साहस जुटा सके।

अस्तु दो दिन बाद जब अथर्वण ऋचीक तथा सत्यवती रथ पर सवार होकर जाने लगे, तो विश्वरथ तथा जमदग्नि के नेत्रों से अश्रुपात होने लगा। देखकर अगस्त्य ने कहा, "विश्वरथ, रो क्यों रहा है ? और अग्नि, तू भी रो रहा है, परंतु क्यों ? क्या तुम दोनों को यहाँ कोई कष्ट है ? विश्वास रखो, अथर्वण व सत्यवती से तुम्हें जो स्नेह व ममत्व मिलता है, उससे कुछ अधिक ही तुम दोनों को लोपामुद्रा तथा मुझसे मिलता रहेगा।"

सुनकर विश्वरथ तथा जमदग्नि ने अपनी आँखें पोंछ लीं। ऋचीक भी रथ से उतरकर नीचे आए और उनके सिर पर स्नेहिल हाथ फेरकर बोले, "वत्स, वरुण-देव को धन्यवाद दो कि उन्होंने तुम्हें महामुनि जैसे महान् गुरु का शिष्यत्व प्राप्त करने का सौभाग्य दिया। जाओ, और निश्चिंत होकर रहो। फिर हम तो शीघ्र ही पुनः यहाँ आने वाले हैं।"

आश्वस्त होकर विश्वरथ व जमदग्नि लौट आए। अथर्वण ऋचीक तथा सत्यवती का रथ भी द्रुत गति से चल पड़ा। ठीक इसी बीच इध्मबाह आ पहुँचा, और उन दोनों के साथ खेलने लगा।

धीरे-धीरे कुछ वत्सर व संवतसर व्यतीत हो गए। अब जमदग्नि व विश्वरथ वेद-वेदांग में रुचि लेने लगे थे और अपने सहपाठियों में सबसे अधिक प्रखरबुद्धि माने जाते थे। विश्वरथ तो आचार्य भद्राक्ष द्वारा अस्त्र-शस्त्र संचालन का प्रशिक्षण भी प्राप्त करने लगा था, और शरसंधान में अत्यंत कुशल हो गया था। सुदास को यह सब अच्छा नहीं लगा। राजपुत्र होने के नाते वह अपने-आपको सर्वश्रेष्ठ समझता था। अस्तु, विश्वरथ, जमदग्नि व इध्मबाह की प्रगति को देखकर वह ईर्ष्याग्नि से

धधक उठता था, और उनको तथा विशेष रूप से विश्वरथ को हानि पहुँचाने के अवसर ढूँढ़ा करता था। उसका बालसखा ऋक्ष उसके इन नीच कृत्यों में उसका सहयोगी रहता था। जमदग्नि स्वभाव से अत्यंत क्रोधी था अत: वह भी उत्तेजित हो उठता था। परंतु विश्वरथ उसे संयत बनाए रखने का सतत प्रयास करता रहता था।

एक दिन गुरुकुल में लक्ष्यवेध की प्रतियोगिता थी। पुरुराज खेल, सृंजयराज सोमक, राजा दिवोदास तथा अन्य आगंतुक पीपल के सामने बने हुए चत्वर पर आसन लगाकर बैठे थे। सामने के प्रांगण में कुछ रंग-बिरंगी मटकियाँ लटका दी गई थीं। अगस्त्य ने सुदास को बुलाकर शर संधान कर एक सफेद मटकी को फोड़ने का निर्देश दिया। सुदास गर्वपूर्वक अपने स्थान से उठा और अपने पिता दिवोदास की ओर दृष्टिपात कर आगे बढ़ा। दिवोदास को भी अपने इस पुत्र की लक्ष्यवेध-कुशलता पर गर्व था। अत: उन्होंने भी गर्वोन्नत दृष्टि से उसे देखा और उसकी सफलता की कामना करने लगे। सुदास ने धनुष की प्रत्यंचा पर बाण चढ़ाया और लक्ष्य साधकर बाण छोड़ दिया। मटकी फूटकर नीचे गिर गई। दर्शकवृंद करतल-ध्वनि कर वाह-वाह करने लगा। दिवोदास ने आगे बढ़कर प्रशंसा-भरी दृष्टि से सुदास को देखा और अपनी बाँहों में भर लिया। अगस्त्य तथा भद्राक्ष को भी प्रसन्नता हुई।

विश्वरथ दूर बैठा हुआ बार-बार गुरु की ओर देख रहा था, सोच रहा था कि वह उसे बुलाएँ तो वह भी अपना हस्तकौशल दिखा सके। जमदग्नि से भी उसका यह मनस्थ भाव छिपा न रहा। अस्तु, वह धीरे से उठकर लोपामुद्रा के पास पहुँचा और बोला, ''माताजी, विश्वरथ तो घूमती हुई मटकी को फोड़ देता है, उसे भी अवसर दिलाइए न।''

''अच्छा'' कहकर लोपामुद्रा ने अगस्त्य की ओर देखा और कहा, ''आर्यपुत्र, विश्वरथ को भी एक अवसर प्रदान किया जाए। अग्नि का कहना है कि उसे घूमती हुई मटकी फोड़ने का अभ्यास है।''

''ऐसा ? तब आओ, विश्वरथ। तुम भी अपना शरसंधान-कौशल दिखाओ। भद्राक्ष, किसी को मटकियाँ हिलाने के लिए कह दो।''

''जो आज्ञा,'' कहकर भद्राक्ष ने एक ब्रह्मचारी को मटकियाँ हिलाने-डुलाने का निर्देश दिया। मटकियाँ घूमने लगीं। विश्वरथ अपने स्थान से उठा और गुरु के चरणों में नमन कर लक्ष्य साधने लगा। कुछ क्षण पश्चात् उसने गुरु के निर्देशानुसार त्वरित गति से घूमती हुई मटकी पर शरसंधान किया। शर के लगते ही मटकी टुकड़े-टुकड़े होकर बिखर गई। देखकर उपस्थित जनों को ही नहीं, अगस्त्य को भी आनंद-मिश्रित आश्चर्य हुआ, और भद्राक्ष ने तो दौड़कर उसकी पीठ ही नहीं थपथपाई, गोद में लेकर शुभाशीष देते हुए उसके ललाट को चूम लिया।

दिवोदास जो अपने पुत्र सुदास की लक्ष्यवेध-कुशलता पर हर्षित पुलकित हो

रहे थे, मन-ही-मन यह सब देख कर कट गए। परंतु विश्वरथ ने जैसे ही उन्हें नमन किया, उन्होंने उसकी पीठ थपथपाई और कहा, ''वत्स, तुम निश्चित रूप से महावीर होगे, भरतश्रेष्ठ होगे और अपने कुल की कीर्ति को और अधिक उज्ज्वल बनाओगे।''

''मैं भी ऐसा ही अनुभव करता हूँ। परंतु विश्वरथ, तूने यह शरसंधान-कौशल इतनी शीघ्रता से कैसे प्राप्त कर लिया ?'' पास आकर तथा विश्वरथ के सिर पर स्नेहिल हाथ फेरते हुए अगस्त्य ने अपनी प्रतिक्रया प्रकट की।

''गुरुदेव, मुझे स्वयं यह सब ज्ञात नहीं।'' दिवोदास तथा अगस्त्य के चरण-स्पर्श करते हुए विश्वरथ ने कहा, ''परंतु मैं यह अनुभव कर रहा हूँ कि इसका श्रेय मुझे नहीं, वरुणदेव को है। उन्होंने ही मुझमें प्रविष्ट होकर यह सब किया है।''

''वरुणदेव ने…? क्या कह रहा है, विश्वरथ ?'' साश्चर्य अगस्त्य ने पूछा, ''क्या तू सचमुच यह अनुभव करता है कि वरुणदेव ने ही तुझसे यह सब कराया है ?''

''हाँ, गुरुदेव'' विश्वरथ गुरु के चरणों में पुनः झुक गया था, ''आपने ही तो कहा था कि सृष्टि में वरुण की इच्छा व प्रेरणा के बिना कुछ भी नहीं होता, कुछ भी नहीं हो सकता।''

अगस्त्य के मन में आया, कह दें कि तू नृप होने के लिए नहीं, वरंच ऋषि होने के लिए उत्पन्न हुआ है, परंतु उन्होंने कुछ भी नहीं कहा। मन-ही-मन आनंद का अनुभव करते हुए आश्रम की ओर चल दिए। इधर विश्वरथ लोपामुद्रा के चरण-स्पर्श कर उनका शुभाशीष ग्रहण कर रहा था, और उधर सुदास ईर्ष्यानल में दग्ध हुआ जा रहा था। उसे लगता था कि इस बालक को अपने मार्ग से हटाना ही होगा, फिर चाहे उसे उसकी हत्या ही क्यों न करनी पड़े। किंतु उसने अपना यह मनोभाव किसी पर यहाँ तक कि अपने बालसखा ऋक्ष पर भी प्रकट नहीं किया।

कुछ दिन बाद यह निर्णय हुआ कि जब तक श्रृंजय व पुरु शम्बर से युद्ध कर रहे हैं, तब तक समस्त आश्रमवासी दिवोदास के तृत्सुग्राम में जाकर रहें। विश्वरथ व जमदग्नि को इस समाचार से आघात लगा, परंतु सुदास व ऋक्ष प्रसन्न थे, साथ ही उत्साहित भी। वशिष्ठ, भारद्वाज, अगस्त्य, लोपामुद्रा तथा कुछ अभिजात वर्गीय बालक रथों तथा घोड़ों पर बैठकर तृत्सुग्राम की ओर चले और किशोर तथा प्रौढ़ पैदल ही चल पड़े। गायें व घोड़े भी साथ में थे। जब-तब वे इधर-उधर भटक जाते। कुछ किशोर व बालक थक जाते, तो गायों को खदेड़ कर लाने के लिए कुछ लोग दौड़ पड़ते और थके हुए लोगों को गाड़ी में बिठाकर चल पड़ते।

एक दिन यात्रा के मध्य में एक नदी मिली, पास में ही घास भी थी, कुछ छायादार वृक्ष भी थे। अतः वहीं पड़ाव डालकर गायों व घोड़ों को चरने के लिए

छोड़ दिया गया, और लोग स्नानादि के लिए नदी में उतर गए। आश्रमवासियों के उत्साह का कोई पार न था। सभी ब्रह्मचारी नदी में उतर कर नहाने, तैरने लगे। विश्वरथ व जमदग्नि भी नदी में स्नान करने उतरे। सुदास व ऋक्ष पहले से ही नदी में तैर रहे थे। विश्वरथ को देखकर सुदास की ईर्ष्याग्नि और प्रबल हो उठी। अवसर पाकर उसने एक डुबकी लगाई और विश्वरथ की टाँग खींचकर वह उसे पानी के अंदर ले गया तथा डुबाने का यत्न करने लगा। विश्वरथ को तैरना नहीं आता था। अत: सुदास के इस प्रयास से उसके मुँह में पानी भर गया और वह नदी के पेंदे में डूबने लगा। संयोगवशात् भद्राक्ष वहीं नहा रहा था, उसकी दृष्टि विश्वरथ की ओर गई। उसने तत्काल डुबकी लगाई और विश्वरथ को नीचे से उठाकर नदी-तट पर ले आया। यहाँ आकर उसने विश्वरथ को औंधा लिटा दिया। सूचना पाते ही अगस्त्य भी दौड़कर वहाँ आ गए। उन्होंने उसकी पीठ दबाई और उसके पेट में भरे हुए पानी को निकालने लगे। वह वरुणदेव से प्रार्थना तो कर ही रहे थे, विश्वरथ के पेट, मुँह आदि में भरे हुए पानी को भी निकाल रहे थे।

दिवोदास को जब यह ज्ञात हुआ कि सुदास ने विश्वरथ को पानी में डुबाकर मारने का प्रयास किया था, तो वे भी लज्जित तथा उत्तेजित हो गए। उन्हें लगा, यदि आज विश्वरथ मर गया होता तो भरत उनके सदा-सदा के लिए शत्रु हो गए होते। अस्तु उन्होंने अगस्त्य से प्रार्थना की कि इस अपराध के लिए सुदास को कठोर दंड दिया जाए। अगस्त्य भी ऐसा ही चाहते थे। अस्तु, उसे एक वृक्ष से बाँध दिया गया।

परंतु जैसे ही विश्वरथ को चेतनता प्राप्त हुई, उसने कहा, ''गुरुदेव, सुदास को दंड मत दीजिए। जब वह मुझे पानी में डुबा रहा था, तब मुझे सहस्रों सूर्यों के प्रभामंडल से आलोकित वरुणदेव के दर्शन करने का सौभाग्य प्राप्त हुआ। अस्तु, उसे दंड नहीं पुरस्कार दिया जाना चाहिए।''

अगस्त्य ने इस सबको सुना, परंतु अभी वह इस अनुरोध पर विचार करने की मन:स्थिति में नहीं थे। वह तो प्रार्थना कर रहे थे, कह रहे थे, ''वरुणदेव, आपका यह पुत्र अगस्त्य किन शब्दों में आपकी प्रशंसा करे, समझ में नहीं आता। यदि आज आपने सहायता न की होती, तो भरत कुल तो निस्संतान हो ही गया होता, मेरे मुख पर भी ऐसी कलंक-कालिमा पुत गई होती, जिसे किसी प्रकार धोया-मिटाया नहीं जा सकता था। इसलिए देव, कृतज्ञता-सिक्त मेरा प्रणाम स्वीकार करो।''

अब विश्वरथ पूर्णत: स्वस्थ हो गया था, और सुदास को बंधन-मुक्त कर दिया गया था। भोजनादि से निवृत्त होकर लोग पुन: चल पड़े थे, और तृत्सुग्राम आ पहुँचे थे, और कुछ दिन वहीं रहकर पुन: आश्रम में लौट आए थे।

विश्वरथ, जमदग्नि, इध्मबाह, सुदास व ऋक्ष अब काफी बड़े हो गए थे, परंतु विश्वरथ जैसी प्रतिभा एवं क्षमता इनमें से किसी में भी नहीं थी, किसी में भी।

श्रृंजय व पुरु शम्बर के साथ युद्ध में उलझे हुए थे, और वह भी पिछले एक वर्ष से। कभी शम्बर श्रृंजय व पुरुओं पर विजय प्राप्त कर लेता, और कभी श्रृंजय व पुरु शम्बर पर विजय प्राप्त कर लेते, परंतु दोनों पक्षों में से किसी को भी निर्णायक विजय प्राप्त नहीं हो पा रही थी। फिर भी यह सच है कि शम्बर श्रृंजय व पुरुओं पर भारी पड़ रहा था, और वे भी ऐसा अनुभव कर रहे थे। अस्तु वे चाहते थे कि तृत्सु, भरत, अनुद्रहु तथा भृगुओं की सेनाएँ भी इस युद्ध में सम्मिलित हो जाएँ, ताकि अपनी संगठित शक्ति के बल पर आर्य असुरों को पूर्णत: मूलोच्छेदित कर सकें। पुरुराज खेल का दूत यह संदेश लेकर आज तृत्सुग्राम आया था।

अगस्त्य के पास यह समाचार पहुँच गया था। गत बीस वर्ष से वे अनार्यों के विनाश के लिए प्रयत्नशील थे। तृत्सुराज दिवोदास ने उनके निर्देश पर शम्बर से कई युद्ध किए थे, परंतु दिवोदास जैसा शक्तिशाली योद्धा भी शम्बर को पराजित करने में सफल नहीं हो सका था। वह शम्बर के सुदृढ़ पाषाण गढ़ों पर जब-तब अधिकार कर भी लेते, तो शम्बर अपने अन्य पाषाण निर्मित दुर्गों में जाकर अपने आपको सुरक्षित बनाकर विशाल सैन्य संगठित कर पुन: युद्ध करता और अपने विजित गढ़ों को आर्य राजाओं से मुक्त करा लेता। अगस्त्य असुरों की बढ़ती हुई शक्ति से भयभीत थे। उन्हें लगता था कि यदि असुरों को पूर्णत: नष्ट नहीं किया गया, तो आर्य-धर्म, जीवन-दर्शन, सभ्यता व संस्कृति ही नष्ट नहीं हो जाएगी। हो सकता है, आर्यों को असुरों की दासता भी स्वीकार करनी पड़े।

'तब···? तब क्या करें वह ?' यह प्रश्न प्राय: अगस्त्य के मन व मस्तिष्क को मथता रहता था, और जिस समय उन्हें श्रृंजय व पुरुओं की आसन्न पराजय का समाचार तथा सहयोग करने का प्रस्ताव प्राप्त हुआ, तब भी मथ रहा था। दूत को विश्राम करने का निर्देश देकर उन्होंने वशिष्ठ को बुलाया और उनसे परामर्श करने के उपरांत तृत्सु, भरत, अनुद्रहु तथा भृगुओं की सेनाओं से श्रृंजय व पुरुओं के साथ मिलकर शम्बर के विरुद्ध युद्ध करने का आह्वान किया।

अगस्त्य ऋषि के इस आह्वान पर तृत्सु, भरत, अनुद्रहु तथा भृगुओं की सेनाएँ श्रृंजय नरेश सोमक तथा पुरु नरेश खेल की सेनाओं के साथ आ मिलीं। भयानक युद्ध हुआ, स्यात् इतना भयानक युद्ध इसके पहले कभी नहीं हुआ था। इस युद्ध में स्वयं शम्बर बुरी तरह आहत हुआ। हो सकता था कि रक्तस्राव की अधिकता तथा घाव की भयावहता के कारण वह मर जाता, परंतु लोपामुद्रा ने उसे एक पर्णकुटी में शरण दिला दी, और स्वत: उसकी सेवा-सुश्रूषा में संलग्न हो गईं। वह प्रतिदिन उसके घावों को धोतीं, मरहम-पट्टी करतीं और उसके लिए पथ्य बनाकर खिलातीं। धीरे-धीरे वह चलने-फिरने योग्य हो गया। फिर भी वह सुरक्षित अवस्था में अपने गढ़ में पहुँचने की स्थिति में नहीं था, अस्तु कुछ दिन तक वह वहाँ और रुका रहा। पश्चात् वह वहाँ से चुपचाप निकल गया। उसके सैनिक उसकी खोज में इधर-

उधर भटक ही रहे थे। जैसे ही उनकी दृष्टि शम्बर पर पड़ी, वे उसे एक अनजाने मार्ग से लिबाकर गढ़ में आ गए।

शम्बर के आहत तथा अंतर्धान होने का समाचार पाकर सोमक तथा खेल ने आर्य सेनानियों को निर्णायक युद्ध करने की योजना बनाने तथा उसे यथाशीघ्र मूर्त रूप देने का निर्देश दिया, और तत्काल मंत्रणा-कक्ष में एकत्र होने के लिए उन सबको बुलाया। अगस्त्य को भी इस मंत्रणा के समय मंत्रणा-कक्ष में उपस्थित रहने का अनुरोध किया गया। सूचना पाते ही अगस्त्य गंतव्य स्थान की ओर जाने का विचार कर ही रहे थे कि उन्हें जमदग्नि अपनी ओर दौड़कर आता हुआ दिखाई दिया। वह वहीं रुक गए, और जैसे ही वह उनके पास आया, उन्होंने पूछा, ''जमदग्नि, इतने व्यस्त व त्रस्त होकर कहाँ दौड़े जा रहे हो ? कुशल तो है ? कहो न क्या बात है ?''

सुनकर जमदग्नि ने कहा, ''कुशल ही तो नहीं है, गुरुदेव। अभी-अभी समाचार मिला है कि असुर विश्वरथ तथा ऋक्ष का अपहरण कर उन दोनों को शम्बरपुर ले गये हैं, और यह भी ज्ञात हुआ है कि शम्बर भी स्वस्थ होकर शम्बरपुर के पाषाण दुर्ग में पहुँच गया है।''

''अच्छा !'' साश्चर्य अगस्त्य ने प्रश्न किया, ''परन्तु प्रश्न तो यह है कि विश्वरथ तथा ऋक्ष का अपहरण किसने किया तथा किस प्रकार किया ? क्या इसकी भी कुछ जानकारी है तुम्हें ?''

''क्यों नहीं, गुरुदेव ?'' प्रत्युत्तरस्वरूप जमदग्नि कहने लगा, ''मुझे अभी-अभी एक मछुए ने, जो जब-तब विश्वरथ को मछली देने आया करता था, बताया था कि जब वह नदी के तट पर बैठकर मछलियाँ पकड़ रहा था और विश्वरथ तथा ऋक्ष नदी में उतरकर स्नान कर रहे थे, ठीक तभी आठ-दस असुर आए। उनमें से चार ने विश्वरथ का मुँह बंद कर नदी में से उठा लिया और चार ऋक्ष का मुँह बंद कर उसे उठाकर नदी के बाहर ले आये। फिर तेजी के साथ कुछ दूरी पर खड़े हुए घोड़ों पर लादकर ले गए। दो असुर कुछ देर तक पहरा देते हुए वहीं खड़े रहे, और फिर कुछ देर बाद वे भी वहाँ से भाग खड़े हुए।''

सुनकर अगस्त्य अवाक् रह गए। दो क्षण तक वह यह समझ ही न सके कि क्या किया जाए, क्या कहा जाए ? किंतु परिस्थिति की प्रतिकूलता तथा भयावहता का विचार कर क्या उसे टाला जा सकता है···? नहीं, परिस्थिति कितनी ही गंभीर क्यों न हो, निष्क्रिय होकर न तो उसे कभी टाला जा सका और न टाला जा सकेगा। तब···? तब क्या ? अगस्त्य को लगता है, निष्क्रियता का अर्थ होगा, साक्षात् मृत्यु का वरण। तो क्या उन सबको संगठित होकर शम्बरपुर पर तत्काल आक्रमण कर देना चाहिए ?

अगस्त्य गंभीर हो जाते हैं, और विचारमग्न भी। हठात् वह कहते हैं, ''जमदग्नि,

स्थिति अत्यंत विकट एवं गंभीर है। यदि हम संगठित होकर शम्बरपुर पर आक्रमण करते हैं, तो प्रत्याक्रमण के लिए प्रस्तुत होने के पूर्व ही शम्बर उन दोनों की हत्या कर देगा। और···और यदि हम उन दोनों को उनके भाग्य पर छोड़ देते हैं, तो वे स्वत: आत्महत्या कर लेंगे। समझ में नहीं आता कि क्या किया जाए, क्या नहीं।''

''यह भी तो हो सकता है, गुरुदेव,'' उद्विग्न स्वर में जमदग्नि कहने लगा, ''कि हमारी सेनाओं के युद्धस्थल से शम्बरपुर की ओर प्रस्थान करने पर असुर सेनाएँ आर्य-बस्तियों पर आक्रमण कर दें और उन्हें नष्ट-भ्रष्ट कर दें, और उधर शम्बरपुर के निकट हमारी सेनाओं को देखकर शम्बर विश्वरथ व ऋक्ष की हत्या करा दे।''

''तुम्हारी आशंका निराधार नहीं है, वत्स।'' अगस्त्य का गुरु गंभीर स्वर सहसा गूँज उठा, ''अस्तु, हमें एक ओर तो असुर सैनिकों को युद्धस्थल में ही अटकाए रखना होगा और दूसरी ओर विश्वरथ तथा ऋक्ष को कूटनीतिक स्तर पर छुड़ाने का यत्न करना होगा। चलो, पहले यही विचार कर लिया जाए, उसके पश्चात् युद्ध मंत्रणा परिषद् में विचार किया जाएगा।''

अगस्त्य यह कहकर जैसे ही अपनी पर्णकुटी की ओर मुड़े जमदग्नि भी उनके साथ चल पड़ा। यहाँ आकर अगस्त्य ने उसे वशिष्ठ तथा दिवोदास को बुला लाने के लिए भेज दिया, और उनके आगमन की प्रतीक्षा करने लगे।

थोड़ी ही देर में वशिष्ठ, दिवोदास तथा भरत सेनापति प्रतर्दन आ पहुँचे। अगस्त्य ने उन्हें सद्य घटित घटनाक्रम की जानकारी दी, और फिर उन सबसे कहा, ''इस स्थिति में क्या किया जाना चाहिए, बताइए ?'' परंतु अगस्त्य का प्रश्न सुनकर भी किसी से तत्काल कुछ कहते नहीं बना। अस्तु, अगस्त्य ने उन सबको अपनी योजना कह सुनाई। उसे सुनकर दिवोदास तथा प्रतर्दन ने कहा, ''हमें युद्धस्थल तथा शम्बरपुर दोनों स्थान पर अपना दबाव बनाए रखना होगा, और विश्वरथ तथा ऋक्ष को छुड़ाने के लिए कूटनीतिक प्रयास भी करने होंगे।'' वशिष्ठ ने भी इस प्रस्ताव का समर्थन किया। अस्तु, अगस्त्य ने कहा, ''तब यही निश्चित रहा। युद्धस्थलीय मंत्रणा परिषद् में जाकर इस पर एक बार और विचार कर लिया जाएगा, ठीक है न ?''

''बिल्कुल ठीक।'' कहकर वशिष्ठ, दिवोदास तथा प्रतर्दन अपने-अपने गृह चले गए। कुटिया में रह गए अगस्त्य अपने-आपसे उलझते, सुलझते हुए चिंतित, दुखित अगस्त्य। सहसा उन्हें किसी की पदचाप सुनाई दी। उत्कर्ण तथा उद्ग्रीव होकर उन्होंने द्वार की ओर दृष्टिपात किया, तो उन्होंने देखा कि लोपामुद्रा आ रही हैं। देखकर वह पुन: अंतराभिमुख होने को हुए। ठीक इसी क्षण उन्हें सुनाई दिया, ''आर्यपुत्र, आज बहुत चिंतित, दुखित दिखाई पड़ रहे हैं। क्या मैं भी इस दु:ख एवं चिंता का कारण जान सकती हूँ।''

''क्यों नहीं ? परंतु क्या तुम मुझे भी कुछ जानने का अधिकारी मानती हो या नहीं ? यह तो बताओ, लोपामुद्रा।''

''यह आप क्या कह रहे हैं, देव ?'' मन-ही-मन हल्के से दंश का अनुभव करते हुए लोपामुद्रा ने कहा, ''क्या मेरे और आपके बीच कभी कोई दुराव रहा है ? यदि नहीं, तो आपको ऐसी आशंका ही क्यों हुई ? फिर भी मैं कहना चाहती हूँ कि इन प्रश्नों का उत्तर देने के पूर्व आप अपना प्रश्न प्रस्तुत करें, मैं उसका समाधानकारक उत्तर देने का प्रयास करूँगी।''

''सुना है, तुम आर्यों के परमशत्रु घायल शम्बर का उपचार तो कर ही रही थीं, उसके स्वस्थ होते ही तुमने उसे चुपचाप वहाँ से निकल जाने का अवसर भी प्रदान कर दिया। क्या यह सब झूठ है ?'' अगस्त्य का आक्रोश पारदर्शी हो उठा था, परंतु लोपामुद्रा ने धैर्य एवं संयम नहीं खोया, अत्यंत संयत स्वर में बोलीं—

''अक्षरश: सत्य है, देव। जिस समय आपने मुझे रण में आहत लोगों के उपचार तथा सेवा-कार्य में नियोजित किया था, उसी दिन मैंने यह निर्णय ले लिया था कि युद्ध में पक्ष, विपक्ष, शत्रु, मित्र होते हैं, हो सकते हैं, परंतु चिकित्सा व सेवा-सुश्रूषा के क्षेत्र में तो केवल घायल व रोगी ही होते हैं, हो सकते हैं। उनका वर्गीकरण न तो संभव है और न किया ही जाना चाहिए। अस्तु, शम्बर ही नहीं, अन्य आहत असुरों का भी मैं आर्य, अनार्य का भेद किए बिना समान भाव से उपचार करती रही हूँ। शम्बर भी इसका अपवाद नहीं है। रह गई स्वस्थ होने पर उसे जाने की सुविधा प्रदान करने की बात, सो यह सुविधा मैंने उसे नहीं दी। वह स्वत: अवसर पाकर भाग गया है, किंतु…''

''किंतु क्या, लोपामुद्रा ? रुको नहीं, वह भी कह डालो।'' कुछ तिक्त स्वर में अगस्त्य ने कहा।

''किंतु क्या किसी व्यक्ति से, जिसने किसी व्यक्ति की, फिर चाहे वह उसका शत्रु ही क्यों न रहा हो, प्राण-रक्षा की हो, ऐसी अपेक्षा की जा सकती है कि वह उस आहत, अस्वस्थ व्यक्ति के स्वस्थ होने पर उसे उसके अपने शत्रु के हाथों में सौंप दे ? आप भी स्वीकार करेंगे, नहीं।''

''स्वीकार करता हूँ, लोपामुद्रा।'' अगस्त्य का स्वर कुछ उखड़ा-उखड़ा-सा हो रहा था। वह कह रहे थे, ''परंतु क्या तुम मुझे यह विश्वास दिला सकोगी कि जो व्यक्ति अपनी प्राणरक्षिका को धोखा देकर आज यहाँ से भाग निकला है, कल वही, अपहृत विश्वरथ व ऋक्ष की हत्या नहीं करा देगा ?''

''क्या…क्या ? विश्वरथ व ऋक्ष का अपहरण हो गया है ? किसने किया है यह अपहरण ?'' हड़बड़ाते हुए लोपामुद्रा ने पूछा।

''असुरों ने।'' अगस्त्य का संक्षिप्त उत्तर था।

''हूँ'' कहकर लोपामुद्रा चुप कर गईं, मानो उपयुक्त शब्दों को खोज रही हों।

फिर कुछ क्षण बाद बोलीं, "आपकी आशंका निर्मूल नहीं है, देव। हमें उन दोनों को सकुशल यहाँ लाने का प्रयास करना ही होगा।"

लोपामुद्रा के चुप करते ही पर्णकुटी में यहाँ से वहाँ तक मौन पसर गया, और बहुत देर तक पसरा ही रहा। अंततः अगस्त्य उठे और युद्ध मंत्रणा परिषद् में भाग लेने के लिए चल पड़े। लोपामुद्रा उसी पर्णकुटी में रह गईं। चाहने पर भी न तो वह अपने उपचार-गृह जा सकीं, और न अध्यापन-कार्य ही कर सकीं। स्यात् विश्वरथ व ऋक्ष के अपहरण से उन्हें मर्मांतक पीड़ा हुई थी, ऐसी पीड़ा जिससे वह स्वतः मर्माहत हो उठी थीं, हो रही थीं।

उधर विश्वरथ तथा ऋक्ष को उग्रदेव, रुद्रदेव की बलि चढ़ाने की तैयारी चल रही थी। भैरव का वश चलता तो वह पहले ही दिन उन्हें उग्रदेव की बलि चढ़ा देता, परंतु संयोगवशात् जब वे दोनों उग्रदेव के सम्मुख लाए गए, तो विश्वरथ के अप्रतिम सौंदर्य को देखकर शम्बर-पुत्री उग्रा उस पर बुरी तरह मुग्ध हो गई, और उसे रिझाने के लिए न केवल विविध प्रकार के हावभाव उसके सम्मुख प्रकट करने लगी, वरंच प्रतिदिन उषा काल में विश्वरथ की कुटिया के द्वार पर मोर पंख तथा सुवासित पुष्प लाकर रखने लगी। यही नहीं, उग्रा विश्वरथ की समुचित भोजन-व्यवस्था के लिए सदैव सचेष्ट तथा तत्पर रहती थी। फिर भी वह विश्वरथ को अपनी ओर आकृष्ट न कर सकी।

विवश, निरुपाय उग्रा अस्वस्थ हो गई, उसका खाना-पीना कम हो गया। अर्द्ध-चेतनावस्था में वह प्रायः विश्वरथ को पुकारती रहती। उसकी इस दशा को देखकर उसकी माँ अत्यंत चिंतित तथा दुखित हो उठी। उसने तुग्र की पत्नी तथा अपनी भाभी दागी को उसकी देखरेख करने के लिए उसके पास रहने का आदेश दिया। दागी उग्रा के साथ रहने लगी। एक दिन उग्रा ने दागी को विश्वरथ को उपचार करने के बहाने बुलाने के लिए भेजा। जब विश्वरथ उग्रा के पास आया तो उसने उसे एक पलंग पर पड़ा हुआ पाया। थोड़ी देर में दागी बहाना बनाकर वहाँ से चली गई। कक्ष में रह गए, विश्वरथ व उग्रा। अवसर पाकर उग्रा ने कहा—

"जन्हु मेरे देवता, जिस क्षण से मैंने तुझे देखा है, मैं तेरी हो गई हूँ। रात-दिन तेरा नाम जपा करती हूँ। विरह-ताप ने मेरी नींद ही नहीं छीनी, मेरी भूख-प्यास भी छीन ली है। देख मैं कितनी कृशकाय हो गई हूँ। क्या तू मुझे अब भी नहीं वरेगा ? मैं तुझे विश्वास दिलाती हूँ कि मैं तेरी जाति की स्त्रियों जैसी बनने का प्रयास करूँगी। आ, जन्हु, मेरे पास आ।"

"नहीं, शाम्बरी," उग्रा शाम्बरी की अनुनय-विनय को सुनकर विश्वरथ ने कहा, "मैं उस आर्य जाति का हूँ, जिसमें कोई भी स्त्री किसी भी अपरिचित पर-पुरुष से इस प्रकार निर्लज्ज होकर बात नहीं करती। और···और पति-पत्नी भी इस प्रकार संयम खोकर कभी कामातुर नहीं होते। ऐसी अवस्था में मैं तुझे कैसे स्वीकार

कर सकता हूँ ?''

''मैंने कहा न जन्हु, कि मैं तेरे योग्य बनने का प्रयास करूँगी। तू जैसा कहेगा, ठीक वैसा ही करूँगी।'' पलंग से उठकर अपनी दोनों बाहुओं को विश्वरथ की ओर फैलाकर उग्रा बोली, ''देख मैं तेरे कहने से प्रतिदिन दो बार नहाने लगी हूँ न ? और भी वह सब करूँगी, जो तू कहेगा। फिर भी क्या तू मुझे प्यार नहीं करेगा ? नहीं, जन्हु, नहीं, इतना निष्ठुर मत बन।''

''शाम्बरी, तू शम्बर-पुत्री है। अपने किसी स्वजातीय राजा का वरण कर। तभी तू सुखी हो सकेगी। मैं तो चार दिन का ही अतिथि हूँ। फिर चला जाऊँगा।'' समझाने के ढंग पर विश्वरथ ने कहा।

''जन्हु.तू मेरा प्राण है, सर्वस्व है। तेरे बिना मैं जीवित नहीं रह सकती। अस्तु, मैं किसी भी मूल्य पर तुझे यहाँ से नहीं जाने दूँगी।'' अश्रुपात करते हुए उग्रा बोली, ''और सुन, मैं तेरे साथ कहीं भी चलने को तैयार हूँ। तू मेरा चंद्रमा है और मैं तेरी चकवी। दूर खड़ा मत रह, जन्हु, मुझे अपनी बाँहों में भर ले, वक्ष से सटा ले···अरे, चुप क्यों है ? क्या तेरी रगों में उष्ण रक्त नहीं है, जन्हु ?''

''नहीं, नहीं, यह नहीं हो सकता, कभी नहीं हो सकता।'' अविचलित स्वर में विश्वरथ ने कहा, ''देव तुझे सद्बुद्धि दें।''

''जन्हु, मैं तेरे देवता की आराधना करूँगी। यदि वह कह दें तब तो तू मुझे अपना लेगा ? बोल, तब तो तुझे कोई आपत्ति नहीं होगी ?'' वार्तालाप को नया मोड़ देते हुए उग्रा ने जानना चाहा।

''हाँ, परंतु देव ऐसी आज्ञा देंगे ही नहीं।'' दागी को आते हुए देखकर विश्वरथ ने कहा और बाहर आकर अपनी पर्णकुटी में आ गया।

इस प्रकार न जाने कितने दिन व्यतीत हो गए। उग्रा प्रतिदिन उससे प्रेमालाप करती, उसके सामने विलाप करती, उसे पटाने के लिए विविध प्रकार के हावभाव प्रकट करती, परंतु विश्वरथ नहीं पसीजा तो नहीं ही पसीजा। धीरे-धीरे उग्रा का स्वास्थ्य दिन-प्रतिदिन गिरने लगा। उसका खाना-पीना छूट गया। वह इतनी क्षीण-काय हो गई कि स्वत: उठने की सामर्थ्य ही खो बैठी। एक दिन विश्वरथ ने देखा कि वह पलंग पर पड़ी है, और बड़बड़ा रही है। कह रही है, ''जन्हु, तू स्वप्न में तो बराबर आता रहता है, जागने पर क्यों नहीं आता ? क्या तू मेरे प्राण लेकर ही मानेगा ? हाय···''

विश्वरथ ने अनुभव किया, उग्रा उसके वियोग-ताप में जलकर अस्थिपंजर-मात्र रह गई है, और उसे पाने की आशा न रहने पर भी उसे हृदय से प्यार करती है। यदि ऐसा न होता, तो स्वप्न में क्या वह ऐसा कह सकती थी ? नहीं, कदापि नहीं कह सकती थी । वह उसे सचमुच हृदय से प्यार करती है। तब क्या करे वह ? क्या अपने आर्य-संस्कारों को तिलांजलि दे दे ? भरतश्रेष्ठ जन्हु का पौत्र,

महर्षि अगस्त्य का शिष्य तथा मंत्रद्रष्टा होने का स्वप्न देखने वाला वह क्या इस दस्यु सुंदरी के प्रेमपाश में पड़ जाए ? नहीं। परंतु उसे बचाने के लिए कुछ तो करना ही होगा। अस्तु वह बोला, "शाम्बरी, सपने में ही नहीं, जागने पर भी मैं आ गया हूँ। आँखें खोलकर देखो, मैं जन्हु तुम्हारे सामने खड़ा हुआ हूँ, और वह भी सचमुच।

शाम्बरी ने आँखें खोलीं तो देखा, जन्हु सचमुच उसके सामने खड़ा हुआ है। आनंद-विह्वल होकर वह उठने को हुई, परंतु प्रयत्न करके भी वह उठ न सकी। उसके नेत्रों से अविरल अश्रुधारा बहने लगी। अत्यंत क्षीण स्वर में वह बोली, "जन्हु, तू यहाँ, आह···परंतु अब तू यहाँ से जाना नहीं, बोल, जाएगा तो नहीं ?"

"नहीं," उसके निकट बैठते हुए विश्वरथ ने कहा, "परंतु तूने खाना-पीना क्यों छोड़ दिया ? ले पहले इस सकोरे का दूध पी ले, फिर कह कि तू आज से खाना-पीना नहीं छोड़ेगी।"

विश्वरथ द्वारा मुँह से लगाए गए दूध के सकोरे से दूध पीते हुए शाम्बरी ने कहा, "नहीं छोड़ूँगी, परंतु तुझे मुझे अपनाना होगा, ठीक है न ?" बुदबुदाते हुए उग्रा बोली।

"ठीक है, अब सो जा।" कहकर विश्वरथ वहाँ से चला आया।

आर्य एवं असुरों का संग्राम चल रहा था। गढ़ में इस युद्ध के समाचार प्रायः आते रहते थे। कभी सूचना मिलती, आर्य विजयश्री की ओर बढ़ रहे हैं। कभी सुनाई पड़ता, असुरों ने आर्यों को करारी हार दी है। विश्वरथ सुनकर चिंतित व व्यथित हो उठता। उसे लगता, ऐसे समय जब गुरुदेव समस्त आर्य-शक्ति को संगठित कर निर्णायक युद्ध कर रहे हैं, उसका यहाँ बैठा रहना अनुचित ही नहीं, अधर्म भी है। परंतु यहाँ से भाग निकलना भी तो संभव नहीं था। रात-दिन उसके चारों ओर प्रहरी रहते थे, और उसकी प्रत्येक गतिविधि की सूचना तुग्र को दी जाती थी। ऋक्ष तो मदिरा तथा मदिराक्षियों में मग्न था और दिन-रात मोटा होता जा रहा था। परंतु विश्वरथ···? वह सचमुच बहुत अधिक दुखित था, किंतु उसे प्रतिदिन प्रातःकाल उग्रा के उपचार के लिए उसके पास जाना पड़ता और रात्रि में प्रेमालाप करने के लिए। फिर भी अभी तक उसने अपना संयम नहीं तोड़ा था। परंतु उग्रा तो उस संस्कृति में पालित-पोषित हुई थी जिसमें ऐंद्रिकता को ही जीवन का सार सर्वस्व माना जाता था। उसे तो माँ के स्तन्य से ही स्वच्छंद यौनाचार की शिक्षा प्राप्त हुई थी। अतः विश्वरथ की वर्जना का विचार कर वह अपने-आपको बलात् संयत बनाने का उपक्रम करती रहती थी।

किंतु एक दिन रात को जब विश्वरथ चाँदनी की विछलन में उससे मिलने गया, तो उसने देखा कि उग्रा कामविह्वल होकर उसे अपने वक्ष से सटा लेने के लिए आतुर हो रही है। उसके नेत्रों से कामुकता टपकी पड़ रही थी। विश्वरथ ने

चाहा कि अन्य दिनों की भाँति आज भी टाल जाए, किंतु जैसे ही उसने संयत होने के लिए वरुणदेव का स्मरण किया, उसे लगा कि प्रेम की पराकाष्ठा तथा समर्पण की संपूर्णता में आर्य-अनार्य का विचार करना उचित नहीं। अस्तु, जैसे ही कामातुरा उग्रा ने कहा, ''जन्हु, ऊपर आकाश की ओर देखो, चंद्रदेव रजनी-रानी के साथ अभिसार कर रहे हैं, और तुम मेरी ओर टुकुर-टुकुर देखे जा रहे हो। क्या तुम्हें नहीं लगता कि तुम्हें भी चंद्र का अनुसरण करना चाहिए ? मेरे प्यारे जन्हु…''

सुनते ही आत्मसंयमी विश्वरथ को लगा जैसे किसी ने उसकी रगों में पिघला हुआ गर्म सीसा उँडेल दिया हो। अस्तु, वह विचलित हो गया। उसने तत्काल उग्रा को अपनी बाँहों में भर लिया और अपने प्रथम मिलन की पहचान स्वरूप उसके कपोलों पर अपने चुंबन अंकित करने लगा। चंद्रदेव इसे देखने के लिए वहाँ उपस्थित नहीं रहे, परंतु रजनी-रानी इस मधुर दृश्य को देखकर अपनी तारक-दंतावलि की दीप्ति छिटकाती हुई हँस पड़ी।

अब तो विश्वरथ व उग्रा दोनों पति-पत्नी के रूप में रहने लगे। उग्रा के सुख का पारावार नहीं था। परंतु विश्वरथ अभी भी चिंतित व दुखित था। एक दिन उसे समाचार मिला कि शम्बर ने अगस्त्य को बुरी तरह पराजित कर दिया है और लोपामुद्रा सहित कुछ आर्य स्त्रियों को अपहृत कर ले आया है। सुनते ही अपनी असहायावस्था पर वह रो पड़ा। मन में आया, किसी भी मूल्य पर क्यों न हो, उसे यहाँ से निकलना ही होगा। परंतु क्या एक बार भी भारद्वाजी लोपामुद्रा से मिलना उचित नहीं होगा ? निश्चित रूप से। विश्वरथ ऐसा निर्णय लेकर उपयुक्त अवसर की प्रतीक्षा करने लगा। एक दिन अकस्मात् लोपामुद्रा से उसकी भेंट हो गई। उसने बताया कि वह ऋक्ष व तुम्हें बंधन-मुक्त बनाने के लिए यहाँ आने का विचार कर ही रही थी कि उसे सूचना मिली कि अगस्त्य युद्ध करते-करते घायल हो गए हैं। अस्तु, नाव में सवार होकर वह उन्हें देखने गई थी। संयोगवशात् जैसे ही वह नाव से नीचे उतरी, शम्बर ने उसे देख लिया, और अपने सैनिक भेजकर बंदी बनाकर यहाँ ले आया। सुना है, अब अगस्त्य स्वस्थ हैं तथा तृत्सु व भरत अनवरत विजयश्री की ओर बढ़ रहे हैं। सुनकर विश्वरथ आश्वस्त तथा प्रसन्न हो उठा, परंतु उसे लगा, कुछ भी क्यों न हो उसे इस समय गुरुदेव तथा भरतों के बीच ही होना चाहिए था।

अभी वह वहाँ से भागने का विचार कर ही रहा था कि गढ़ में सूचना आई कि अगस्त्य अपने सैनिकों के साथ युद्ध करता तथा असुरों को पराजित, पराभूत करता हुआ शम्बरपुर की ओर बढ़ा आ रहा है। सुनते ही असुरों में खलबली मच गई। वे सब तत्काल उग्रदेव के सामने उपस्थित हुए और प्रार्थना करने लगे। भैरव ने कहा, ''उग्रदेव विश्वरथ, ऋक्ष तथा लोपामुद्रा की बलि चाहते हैं। अत: उन्हें पकड़कर स्तंभों से बाँध दो, और सूर्य की प्रथम किरण के उदित होते ही उन तीनों को जीवित जलाकर भस्म कर दो।'' सुनकर शम्बर ने सैनिकों से कहा, ''उन तीनों

को पकड़कर ले आओ और स्तंभों से बाँध दो तथा यहाँ ऐसे प्रहरियों को नियुक्त कर दो, जो उन्हें यहाँ से किसी प्रकार न जाने दें।'' फिर क्या था ? आदेश पाते ही सैनिकों ने उन तीनों को पकड़ा और रस्सियों से जकड़कर उन्हें मंदिर के स्तंभों से बाँध दिया।

उग्रा को जब यह ज्ञात हुआ, तो वह अत्यंत व्यथित हो गई तथा अपने प्रियतम की प्राण-रक्षा के उपाय सोचने लगी। हठात् उसे लगा कि उसे गढ़ के गुप्त मार्ग से बाहर निकलकर अगस्त्य तथा दिवोदास से मिलना चाहिए तथा उन दोनों को इस तथ्य से अवगत कराकर उनसे इन तीनों को बचाने का अनुरोध करना चाहिए।

अस्तु, वह गढ़ के गुप्त मार्ग से तत्काल बाहर निकली और अगस्त्य तथा दिवोदास को यह सब बताकर सेना के साथ उन दोनों को उसी गुप्त मार्ग से अंदर ले आई। यहाँ आते ही अगस्त्य ने सबसे पहले प्रहरियों को मृत्यु के घाट उतारा, उन तीनों को बंधन-मुक्त किया और फिर शत्रु सेना के साथ युद्ध करने लगे। शम्बर को इसकी कल्पना न थी अत: वह एक प्रकार से निश्चिंत-सा था। किंतु जब युद्ध होने लगा, तो वह स्वयं तो युद्ध करने के लिए आगे बढ़ा ही अपने सैनिकों को भी उसने युद्ध करने के लिए ललकारा।

इस युद्ध में शम्बर बुरी तरह घायल हुआ। उसके अधिकांश सैनिक गाजर-मूली की तरह काट दिए गए। शेष गढ़ से बाहर निकलकर दूर, अत्यंत दूर भाग गए। गढ़ पर आर्य-ध्वज फहराने लगा। देखकर उग्रा प्रसन्न हो उठी, परंतु मरणासन्न शम्बर को जब यह विदित हुआ कि उसकी इस पराजय का कारण उसकी अपनी पुत्री उग्रा है, तो उसने कहा, ''कुल-कलंकिनी, दुष्टात्मा, मेरे पशुपति के सर्प अपने दंश से तुझे नारकीय पीड़ा पहुँचाएँ, तू जहाँ भी रहे, विनाश तांडव कर उठे।''

उसकी इस पुकार, इस प्रार्थना को किसी ने सुना या नहीं, पता नहीं, परंतु भैरव अवसर पाकर भाग गया, और उग्रा से प्रतिशोध लेने का अवसर खोजने लगा।

अगस्त्य ने इस निर्णायक विजय पाने के उपलक्ष्य में वरुणदेव के प्रति कृतज्ञता प्रकट की, और स्नानादि से निवृत्त होकर एक विशाल यज्ञ का आयोजन किया, और जैसे ही यज्ञ की पूर्णाहुति हुई, आकाश से हल्की-हल्की बूँदें टपक पड़ीं, मानो वरुणदेव कृपा-वृष्टि कर रहे हों।

'विश्वरथ ने असुर कन्या उग्रा शाम्बरी को अपनी पत्नी, भरत राज्य की राजमहिषी बना लिया है, ऐसा कहा जा रहा है। यदि यह सच है, तो क्या आर्य-संस्कृति की गरिमा पूर्ववत् अक्षुण्ण रह सकेगी ?···कम-से-कम मुझे तो ऐसा नहीं लगता।'

'लेकिन क्यों ?' अगस्त्य जैसे अपने-आपसे ही तर्क करने लगे।

'क्यों ? क्योंकि आर्यों व अनार्यों के बल्कि यों कहिए कि असुरों के रक्त-

मिश्रण से केवल रक्त ही दूषित नहीं होगा, वरंच रक्त में समाहित वंश-सूत्रों के माध्यम से कुसंस्कार भी हमारी भावी पीढ़ियों में संक्रमित होंगे, हमारी अपनी भावनाएँ, मान्यताएँ व परंपराएँ भी दूषित होंगी। और जब ऐसा होगा। तो सत्कर्मों व सुसंस्कारों के लिए विख्यात गर्वोन्नत आर्यों का सिर लज्जा से नत नहीं होगा क्या ? निश्चित रूप से होगा।'

'तब···? तब क्या किया जाना चाहिए ?' अपने-आपसे प्रश्न कर अगस्त्य तनिक ठिठक जाते हैं, और फिर स्वत: उत्तर देते हुए कहते हैं, 'विश्वरथ को उग्रा शाम्बरी को पत्नी रूप में ग्रहण न करने के लिए बाध्य किया ही जाना चाहिए। किंतु···'

'फिर किंतु-परंतु···' अगस्त्य झल्ला उठे।

'यदि विश्वरथ इस निर्णय को स्वीकार न करे तो उसे तृत्सुओं व पुरुओं के साथ युद्ध करने तथा प्राण विसर्जित करने के लिए तैयार रहना चाहिए।···परंतु तृत्सु एवं पुरुओं के साथ क्या विश्वरथ एकाकी युद्ध करेगा ?···क्या भरत इस युद्ध में तटस्थ रहेंगे ? ऐसा तो नहीं लगता। तब क्या इस रक्तपात को टाला नहीं जा सकता ? टाला तो जाना चाहिए। परंतु कैसे ?' अगस्त्य अपने ही चक्रव्यूह में फँसकर तड़प उठते हैं।

अकस्मात् उन्हें अपनी पर्णकुटी के द्वार पर किसी मानव की काया प्रतिच्छायित होती हुई दिखाई पड़ती है। चिंतन को विराम देकर वह उत्सुकतापूर्वक द्वार की ओर दृष्टिपात करते हैं, तो उन्हें लगता है कि वशिष्ठ पर्णकुटी में आना चाहते हैं। वह तत्काल अपने आसन से उठ खड़े होते हैं, और कहते हैं, "आइए, आइए, मैं आपकी ही प्रतीक्षा में था।"

"अच्छा, परंतु क्यों ?" वशिष्ठ ने जिज्ञासा की, "कोई विशिष्ट घटना घटी है क्या ?"

"विशिष्ट है या सामान्य मैं यह नहीं जानता।" वशिष्ठ की आँखों में झाँकते हुए अगस्त्य ने कहा, "विश्वरथ आर्य-मर्यादाओं की हत्या करने पर तुला हुआ है। वह एक असुर कन्या को दासी के रूप में स्वीकार न कर राजमहिषी बनाने पर तुला है। अब आप ही बताइए कि क्या यह सामान्य घटना है, विशिष्ट नहीं ? और क्या यह उचित है ?"

वशिष्ठ तो इसी बिंदु पर चर्चा करने आए थे, अस्तु अगस्त्य को अभीष्ट विषय की ओर बढ़ते हुए देखकर मुस्करा उठे और बोले, "युवा हृदय न तो उचित-अनुचित का विचार करते हैं, और न ही कृतकार्य के दुष्परिणाम या सुपरिणाम का।···फिर प्रेम के फिसलन-भरे मार्ग पर सम्हल कर चलना क्या सरल काम है ? नहीं, फिसलन-भरे मार्ग पर चलकर न गिरने में तो आश्चर्य है, गिरने में नहीं। अस्तु···"

"ठिठको नहीं बंधु, अस्तु क्या ? कह डालो।" अगस्त्य ने सहज भाव से कहा और फिर उत्सुकतापूर्वक वशिष्ठ की ओर देखने लगे।

वशिष्ठ को लगा, वाक्य को अधूरा छोड़कर उन्होंने अगस्त्य की उत्सुकता बढ़ा दी है, अब चुप करना ठीक नहीं होगा। अतः वह बोले, " 'अस्तु गताम् न सोचन्ति' के सिद्धांतानुसार जो हो चुका, उसे भुला दो, और आर्यधर्म, सभ्यता, संस्कृति व राष्ट्र को बचाने के लिए जो किया जा सकता हो, वह करो।"

"परंतु वह क्या हो ? यही तो समझ में नहीं आता।" अगस्त्य के स्वर में विषाद एवं नैराश्य मुखरित हो रहा था।

"वह तो भली भाँति स्पष्ट है, भाई।" अगस्त्य को आश्वस्त करने के अभिप्राय से वशिष्ठ ने कहा, "हमें विश्वरथ को स्पष्ट शब्दों में बता देना होगा कि तुम्हें उग्रा तथा अगस्त्य में से किसी एक को चुनना होगा। यदि तुम चाहते हो कि गुरुदेव तुम्हारा मार्गदर्शन करने के लिए तुम्हारे बीच विद्यमान रहें, तो तुम्हें पत्नी के रूप में स्वीकृत उग्रा का परित्याग करना होगा। यदि तुम आगामी तीन दिन में ऐसा करने के लिए उद्यत नहीं होते, तो अगस्त्य आत्मदाह कर तुम सबसे विदा लेंगे।"

"ठीक है, तब यही निश्चित रहा। भद्राक्ष, तुम जाओ और विश्वरथ को यह सब बता दो।"

सुनकर भद्राक्ष ने हाँ, ना कुछ भी नहीं कहा, वह स्तंभवत् निस्पंद जैसा होकर वहीं खड़ा रहा, वहीं। उसकी यह समझ में ही नहीं आया कि विश्वरथ को यह सब सुनाए या नहीं ?···परंतु भद्राक्ष द्वारा संदेश न ले जाने पर भी क्या अगस्त्य का यह निर्णय, यह संकल्प, यह संदेश अनसुना रह सका ? भद्राक्ष के विश्वरथ के पास पहुँचने के पूर्व ही यह संदेश इधर-उधर प्रसारित हो गया। यहाँ तक कि विश्वरथ, लोपामुद्रा तथा उग्रा को भी कुछ ही क्षणों में यह सब ज्ञात हो गया। सुनते ही उग्रा फफक-फफक कर रो उठी, और कहने लगी, "जन्हु, तुझे मेरी, अपने वरुणदेव की सौगंध है, जो तू किसी भय या प्रलोभन के वशीभूत होकर मुझे त्यागे। तनिक सोच तो सही, जन्हु, क्या मैंने तुझे पाने के लिए अपने माता-पिता, जाति-बंधु, मातृभू तथा उग्रदेव को नहीं छोड़ा···? यदि हाँ, तो तू ही बता कि जिसने तेरे लिए अपना सब कुछ छोड़ा, तू उसी को छोड़कर कभी सुखी हो सकेगी ? बोल, जन्हु, बोल।"

"दुःखी न हो शाम्बरी। मैं अपने प्राण छोड़ सकता हूँ, परंतु मैं तुम्हें नहीं छोड़ूँगा, विश्वास रखो।"

आश्वस्त-सी होकर उग्रा विश्वरथ के और पास खिसक आई तथा विश्वरथ की आँखों में झाँकने लगी, मानो आँखों में अंकित मनोभावों को पढ़ लेना चाहती हो। और फिर उसके हाथों को अपने हाथों में लेकर उसकी बाईं ओर बैठ गई। स्यात् वह मन-ही-मन अब भी आशंकित थी, सोच रही थी कि ऐसा न हो कि जन्हु को कोई भगा ले जाए।

और विश्वरथ ?···विश्वरथ भद्राक्ष की प्रतीक्षा कर रहा था। सोच रहा था, कुछ भी निर्णय लेने के पूर्व वास्तविकता से अवगत होना आवश्यक है। कहीं ऐसा न हो

कि कुछ लोग उसके तथा गुरुदेव के विरुद्ध षड्यंत्र रच रहे हों। अभी वह यह सोच ही रहा था कि भद्राक्ष आ पहुँचा। परंतु जैसे ही उसकी दृष्टि पास बैठी हुई शाम्बरी उग्रा पर पड़ी, वह ठिठक कर वहीं खड़ा रह गया। सोचने लगा, क्या शाम्बरी की उपस्थिति में विश्वरथ को गुरुदेव का यह संदेश देना उचित होगा ?··नहीं, नहीं, वह कुछ देर तक और प्रतीक्षा करेगा, और जब पूर्ण एकांत हो जाएगा तब, हाँ तब वह विश्वरथ को गुरुदेव का संदेश देगा।

स्यात् विश्वरथ से भद्राक्ष की द्विविधा छिपी न रही, अत: वह बोला, ''आचार्य, संकोच न करें, और बताएँ कि गुरुदेव ने मेरे लिए क्या संदेश, निर्देश भेजा है ?''

''परंतु क्या···'' हकलाते स्वर में भद्राक्ष ने जानना चाहा।

''उग्रा तथा मुझे दो तन व एक प्राण समझें, आचार्य, अस्तु उससे क्या दुराव ? कुछ भी तो नहीं। कहिए गुरुदेव का क्या संदेश है ?''

''राजन्,'' विश्वरथ के आग्रह की दृढ़ता को देखकर भद्राक्ष का संकोच जाता रहा था, अत: उग्रा की उपस्थिति में ही उसने कहा, ''गुरुदेव का कहना है कि प्रकृति ने पृथक् तन में पृथक् प्राण स्थापित करने की योजना की है, अत: उन्हें गड्डमड्ड करना उचित नहीं होगा, नहीं। अत: अगले तीन दिन में पृथक् तन को अपने प्राण के साथ पृथक्-पृथक् करने की व्यवस्था करनी ही होगी। यदि निर्धारित समय में ऐसा नहीं किया गया, तो वह आत्मदाह कर अपने प्राण विसर्जित करने के लिए बाध्य होंगे।''

''बड़ा कठोर निर्णय है गुरुदेव का, आचार्य; परंतु क्यों ?'' भय से काँपती हुई उग्रा की पीठ पर सांत्वना का हाथ फेरते हुए विश्वरथ ने पूछा।

''क्योंकि आपके तथा उग्रा के मध्य परस्पर विरोधी सांस्कृतिक मित्रता है।'' भद्राक्ष का उत्तर था, ''और···''

''और क्या ?''

''ऋषिश्रेष्ठ की यह मान्यता है कि बर्बर जाति के रक्त में संक्रमित जीवाणु आर्यों को बर्बर ही नहीं बनाएँगे, उन्हें असंस्कारित व कुसंस्कारित भी बनाएँगे। परिणाम यह होगा कि संसार की सर्वाधिक सुसंस्कारित आर्य जाति कालांतर में घोर बर्बर तथा पूर्णतया असंस्कारित जाति बन जाएगी।'' भद्राक्ष ने विस्तार में बताने का प्रयास किया।

''शंका पूर्णत: निर्मूल नहीं है, आचार्य।'' गांभीर्य से आवेष्टित अपने मस्तक को तनिक ऊँचा उठाकर विश्वरथ कहने लगा, ''परंतु आश्चर्य की बात तो यह है कि गुरुदेव यह मानने के लिए उद्यत नहीं कि परस्पर विरोधी संस्कृतियों में से श्रेष्ठ संस्कृति अपने संपर्क में आने वाली निम्नस्तरीय संस्कृति को ही संस्कारित करने का प्रयास करेगी, उससे स्वत: प्रभावित नहीं होगी। यही नहीं, श्रेष्ठ संस्कृति निम्नस्तरीय संस्कृति से कदापि प्रभावित नहीं होगी। फिर एक बात और विचारणीय है, आचार्य।''

''वह क्या ?''

''यदि देश में विद्यमान परस्पर विरोधी संस्कृतियों के मध्य समन्वय व सामंजस्य स्थापित करने की विराट चेष्टा नहीं की गई, तो यह देश स्थायी युद्धस्थल बन जाएगा।'' आचार्य की आँखों में आँखें डालकर विश्वरथ ने पूछा, ''आचार्यवर, आप ही बताइए, क्या समाज व राष्ट्र के लिए यह स्थिति स्वास्थ्यवर्धक होगी ? कल्याणकारी होगी ?''

''नहीं,'' भद्राक्ष ने प्रखर स्वर में कहा, ''परंतु हीन संस्कृति को अपनाना भी तो कल्याणकारी नहीं कहा जा सकता, ठीक है न ?''

''बिल्कुल ठीक है। ठहरो, मैं वरुणदेव से पूछता हूँ कि ऐसी स्थिति में हमें क्या करना चाहिए ?'' कहकर विश्वरथ आकाश की ओर देखने लगा और फिर बोला, ''वरुणदेव, तुम्हारा पुत्र विश्वरथ तुम्हें पुकार रहा है। अज्ञानांधकार से आवृत्त इस वातावरण में हमारा मार्ग-दर्शन करो।''क्या 'ओ३म् भूर्भुवः स्वः तत्सवितुर्वरेण्यम् भर्गो देवस्य धीमहि धियो यो न प्रचोदयात्' गायत्री मंत्र से उग्रा पर जल अभिसिंचित करूँ, तो वह शुद्ध आर्यबाला बन जाएगी ? अच्छा, अच्छा देव, मेरे पिता, मैं अभी-अभी ऐसा ही करता हूँ।''

मंत्रोच्चारण करते ही उग्रा, भद्राक्ष तथा विश्वरथ को लगा जैसे उनके चारों ओर एक दिव्य प्रकाश फैल गया हो। विश्वरथ प्रफुल्ल चित्त होकर अपने स्थान से उठा और एक जलपात्र लाकर गायत्री मंत्र पढ़ते हुए वह उस जलपात्र के जल से उग्रा को अभिसिंचित करने लगा और जब यह सब हो गया, तो भद्राक्ष की ओर मुड़कर विश्वरथ ने कहा—

''आचार्य, गुरुदेव से कहना कि वरुणदेव के निर्देश पर गायत्री मंत्र द्वारा अभिसिंचित जल उग्रा पर छिड़क कर मैंने उसे आर्यबाला बना लिया है। अब वह असुर कन्या नहीं, आर्यपत्नी बन गई है। अतः उसे छोड़ने का आग्रह न करें, और स्वतः तो जीवित रहें ही, हम दोनों को भी जीवित रहने दें। और वह यह स्पष्टतः समझ लें कि मैं अपने प्राण त्याग सकता हूँ, परंतु शाम्बरी को नहीं त्यागूँगा।''

भद्राक्ष विश्वरथ का कथन सुनकर किंकर्तव्यविमूढ़-सा होकर कुछ क्षण तक वहीं चुपचाप खड़ा रहा। खड़ा भी रहता परंतु उसे अगस्त्य ऋषि को विश्वरथ के निर्णय से भी तो अवगत कराना था, अतः न चाहने पर भी उसे अगस्त्य ऋषि के आश्रम पर लौटना पड़ा। यहाँ आकर उसने देखा कि वशिष्ठ जा चुके हैं, परंतु ऋषि एकाकी नहीं हैं, लोपामुद्रा उनके सामने खड़ी होकर कह रही हैं—

''आर्यपुत्र, मैंने यह सुना है कि यदि विश्वरथ तीन दिन में उग्रा से संबंध विच्छेद कर उसे जन को नहीं सौंपता, तो आप आत्मदाह कर स्वतः अपने प्राण त्याग देंगे। आपने ऐसी प्रतिज्ञा की है, क्या यह सच है ?''

''हाँ, बिल्कुल सच है।''

''परंतु क्यों ?'' वास्तविकता से अवगत होने के लिए लोपामुद्रा ने कुरेदा।

''क्योंकि इसके अतिरिक्त अन्य कोई विकल्प ही शेष नहीं बचा था।'' अगस्त्य

के स्वर में गहरा अवसाद था, ''भद्रे, यदि विश्वरथ को सैनिक बल का प्रयोग कर उग्रा को छोड़ने के लिए बाध्य किया जाता, तो भरत उसके पक्ष में खड्गहस्त होकर युद्धस्थल में आ पहुँचते, तब जानती हो, क्या होता ? भरत व तृत्सुओं के मध्य ही युद्ध नहीं होता। पुरु व अनुद्रहु भी एक-दूसरे के रक्त के प्यासे बन जाते। प्रतर्दन ने तो स्पष्ट शब्दों में घोषणा कर ही दी थी। उसका कहना था कि यदि भरतश्रेष्ठ का अपमान किया गया तो भरत तृत्सुओं के रक्त से सरस्वती को रक्तिम बना देंगे। मुझे लगा कि युद्ध के विकल्प का चयन कर मैं आर्यों का ही संहारक बन जाऊँगा। और जब आर्य ही न रहेंगे, तो आर्य-संस्कृति की क्या उपयोगिता रह जाएगी ? कुछ भी तो नहीं। अस्तु, आत्मदाह का निर्णय लेकर मैंने आत्म-शक्ति के प्रयोग का विकल्प चुना।''

''परंतु विश्वरथ ने भी तो इसी विकल्प का चयन किया है।'' अगस्त्य के कथन को सुनकर करुणा-विगलित स्वर में लोपामुद्रा कहने लगीं, ''सुना है, उसने कहा है कि यदि गुरुदेव ने निर्धारित अवधि में अपने निर्णय में परिवर्तन नहीं किया तो वह गुरुदेव से पहले आत्मदाह कर अपने प्राण त्याग देगा।'' और फिर सशंकित हृदय से ऋषि की ओर देखने लगीं। स्यात् वह यह जानना चाहती थीं कि उसके इस कथन को सुनकर अगस्त्य क्या प्रतिक्रिया प्रकट करते हैं ?

स्यात् अगस्त्य स्वत: ऊहापोह में थे, अत: लोपामुद्रा के कथन को सुनकर भी उन्होंने अनसुना कर दिया। लोपामुद्रा उनकी इस उदासीनता से हिल उठीं। उन्हें लगा कि अगस्त्य तथा विश्वरथ के हृदय पर क्या बीत रही है, क्या नहीं— यह तो वे ही जानें, परंतु···परंतु वह तो उनमें से किसी भी एक को नहीं त्याग सकतीं। त्यागें भी कैसे···? ऋषि उनके प्राण हैं, पति हैं, जीवन के सार सर्वस्व हैं, और···और विश्वरथ ? विश्वरथ है, उसका मानस पुत्र। इध्मबाह को तो उन्होंने तन ही दिया है, परंतु विश्वरथ के मन, बुद्धि व प्राण के अणु-अणु की रचना का श्रेय आर्यपुत्र के अतिरिक्त यदि किसी और को है, तो उन्हें और मात्र उन्हें ही है।

लोपामुद्रा को लगा कि विश्वरथ के प्रतिश्रुत होने की बात कहकर उन्होंने आर्यपुत्र के मर्मस्थल को छूने का जो प्रयास किया था, वह व्यर्थ नहीं तो अशक्त व अप्रभावी अवश्य रहा है। अत: तर्क का आश्रय लेकर वह बोलीं—

''आर्यपुत्र, वर्णसंकरता तथा संस्कृति-संकरता को आप इतना घातक क्यों मानते हैं ? क्या आप यह मानते हैं कि आर्य जाति एवं आर्य-संस्कृति में ही सर्वश्रेष्ठ गुण हैं, विशेषताएँ हैं तथा अन्य जाति एवं संस्कृति एकदम विशेषता-शून्य हैं ? यदि नहीं, तो विभिन्न जातियों व संस्कृतियों के पारस्परिक मिलन से भय कैसा ? यह भी तो संभव है कि एक-दूसरे के संपर्क में आकर वे अपनी-अपनी बुराइयों को पहचानें और उन्हें छोड़कर अन्य की अच्छाइयों को अपनाएँ।''

''है, परंतु एक सीमा तक ही।'' ईषत् मुस्कान के साथ अगस्त्य ने कहा, ''भद्रे,

हमें यह नहीं भुला देना चाहिए कि मानव का स्वभाव पतनोन्मुखी है, विकासोन्मुखी नहीं। अस्तु, हीन संस्कृति के संपर्क में आकर मनुष्य हीन संस्कार ही ग्रहण करेगा, उच्च संस्कार नहीं, दुर्गुण ही सीखेगा, सद्‌गुण नहीं, दुष्कर्म ही करेगा, सत्कर्म नहीं।''

''यदि यह सच है,'' लोपामुद्रा का तर्क था, ''तो कालांतर में उच्च संस्कृति में भी तो विकृति आ सकती है। नहीं आ सकती क्या ?''

''आ सकती है न कहकर आती है, ऐसा कहो प्रिये। इसलिए हमें वहाँ भी सतर्कता रखनी होगी।'' एक निर्णायक के स्वर में अगस्त्य ने कहा।

''जब सर्वत्र सतर्कता अपेक्षित है, तो भिन्न संस्कृतियों के समन्वय व सामंजस्य में क्या बुराई है ?'' लोपामुद्रा का मत था, ''क्या सतर्कता द्वारा हम दोनों संस्कृतियों को अपनाकर एक नवीन एकीकृत संस्कृति का रूप नहीं दे सकते ?''

''यह तुम्हारी तथा विश्वरथ की मान्यता है, अच्छा है, प्रयोग करके देखो न ।'' कुछ चिढ़ के साथ अगस्त्य ने कहा।

''खैर, छोड़ो इसे।'' लोपामुद्रा का विनीत स्वर मुखरित हो उठा। ''विभिन्न संस्कृतियों के समन्वय व सामंजस्य के लाभ-हानि विषय पर तो फिर चर्चा की जा सकती है। आर्यपुत्र, इस समय तो मैं यह निवेदन करने आई हूँ कि समाज, राष्ट्र व मानवता को आप तथा विश्वरथ दोनों की आवश्यकता है। अत: कृपा कर ऐसा कुछ कीजिए जिससे कि आप तथा विश्वरथ दोनों ही दीर्घजीवी होकर समाज, राष्ट्र व संस्कृति को गौरवान्वित बना सकें।''

''देवि, मैं भी इसी चिंता में हूँ, परंतु समझ में नहीं आता कि क्या करूँ ?'' एक दीर्घ निश्वास छोड़कर अगस्त्य बोले, ''लगता है मेरे प्राणों के अंत के साथ ही इस समस्या का समाधान होगा।''

''ऐसा मत कहिए, देव।'' आर्द्र कंठ से लोपामुद्रा ने कहा। परंतु अगस्त्य तो वहाँ होकर भी जैसे वहाँ नहीं थे, स्यात्‌ लोपामुद्रा की बात समाप्त होते-होते वह वरुणदेव का ध्यान करने में संलग्न हो गए थे।

लोपामुद्रा जानती थीं कि ऋषि जब ध्यानावस्थित होते हैं, उनकी ध्यानावस्था जल्दी ही समाप्त नहीं होती, अस्तु उनसे अनुनय-विनय करने का लोभ छोड़कर वह विश्वरथ के पास पहुँचीं। वहाँ जाकर उन्होंने देखा कि उग्रा कराह रही है, और कह रही है, उदर में न जाने कैसी पीड़ा हो रही है ? न जाने कैसा शूल हो रहा है ? लोपामुद्रा समझ गईं, यह प्रसव पीड़ा है। अत: वह उसे कुछ दूर स्थित एक आश्रम में लिवा ले गईं और एक पर्णकुटी में लिटाकर उसकी सेवा-सुश्रूषा करने लगीं।

कुछ देर बाद प्रसव पीड़ा से पीड़ित व श्रमित होकर उग्रा हत चेत हो गई। लोपामुद्रा ने धीरे-धीरे उसके उदर पर हाथ फेरा। उसे लगा जैसे उग्रा प्रसव करने जा रही हो। वह सतर्क होकर बैठ गईं। ठीक इसी समय उसने एक पुत्र को जन्म दिया। लोपामुद्रा ने तत्काल उसका नाल काटा और उसे नहला-धुलाकर अजीगर्त को,

जिसकी पत्नी को मृत बालक उत्पन्न हुआ था, यह कहकर कि मैंने मंत्रबल से तुम्हारे ही मृत बालक को जीवित कर दिया है, पालन-पोषण करने के लिए दे दिया, और फिर विश्वरथ को यह समाचार देने के लिए कि उग्रा के गर्भ से अभी-अभी एक मृत बालक हुआ है, उसके पास जा पहुँचीं।

विश्वरथ ने जब यह सुना कि उग्रा को अभी-अभी एक मृत बालक हुआ है, तो वह अत्यंत चिंतित हो उठा। उसे लगा कि उग्रा पूर्व से ही अस्वस्थ चित्त थी, अब शरीर से भी अस्वस्थ हो जाएगी। अतः उसके पास चलकर उसे सांत्वना देनी चाहिए।...परंतु क्या सांत्वना की आवश्यकता उग्रा को ही है, उसे नहीं ?...है, और निश्चित रूप से है, किंतु उग्रा से पहले नहीं। क्यों ? क्योंकि वह अपने लोगों के बीच रह रहा है, अपनों के बीच जी रहा है, और मरेगा भी तो अपनों के बीच ही, परंतु...परंतु उस बेचारी के पास अपना कहा जाने वाला कौन है ?...क्या लोपामुद्रा भी नहीं ? नहीं, क्योंकि लोपामुद्रा मानवी नहीं देवी हैं। और देवी क्या कभी वर्ण, जाति या संस्कृति के भेदभाव पर विचार करती है ? नहीं।

विश्वरथ का चिंतन चल रहा था और पग भी चल रहे थे। लोपामुद्रा उतावली में थीं, अतः कुछ आगे बढ़ गई थीं। अभी वह थोड़ी आगे बढ़ी होंगी कि मार्ग के पास के एक वृक्ष से भैरव नीचे कूदा और छुरा से लोपामुद्रा के शरीर पर प्रहार करने लगा। प्रथम वार में ही लोपामुद्रा लहूलुहान हो गईं, और चीत्कार कर उठीं। विश्वरथ ने सुना, तो वह दौड़कर भैरव के पास आया और उसके हाथ से छुरा छीन कर अपने हाथ में ले लिया। उधर भद्राक्ष द्वारा विश्वरथ के आत्महत्या करने के लिए प्रस्तुत रहने की बात सुनकर अगस्त्य भी अपना आश्रम छोड़कर निकल पड़े थे। उनके मन में जो अशांति थी, उसी से दुखित होकर वे एकांत स्थान की खोज में इधर आ गए थे। स्यात्, वह अभी भी रकत-शुद्धि तथा संस्कृति-शुद्धि के मोह से अपने-आपको मुकत नहीं कर पाए थे। कभी उन्हें लगता, उनकी ही मान्यता सत्य है, पूर्णतः सत्य। कभी उन्हें लगता, विश्वरथ की मान्यता भी असत्य नहीं है, उसने भी ऋत व सत्य के दर्शन किए हैं। और लोपामुद्रा ? उन्हें भी ऋत व सत्य के दर्शन का सुयोग मिला है। फिर भी वह द्विविधा में थे, और इसी द्विविधा में इधर चले आए थे। किंतु जैसे ही उन्होंने लोपामुद्रा के चीत्कार को सुना, वे भी दौड़कर विश्वरथ तथा लोपामुद्रा के निकट आ पहुँचे, और लोपामुद्रा के व्रण से बहते हुए रक्त को देखकर भैरव पर टूट पड़ना चाहते थे, तभी अजीगर्त ने उन सबके निकट आकर कहा, "गुरुदेव, किसी ने शाम्बरी उग्रा की हत्या कर दी है।"

चौंककर विश्वरथ ने आगंतुक की ओर घूरते हुए पूछा, "किसने, किसकी हत्या कर दी है, अजीगर्त, बताओ न ?"

"मैंने।" अजीगर्त के स्थान पर भैरव ने उत्तर दिया, बोला, "कुल-कलंकिनी शाम्बरी की हत्या मैंने की है । यदि तुम न आ गए होते, तो इसे, लोपामुद्रा को भी

मार डालता, और···और तुझे भी, हाँ, हाँ, तुझे भी।'' विश्वरथ को धक्का देकर नीचे पटकने का प्रयास करते हुए भैरव गरजा।

विश्वरथ गिरते-गिरते बचा। उसने त्वरित गति से छुरा उठाया, और भैरव को पटकनी देकर उस पर चढ़ बैठा, ''तूने···? तूने शाम्बरी को मारा है, दुष्ट, तूने ? और तू लोपामुद्रा तथा मुझे भी मारना चाहता है ? ठीक है, तब तुझे भी जीवित रहने का अधिकार नहीं है। रहना भी क्यों चाहिए ? दुष्ट जा अपने उग्रदेव के पास जा।''

छुरे ने भैरव की आँतों को बुरी तरह बाहर निकाल कर इधर-उधर फैला दिया था। वह एक चीख भर निकाल सका था, और फिर उग्र···.का···ल की ज···य कहते-कहते मृत्यु के जबड़ों में चला गया था।

अगस्त्य दौड़कर पास में बहने वाले एक नाले के तट पर गए और उसमें अपना उत्तरीय डुबाकर लौट आए थे और लोपामुद्रा के रक्त-प्रवाह को बंद करने का प्रयास कर रहे थे।

विश्वरथ सोच रहा था, सब कुछ नष्ट हो गया। आह, जिस शाम्बरी को अपनाकर वह मृत्यु का वरण करने जा रहा था, वह शाम्बरी भी मुझे छोड़कर चली गई। परंतु क्या उसके शव को गृध्र तथा कुत्तों को नोचने के लिए यों ही छोड़ देना उचित होगा ?···नहीं, गुरुदेव कुछ मानें, समाज व संसार कुछ भी क्यों न कहे, शाम्बरी मेरी पत्नी थी, भरत राज्य की राजमहिषी थी, अत: उसके पद के अनुरूप उसकी अंत्येष्टि की ही जानी चाहिए।···परंतु क्या उसका दाह-संस्कार किया जाए ?···क्यों नहीं। वरुणदेव ने स्वत: प्रकट होकर उसे आर्या स्वीकार किया है, फिर हिचकिचाहट कैसी ? नहीं, नहीं, वह उसके शव को गाड़ेगा नहीं, बल्कि उसका दाह-संस्कार करेगा।···तो क्या प्रतर्दन को बुलाया जाए···? अरे, वह तो स्वत: इधर ही आ रहा है, स्यात् उसे भी शाम्बरी की हत्या की सूचना मिल गई है। ठीक है, तब उसे आने दो।

लोपामुद्रा का उपचार कर अगस्त्य उठे, तो उन्होंने देखा कि भग्नहृदय विश्वरथ चुपचाप खड़ा हुआ है। देखते ही उनका सुप्त ममत्व जाग्रत हो उठा, अस्तु उसके पास आकर स्नेहिल स्वर में बोले, ''वत्स, वरुणदेव को हम दोनों में से किसी का यमलोक जाना स्वीकार्य नहीं था, अस्तु भैरव के बहाने उसने हम दोनों के वैमनस्य के कारण को ही समाप्त कर दिया है। यह अवसर उसके औचित्य-अनौचित्य पर विचार करने का नहीं है। चलो, शाम्बरी के पास चलकर उसके दाह-संस्कार की योग्य व्यवस्था करें। प्रतर्दन, लोपामुद्रा को घोड़े पर बिठाकर उस आश्रम की ओर चलो, जहाँ शाम्बरी का शव पड़ा है।''

''गुरुदेव,'' अगस्त्य के चरणों में साष्टांग प्रणाम करते हुए विश्वरथ ने कहा, ''तो क्या मैं यह मानकर चलूँ कि आपने मुझे सदा-सदा के लिए क्षमा कर दिया है ?''

विश्वरथ को उठाकर अपने वक्ष से लगाते हुए अगस्त्य ने प्रतिक्रिया प्रकट की, ''वत्स, यह समय विचार-विनिमय कर यों ही नष्ट करने के लिए नहीं है।

चलो, हमें शाम्बरी का यथोचित रीति से दाह-संस्कार करना है।''

अब प्रतर्दन को अपने आपको घोड़े पर बिठाने का उपक्रम करते हुए देखकर लोपामुद्रा ने कहा, ''सेनापति, बस, अब मुझे घोड़े पर बिठाने की आवश्यकता नहीं है। आर्यपुत्र के कृपा-लेप ने मेरे घाव को इतना भर दिया है कि अशक्त तथा आहत होने पर भी मैं पैदल चलकर शाम्बरी के शव तक पहुँच सकती हूँ। आह मेरी बेटी, क्या दुखद नियति लेकर आई थी ! चलो विश्वरथ, यथाशीघ्र चलो। ऐसा न हो कि हमारे वहाँ पहुँचने के पूर्व ही पशु-पक्षी उसके शव को क्षत-विक्षत कर दें।''

''हाँ देव, देवि ठीक ही कह रही हैं।'' घोड़े की वल्गा को हाथ में थामकर शाम्बरी के आश्रम की ओर बढ़ते हुए प्रतर्दन ने कहा।

विश्वरथ ने अगस्त्य तथा लोपामुद्रा की ओर संभ्रमपूर्वक दृष्टिपात किया और सबके साथ आगे बढ़ चला। नकुल को उन सबका एकाकी आगे बढ़ना अच्छा नहीं लगा। अत: वह भी उनके आगे-आगे भाग चला। लोपामुद्रा सोच रही थीं कि अंत भला तो सब भला। किंतु विश्वरथ ? वह तो शाम्बरी की याद करते हुए जैसे सत्वहीन हो गया था। अत: यंत्रवत् चुपचाप चला जा रहा था, चुपचाप। अगस्त्य मन-ही-मन वरुणदेव को नमन कर रहे थे। सोच रहे थे, यदि उन्होंने कृपा न की होती, तो न जाने आज क्या घटित हो जाता, क्या ?

6

लगभग समस्त क्षेत्र में, सुदूर दक्षिण में निविड़ अंधकार था, घनीभूत अज्ञानांधकार। कहीं भी प्रकाश की कोई किरण दिखाई नहीं पड़ती थी। जब से रक्ष-संस्कृति के अनुयायी जन स्थान में आकर बस गए थे, अधिकांश लोग आचारहीन तो हो ही गए थे, विचारशून्य भी हो गए थे। सर्वत्र कुरीतियों का, घृणित परंपराओं का प्रचलन था। आध्यात्मिक ज्ञान का नितांताभाव था। प्राय: लोग भूतप्रेत की आराधना करते थे। समाज में संस्कार-संपन्नता जैसी कोई बात नहीं थी। शिष्टता व सभ्यता से लोगों का दूर का भी कोई संबंध नहीं था। मदकीले वस्त्राभूषण पहनकर दिन-भर मदिरापान करना तथा वासनापूर्ति के लिए दिन में ही किसी का भी वरण कर उपयोग कर लेना उनकी नियमित दिनचर्चा थी। तप, त्याग व बलिदान से उन्हें घृणा थी। पुनर्जन्म व परलोक में उनकी कोई आस्था नहीं थी।

यदि इतना भर होता, तो भी स्यात् लोग त्राहि-त्राहि न करते, परंतु समूचे क्षेत्र में मत्स्य-न्याय चल रहा था। सबल निर्बलों का शोषण कर रहे थे। न पशु सुरक्षित

थे न पक्षी ही, इन्हें तो वे खाते ही रहते थे। अवसर पाते ही वे मनुष्यों को पकड़ते और भून कर खा जाते। यद्यपि कोई ऐसा कार्य नहीं था, जिसे वे दिन में करने में संकोच करें, फिर भी रात्रि में वे स्वच्छंदतापूर्वक विचरण करते थे, और यदि कहीं भी कोई तपस्वी दिखाई पड़ता, तो उसकी हत्या कर उसका मांस भूनकर खा जाते थे। गायें तो उनका सबसे अधिक प्रिय भोजन थीं।

विंध्य पर्वत श्रेणी के उत्तर में बसी हुई बस्तियों में जब-तब दक्षिणापथ के इन कार्यों की अनुगूँज सुनाई पड़ती रहती थी। एक-दो व्यकित भूले-भटके जब- तब इधर आते और यह सब सुनाकर अंतर्धान हो जाते। सुनकर प्राय: लोग कहते, लोग इस सबको अनदेखा कैसे करते रहते हैं ? उत्तर में लोग कहते, वहाँ निविड़ अंधकार है, घनीभूत अज्ञानांधकार, इतना अंधकार कि लोग देखकर भी देख नहीं पाते, सुनकर भी सुन नहीं पाते। लेकिन क्यों ? देखकर भी न देख पाने का कारण क्या है ? समूचा क्षेत्र अज्ञानांधकार से बुरी तरह आक्रांत है। सुनकर लोग चुप कर जाते, उन्हें लगता कि संभवत: यह सब अनुपचारणीय है, अनुपचारणीय।

अगस्त्य ने सुना तो उनका मन विद्रोह कर उठा। एक दिन उज्जयिनी-निवासी पथिक अश्विन उनसे मिलने आया। चर्चा के क्रम में ऋषि ने उससे कहा, "समूचा सुदूर दक्षिणी भाग अज्ञानांधकार से आवृत्त है, आक्रांत है, ऐसा कहा जा रहा है। यदि इसे सत्य मान लिया जाए, तो भी यह समझ में नहीं आता कि वहाँ ज्ञान की क्षीण-सी किरण भी क्यों नहीं है ? क्यों ?"

सुनकर अश्विन ने कहा, "तो क्या आपको अभी तक किसी ने इस अंधकार की निविड़ता का कारण नहीं बताया ?" विस्मय-विस्फारित नेत्रों से इधर-उधर देखकर उसने अपनी दृष्टि अगस्त्य पर टिका दी और चुप कर गया।

"बिल्कुल नहीं।" अत्यंत सहज भाव से अगस्त्य ने कहा।

"अच्छा" कहकर अश्विन ने दो क्षण तक कुछ भी नहीं कहा, फिर बोला, "बात यह है कि हिमालय की प्रतिस्पर्धा करने के विचार से विंध्याचल ऊँचा उठ रहा है, उठता ही जा रहा है, अस्तु प्रकाश-पुंज भास्कर उसकी ओट में होता चला जा रहा है, और अंधकार बढ़ रहा है।"

"क्या कह रहे हो, विंध्याचल ऊँचा उठता चला जा रहा है, जड़ विंध्याचल ?" साश्चर्य अगस्त्य ने पूछा, "भूकंप के झटकों से या स्वप्रेरणा से ?"

"भूकंप के झटकों से नहीं, स्वप्रेरणा से।" अश्विन का उत्तर था।

"ठीक है। अब यह बताओ कि विंध्याचल हिमालय की उच्चता से प्रतिस्पर्धा क्यों करना चाहता है ?" अगस्त्य ने पुन: तर्क किया।

"क्योंकि उसे लगता है कि प्रकाशस्वरूप भास्कर हिमालय के उत्तुंग शिखरों पर तो प्रतिदिन भूरि-भूरि कृपा करता है, परंतु ऊँचाई की न्यूनता के कारण उसकी ओर उपेक्षापूर्ण दृष्टि भर डालकर रह जाता है।" एक साथ ही यह सब कुछ कहकर

अश्विन अपने-आपको हल्का अनुभव करने लगा, और कुछ-कुछ प्रसन्न भी।

''अच्छा एक बात और बताओ, अश्विन,'' अन्वेषणकर्ता की सूक्ष्म दृष्टि से अगस्त्य ने पथिक पर दृष्टिपात किया और फिर कहा, ''यह तुम्हारी अपनी धारणा है अथवा जनसामान्य की भावना ?''

''ऋषिवर,'' उत्तर देने के लिए तत्पर पथिक अश्विन ने प्रश्न सुनकर मन-ही-मन अपने-आपको तौला, विचार किया, कहीं मुझे ही तो भ्रम नहीं हो गया ? किन्तु जब उसे लगा कि नहीं, ऐसा कुछ नहीं है, तब उसने अत्यंत विनम्र स्वर में कहा, ''उज्जयिनी में ही नहीं, दक्षिणी भरतखंड के अन्य नगरों में भी प्रायः ऐसा ही कहा-सुना जा रहा है, और···और स्यात् यह धारणा भी अन्य समाचारों की तरह दंडकारण्य से ही रिसकर इधर आई है।''

''यथेष्ट है, बन्धु'' कहकर अगस्त्य चुप कर गए। स्यात् वह अश्विन के कथन के निहितार्थ को समझने के लिए अंतराभिमुख होना चाह रहे थे। किन्तु अभी वह सब सोच ही रहे थे कि अश्विन ने कहा, ''गुरुदेव, क्या अब मैं जा सकता हूँ ?''

''अच्छा'' कहकर अगस्त्य जैसे ही बहिर्मुख हुए, उन्हें लगा कि उन्होंने अभी-अभी जो कुछ कहा है वह उचित नहीं है। अस्तु, बोले, ''नहीं, तनिक और बैठो।'' और फिर दूसरी कुटिया की ओर उन्मुख होकर कहने लगे, ''लोपामुद्रा, अपनी कुटिया पर सूर्याढ अतिथि अश्विन आए हुए हैं, क्या उनका कुछ भी स्वागत नहीं करोगी ?'' प्रत्युत्तर स्वरूप नैपथ्य से सुनाई दिया, ''क्यों नहीं, अतिथि देव, बैठिए, मैं अभी आ रही हूँ।''

भ्रमण से पराबर्त होकर अगस्त्य जिस भवन में रुके थे, वह भवन उद्देश्य-विशेष से बनवाया गया था, और वह उद्देश्य कभी का पूर्ण हो चुका था। अस्तु, अब अगस्त्य, लोपामुद्रा तथा इध्मबाह गुरुकुल परिसर में निर्मित कुटीरों में आ गए थे, और अब भी उन्हीं में से एक में बैठे थे। ऋषि के आह्वान को सुनकर लोपामुद्रा झट से पार्श्व में बनी हुई कुटिया से कुछ फल व जल लेकर उस कुटिया में प्रविष्ट हुईं और फल तथा जलपात्र अश्विन के सामने रखकर बोलीं, ''अतिथि देव, ग्रहण कीजिए।''

अश्विन ने जैसे ही यह सुना, संकोच में पड़कर ऋषि की ओर देखने लगा। अगस्त्य उसके मनोभाव को ताड़ गए, अतः बोले, ''अश्विन, संकोच न करो, हम लोग अभी-अभी ग्रहण कर चुके हैं।''

''अच्छा'' कहकर अश्विन ने फल व जल ग्रहण किया और जाने की अनुमति लेकर बाहर आ गया। लोपामुद्रा भी अपूर्ण कार्य को छोड़कर आई थीं, अतः अश्विन के जाते ही वह भी अपनी कुटिया में आ गईं। कुटीर में रह गए, अगस्त्य केवल अगस्त्य, अश्विन के कथन के निहितार्थ को जानने, समझने तथा हृदयंगम करने का प्रयास करते हुए अगस्त्य।

हूँ तो अश्विन क्या कह रहा था ? लगभग समूचे क्षेत्र में और विशेष...

दंडकारण्य में निविड़ अंधकार है, घनीभूत अज्ञानांधकार··स्वाभविक ही है, ज्ञान प्रकाश का पर्याय है, और अज्ञान अंधकार का। इन दोनों की एकत्र उपस्थिति कठिन ही नहीं, असंभव भी है।

परन्तु दक्षिण में उज्जयिनी ही नहीं है, कुछ अन्य नगरों में भी आर्यों के गुरुकुल हैं, और वे अज्ञानांधकार को दूर करने के लिए ही हैं, फिर··फिर समूचे क्षेत्र में निविड़ अंधकार कैसे हो सकता है ? अगस्त्य अपने-आपसे तर्क करते हैं, परन्तु कुछ क्षण तक उन्हें कोई उत्तर नहीं सूक्षता। हठात् उन्हें लगता है, यह सच है कि दक्षिणी भारत में भी कुछ आश्रम हैं, कुछ गुरुकुल हैं, परंतु रक्ष-संस्कृति के आकस्मिक परंतु सुनियोजित आक्रमणों से आक्रांत होकर इन आश्रमों, इन गुरुकुलों ने अपनी गतिविधियों को आश्रम तथा गुरुकुलों तक ही सीमित कर लिया है, व्यापक क्षेत्र में जाकर ज्ञानालोक विकीर्ण करने की बात तो दूर रही, वे अपने आश्रमों तथा गुरुकुलों में भी सशंकित होकर कार्य करते हैं। ऐसी अवस्था में क्षेत्र में अज्ञानांधकार की निविड़ता यदि अनवरत घनीभूत हो तो इसमें आश्चर्य की बात क्या है ?

एक चींटी ऋषि की सघन दाढ़ी में सेंध लगाकार आ घुसी थी, और उसके अंदर ही अंदर इधर-इधर आ-जा रही थी। कष्ट का अनुभव कर अगस्त्य सोचते-सोचते रुक गए। प्रयत्न करके उन्होंने चींटी को हल्के हाथ से पकड़कर भूमि पर छोड़ दिया। कुछ क्षण बाद विचार आया, और दक्षिण की वन्य जातियों ने रक्ष-संस्कृति के अनुयायियों की मित्रता या दासता स्वीकार कर जब विंध्य की दक्षिणी उपत्यका में रहने वाले तेजस्वी, मनस्वी ऋषियों तथा मेधावी ब्राह्मणों के भक्षण में उन्हें सहयोग देना अथवा उस सबसे उदासीन रहना प्रारंभ किया, तो ज्ञान का प्रकाश का संपूर्णतः निश्शेष होना स्वाभाविक ही नहीं, अनिवार्य भी था, और है। और जब ऐसा है तो दंडकारण्य में फैले हुए अज्ञानांधकार की निविड़ता को दक्षिणापथ में व्यापक आयाम ग्रहण करना ही था। करता भी क्यों नहीं ? आश्रम व गुरुकुल दक्षिणापथ में आज निष्क्रिय व निष्प्राण जैसे हो गए हैं, नहीं हुए क्या ? अगस्त्य ने अपने-आपको पुनः थहाना चाहा।

किंतु प्रश्न तो यह है कि विंध्य हिमालय की उच्चता से प्रतिस्पर्धा कर अनवरत ऊँचा उठने का प्रयास क्यों कर रहा है ? क्यों ? अपने को पुनः आश्वस्त करते हुए अगस्त्य ने कहा। अभी वह कुछ और कहने जा ही रहे थे कि एक गिलहरी इधर-उधर पड़ी हुई गेहूँ की बालियों में से एक को अपने मुँह में दबाकर पेड़ पर चढ़ने का उपक्रम करती हुई दिखाई पड़ी थी। देखते ही ऋषि को उसके चातुर्यपूर्ण चापल्य पर हँसी आ गई, परंतु कुछ क्षणों में ही प्रकृतिस्थ होकर वह पुनः सोचने लगे।

विंध्य के दक्षिण में विस्तृत भू-भाग में अपने-आपको अंशतः या पूर्णतः अरक्षित पाकर तेजस्वी-मनस्वी ऋषि व मेधावी ब्राह्मण हिमालय के अगम्य व उत्तुंग शिखरों

पर अथवा उनमें निर्मित कंदराओं में जाकर साधना करने लगे। उनके तथा उनकी सेवा-सुश्रूषा में रत विद्वानों के कारण हिमालय की उपत्यका तथा उसके नीचे दूर-दूर तक विस्तृत उत्तरापथ में ज्ञानालोक की दिव्य किरणें विकीर्णित हो उठीं, और वह भी इस प्रकार कि समग्र उत्तरापथ ज्ञानालोक से दीप्तिमान हो उठा। देखकर विंध्याचल को स्पृहा हुई। उसे लगा कि ज्ञानार्क, ज्योतिरादित्य, प्रकाशप्रभाकर, तेज-दिवाकर, विद्याभास्कर, कर्मकांड मार्तंड विद्वान हिमालय की उच्चता से प्रभावित होकर ही उसकी परिक्रमा करते हैं अत: उसे भी हिमालय की उच्चता प्राप्त करनी होगी, विंध्य के दक्षिण में विस्तृत क्षेत्र तथा उसके निवासी यह नहीं समझ सके कि प्रकाशप्रभाकर, विद्याभास्कर, तेजदिवाकर विद्वानों के लिए हिमालय की कायिक उच्चता वरेण्य नहीं है, वे तो क्षेत्र तथा उसके निवासियों की आंतरिक मानसिक उच्चता की अपेक्षा रखते हैं और विंध्य तथा उसके पगतल में विस्तृत क्षेत्र के पास यह सब है नहीं, अत: प्रकाशप्रभाकर, ज्ञानार्क, विद्याभास्कर ऋषि व ब्राह्मण उसकी परिक्रमा करने क्यों आएँगे ? किसी प्रकार नहीं।

अभी अगस्त्य यह सोच ही रहे थे कि हरिणों का झुंड आया और कुटिया के सामने से चौकड़ी भरता हुआ सघन वन की ओर भाग गया। अगस्त्य के मन में आया, हम मननशील मनुष्यों से तो ये हरिण ही अच्छे हैं, जिन्हें न तो अज्ञानांधकार की चिंता है और न विंध्य की हिमालय से प्रतिस्पर्धा करने की ही, परंतु…

परंतु जैसे ही हरिण उनकी दृष्टि-परिधि से बाहर हुए, उनका चिंतन-प्रवाह पुन: गतिमान हो उठा। वह सोचने लगे, परंतु जनसामान्य ऐसा क्यों मानने लगा है कि विंध्य अनवरत ऊँचा उठ रहा है ? भूगर्भ में घटित अकल्पनीय घटनाओं, परिवर्तनों की संघटना में ऐसा होना असंभव तो नहीं है, परंतु इतिहास में ऐसे क्षण शताब्दियों, सहस्राब्दियों में एकाधाबार ही आते हैं। फिर…फिर वास्तविकता क्या है ? अगस्त्य सहसा अपने-आपसे पूछ बैठे। विचार करने पर उन्हें लगा कि वास्तविकता यह है कि विंध्य हिमालय की भाँति दुर्लंघ्य तो नहीं है, परंतु विंध्य के पगतल में विस्तृत क्षेत्र में रहने पर संस्कृति-संकरता, संस्कार-विलुप्तता तथा जीवन-सुरक्षा की अनिश्चितता के भय के कारण उसे दुर्लंघ्य प्रचारित किया जा रहा है। अत: मेधावी व्यक्ति तथा तपस्वी ऋषि इन दिनों वहाँ जाते और दंडकारण्य से दूर, बहुत दूर जो लोग, जो आर्य ऋषि इधर-उधर रह रहे हैं, उन्होंने अपने-आपको अत्यंत सीमित कर लिया है, इतना सीमित कि अनार्यों के भय के कारण वे उनसे तो क्या, दूरस्थ स्थानों पर बसे हुए आर्यों तक से संपर्क नहीं कर पाते। अत: क्षेत्र का अधिकांश भाग ज्ञानालोक से तो वंचित हो ही गया, संस्कार-शून्यता भी जैसे उसकी नियति बन गई है, और लोग यह मानने लगे हैं कि विंध्याचल हिमालय की उच्चता से प्रतिस्पर्धा करने के अभिप्राय से अनवरत ऊँचा उठ रहा है। इतना ऊँचा कि प्रकाशप्रभाकर, विद्याभास्कर की क्षीण-सी किरण भी इस क्षेत्र में दिखाई नहीं पड़ती, सर्वत्र अज्ञानांधकार है,

निविड़ अज्ञानांधकार।

ध्यानावस्थित होकर ऋषि विचार कर ही रहे थे कि उन्हें लगा कि कोई उनके चरण-स्पर्श कर रहा है, अस्तु, जैसे ही उन्होंने नेत्रोन्मीलन किया, उन्होंने देखा कि इध्मबाह उनके सामने खड़ा हुआ है। देखते ही उन्होंने कहा, "बैठो वत्स, वेदाध्ययन प्रारंभ किए हुए अब तो तुम्हें पर्याप्त समय होने आया, बताओ कितनी क्या प्रगति हुई ?"

"प्रगति से न तो मुझे असंतोष है, और न उपाध्याय को ही। परंतु उनका कहना है कि यहाँ की तुलना में प्रयाग गुरुकुल प्रत्येक दृष्टि से उत्तम है।" पिताश्री की प्रतिक्रिया जानने के विचार से इध्मबाह यह सब कहकर उनकी ओर देखने लगा।

आचार्य कुछ कहने जा रहे थे कि उन्हें किसी के कुटीर में प्रविष्ट होने की पदचाप सुनाई दी। उत्कर्ण होकर उन्होंने द्वार की ओर देखा और लोपामुद्रा को आते हुए देखकर वह कुछ और रुक गए। जब लोपामुद्रा तथा इध्मबाह दोनों अपना-अपना स्थान ग्रहण कर चुके तो उन्होंने कहा, "उपाध्याय जी ठीक कहते हैं। आचार्य एवं उपाध्याय तो यहाँ भी अत्यंत प्रतिभा-सम्पन्न हैं, परंतु यहाँ अब प्रयाग जैसा शैक्षिक वातावरण नहीं है। फिर वहाँ ऋषि भारद्वाज जैसे महान कुलपति भी हैं। अस्तु, तुम्हारा यहाँ की तुलना में प्रयाग जाकर शिक्षा ग्रहण करना निश्चित रूप से अत्युत्तम होगा। परंतु शीघ्रता करने की आवश्यकता नहीं। मैं भी प्रयाग जाने का विचार कर रहा हूँ। केवल उपयुक्त अवसर की प्रतीक्षा में हूँ।"

"आप···? आप भी प्रयाग जाने का विचार कर रहे हैं, बहुत सुंदर।" लोपामुद्रा की आनंद-विह्वलता उनके चेहरे पर परिलक्षित हो उठी थी। परंतु उनकी उत्सुकता में तीव्रता नहीं क्षिप्रता थी, "मैं तो बहुत दिनों से वहाँ जाने का विचार कर रही थी, इध्मबाह चले तो और अच्छा होगा।"

"हूँ" कहकर ऋषि पुनः चुप कर गए। स्यात् वह यह विश्वास कर लेना चाहते थे कि उन्होंने जो निष्कर्ष निकाले हैं, वे साधार हैं, निराधार नहीं। अस्तु, उनके चुप होते ही लोपामुद्रा तथा इध्मबाह इधर-उधर की बातें करने लगे। कुछ देर बाद अगस्त्य ने उन्हें वह सब कह सुनाया, जो अश्विन ने उन्हें बताया था।

"मुझे तो लगता है, पिताश्री," अगस्त्य की बात सुनकर इध्मबाह ने टिप्पणी की कि "हमें दंडकारण्य या उसके पास में कहीं एक अच्छा-सा गुरुकुल प्रारंभ कर देना चाहिए।"

"सच है, इध्मबाह," पुत्र की त्वरित टिप्पणी को सुनकर अगस्त्य भी चुप न कर सके, तत्काल बोले, "परंतु कठिनाई तो यह है कि अभी तक तुम तो वेद-वेदांग में पारंगत हुए नहीं और अन्य कोई विद्वान दंडकारण्य जाकर अपने प्राण संकट में डालना नहीं चाहता।"

इध्मबाह को लगा, जैसे कुछ गलत कुछ अनुचित कह गया हो, अतः चुप कर

गया, और मन-ही-मन संकुचित, लज्जित होता रहा । लोपामुद्रा ने अनुभव किया कि विषय गंभीर ही नहीं, महत्त्वपूर्ण भी है। अत: सुविचारित प्रतिक्रिया प्रकट करने का विचार कर चुप कर गईं। सूर्य अस्ताचल की ओर जाने को हुए, तो सभी अपने-अपने स्थान से उठे और संध्योपासन करने लगे।

समय खिसकता गया, धीरे-धीरे सत्रांत आ गया। ऋषि को लगा, प्रयाग जाने के लिए यह सर्वाधिक उपयुक्त समय है। अस्तु, इध्मबाह तथा लोपामुद्रा को साथ लेकर वह प्रयाग की ओर चल पड़े, और कई दिनों की यात्रा के उपरांत एक दिन मध्याह्न में भारद्वाज ऋषि के आश्रम में पहुँचे। उनके आगमन की सूचना पाते ही भारद्वाज स्वत: उनके स्वागतार्थ आगे आए, और प्रवेश-द्वार के निकट आकर कहने लगे, ''ऋषिवर, आप सबका हार्दिक स्वागत। चलकर अपनी पावन रज से आश्रम को पवित्र कीजिए।''

''ऐसा न कहिए ऋषिवर,'' भारद्वाज के कथन को सुनकर अगस्त्य ने कहा, ''आपके पुण्य-प्राचुर्य से इस आश्रम की तो बात ही क्या यह समस्त क्षेत्र ही पवित्र हो रहा है।···फिर तीर्थराज प्रयाग तथा पुण्यतोया भागीरथी की भी तो अपनी महिमा है, ये भी तो पवित्रता-प्रदायक ही हैं। हैं न ?''

''निश्चित रूप से। पधारिए।'' भारद्वाज ने कहा और आगंतुकों को लेकर अपनी कुटिया में आ पहुँचे। जब सब लोग अपना-अपना स्थान ग्रहण कर चुके, तो भारद्वाज ने कहा, ''ऋषिवर, कहिए, मैं आपकी क्या सेवा करूँ ?''

''यह मेरी पत्नी लोपामुद्रा हैं तथा यह मेरा पुत्र इध्मबाह।'' अगस्त्य का धीर गम्भीर स्वर कुटिया को प्रतिध्वनित कर उठा। ''मैं चाहता हूँ कि आप मेरे इस पुत्र को अपनी सेवा में रखकर शिक्षित-दीक्षित करने की कृपा करें।''

''आपके इस आदेश को शिरोधार्य करने में मुझे कोई आपत्ति नहीं,'' अपने चरणों में दण्डवत् प्रणाम करते हुए इध्मबाह को अपनी दृढ़ बाँहों से उठाकर अपने पास बिठाते हुए भारद्वाज ने कहा, ''परन्तु मैं यह जानना चाहता हूँ कि विदुषी लोपामुद्रा के वैदुष्य तथा अपनी विश्वविख्यात विद्वत्ता से आप इसे क्यों वंचित करना चाहते हैं ?''

''तत्सुग्राम गुरुकुल के दायित्वों से मुक्ति पाकर हम चित्रकूट व अमरकंटक होते हुए विंध्य को लाँघकर उज्जयिनी जाना चाहते हैं।'' भारद्वाज का समाधान करने के विचार से अगस्त्य कहने लगे, ''और फिर वहाँ कुछ दिन रुककर यदि संभव हो तो दंडकारण्य में अन्यथा उसके निकट एक गुरुकुल की स्थापना करना चाहते हैं।''

''दंडकारण्य में···? अत्यंत साहसिक निर्णय है, ऋषिवर। परंतु जीवन से ऐसी वितृष्णा क्यों ?'' भारद्वाज ने जिज्ञासा की।

''जीवन के प्रति वितृष्णा नहीं, तृष्णा कहिए, ऋषिश्रेष्ठ !'' अगस्त्य के मुख

पर स्मिति की हल्की-सी दीप्ति छिटक गई थी।

"तृष्णा…? तृष्णा कैसी ?" भारद्वाज का विस्मयाविष्ट स्वर सहसा कुछ तीव्र हो उठा, "क्या आपको ज्ञात नहीं कि दंडकारण्य वह कुख्यात जनस्थान है, जहाँ रक्ष-संस्कृति के सहस्त्रों अनुयायी रहते हैं, वे अनुयायी रहते हैं, जिनकी पिशाचता, पाशविकता व नृशंस हिंस्त्रवृत्ति अब तक शत-सहस्त्र ऋषियों का भक्षण कर चुकी है।"

"जानता हूँ, इसीलिए तो जाना चाहता हूँ।"

"अद्‌भुत हैं आप, सचमुच अद्‌भुत !" अगस्त्य की साहसिकता से उत्साहित होकर भारद्वाज ने कहा, "मैंने भी एक बार वहाँ जाने का विचार किया था, परन्तु साहस ने साथ नहीं दिया।"

"उत्तरापथ को आपकी आवश्यकता है, कुलपति, अतः आप यहीं रहिए, और मुझे ऐसी शुभ कामनाएँ दीजिए कि मैं दक्षिणापथ में किसी काम आ सकूँ।" पुलकित, हर्षित अगस्त्य एक साथ यह सब कह गए।

"ऐसा ही होगा, परन्तु क्या आप यहाँ कुछ दिन भी नहीं रुकेंगे ?" भारद्वाज की उत्सुकता उनके स्वर से फूटी पड़ रही थी।

"आपके सान्निध्य में रहकर विचारों के आदान-प्रदान का सुअवसर फिर कब मिलेगा ? स्यात् कभी नहीं। अतः निश्चित रूप से यहाँ कुछ समय तक रुकूँगा।" उठते हुए अगस्त्य ने कहा, "इध्मबाह तो अब छात्रावास में रहेगा, हम लोगों के रहने की व्यवस्था करा दीजिए।"

गुरुकुल-परिसर में ही अपनी कुटिया से कुछ दूर बनी हुई एक कुटिया में अगस्त्य तथा लोपामुद्रा के रहने की व्यवस्था कराकर भारद्वाज जैसे ही अपनी कुटिया में प्रविष्ट हुए, उन्हें लगा कि अगस्त्य का दंडकारण्य जाने का निर्णय जितना सामायिक है उससे अधिक साहसिक है। यह विचार मन में आते ही वह आनंद-विभोर हो उठे। किंतु दूसरे ही क्षण उन्हें लगा कि उनकी यह साहसिकता आर्यावर्त के एक महान मंत्रद्रष्टा ऋषि की बलि भी तो ले सकती है। नहीं ले सकती, क्या ? अब भारद्वाज के मन में उत्पन्न आशंका से उनके शरीर में हल्की-सी सिहरन हो उठी थी। वह कुछ क्षण तक स्तब्ध अपने स्थान पर खड़े रहे थे, फिर अपने कार्य में लग गए।

अब अगस्त्य चिन्तन, अध्यापन, ऋचा-सृजन तथा साधना से अवकाश पाकर प्रायः भारद्वाज तथा अन्य ऋषियों के साथ बैठते और देशकाल की परिस्थिति के अनुसार व्यक्ति तथा समाज के कल्याण के लिए करणीय, अकरणीय कार्यों पर विचार करते रहते थे। जब-तब दक्षिणापथ और विशेषकर दंडकारण्य की भी चर्चा होती रहती थी। यद्यपि प्रयाग उस स्थान से बहुत दूर था, फिर भी वहाँ के घृणित कांड, लोमहर्षक दृश्य तथा अन्य अश्रव्य बातें उन्हें कभी-कभी सुनने को मिल

जाती थीं। सुनकर उनका मन पीड़ा से भर उठता था, और वह कुछ-न-कुछ करने के लिए छटपटा उठते थे, किंतु भारद्वाज का स्नेह अभी भी उन्हें इस स्थान से बाँधे हुए था।

एक दिन संध्या, अग्निहोत्र आदि से निवृत्त होकर वह अपनी कुटिया में लोपामुद्रा के साथ बैठे ही थे कि उनकी कुटिया के सामने एक ऋषि अपने दो शिष्यों के साथ आ खड़े हुए। देखकर अगस्त्य को एकदम अपरिचित-से लगे। विचार आया स्यात् बाहर से आए हैं, अस्तु, उन्होंने कहा, ''ऋषिवर, अन्दर पधारकर आसन ग्रहण कीजिए और बताइए कि मैं आपकी क्या सेवा करूँ ?''

सुनकर आगंतुक ऋषि अनामय अपने शिष्यों के साथ कुटिया में आए और प्रणाम निवेदित कर बैठ गए और फिर बोले--

''ऋषिश्रेष्ठ, दक्षिणापथ और विशेषकर दंडकारण्य में आर्यों के प्रति जो अनाचार व अत्याचार होते रहे हैं, वे सदा से ही चिंतनीय तथा असहनीय रहे हैं, परन्तु उस समय कम-से-कम एक संतोष तो था।''

''वह क्या ?'' ऋषि ने कुरेदा।

''वे लोग जनस्थान के आस-पास के क्षेत्र में एकाकी रहने वाले या इधर-उधर भटक गए आर्यों पर ही अत्याचार करते थे।'' अनामय का उत्तर था। ''परंतु अब तो वे दूरस्थ आश्रम एवं आर्य-बस्तियों में भी आकर अत्याचार करने लगे हैं।''

''क्या कुछ नया घटित हुआ है ?'' ऋषि ने जिज्ञासा की ।

''अभी दो-तीन दिन पूर्व की बात है,'' ऋषि की जिज्ञासा के समाधान में अनामय ने कहा, ''एक आर्य युवती पानी लेने के लिए एक कुएँ पर गई थी। अकस्मात् कुछ अनार्य वहाँ आए। उन्होंने उसके घड़े फोड़ दिए। धातुपात्र कुएँ में फेंक दिए और उसे उठाकर एक सघन वन में ले गए। वहाँ जाकर उन्होंने क्रमशः उसके साथ बलात्कार किया और अंत में उसकी हत्या कर पकाकर खा गए।''

''क्या उस कुएँ के पास अन्य कोई व्यक्ति नहीं था ?'' ऋषि ने टोका।

''था एक युवक,'' इस बार अनामय के शिष्य अनघ ने कहा, ''वह अपने खेत में काम कर रहा था। जैसे ही उसने युवती की चीख-पुकार सुनी, वह उसे बचाने के लिए दौड़ा, परंतु दो अनार्य युवकों ने उसका मार्ग रोककर उस पर कटार चला दी, और फिर एक बड़ा-सा पत्थर लेकर उस पर दे मारा। अंतः लहूलुहान तथा घायल होने पर वह कुछ नहीं कर सका। असुर, अनार्य उसे ले जाने में सफल रहे।''

''वह युवक कहाँ है ?'' प्रत्यक्षदर्शी व्यक्ति से स्यात् कुछ और अधिक जानकारी प्राप्त हो सके ऐसा विचार कर अगस्त्य ने पूछा।

''उसकी स्थिति अत्यंत दयनीय है, देव। वह इतना अधिक घायल हुआ है कि

उठ तक नहीं सकता।'' ऋषि के प्रश्न के उत्तर में अनामय कहने लगा, ''चलना-फिरना तो दूर रहा, वह भली भाँति उठकर बैठ भी नहीं सकता। फिर घटनास्थल यहाँ से दूर है, काफी दूर।''

''समझ गया। अब यह बताइए कि आप सब मुझसे क्या चाहते हैं ?'' गुरु गंभीर स्वर में अगस्त्य ने कहा, और उनकी प्रतिक्रिया जानने के लिए उपस्थित जनों पर दृष्टिपात करने लगे।

सुनकर समवेत स्वर में उन्होंने कहा, ''अनार्यों, राक्षसों के अनाचार व अत्याचार से मुक्ति।''

''क्या आपका यह विश्वास है कि मैं ऐसा करने में सक्षम हूँ ?'' अनामय की आँखों में झाँकते हुए अगस्त्य ने सीधा प्रश्न किया।

''देव,'' कुछ आगे खिसकते हुए अनामय ने निवेदन किया, ''क्षेत्र के लोगों ने हमें अपना प्रतिनिधि बनाकर ऋषि भारद्वाज के पास भेजा था, अस्तु, हम सबसे पहले उनके पास गए थे। हमारी बात सुनकर उन्होंने हमें आपकी सेवा में उपस्थित होने का निर्देश दिया और कहा कि वर्तमान में आपके अतिरिक्त अन्य किसी में ऐसी शक्ति नहीं है कि जो हमें अनार्यों, राक्षसों के अत्याचार से मुक्ति दिला सके। धृष्टता के लिए क्षमा करें, देव।''

''भगवान वरुण उनके तथा आपके इस विश्वास की रक्षा करे, बन्धु।'' अगस्त्य ने कहा, ''मैं स्वत: दंडकारण्य जाकर इन अनाचारियों से लोगों को मुक्ति दिलाने का विचार कर रहा था। आज मैं तुम सबके सामने प्रतिज्ञा करता हूँ कि जब तक मैं दक्षिणापथ को भय तथा दु:ख से मुक्त नहीं कर दूँगा, उत्तरापथ नहीं लौटूँगा।''

''साधु, साधु, ऋषिवर, हम सब तो इसके लिए आपके ऋणी रहेंगे ही, आर्यावर्त की भावी पीढ़ियाँ भी आपके इस उपकार को कभी न भुला सकेंगी।'' वृद्ध अनामय तथा युवकों ने एक स्वर में यह सब कहा, और फिर ऋषि के चरणों में झुक गए।

अगस्त्य को लगा कि समस्त आगन्तुक जाने के लिए उद्यत हैं। अस्तु, संकेत से उन्हें पुन: बैठने का निर्देश देते हुए उन्होंने ने कहा—

''मैं कृतकार्य हो पाऊँ या नहीं, परंतु मैं लोपामुद्रा को साथ लेकर शीघ्र ही यहाँ से प्रस्थान करूँगा, और चित्रकूट, अमरकंटक होकर विंध्य की पर्वत श्रेणियों को लाँघकर उज्जयिनी पहुँचूँगा। और···और वहाँ कुछ दिन रहकर फिर दंडकारण्य के लिए चल दूँगा। आप सब बहुत दूर से आए हैं, अत: शीघ्रता न हो तो आज यहीं भोजन-विश्राम करें। लोपामुद्रा, व्यवस्था हो सकेगी न ?''

''निश्चित रूप से, आर्यपुत्र।''

अकस्मात् किसी अज्ञात दिशा से शंखध्वनि गूँज उठी, मानो अदृष्ट कह रहा हो, ऋषिवर चिन्ता न करें, परोक्ष रूप में मैं भी आपके साथ ही रहूँगा। यह शंख-

ध्वनि प्रकारांतर से आप की ही अग्रिम जय ध्वनि है, आपकी ही।

सुनकर अगस्त्य तथा लोपामुद्रा आत्मविश्वास से परिपूरित हो उठे। आगंतुकों को भी लगा कि उनका प्रयास, आयास व्यर्थ नहीं गया, अत: वे भी प्रसन्न हो उठे और प्रसन्न व उत्साहित होकर ही अगले दिन वहाँ से परावर्त हुए।

ऋषि अनामय को अगस्त्य ने भावातिरेक में आकर यह वचन नहीं दिया था कि वह लोपामुद्रा के साथ शीघ्र ही विंध्य पर्वत श्रेणियाँ लाँधकर दक्षिणापथ व दंडकारण्य में जाएँगे, और···और वहाँ जाकर दक्षिणापथ को अज्ञानांधकार तथा अनार्य बर्बर जातियों के भय व आतंक से मुक्त कराएँगे। यह निर्णय तो उनका अपना बहुत पुराना निर्णय था। सच तो यह है कि जब वह हरिद्वार में रहते थे, तभी, हाँ तभी दक्षिणापथ में व्याप्त घनीभूत अज्ञानांधकार तथा अनार्य बर्बर जातियों के अनाचार, अत्याचारपूर्ण कृत्यों की बात सुनकर उन्होंने बहु प्रचारित दुर्लंघ्य पर्वत श्रेणियों को लाँघकर दक्षिणापथ में स्थित दंडकारण्य में जा बसने का संकल्प लिया था, ऋषि अनामय के अनुरोध पर तो वह प्रतिश्रुत भर हुए थे, किन्तु···

किन्तु कृतसंकल्पित होने तथा प्रतिश्रुत होने भर से क्या कभी कुछ हुआ है ? नहीं, संकल्प तथा प्रतिज्ञा की पूर्ति के लिए अपने सर्वस्व की बलि देने की तत्परता तथा साहसिकता की आवश्यकता होती है। अगस्त्य जानते थे कि इन दोनों की उनमें कमी नहीं है। परन्तु चुनौती सामान्य नहीं थी··सामान्य होती, तो दक्षिणापथ में पूर्व से ही रहने वाले आर्य ऋषियों को अकृतकार्य क्यों होना पड़ता ? क्या उन्होंने अपने धर्म, अपने जीवनदर्शन, अपनी संस्कृति तथा अपनी उपासना-पद्धति को बचाने के लिए संघर्ष नहीं किया होगा ?

निश्चित रूप से किया होगा। फिर उन्हें असफलता क्यों प्राप्त हुई ?···.क्योंकि वे संगठित तथा सशक्त विरोध का सामना नहीं कर सके। फिर तुम किस प्रकार करोगे ? अगस्त्य के विवेक ने टोका। ऐसे स्थान पर जहाँ बर्बर, रक्तपिपासु अनार्यों ने ऋषियों, आर्यों को खा-खाकर अस्थियों के ढेर लगा रखे हैं, कुछ लोगों को लेकर जाना क्या उन्हें काल के गाल में झोंकना नहीं है ? प्रस्तुत प्रश्न का सामना करने के लिए जैसे ही अगस्त्य उद्यत हुए, उन्हें निकटस्थ वन के झुरमुट से सिंह-गर्जना सुनाई दी। सुनकर उन्होंने अपने चिंतन को किंचित् विराम दिया। ठीक इसी बीच सिंह-गर्जना पुन: सुनाई दी।

यह गर्जना तुम्हारे मन में भय जगाने के लिए नहीं है, अगस्त्य, बल्कि यह बताने के लिए है कि पौरुष व साहस हो तो विरोधियों की संख्या की अधिकता कोई महत्त्व नहीं रखती। सच है। मन-ही-मन अगस्त्य ने विचार किया। हठात् उन्हें लगा कि उन्हें लोपामुद्रा के साथ एकाकी ही अपने गंतव्य की ओर जाना चाहिए, एकाकी ही।

ठीक है, वह एकाकी ही जाएँगे। परन्तु प्रश्न तो यह है कि उन्हें चित्रकूट स दक्षिणापथ जाना चाहिए अथवा अमरकंटक से विंध्य की दुर्गम पर्वत श्रेणियों को लाँधकर दक्षिणापथ में प्रविष्ट होना चाहिए ? चित्रकूट से विंध्य को पार कर दक्षिण भारत में जाना अपेक्षाकृत सरल होगा, यह सुनिश्चित है, परंतु संस्कृति-संरक्षण की दृष्टि से यदि बर्बर तथा अर्द्धसभ्य जातियों की संस्कृति-भिज्ञता की कुछ भी उपयोगिता है, तो उन्हें दूसरे विकल्प को ही चुनना होगा।

अकस्मात् उन्हें ध्यान आया, अभी तो वह प्रयाग में ही हैं। चित्रकूट पहुँचते-पहुँचते ही कई दिन लग जाएँगे। फिर वहाँ पहुँचकर ऋषि अत्रि के साथ विचार-विनिमय करना भी उपयोगी हो सकता है। अत: वहाँ भी कुछ दिन तक रुकना होगा। उसके पश्चात् सतना, कटनी होते हुए अमरकंटक जाया जा सकता है। और फिर वहीं से विंध्य की दुर्गम पर्वत श्रेणियों को लाँघकर उज्जयिनी जाया जा सकता है, और वह भी केवल लोपामुद्रा को साथ लेकर। इस बहाने भिन्न स्थानीय सामाजिक व सांस्कृतिक परिवेश के अध्ययन की सुविधा तो प्राप्त होगी ही, मातृभू के अधिकांश भाग को प्रत्यक्षत: देख पाने की सुखानुभूति भी हो सकेगी। तो··· तो फिर यही निर्णय रहा न ? एक बार अगस्त्य ने अपने मन से पुन: जानना चाहा, और फिर कहा, क्या इस संबंध में लोपामुद्रा का परामर्श एकदम अनावश्यक है ?

"नहीं, लोपामुद्रा से परामर्श करना ही होगा," अगस्त्य का दृढ़ स्वर सहसा गूँज उठा, "और वह भी शीघ्र ही, बल्कि आज ही। लो वह देखो, वह तो स्वयं ही इधर आ रही हैं। क्या इसी को शुभ शकुन नहीं कहते ?"

अगस्त्य के अंतिम कथन को सुनकर लोपामुद्रा ने पूछा, "किसको शुभ शकुन कहते हैं ? आर्यपुत्र, कुछ मुझे भी तो बताइए।"

"लोपामुद्रा, मैं दक्षिणापथ जाने के दिन तथा मार्ग के संबंध में परामर्श करने के लिए तुम्हें बुलाने वाला था" लोपामुद्रा की अनुरोध-रक्षा में अगस्त्य ने कहा, "कि तुम स्वत: यहाँ आ गईं। अस्तु, मैं यह कह रहा था कि क्या यह शुभ शकुन नहीं है ?"

"अच्छा तो यह है" मुस्कराते हुए लोपामुद्रा ने कहा, "मैं तो स्वयं आपसे यह कहने आ रही थी कि ऋषि अनामय को जो वचन, जो आश्वासन आपने दिया था, उसे मूर्त रूप देने में अब और अधिक विलम्ब करना उचित नहीं। हमें यहाँ से कल ही चल देना चाहिए और वह भी उस मार्ग से जहाँ से लोगों को हमारे आने की संभावना ही न हो सके।"

"तुमने तो मेरे मुँह की बात छीन ली, लोपामुद्रा।" अगस्त्य का आत्मविश्वास तथा उत्साह उनकी वाणी से फूटा पड़ रहा था। "हमें दक्षिणापथ में सुरक्षित रह सकने की अविश्वसनीयता को तो समाप्त करना ही है, विंध्य पर्वत श्रेणियों की दुर्लंघ्यता को भी झुठलाना है, और···और बर्बर अनार्यों को नष्ट कर अथवा आर्य-

संस्कृति में दीक्षित कर दक्षिणापथ को भी आर्यावर्त के समान वैदिक धर्म व संस्कृति से आलोकित कर वहाँ व्याप्त अज्ञानांधकार को सदा-सदा के लिए दूर करना है।''

''मैं आपके इस प्रस्ताव से पूर्णत: सहमत हूँ, और वह भी हृदय से, आर्य-पुत्र !'' हर्ष-गद्‌गद होकर लोपामुद्रा ने अगस्त्य के इस प्रस्ताव की प्रतिक्रिया में कहा, ''परंतु मैं यह चाहती हूँ कि इध्मबाह के संबंध में हमारा अपना जो दायित्व है, उसे स्थानीय गुरुकुल के कुलपति ऋषि भारद्वाज को प्रदान करके ही हम आगे बढ़ें। यदि उसके नाना या मामा यहाँ होते, तो हम यह दायित्व उन्हें देकर जा सकते थे। परंतु जिस शीघ्रता में हम यहाँ से प्रस्थान करना चाहते हैं, उसमें तो यह सब संभव नहीं।''

''सच है, देवि, इध्मबाह के प्रति हमारा अपना जो दायित्व है, उसे तो हमें ऋषि भारद्वाज को देना ही है। इध्मबाह को भी हमें उसका कर्त्तव्य-बोध कराना है। अत: किसी को भेजकर इध्मबाह को यहीं बुला लीजिए।''

अगस्त्य की बात सुनकर लोपामुद्रा ने एक ब्रह्मचारी को भेजकर इध्मबाह को तत्काल अपनी कुटिया में बुलवाया। पिताश्री का निर्देश पाकर वह छात्रावास से त्वरित गति से चल पड़ा और माता व पिताश्री के चरणों में सिर झुकाकर उनके सामने बैठ गया। अवसर पाते ही अगस्त्य ने कहा—

''इध्मबाह, तुमने जिस गति से वेद-वेदांग के अध्ययन में अब तक निष्णातता प्राप्त की है, उसे देखकर हम दोनों तुम्हारे भविष्य की उज्ज्वलता के प्रति आश्वस्त ही नहीं निश्‍चिंत भी हैं। फिर भी दक्षिणापथ के लिए प्रस्थान करने के पूर्व हम तुम्हें कुछ निर्देश देना आवश्यक समझते हैं।''

''आज्ञा दीजिए पिताश्री मुझे क्या करना है ?'' अंजलिबद्ध होकर इध्मबाह ने निवेदन किया।

''वत्स !'' इध्मबाह के निवेदन को सुनकर अगस्त्य कुछ गंभीर हुए और फिर स्नेहसिक्त होकर कहने लगे, ''वैदिक धर्म, जीवन-दर्शन, आर्य सभ्यता, संस्कृति तथा जीवन-पद्धति को विस्तृत आयाम देने के लिए तो तुम्हें कृतसंकल्पित व प्रयत्नशील रहना ही है, समाज व राष्ट्र के कल्याण को भी सदैव अपने दृष्टिपथ में रखना है। और…''

''और क्या, पिताश्री…?'' अगस्त्य को सहसा रुकते हुए देखकर इध्मबाह ने टोका।

''और पितृऋण चुकाने के लिए अपनी वंश-परंपरा को भी अक्षुण्ण बनाए रखना है। ऋषि भारद्वाज तुम्हारे कुलपति तो हैं ही, आज से वह लोपामुद्रा तथा मेरी अनुपस्थिति में तुम्हारे अभिभावक भी होंगे।'' अगस्त्य का स्वर स्नेह की स्निग्धता से इतना स्निग्ध हो गया था कि शब्द फिसलते जैसे बाहर निकल रहे थे। इध्मबाह भी इसका

अनुभव कर रहा था, परन्तु स्वयं द्रवित होकर वह माता-पिता की यात्रा को बोझिल नहीं बनाना चाहता था। अस्तु, माँ की ओर उन्मुख होकर श्रद्धासिक्त हृदय से उसने कहा—

''माँ, क्या आप मुझे कुछ भी निर्देश नहीं देंगी, यहाँ तक कि शुभाशीष भी नहीं ?''

''वत्स, मात-पिता को अपनी संतान को शुभाशीष देने के लिए शब्दों की आवश्यकता नहीं पड़ती,'' लोपामुद्रा का गला भर आया था, परंतु उसने अपने स्नेहाश्रुओं को यत्नपूर्वक रोक रखा था, ''उनका श्वास-प्रश्वास संतान का स्वस्त्ययन करता रहता है, मंगल कामना करता रहता है। फिर भी तुम्हारा आग्रह है तो मैं तुम्हें शुभाशीष भी दूँगी, और निर्देश भी।''

लोपामुद्रा की बात सुनकर इध्मबाह ही नहीं अगस्त्य भी सतर्क होकर बैठ गए। अब लोपामुद्रा ने कहा, ''पुत्र, तुम ऋषि-परम्परा में उत्पन्न हुए हो, अस्तु, ऋषित्व को कभी कलंकित मत होने देना। और परिस्थितियों की अनुकूलता हो, तो वधू तथा पुत्र को लेकर हम दोनों का शुभाशीष लेने के लिए दक्षिणापथ आना। कुलपति, नाना व मामा के निर्देशों को उतना ही महत्त्व देना, जितना कि अब तक हमारे निर्देशों के देते रहे। भगवान तुम्हें दीर्घजीवी, मनस्वी, तेजस्वी तथा यशस्वी बनावे, और तुम अपने जीवन में ऐसा कुछ कर सको, जिसके कारण आने वाली पीढ़ियाँ तुम्हें याद रखें।''

''मेरी भी यही शुभकामना है, पुत्र। अच्छा अब चलो, कुलपति, आचार्य, उपाध्याय तथा ब्रह्मचारियों से भी विदा ले ली जाए।''

अगस्त्य के खड़े होते ही लोपामुद्रा तथा इध्मबाह भी अपने-अपने स्थान पर उठ खड़े हुए और गुरुकुल की ओर चल पड़े, और ऋषि भारद्वाज के सामने आकर बोले, ''ऋषिवर, आप इध्मबाह के आचार्य तो हैं ही, आज से मैं आपके पूर्व से ही बोझिल कंधों पर उसके अभिभावकत्व का दायित्व और डाल रहा हूँ। आशा है स्थिति-विशेष का विचार कर आप इसे अन्यथा अर्थ में ग्रहण न करेंगे, और''''

''और क्या ऋषिश्रेष्ठ ?'' भारद्वाज ने पूछा।

''और अपनी शुभ कामनाओं का पाथेय देकर मुझे दक्षिणापथ, दंडकारण्य जाने की अनुमति प्रदान करेंगे।''

अभी यह सब चल ही रहा था कि गुरुकुल के आचार्य, उपाध्याय तथा ब्रह्मचारी आ पहुँचे और ऋषि अगस्त्य को जाने के लिए उद्यत देखकर भावविभोर हो उठे, इतने भाव-विभोर कि किसी से कुछ कहते नहीं बना, परंतु उन सबके बरसते हुए आँसुओं ने उनके कपोलों तथा भूमि पर ऋषि की प्रशस्ति में जो छंद लिखे, अपठनीय होने पर भी स्वर्णमंडित अभिनंदन पत्रों की भावनाएँ भी उन्हें देखकर लज्जित हो उठीं। किंतु ऋषि के निकट यह सब देखने-सुनने के लिए अवकाश नहीं था। उन्होंने

उन सबसे विदा ली और शुभाशीष देकर चल पड़े। कुलपति, आचार्य, उपाध्याय तथा ब्रह्मचारी प्रवेश-द्वार तक उन्हें छोड़ने के लिए उनके साथ आए, और प्रणाम निवेदित कर लौट आए। इध्मबाह भाव-सांकर्य से जूझ रहा था, अत: वह तत्काल न लौट सका, परंतु अंतत: वह भी लौट आया।

अब अगस्त्य ने मुड़कर पीछे आ रही लोपामुद्रा की ओर देखा और कहा, ''भद्रे, 'ज्योतिषां वाधिते तम:' की प्रार्थना करते हुए आगे बढ़ो, आगे। भूल जाओ कि हमें हिमालय की उच्चता से प्रतिस्पर्धा करने वाले विंध्य की दुर्गम श्रेणियों को पार करना है। यदि हमारे ऋषित्व में कुछ भी शकित है, तो विंध्य भी इन शिष्यों, इन ब्रह्मचारियों के समान हमारे चरणों की वंदना करेगा, और हमारे जाने के लिए मार्ग को पूर्वापेक्षा अधिक सुगम, अधिक प्रशस्त बना देगा। अस्तु, चलो आगे बढ़ो।''

''ऐसा ही होगा देव, विंध्य भी आपकी शिष्यता ग्रहण कर आपके चरणों की वंदना करेगा, और आदेश देने की प्रार्थना करेगा। लोपामुद्रा का उत्साह ज्वार पर था। तत्परतापूर्वक पग बढ़ाते हुए वह ऋषि के पार्श्व में आकर चलने लगीं और चलती ही रहीं।

दिन पर दिन बीतते गए। उत्तरापथ के ग्राम, कस्बा, नगर, खेड़े तथा अरण्यों को पीछे छोड़कर अंतत: वे चित्रकूट जनपद में प्रविष्ट हुए। यहाँ आकर उन्होंने सर्वप्रथम मंदाकिनी में स्नान किया और फिर नित्य नैमित्तिक कर्म से निवृत्त होकर अत्रि ऋषि के आश्रम में पहुँचे। उनके आगमन के पूर्व ही आश्रम में उनके आने का समाचार आ गया था, अस्तु, आगे बढ़कर अत्रि ने अगस्त्य तथा लोपामुद्रा का स्वागत किया और फिर उन्हें अपनी कुटिया में लाकर ससम्मान बिठाया। सूचना पाकर अनसूया भी आ पहुँची थीं। लोपामुद्रा को देखकर वह हर्ष-गद्गद हो उठीं, और उन्हें अपने पास बिठाकर कुशल-क्षेम पूछने लगीं।

थोड़ी देर बाद शिष्य फल व जल ले आए। अत्रि तथा अनसूया के साथ अगस्त्य व लोपामुद्रा ने उन्हें ग्रहण किया और आचमन कर जैसे ही अगस्त्य व लोपामुद्रा ने अपना-अपना स्थान ग्रहण किया, अत्रि उनकी ओर उन्मुख होकर बोले, ''ऋषिवर, जिस उद्देश्य-विशेष को लेकर आप दक्षिणापथ तथा दंडकारण्य जाने के लिए कृतसंकल्पित तथा प्रतिश्रुत होकर चल पड़े हैं, उसके औचित्य के प्रति मुझे कोई संदेह नहीं है। परंतु क्या आप वाक्‌बल मात्र से उन दुर्धर्ष अनार्यों पर विजय प्राप्त कर सकेंगे ? इस प्रश्न पर मैं निश्चित रूप से संदेह में हूँ। क्या आप मेरा समाधान करने का कष्ट करेंगे ?''

''महामुने,'' अत्रि के कथन को सुनकर अपने बिखरे हुए विचार-सूत्रों को समेटकर तथा पूर्वापेक्षा और अधिक गंभीर होकर अगस्त्य ने कहा, ''मेरे पास वाक्-बल-भर नहीं है। क्या आप आत्मबल तथा चरित्रबल को कोई महत्त्व नहीं देते ?''

"निश्चित रूप से देता हूँ।" प्रतिक्रियास्वरूप अत्रि का गुरु गंभीर स्वर मुखरित हो उठा, "यही नहीं आत्मबल, चरित्रबल को मैं अंतिम तथा निर्णायक विजय दिलाने वाला मानता हूँ। किंतु मैं यह भी मानता हूँ कि इन दोनों का प्रभाव जितना अधिक स्थायी होता है, उससे अधिक धीमा होता है। अत: कभी-कभी तो आत्मबल के प्रयोग का अवसर ही नहीं आता और प्रथम साक्षात्कार में ही पशुबल विजयी होकर दहाड़ उठता है।"

"तब क्या आप मुझे पशुबल का आश्रय लेने का परामर्श देना चाहते थे ?" अगस्त्य ने स्पष्ट प्रश्न किया।

"आत्मबल, चरित्रबल नितांत उपेक्षणीय हैं, मैं ऐसा नहीं मानता, ऋषिवर," अत्रि ने दो टूक शब्दों में अपना मत प्रकट किया, "परन्तु मैं यह अवश्य प्रतिपादित करना चाहता हूँ कि वैयक्तिक हित से ऊपर उठकर लोकमंगल की भावना से बहुजन हिताय, बहुजन सुखाय प्रयुक्त पशुबल भी त्याज्य नहीं है। सुनो, वेद भी मेरी इस प्रस्थापना की पुष्टि करते हुए कहता है—

सहस्राणि सहस्र शो बाह्वो स्तव हेतय:।
तासामीशानो भगव: पराचीना मुखाकृधि।।"

"बिल्कुल ठीक," अत्रि द्वारा प्रस्तुत प्रस्थापना की पुष्टि करते हुए लोपामुद्रा कहने लगीं, "वेद तो संन्यासियों के लिए भी लोककल्याणार्थ पशुबल के प्रयोग को अनुचित नहीं ठहराता अन्यथा वह धनुष-बाण के समुचित प्रयोग द्वारा सहस्र योजन विस्तृत भूभाग को शत्रुहीन करने पर बल क्यों देता, वह यह क्यों कहता—

ये भूतानामधि पतयो विशिखास: कपर्दिन:।
तेषाङ सहस्र योजनेऽव धन्वानि तन्मसि।।"

"इसका अर्थ है," अत्रि तथा लोपामुद्रा के परामर्श को सुनकर अगस्त्य ने कहा, "कि ब्रह्मऋषित्व प्राप्त करने के कारण शम्बर-युद्ध में जिन अस्त्र-शस्त्रों के कुशल संचालन द्वारा विजयश्री का वरण कर मैंने उन्हें भुला देने की सीमा तक छोड़ दिया था, दंडकारण्य जाने से पूर्व मुझे उन्हीं अस्त्र-शस्त्रों के संचालन में तो पुन: निष्णातता प्राप्त करनी ही होगी, नवीन अस्त्र-शस्त्रों को भी आविष्कृत करना होगा।"

"आपने मेरे आशय को बिल्कुल ठीक समझा है, ऋषिवर।" अत्रि के मुख पर उनका विजयोल्लास छलका पड़ रहा था। "मुझे विश्वास है कि आप दंडकारण्य में जाकर उद्देश्य-प्राप्ति में तो कृतकार्य होंगे ही, यशस्वी भी होंगे।"

"अब तक मुझे लोगों से शुभकामना का पाथेय ही मिलता रहा है, महामुने," प्रसन्नता से प्रोदभासित मुख को तनिक ऊपर उठाते हुए अगस्त्य बोले, "यह प्रथम अवसर है जब मुझे शुभ कामना के पाथेय के साथ-साथ आपके सत्परामर्श का संबल भी प्राप्त हो सका। बहुत-बहुत धन्यवाद।"

अत्रि व अनसूया से विदा लेकर जब अगस्त्य तथा लोपामुद्रा विश्राम करने के लिए अतिथिगृह पहुँचे तो उन्हें लगा कि दंडकारण्य में व्याप्त अज्ञानांधकार की निविड़ता दूर हो पाए या नहीं, परंतु उनके हृदयाकाश में निश्चित रूप से आज ज्ञानालोक की कुछ किरणें विकीर्णित हो उठी हैं। तो क्या वह यहीं रहकर अस्त्र-शस्त्र-संचालन का अभ्यास करें, स्यात् हाँ··स्यात् नहीं। उज्जयिनी पहुँचकर ही अस्त्र-शस्त्र-संचालन करने का पुनरभ्यास करना ठीक होगा। तो क्या यहाँ से विदा लेकर चला जाए ? नहीं, अभी यहाँ कुछ दिन और रुकना चाहिए। फिर अत्रि सहसा जाने की अनुमति दे देंगे, ऐसा भी तो नहीं कहा जा सकता। चलते समय उन्होंने कहा ही था— अस्त्र-शस्त्र-संचालन में निपुणता प्राप्त करने का परामर्श तो एक सामयिक प्रसंग था, आध्यात्मिक ज्ञान के आदान-प्रदान बिना आप यहाँ से नहीं जा पाएँगे, ऋषि, अस्तु, विश्राम करें। कुछ दिनों तक नियमित चर्चा होगी ही।

लोपामुद्रा भी चलने की शीघ्रता में नहीं थीं। वह चाहती थीं कि विदुषी अनसूया के सान्निध्य में रहकर कुछ लौकिक तथा आध्यात्मिक अनुभव प्राप्त किए जाएँ। अस्तु, वे दोनों कुछ दिन के लिए चित्रकूट में ही रुक गए। प्रात: मंदाकिनी में स्नान करते और नित्यकर्म से निवृत्त होकर अत्रि तथा अन्य ऋषियों के साथ बैठकर आध्यात्मिक चर्चा करते। अनसूया तथा लोपामुद्रा भी नियमित रूप से पृथक् बैठकर विचार-विनिमय करतीं। जब-तब अगस्त्य व लोपामुद्रा गुरुकुल में जाते तथा अध्येताओं का मार्ग-दर्शन करते। अपराह्न में इधर-उधर भ्रमण कर चित्रकूट की प्राकृतिक छटा के दर्शन करते। इस प्रकार करते-कराते एक पक्ष समाप्त होने को आया। विचार आया, अब अनुमति लेकर चलना चाहिए। अस्तु, वे अत्रि व अनसूया के पास पहुँचे और उनसे विदा लेकर सतना, कटनी होकर अमरकंटक के लिए चल पड़े।

अमरकंटक आकर उन्होंने नर्मदा का उद्गम देखा और उसके आस-पास रहने वाले ऋषि-मुनियों से भेंट की और फिर विंध्य की पर्वत श्रेणी को पार करने के लिए चल पड़े। अभी वह ऊपर चढ़ने की तैयारी कर ही रहे थे कि उसकी सीधी सपाट चढ़ाई तथा दुर्लंघनीयता की कल्पना कर विंध्य के पगतल में बसे हुए कुछ लोग अगस्त्य तथा लोपामुद्रा के पास आए और उनसे बोले—

''ऋषिवर, आपने सुना ही होगा, आजकल विंध्य हिमालय की उच्चता से प्रतिस्पर्धा करने के उद्देश्य से अनवरत बढ़ रहा है। पूर्व में भी वह कुछ-कुछ दुर्गम व दुर्लंघ्य था ही, फिर अब तो कहना ही क्या ? हम आपसे यह प्रार्थना करते हैं कि आप अपने माता-पिता के ही नहीं समाज व राष्ट्र के आशाकेंद्र हैं, अत: विंध्य को लाँघकर दक्षिणापथ पहुँचने के दुस्साध्य संकल्प को लेकर आप विंध्य जैसी जड़ता दिखाकर अपने प्राण न गँवाएँ। यहाँ आपके भोजन-आवास की समुचित व्यवस्था कर दी जाएगी, रुक जाइए, कृपया आगे न बढ़िए। कम-से-कम सहधर्मिणी देवी के निमित्त ही रुक जाइए।''

अगस्त्य व लोपामुद्रा ने कभी यह कल्पना भी न की थी कि इतनी दूर पर उन्हें कुछ ऐसे अपरिचित मिल जाएँगे जो आत्मीय जनों की आत्मीयता को भी लजाने वाली अपनत्व की भावना से उन्हें रोकने का प्रयास करेंगे। किंतु उन्होंने जो कभी सोचा भी नहीं था, आज वही उनके सामने था। अस्तु, चलते-चलते मार्ग में रुककर तथा उनकी ओर उन्मुख होकर अगस्त्य ने कहा—

"बंधुवर, आपकी इस आत्मीयता ने हमें अपने संकल्प पर पुनर्विचार करने के लिए बाध्य कर दिया है, परन्तु गंभीरतापूर्वक विचार करने पर हमें लगता है कि यदि पृथिवी हमारी माता हो सकती है, तो क्या कोई पर्वत हमारा शिष्य नहीं हो सकता ? आपका विचार क्या है, यह आप जानें, परंतु मुझे लगता है कि पर्वत भी हमारा शिष्य हो सकता है और मेरा विश्वास है कि जैसे ही हम आगे बढ़ेंगे, विंध्य शिष्यतत्व भाव से हमारे आगे आएगा और हमें दंडवत् नमन कर गुरुदक्षिणा देने की तत्परता दिखाएगा। तब··· तब हमारे निर्देश पर हिमालय की उच्चता से प्रतिस्पर्धा करने की भावना का परित्याग कर हमारी प्रतीक्षा में दंडवत् उसी प्रकार पड़ा रहेगा।"

"अद्‌भुत विश्वास है आपका," एक युवक ने टिप्पणी की, "भगवान् करे, आपका यह विश्वास सचमुच फलीभूत हो जाए।"

ऋषि अगस्त्य तथा लोपामुद्रा युवक की इस टिप्पणी, इस शुभकामना को सुनकर पर्वत की ओर मुड़े। ठीक इसी समय एक वृद्ध ने कहा, "बड़े हठी हो ऋषि! अच्छा जाओ, हमारी शुभकामनाएँ लेते जाओ। यदि हम सबके कुछ भी पुण्य हों, तो वे आपके मार्ग को सुगम व प्रशस्त बनाएँ, शुभास्ते पंथानः।"

सुनकर अगस्त्य कुछ ठिठके। मन में आया, जिस समाज के घटकों को उसकी संस्कृति ने अपरिचितों, अनात्मीयों के साथ भी अत्यंत ममत्व एवं अपनत्वपूर्ण व्यवहार करने की शिक्षा दी है, यदि उस समाज और संस्कृति की रक्षा के लिए हम दोनों को अपने प्राणों की बलि भी देनी पड़े, तो भी कुछ अनुचित नहीं। अस्तु, आगे बढ़ते-बढ़ते उन्होंने कहा, "बन्धुओ, चिन्ता न करें, आपके स्नेह व स्वस्त्ययन का संबल हमारे साथ है, और जब तक यह हमारे साथ है, हम असफल नहीं होंगे। आप निश्चिंत होकर पधारें।"

विंध्याचल एकदम सामने था, सीधा, सपाट व ऊबड़-खाबड़। न कहीं कोई पगडंडी थी, न कहीं समतल भूमि। अगस्त्य व लोपामुद्रा ने जैसे ही आगे पैर बढ़ाए, लगा कि वे किसी भी क्षण असंतुलित होकर गिर सकते हैं। तब क्या किया जाए ? वे दोनों एक-दूसरे के पार्श्व में आ गए और एक-दूसरे का सहारा लेकर आगे बढ़ने लगे। परन्तु दो व्यक्तियों का एक-दूसरे के साथ चलना भी तो सर्वत्र संभव नहीं था। होता भी कैसे ? सीधा पहाड़ जो था। लेकिन चढ़ना तो था ही, विवश, निरुपाय वे आगे बढ़ते, गिरते-सम्हलते एक-दूसरे को पकड़ कर थामते हुए चलते। कभी थककर रुक जाते और किसी पेड़ की छाया के नीचे बैठकर विश्राम करने

का जुगाड़ करते और फिर चल पड़ते।

उनके पैर यहाँ-वहाँ से छिल गए थे, फिर भी वे चल रहे थे। और वे हो क्यों ? उनकी भूख-प्यास भी उनके साथ चल रही थी। यद्यपि फल-मूल का अभाव नहीं था, परंतु भर पेट खाने पर आलस्य आ सकता है, ऐसा विचारकर वे प्राय: थोड़े-से फल खाकर तथा पानी पीकर चल पड़ते। उन्हें न तो गर्मी की चिंता थी और न वर्षा की। लगता था, उन्हें न तो प्रकृति के प्रति कोई उपालंभ था और न अपने द्वारा स्वीकृत कार्य के प्रति किसी प्रकार की ग्लानि। प्रत्येक स्थिति में वे बढ़ रहे थे, बढ़ते ही जाते थे।

अंतत: वे एक दिन विंध्याचल की दक्षिणी उपत्यका के निकट आए। ऋषि के मन में आया, अभी दंडकारण्य की ओर बढ़ना उचित नहीं रहेगा। उज्जयिनी में रहकर ही सुदूर दक्षिण तथा दंडकारण्य की गतिविधियों की टोह ली जाए। फिर अत्रि के परामर्शानुसार उन्हें अस्त्र-शस्त्रों के संचालन में भी तो और अधिक निष्णातता प्राप्त करनी है।···और यदि संभव हो तो अपेक्षाकृत अधिक घातक तथा शीघ्र प्रभावोत्पादक अस्त्र-शस्त्रों का आविष्करण व उत्पादन करना है। तब उज्जयिनी, हाँ उज्जयिनी में ही रहना उपयुक्त होगा। ऋषि ने जैसे ही अपने निष्कर्ष से लोपामुद्रा को अवगत कराया, वह भी सहमत हो गईं। फिर क्या था, वे दोनों उज्जयिनी की ओर चल पड़े, और कुछ दिन के अनवरत प्रवास के पश्चात् उज्जयिनी आ पहुँचे।

उज्जयिनी में वे इधर-उधर कहीं नहीं गए, सीधे गुरुकुल पहुँचे और कुलपति को अपने आने की सूचना भिजवाकर प्रवेश द्वार पर ही एक वृक्ष की छाया के नीचे बैठ गए। सूचना पाते ही ऋषि शंकुक अपने कुछ शिष्यों के साथ उनके पास आए और उन्हें सादर अपने आश्रम में लिवा ले गए।

यहाँ आकर ऋषि व लोपामुद्रा ने भोजन किया तथा कई दिनों की थकान मिटाने के विचार से लेट गए। हठात् उनके मन में आया जैसे सचमुच हिमालय की उच्चता से प्रतिस्पर्धा करने वाले विंध्याचल ने शिष्य भाव से उनके चरणों में दंडवत् नमन किया हो, और कहा हो, गुरुदेव आज्ञा दीजिए, गुरुदक्षिणा के रूप में मैं आपकी क्या सेवा करूँ ? और···और तब उन्होंने उसको कहा हो, कुछ नहीं वत्स। जब तक मैं दक्षिणापथ से लौटकर न आऊँ, इसी प्रकार दंडवत् पड़े रहना, इसी प्रकार।

सोचते-सोचते अगस्त्य का मन पुलक से परिपूरित हो उठा। होता भी क्यों नहीं ? आज उन्होंने विंध्य की दुर्लंघनीयता को ही नहीं झुठलाया था, अपने आत्मबल की अनमनीयता व दृढ़ता को भी प्रमाणित किया था, अत: वह प्रसन्न थे, अत्यन्त प्रसन्न।

परंतु लोपामुद्रा सोच रही थीं, यह कठिनाइयों पर विजय प्राप्त करने का शुभारंभ है, अंत नहीं। कठिनाइयाँ और वह भी अत्यंत भयावह कठिनाइयाँ तो अब आएँगी, अब। किंतु··किंतु ऋषि साथ हैं तो कठिनाइयों की भयावहता से क्या डरना ?

कुछ भी तो नहीं। किंतु···

किंतु यह उमस, यह मसोस, लगता है, जैसे प्राण घुट जाएँगे। परंतु किया भी क्या जा सकता है ? लोपामुद्रा अभी यह सोच ही रही थीं कि शीतल मंद सुवासित वायु का झोंका आया, और लोपामुद्रा तथा अगस्त्य के कानों के निकट जाकर बोला—

जब जड़ता के प्रतीक अचल विंध्य ने स्पंदित, उद्वेलित होकर आपका शिष्यत्व ग्रहण कर आपके मार्ग को सुगम एवं प्रशस्त बना दिया, तो आप मुझे तो अपना आत्मीय ही समझें। आप जहाँ भी रहेंगे और जिस रूप में भी रहेंगे, वहीं मैं आपकी सेवा के लिए सदैव उद्यत रहूँगा, तत्पर रहूँगा।

अस्तु, शीतल वायु का स्पर्श कर दोनों हर्षित-पुलकित हो उठे, और सोने का उपक्रम करने लगे। ठीक इसी समय चन्द्रदेव उनके ऊपर सुधावृष्टि करने लगे और प्रात:काल तक करते ही रहे, करते ही।

उज्जयिनी गुरुकुल परिसर से कुछ दूर हटकर उत्तर दिशा में स्थित मैदान में दो कुटियाँ बनी हुई थीं। उनमें से एक के सामने एक तख्त पड़ा हुआ था, और उस पर कंबल के ऊपर एक मृगचर्म बिछा हुआ था। लोपामुद्रा कुटिया से बाहर आकर उस पर अभी-अभी बैठी थीं। उनके आसन से पचास-साठ हाथ की दूरी पर दो बल्लियाँ गड़ी हुई थीं, और उन पर आयताकार काठ के दो पटिया लगे हुए थे तथा उनके केंद्र में काले रंग से दो वृत्त बने हुए थे। अगस्त्य धनुष-बाण हाथ में लेकर इन्हीं वृत्तों को लक्ष्य कर शर-संधान कर रहे थे।

अत्रि के उपदेश, निर्देश के कारण ? स्यात् हाँ, स्यात् नहीं। स्यात् नहीं क्यों ?···क्योंकि आरंभ से ही अगस्त्य की अपनी यह मान्यता रही है कि शस्त्र-संचालन का अनभ्यास प्राप्त शिक्षण-प्रशिक्षण को अज्ञान में बदल सकता है, और वह भी इस सीमा तक कि शम्बर-युद्ध में प्रयुक्त रणकौशल मिथ्या तथ्य बनकर रह जाए। अत: वह स्वत: अस्त्र-शस्त्र-संचालन का सतत अभ्यास करते रहना चाहते थे।

किन्तु जब ब्रह्मऋषित्व प्राप्त करने की अभिलाषा मन में उत्पन्न हुई, तो साधन की गहनता तथ अनवरतता के कारण चाहने पर भी वह अस्त्र-शस्त्र-संचालन करने के लिए अवकाश नहीं निकाल पाए, किंतु जब अत्रि ने भी अस्त्र-शस्त्र-संचालन में निष्णातता प्राप्त करने पर बल दिया तो उन्हें लगा कि अब तक जो कुछ हुआ, वह तो आवश्यक ही नहीं, अपरिहार्य भी था, किंतु अब अस्त्र-शस्त्र-संचालन के अभ्यास की ओर दुर्लक्ष्य करना उचित नहीं होगा, तो वह निष्क्रिय न रह सके। और यहाँ आकर तो वह नियमित रूप से अस्त्र-शस्त्र-संचालन का अभ्यास करने लगे। लोपामुद्रा अगस्त्य के शर-संधान-कौशल का तो निरीक्षण कर ही रही थीं, लक्ष्य-वेध की सफलता, असफलता के कारण अगस्त्य की मुखाकृति पर जिन हावभावों

का प्रादुर्भाव तथा तिरोभाव हो रहा था, उन्हें भी सूक्ष्म दृष्टि से देख रही थीं। अकस्मात् उन्हें लगा जैसे उनके सामने शर-संधानकर्ता ऋषि और वाराणसी हरिद्वार में उनके साथ रहने वाले ऋषि में अंतर हो, विराट अंतर। उस समय ऋषि को चिंतन, मनन तथा ऋचा-सृजन से अवकाश नहीं था, और···आज उन्हें शर-संधान, लक्ष्य-वेध तथा नवीन अस्त्र-शस्त्रों का आविष्करण व उत्पादन विश्राम नहीं लेने देता, ठीक उसी प्रकार जिस प्रकार तृत्सुग्राम में नहीं लेने देता था।··क्या कारण है इस विशाल अंतर का···? दृष्टिकोण में परिवर्तन, नवीन उद्देश्य का वरण ? स्यात् दोनों ही, स्यात् दोनों ही नहीं।

अभी लोपामुद्रा यह सोच ही रही थीं कि उन्हें याद आया कि उन्हीं ने तो ऋषि को वेद की एक ऋचा सुनाकर अस्त्र-शस्त्र-संचालन-कौशल में और अधिक निपुणता प्राप्त कर शत्रुओं को पराजित, पराभूत करने का आग्रह किया था, फिर··फिर तुम इस समय ऐसा क्यों सोच रही हो ?··कम-से-कम तुम्हें तो ऐसा नहीं सोचना चाहिए। ठीक है न ? बिल्कुल ठीक। परंतु प्रश्न तो यह है कि इस विशाल अंतर के कारण दोनों ही क्यों नहीं हैं ?

क्यों ? क्योंकि दृष्टिकोण व उद्देश्य की भिन्नता कृति में विकृति तो ला सकती है, परंतु प्रकृति को नहीं बदल सकती। और···और विकृति कितनी ही विशद आकृति क्यों न ले ले, प्रकृति कदापि नहीं बन सकती।

माना कि यही सच है, तो भी प्रश्न तो यह है कि क्या अस्त्र-शस्त्रों की प्रहार-क्षमता की तीव्रता तथा संहारण-क्षमता की उत्कटता की भूमिका ही महत्त्वपूर्ण है ? अस्त्र-शस्त्र-संचालनकर्ता, संधानकर्ता के संकल्प की दृढ़ता, स्वीकृत उद्देश्य के प्रति समर्पण की समग्रता तथा तदर्थ बलिदान करने की तत्परता व सिद्धता का कोई महत्त्व ही नहीं ?

निश्चित रूप से है। सच तो यह है कि युद्धस्थल में अस्त्र-शस्त्र नहीं व्यक्ति लड़ता है, उसका संकल्प, उसका साहस, उसका सामर्थ्य लड़ता है, अस्त्र-शस्त्र तो केवल माध्यम हैं।··तो क्या उनका कोई महत्त्व ही नहीं ? यदि ऐसा होता तो ऋषि उनके संधान, आविष्कार में इतना समय क्यों गँवाते ? शम्बर-युद्ध के पश्चात् त्यक्त अस्त्र-शस्त्रों के संचालन-कौशल में पुन: निष्णातता प्राप्त करने का प्रयत्न क्यों करते ?

इस बार ऋषि का बाण वृत्त की परिधि में न धँसकर उसमें बने हुए एक काले बिन्दु में धँस गया था। शर-संधानकर्ता का लक्ष्य भी यही बिन्दु था। अत: बिन्दु के शरविद्ध होते ही अगस्त्य ठठाकर हँस पड़े। उन्हें हँसते हुए देखकर लोपामुद्रा का चिंतन-प्रवाह खंड-खंड होकर बिखर गया। वह तत्काल अपने स्थान से उठीं और ऋषि के पास आकर बोलीं—

"लक्ष्यवेध की इस अप्रतिम तथा आशु सफलता पर मेरी हार्दिक बधाई, आर्यपुत्र।

लगता है शर-संधान-कौशल में आप शीघ्र ही बड़े-बड़े योद्धाओं को पीछे छोड़ देंगे, ठीक है न ?''

''यह मैं कैसे कह सकता हूँ, देवि!'' प्रत्युत्तरस्वरूप अगस्त्य ने कहा, ''फिर शर-संधान-कौशल की प्राप्ति अथवा अनार्य शत्रुओं पर विजयश्री की प्राप्ति मेरा अभीष्ट भी नहीं है। मैं दुष्टों को नहीं, उनकी दुष्ट वृत्ति, हिंस्र वृत्ति को नष्ट करना चाहता हूँ।''

''परंतु मुझे तो यह भय है कि उनकी हिंस्र वृत्ति नष्ट करने के प्रयास में आप स्वतः हिंस्र न बन जायें।'' चपलता करते-करते लोपामुद्रा संयत हो गईं, और फिर ऋषि की ओर देखने लगीं।

''जब तक क्षमा, दया, शांति तथा अहिंसा स्वरूपिणी लोपामुद्रा का साहचर्य मुझे प्राप्त है, तब तक ऐसी शंका व्यर्थ ही नहीं निराधार भी है, प्रिये।'' ओष्टों पर खेलती हुई स्मिति से उनकी दृष्टि में भी दीप्ति आ गई थी। ''यदि तुम्हें यह अच्छा नहीं लगता, तो मैं इसे बंद कर देता हूँ। अब तो प्रसन्न हो न, भद्रे ?''

''क्षमा करें देव, मैं तो विनोद कर रही थी।'' संकोच के कारण लोपामुद्रा का स्वर कंठ में ही अटकता-सा लग रहा था।

''यदि जीवन में आमोद-प्रमोद का कुछ भी महत्त्व है,'' लोपामुद्रा के संकोच को दूर करने के विचार से ऋषि ने मुस्कराते हुए कहा, ''तो विनोद की आवश्यकता व उपयोगिता को अस्वीकार नहीं किया जा सकता। अस्तु, चिंता न करो, प्रिये, मैं तुम्हें विश्वास दिलाता हूँ कि इसके लिए मैं तुम्हारे विरुद्ध किसी के, यहाँ तक कि तुम्हारे समक्ष भी कोई अभियोग प्रस्तुत नहीं करूँगा।''

''तब तो मुझे आपका मुँह मीठा कराना ही होगा।'' अपने चारों और स्मिति बिखेरती हुई लोपामुद्रा अगस्त्य के पार्श्व में आ खड़ी हुईं और बोलीं, ''चलिए भोजन का समय हो गया है। आज मैंने बहुत मीठे तथा सुस्वादु फल सहेज रखे हैं।''

''अच्छा,'' हँसी का ठहाका लगाते हुए अगस्त्य ने प्रतिक्रिया प्रकट की, ''तब तो मुझे शास्त्रकारों से यह अनुरोध करना ही होगा कि वे पत्नी द्वारा पति को फुसलाने के लिए प्रलोभन देने अथवा मीठा खिलाने को उत्कोच की कोटि में न रखें।''

''धन्यवाद, परंतु इतना ही क्यों ?''

''भद्रे, आर्य-संस्कृति नारी को देवीस्वरूपा मानती है तथा उसे समादृत व सम्मानित करने पर बल देती है।'' अपेक्षाकृत कुछ और गंभीर होकर अगस्त्य ने पूछा, ''क्या यह सब पर्याप्त नहीं है ?''

''सचमुच इस दृष्टि से आर्य-संस्कृति अन्य संस्कृतियों से भिन्न ही नहीं, उदात्त तथा महान् भी है।'' चलने की तत्परता दिखाते हुए लोपामुद्रा ने कहा, ''अच्छा

अब चलिए, चलकर भोजन किया जाए।''

अगस्त्य तो जैसे तैयार ही थे, अतः लोपामुद्रा के साथ तत्काल चल पड़े और कुटिया में आकर भोजन कर विश्राम करने लगे। लोपामुद्रा लक्ष्य के प्रति ऋषि के समर्पण की समग्रता तथा दिन-प्रतिदिन इस दिशा में हो रही प्रगति का विचार कर मन-ही-मन हर्षित व पुलकित हो रही थीं।

दूसरे दिन शर-संधान का अभ्यास करने के उपरांत ऋषि के मन में आया कि एक ऐसे तूणीर का विकास किया जाए, जिसमें अधिकाधिक बाण तो समाहित हो ही सकें, लक्ष्य-वेध के उपरांत वे उसमें आकर पुनः प्रविष्ट हो सकें। परंतु··परंतु क्या यह संभव है ? यदि हाँ, तो किस प्रकार ? यही तो विचारणीय है। इन प्रश्नों के सामने आते ही अगस्त्य गंभीर हो गए और इन प्रश्नों का उत्तर पाने के लिए अनवरत विचार करते रहे।

एक दिन उन्हें लगा कि यदि बाणों की गुणवत्ता तथा दीर्घकालिकता से समझौता न करते हुए पूर्वपिक्षा कुछ पतले व हल्के बाण बनाए जाएँ और तूणीर दो भागों में विभक्त कर एक भाग को चुम्बकत्व की शक्ति से संपन्न कर दिया जाए, तो ऐसा हो सकता है। अतः इसी दिशा में सोचने तथा कार्य करने का निर्णय लेकर वह काम में जुट गए, और कुछ दिनों में उन्होंने एक ऐसे तूणीर का निर्माण कर लिया, जिसमें संख्या की दृष्टि से तो बाण अधिक रहते ही थे, लक्ष्यवेध के पश्चात्, अपनी ओर उन्हें पुनः खींच लेने की क्षमता के कारण उसके कभी रिक्त होने की भी आशंका नहीं थी। जब शंकुक की उपस्थिति में इस तूणीर का प्रयोग किया गया, तो उसकी अक्षयता का विचार कर उन्होंने उसे अक्षय तूणीर के नाम से अभिहित किए जाने का सुझाव दिया। फिर क्या था, सब उसे अक्षय तूणीर के नाम से पुकारने लगे।

अक्षय तूणीर के निर्माण व विकास से उत्साहित होकर अगस्त्य ने तलवार की संहार-क्षमता में वृद्धि करने तथा कुछ अन्य अस्त्र-शस्त्रों का निर्माण करने की ओर ध्यान दिया। इस प्रकार धीरे-धीरे वह न केवल नवीन अस्त्र-शस्त्रों का संग्रह कर सके, वरंच उनकी गति की तीव्रता तथा संहार-क्षमता को बढ़ाने में भी सफल हो सके।

किंतु अगस्त्य अब भी बहुत अधिक आश्वस्त नहीं थे। उन्हें लगता था कि यदि यज्ञ की ज्वाला की प्रांजलता तथा सततता को बनाए रखना है, तो गुरुकुल में शिक्षणरत ब्रह्मचारियों को भी आत्मरक्षार्थ अस्त्र-शस्त्र-संधान-कौशल का प्रशिक्षण देना होगा। फिर भी उन्होंने अपने इस विचार को अपने तक ही सीमित रखा, और स्वतः नित्य कर्म से निवृत्त होकर अस्त्र-शस्त्र-संचालन का अभ्यास करते रहे। और जब उन्हें यह विश्वास हो गया कि आत्मरक्षार्थ अपेक्षित अस्त्र-शस्त्र-संचालन का कौशल उन्होंने प्राप्त कर लिया है, तो वह लोपामुद्रा को भी अस्त्र-शस्त्र-संचालन

का प्रशिक्षण देने लगे, और तब तक देते रहे जब तक कि वह भी अस्त्र-शस्त्र-संधान में कुशल नहीं हो गईं।

यद्यपि अगस्त्य अब भी अस्त्र-शस्त्र-संचालन का नियमित अभ्यास कर रहे थे, परंतु अब उनके पास ज्ञान के आदान-प्रदान के लिए प्रचुर अवकाश था। अतः लोपामुद्रा को साथ लेकर वह नियमित रूप से गुरुकुल जाने लगे तथा कुलपति शंकुक से ही नहीं, आचार्य एवं उपाध्यायों से भी आध्यात्मिक तथा लौकिक विषयों पर चर्चा करने लगे। शंकुक को लगा कि आचार्य ही नहीं आचार्य-पत्नी भी अद्‌भुत प्रतिभा-सम्पन्न हैं, अतः ब्रह्मचारियों को भी उन्हें सुनने-समझने का अवसर दिया जाना चाहिए। परंतु क्या आचार्य तथा आचार्य-पत्नी इसके लिए सहज ही अपनी अनुमति प्रदान करने की तत्परता दिखाएँगे···? क्या कहा जा सकता है ? फिर भी निवेदन करने में क्या बुराई है ? ऐसा विचार कर एक दिन आचार्य अगस्त्य की सेवा में उपस्थित होकर उन्होंने निवेदन किया, कहा—

"ऋषिवर, क्या आप तथा बहन लोपामुद्रा अपनी सुविधानुसार ब्रह्मचारियों को उद्‌बोधित करने की कृपा करेंगे ?"

"क्यों नहीं ?" अगस्त्य का उत्तर था, "सुविधा-असुविधा का तो प्रश्न ही नहीं, आप जब भी आदेश देंगे तभी हम उन्हें शिक्षण-प्रशिक्षण देने के लिए उद्यत रहेंगे।"

"ठीक है।" कहकर शंकुक अपनी कुटिया में आए, और आचार्य तथा उपाध्यायों को बुलाकर बोले, "सौभाग्यवश ऋषि अगस्त्य तथा लोपामुद्रा का हमारे यहाँ पदार्पण हुआ है। मैं चाहता हूँ कि ब्रह्मचारियों तथा हमें उनके ज्ञान एवं अनुभव का यथेष्ट लाभ प्राप्त हो सके, ऐसा प्रयास किया जाए। अस्तु, आप सब पारस्परिक विचार-विनिमय के पश्चात् ऐसी योजना बनाएँ कि हम उनके सान्निध्य का अधिकाधिक लाभ उठा सकें।"

कुलपति का निर्देश पाकर उन सबने एक योजना प्रस्तुत की और तदनुसार अगस्त्य तथा लोपामुद्रा गुरुकुल में आकर अध्येताओं को शिक्षित-प्रशिक्षित करने लगे। परंतु···

परंतु अगस्त्य को इससे तृप्ति नहीं मिली, तुष्टि नहीं हुई। अस्तु, एक दिन सबकी उपस्थिति में उन्होंने आर्य-संस्कृति की विशेषताओं को विश्लेषित करते हुए उसकी महानता पर प्रकाश डाला तथा युवकों से उसके संरक्षण व सवर्धन के लिए सतत जागरूक तथा प्रयत्नशील रहने को कहा।

सुनकर शंकुक ने शंका की, पूछा कि "क्या जागरूकता तथा प्रयत्नशीलता से उनका अभिप्राय युद्ध के लिए सशस्त्र होकर सतत सन्नद्ध तथा संघर्षरत रहना है ?"

"बिल्कुल यही तो नहीं," अगस्त्य ने दो टूक शब्दों में कहा, "परंतु सशस्त्र युद्ध करने की सन्नद्धता को नकारा भी नहीं जा सकता ।"

''ऋषिवर, आप वशिष्ठ द्वारा स्वीकृत रक्तशुद्धि के पक्षधर हैं या विश्वामित्र द्वारा अंगीकृत रक्तमिश्रण एवं विभिन्न संस्कृतियों के पारस्परिक मिलन व समन्वय के अनुयायी ?'' सीधा सपाट प्रश्न ऋषि के सामने प्रस्तुत कर शंकुक उत्सुकता-पूर्वक अगस्त्य की ओर देखने लगे।

''रक्तमिश्रण तथा विभिन्न संस्कृतियों के पारस्परिक मिलन का मैं विरोधी तो नहीं हूँ,'' एक-एक शब्द पर बलाघात करते हुए अगस्त्य कहने लगे, ''परंतु मैं मिश्रण को अपमिश्रण का रूप लेते हुए नहीं देखना चाहता। ठीक यही बात भिन्न संस्कृतियों के पारस्परिक मिलन के संदर्भ में है। यदि आर्य-संस्कृति अपना रूप-रंग ही नहीं, पहचान ही खो दे, तो इसे सांस्कृतिक समन्वय नहीं, आत्मघात की चेष्टा ही कहा जाएगा। अस्तु, वशिष्ठ तथा विश्वामित्र दोनों के प्रति अपनत्व की भावना रखते हुए भी मैं अपने-आपको तथा समाज दोनों को उभय प्रकार की अजातियों से बचाना चहता हूँ।''

''उचित ही है, ऋषिवर।'' अगस्त्य की प्रस्थापना को सुनकर शंकुक ने तपाक से कहा, ''फिर आप हमें क्या करने के लिए कहते हैं ?''

''गुरुकुल में शिक्षणरत समस्त अध्येताओं को तो युद्धकला का प्रशिक्षण हम दे नहीं सकते।'' अगस्त्य को अपनी मान्यताओं के संबंध में न तो किसी प्रकार का भ्रम था और न संदेह ही, अत: उनके स्वर में उनके अपने आत्मविश्वास की दृढ़ता ही नहीं, सफलता की स्वर्णिम आभा व आशा भी थी। वह कह रहे थे, ''परंतु जो लोग युद्धकला में निष्णातता प्राप्त करने की इच्छा रखते हैं, उन्हें उसका शिक्षण-प्रशिक्षण प्राप्त करने की सुविधा एवं व्यवस्था हमें गुरुकुल में अवश्य प्रदान करनी चाहिए। और…''

''और क्या ऋषिवर…?''

''और अध्येताओं को आर्य-संस्कृति की उदात्तता तथा महानता से भी अवगत बनाते रहना चाहिए।'' अगस्त्य के स्थान पर लोपामुद्रा ने अपना स्पष्टीकरण दिया।

शंकुक को लगा कि वेद-वेदांग की चर्चा तो प्राय: होती ही रहती है, होती भी रही, परन्तु आज आचार्य प्रवर तथा लोपामुद्रा ने हमारा जो मार्ग-दर्शन किया है, वह सचमुच अप्रतिम है, सचमुच। अस्तु, वह उनके प्रति कृतज्ञता प्रकट करने का विचार कर ही रहे थे कि उपाध्याय दिङ्नाथ आ पहुँचे। देखते ही शंकुक ने कहा—

''क्या अभी-अभी आ रहे हो, दिङ्नाथ ? सुदूर दक्षिण के संबंध में कुछ नया ज्ञातव्य हो, तो बताओ। स्यात् उसे सुनकर हमें आचार्य प्रवर का मार्गदर्शन प्राप्त हो सके।''

लंकाधिपति रावण के निर्देश एवं सहयोग को पाकर खर-दूषण व त्रिशिरा ने दंडकारण्य में जनस्थान नाम से एक उपनिवेश तो पूर्व में ही बना लिया था। अब वे किष्किंधा-नरेश से संधि कर दक्षिणापथ में आगे बढ़ने तथा आर्यों का मूलोच्छेदन

करने के प्रयास में हैं।'' अपने प्रवास-जनित ज्ञान एवं अनुभव के आधार पर दिङ्नाथ ने जो निष्कर्ष निकाले थे, उन्हें एक साथ एक स्वर में उसने कह सुनाया।

सुनकर सब चुप कर गए, स्तब्ध रह गए, किसी से कुछ कहते नहीं बना। परंतु अगस्त्य⋯? अगस्त्य तो जड़ जैसे हो गए। मानो उनका संवेदन ही नहीं स्पंदन भी खो गया हो। दिङ्नाथ ने अनुभव किया कि विषादी स्वर छेड़कर उसने अच्छा नहीं किया, अस्तु, स्पष्टीकरण देने के ढंग पर उसने कहा, ''जनस्थान के आस-पास की आर्य-बस्तियाँ तो समाप्तप्राय हो गई हैं। इधर यहाँ-वहाँ कुछ अवश्य बची हुई हैं। परंतु डर यह है कि यदि उनके मार्ग को अवरुद्ध नहीं किया गया, तो वे यहाँ आकर भी आर्यों को उत्पीड़ित कर सकते हैं।''

'कर सकते हैं, नहीं, करेंगे ही,' अगस्त्य को लगा, 'तो क्या किसी अन्य योग्य एवं सक्षम व्यक्ति के आने तक इस उत्पीड़न, इस विनाश को अबाध गति से चलने देना चाहिए ?⋯क्या इसे रोका नहीं जा सकता ? रोका जा सकता है, पर रोकेगा कौन ?' अगस्त्य के मन में विचारों का बवंडर उठ खड़ा हुआ। लगा, जैसे उनका अपना निर्णय ही नहीं, वह स्वत: उड़ जाएँगे। परंतु वह धैर्य एवं साहस के साथ अपने मन के बवंडर को दबाने का उपक्रम करते हुए वहीं बैठे रहे। लोपामुद्रा को यह समझने में विलंब न लगा कि आर्यपुत्र को इस समाचार से गहरा धक्का लगा है, अत: उनके आघात को सहलाने के ढंग पर उन्होंने कहा—

''हो सकता है, तुम्हारा आकलन ही सच हो, दिङ्नाथ, परंतु आर्य-संस्कृति की इस प्रखर व विराट धारा को आचमन कर न तो विदेशी सुखा पाएँगे, और न उसे प्रदूषित कर अपेय, असेव्य ही बना सकेंगे। विश्वास रखो, हम भले ही चुप रहें, परंतु इतिहास चुप नहीं रहेगा। वह युगानुरूप किसी महापुरुष को जन्म देगा, ऐसे महापुरुष को जो जनस्थान से उठ रहे इस बवंडर की गति को तो नया मोड़ देगा ही, उसकी भयानकता से टकराकर उसे भी संपूर्णत: नष्ट कर देगा। अत: घबड़ाओ नहीं, और युग-पुरुष, इतिहास-पुरुष के आगमन की प्रतीक्षा करो, इतिहास-पुरुष, युग-पुरुष की।''

''सच है, लोपामुद्रा,'' अपने स्थान पर खड़े होकर कुछ उच्च स्वर में अगस्त्य ने कहा, ''परंतु युग-पुरुष या इतिहास-पुरुष की प्रतीक्षा में उत्सुकतापूर्वक अपने पलक-पाँवड़े बिछाकर क्या तब तक हम इसी प्रकार निष्क्रिय होकर हाथ पर हाथ रखे बैठे रहें ? यदि हम ऐसा करते हैं तो न तो हमें काल क्षमा करेगा और न इतिहास ही। अत: उज्जयिनी को छोड़कर हमें आगे बढ़ना होगा, आगे, ताकि हम कम-से-कम उनकी गति तो अवरुद्ध कर ही सकें।''

''आर्यपुत्र मुझे प्रस्तुत ही समझें,'' अगस्त्य के प्रस्ताव को सुनकर लोपामुद्रा का उत्साह शत गुणा हो गया था। ''आप जब भी कहेंगे, मैं तभी चल दूँगी। विश्वास रखें, देव, आपके द्वारा प्रदत्त यह कृपाण आर्य-संस्कृति की रक्षा के लिए न तो

अपने रक्त-प्रवाह को बहने से रोकने का उपक्रम करेगी और न शत्रुओं के ही।''

आश्वस्त तथा प्रकृतिस्थ होकर अगस्त्य पुनः अपने आसन पर बैठ गए, और शंकुक की ओर उन्मुख होकर बोले, ''कुलपति, अपने गुरुकुल-परिसर के अंदर तथा बाहर आपने हमें जो सुविधाएँ दी हैं, उन्हें मैं कभी विस्मृत न कर सकूँगा। अब हमें चलने की अनुमति दीजिएगा। हम लोग कल यहाँ से प्रस्थित होना चाहते हैं। आशा है आप हमारा स्मरण तो बनाए ही रखेंगे, हमारे प्रति स्नेह व सौहार्द भी रखेंगे। आप सबको हम दोनों की अनंत शुभकामनाएँ।''

शंकुक के मन में आया कि संकोच छोड़कर कह दें कि 'आचार्य, प्रवर क्या जाते-जाते आप शिष्टता के नए मानदंड स्थापित करके जाएँगे ? यह सब कहना तो हमें चाहिए, परंतु कह आप रहे हैं। अल्पायु होने के कारण ही नहीं, अल्प बुद्धि व अल्प शक्ति होने के कारण हमसे आपके स्वागत-सम्मान में जो त्रुटियाँ हुई हैं, उनके लिए हम आपसे किन शब्दों में क्षमा-याचना करें, यही समझ में नहीं आता। फिर आपकी यह विनम्रता क्या हमें सहज रहने देगी ?' सोचते-सोचते शंकुक जैसे ही कुछ कहने को हुए, उनका गला भर आया, नेत्रों मे अश्रु छलछला आए। देखकर अगस्त्य ने उन्हें अपनी बाँहों में समेट लिया, और बहुत देर तक उनकी पीठ पर अपना स्नेहिल हाथ फेरते रहे।

देखकर आश्रम के निकटस्थ वृक्षों पर बैठे हुए पक्षी चहचहा उठे, मानो कह रहे हों, कर्तव्य कठोर हृदय से एक-दूसरे से विदा लो, और निश्शंक होकर अपने-अपने गंतव्य की ओर चल पड़ो। सफलता भावुकता की मुदुल भूमि पर अंकुरित नहीं होती, वरंच संकल्प की दृढ़ता एवं बौद्धिकता की ठोस भूमि को फोड़कर अंदर से फूट पड़ती है। अतः मुस्कराकर आगे बढ़ो। पक्षियों के इस संकेत को समझकर शंकुक व अगस्त्य स्मिति बिखेर कर आगे बढ़े और अपने-अपने गंतव्य की ओर निश्चिंत होकर बढ़ते ही गए, बढ़ते ही।

7

''पू··री··पी··जा··देगा, क्या पूरी ? मेरे लिए कुछ भी नहीं छोड़ेगा क्या स्साले ?'' मदिरा-भांड को हाथ में लेकर तथा अपने ओष्ठों से लगाकर रोहन बड़बड़ाया और विजयन तथा मातंगी से कुछ दूर जाकर मंदिरा पीने लगा।

उज्जैन से महानदी की ओर जाने वाले मार्ग के निकट खड़े हुए एक विशाल वटवृक्ष की छाया में बैठे हुए विजयन व मातंगी ने जब यह सुना तो वे भी उसकी

ओर झपटे। रोहन का ध्यान इस ओर नहीं था। अतः विजयन ने दौड़कर उसे पकड़ लिया और मंदिरा-भांड छुड़ाने का प्रयत्न करते हए बोला, "तू स्वयं ही तो पूरे का पूरा मंदिरा-भांड पिए जा रहा है और आरोप मेरे गले मढ़ रह है। लगता है, तू सबको अपना जैसा मूर्ख समझता है। ठीक है न ?"

"मैं यह कुछ नहीं जानता," विजयन का आरोप सुनकर रोहन ने कहा, "और स्यात् उसे जानने की आवश्यकता भी नहीं है। फिर भी मैं यह कहना चाहता हूँ कि सबको तो नहीं, परंतु मैं तुम्हें अवश्य मूर्ख समझता हूँ। आशा है तुम भी इस संबंध में मुझसे सहमत होगे। हो न ?"

"अरे पेटू, छोड़ यह बक-बक," विजयन कह उठा, "और यह मंदिरा-भांड मेरी ओर बढ़ा दे, अन्यथा···अन्यथा मैं तेरी हड्डी-पसली चूर-चूर कर दूँगा। ला इसे मुझे दे दे।"

"तुम दोनों बहुत पी चुके हो, बहुत," विजयन को धकियाते हुए मातंगी ने कहा, "इस भांड में से तुम दोनों को अब एक घूँट भी मदिरा पीने को नहीं मिलेगी, इसे मैं पीऊँगी, मैं। देखते नहीं, मुझे बिल्कुल नहीं मिली।"

"झूठ बोलती है, अभी-अभी तो तू ने छककर पी थी।" मदिरा-भांड को दोनों हाथों से दृढ़तापूर्वक थामते हुए रोहन का स्वर गूँज उठा।

"इसे छककर पीना कहते हैं ? यह तो छूना भी नहीं था, पीना तो भला होगा ही क्या ?" मातंगी ने प्रतिवाद किया, "देखो न इस मदिरापान से मेरे ओंठ तक तो गीले हुए नहीं हैं।"

"तुम्हारे ओंठ ?" हाथ पकड़कर अपनी ओर खींचते हुए विजयन ने कहा, "इधर आओ। मैं उनका चुंबन लेकर देखूँगा कि उनमें मदिरा का कसैलापन है अथवा अधरामृत का मिठास । बिना परीक्षण किए तो कुछ कहा ही नहीं जा सकता। अस्तु···"

"तू···? तू चुंबन लेगा ? दूर हट मूर्ख !" विजपन को धकिया कर मातंगी को अपने पास खींचते हुए रोहन ने कहा, "आज मातंगी को मैं लिवाकर लाया हूँ, अतः उसके तन, मन व वचन पर मेरा अधिकार है।"

"चुप रह नीच," दौड़कर रोहन की ओर जाते हुए अतिरथ गुर्राया, "मातंगी मेरी है, केवल मेरी। उसने अपनी इच्छा से मेरे साथ विवाह किया था। वह मेरी पत्नी है। और तुम जानते ही हो कि पति के रहते हुए पत्नी किसी अन्य के साथ नहीं जा सकती, वह किसी अन्य की भोग्या नहीं बन सकती। उसके लिए ऐसा करना उचित भी नहीं है।"

"यह तुम क्या बके जा रहे हो, अतिरथ ?" अतिरथ की बात सुनकर मातंगी नथने फुलाकर फुफकार उठी, "कैसे पति-पत्नी ? कौन पति-पत्नी ? क्या पिए बिना ही तुम्हारा मस्तिष्क फिर गया है ? या फिर घर से ही बहुत पीकर निकले

थे ?''

''क्या मेरा-तुम्हारा विवाह नहीं हुआ था ?'' सहसा उस स्थान के पास से निकलने वाले मुख्य मार्ग पर जाते हुए अगस्त्य तथा लोपामुद्रा को देखकर अतिरथ ने कुछ उच्च स्वर में पुकारा, ''पथिक, ओ पथिक, तनिक रुकना। देखो ये पियक्कड़ मेरी पत्नी को फुसलाकर भगा लाए हैं, और यह भी उनके साथ रंगरेलियाँ करना चाहती है। इसे समझाओ तो तनिक।''

अतिरथ की पुकार सुनकर अगस्त्य कुछ ठिठके, परंतु उनकी यह समझ में न आया कि अपरिचित उनसे क्या चाहता है ? अस्तु, रुककर वह वस्तुस्थिति का आकलन कर ही रहे थे कि मातंगी अगस्त्य तथा लोपामुद्रा के बीच आ खड़ी हुई और बोली, ''ठीक है पथिक, तुम्हीं न्याय करो, बताओ, क्या जीवन का लक्ष्य तृप्ति, तुष्टि व आनंद-प्राप्ति नहीं है ? क्या भूख का रोटी-विशेष से गठबंधन होता है ? क्या प्यास किसी सरिता-विशेष का वरण करती है ? क्या नींद पर्यंक-विशेष का पाणिग्रहण करती है ? यदि नहीं, तो यौन-संबंधों पर ही बंधन क्यों ?''

''परंतु यदि बंधन न हो तो मुक्ति की संभावना ही नष्ट हो जाए। देवि, क्या तुम ऐसा नहीं मानतीं ?'' अगस्त्य ने मातंगी से जानना चाहा।

''मुक्ति ?'' ठठा कर हँसते हुए मातंगी बोली, ''ठीक कहते हो पथिक, मैं भी तो मुक्ति की ही पक्षधर हूँ, और आपकी भी यही मान्यता है। खूब, वस्तुतः रोटी, सरिता तथा चारपाई, इनमें से कोई वरेण्य नहीं, वरेण्य है तृप्ति, तुष्टि तथा आनंद-प्राप्ति, और इनकी प्राप्ति बंधन में नहीं, मुक्ति में ही संभव है। अस्तु, आओ, हम और तुम मुक्त होकर तृप्ति, तुष्टि प्राप्ति के लिए उधर एकांत में चलें।''

अगस्त्य का मन विरक्ति व वितृष्णा से परिपूरित हो उठा। इस घुटन-भरे वातावरण में उन्हें लगा कि यदि वे कुछ देर और रुके तो उन्हें श्वास लेना कठिन हो जाएगा। अस्तु, वह मातंगी को झिड़कने के लिए उसकी ओर उन्मुख होकर कुछ कहने जा ही रही थे कि लोपामुद्रा कह उठीं, ''केवल तृप्ति, तुष्टि व आनंद-प्राप्ति न तो जीवन का लक्ष्य है और न दांपत्य का ही··· फिर दांपत्य-जीवन का, विवाह का लक्ष्य तो संतानोत्पत्ति है। अस्तु, तुम्हें व हमें मर्यादाओं का पालन करना ही होगा।''

''संतानोत्पत्ति का प्रयास, मर्यादा-पालन का कर्तव्य···? यह तुम क्या कह रही हो ? हमारे देश में तो मैंने इन्हें कभी नहीं सुना, कभी। और मैंने ही क्यों ? किसी ने भी नहीं सुना। तृप्ति, तुष्टि, आनंद-प्राप्ति रक्ष-संस्कृति में तो इन्हीं की संप्राप्ति चरम लक्ष्य माना जाता है, माना भी जाना चाहिए।··· किंतु खेद का विषय है कि तुम इसे समझतीं ही नहीं।'' लोपामुद्रा की ओर उपेक्षापूर्ण दृष्टि डालकर मातंगी अगस्त्य की ओर पुनः मुड़ी और बोली, ''पथिक, जाने दो इसे, यह नहीं समझ सकेगी। परंतु हम-तुम तो दोनों ही मुक्तिपंथी हैं। अस्तु, आओ, इन पियक्कड़ों को यहीं छोड़ो और मेरे साथ आओ। मैंने मदिरा के दो विशाल भांड छिपा रखे हैं,

हम-तुम दोनों छककर पिएँगे। और···और तृप्ति, तुष्टि व आनंद-प्राप्ति का नया कीर्तिमान स्थापित करेंगे। आओ, मेरे साथ आओ।''

''दूर, दूर रह कुलटे!'' बिफरते हुए स्वर में लोपामुद्रा ने मातंगी को टोका और फिर बोली, ''चलो आर्यपुत्र चलें। इन लोगों का मर्यादाओं से दूर का भी नाता नहीं, हमें स्वतः अपना बचाव करना होगा।''

''परंतु अब आप लोग चाहने तथा प्रयत्न करने पर भी अपने-आपको नहीं बचा पाएँगे।'' लोपामुद्रा तथा अगस्त्य की ओर दृढ़तापूर्वक बढ़ते हुए रोहन ने कहा, ''विजयन, इस आर्य महिला को पकड़कर उधर वटवृक्ष के नीचे ले चलो, तब तक मैं इस पथिक को ठिकाने लगाता हूँ।''

तूणीर से बाण को बाहर निकालकर धनुष पर चढ़ाते हुए अगस्त्य ने गर्जना की, ''सावधान, हम हत्या-व्यवसायी नहीं हैं, परंतु उन ऋत जीवियों में से भी नहीं हैं, जो घातक आघात होने पर भी आत्मरक्षार्थ अस्त्र-शस्त्र नहीं उठाते। अस्तु, यदि तुम्हें अपने प्राण प्रिय हैं, तो हम पर आक्रमण करने का दुस्साहस नहीं करना, अन्यथा मुझे आप सबका शिरच्छेदन करने के लिए बाध्य होना पड़ेगा। लोपामुद्रा, इधर आओ मेरे पास।''

''अच्छा, तो तुम आर्य योद्धा हो आर्य ऋषि नहीं,'' दोनों हथेलियों की मुट्ठी बाँधकर अपने दोनों हाथों को बाँधकर वक्ष पर रखते हुए विजयन ने कहा, ''चिंता की कोई बात नहीं, समय आने पर हम तुमसे निबटेंगे। परंतु इस समय तो इस रमणी की अप्रतिम रमणीयता हमें अपनी ओर आकृष्ट कर रही है, अतः तनिक तुम उधर, इस मार्ग से कुछ दूर हटकर उधर बैठो। समझे न ?''

''मैं तो समझ गया,'' धनुष की प्रत्यंचा को बलपूर्वक खींचते हुए अगस्त्य ने कहा, ''परंतु मुझे लगता है कि तुम मानवी भाषा को नहीं बाण की भाषा में कही गई बात को ही समझोगे। ठीक है, मैं उसके लिए भी तैयार हूँ, सावधान।''

''नहीं, नहीं पथिक, ऐसा अनर्थ मत करना,'' अपनी तिरछी चितवन अगस्त्य के मुख पर केंद्रित करते हुए मातंगी बोली, ''मुझे इन कुत्तों की चिंता नहीं है, परंतु···परंतु मैं तुम्हें प्यार करती हूँ। हृदय से प्यार करती हूँ। और मेरा विश्वास है, तुम भी मुझे प्यार करते हो। इस रमणी की उपस्थिति में उसे अभिव्यक्ति देने में तुम्हें संकोच हो रहा है, यही न ? मैंने तो तुमसे पहले ही कहा कि चलो उधर दूर चलें, पर तुम भी बड़े संकोची हो, विचित्र संकोची।···क्या इस मायाबिनी ने तुम्हारे ऊपर कुछ संमोहन तो नहीं कर दिया ? स्यात् ऐसा ही है।''

''तू नहीं समझ पाएगी, इस आर्य योद्धा को मातंगी।'' अतिरथ ने आगे बढ़कर मातंगी का हाथ थाम लिया, और फिर धीरे से बोला, ''इसे तुम्हारा रसपान करने में कोई आपत्ति नहीं, परंतु हमारा रक्तपान करने के पश्चात् ही वह ऐसा करने के लिए उद्यत हो सकेगा। क्या तुम उसे ऐसा करने का अवसर देना चाहती हो ?···यदि

नहीं तो हमारे साथ आओ।''

''हाँ मातंगी, अतिरथ ठीक ही कह रहे हैं,'' रोहन ने वहीं खड़े-खड़े कहा, ''तुम्हें अपनी तृप्ति, अपनी तुष्टि के लिए हमारे प्राण संकट में नहीं डालने चाहिए। चलो भाग चलें, अवसर पाकर हम फिर बदला लेंगे।''

''तुम्हें उस तृप्ति, उस तुष्टि की, जो तुम्हारे जीवन का चरम लक्ष्य है, सौगंध मातंगी, तुम्हें अभी तो हमारे साथ चलना ही होगा।'' विजयन ने मचलते हुए कहा, ''हम तुम्हें छोड़कर जाना नहीं चाहते, और तुम इस पथिक के साथ भाग जाने के लिए उतावली हो रही हो। मैं तुम्हारे प्रेम की सौगंध खाकर कहता हूँ कि प्राणों के मूल्य पर भी मैं ऐसा नहीं होने दूँगा। अतः चलो, हमारे साथ चलो।''

''चलो, यदि तुम सबका यह हठ है तो यही सही, परंतु विजयन, ऐसा सुन्दर, सुष्ठु, बलिष्ट तथा आकर्षक युवक दीपक लेकर ढूँढ़ने पर भी अपने यहाँ नहीं मिलेगा।'' सबके आग्रह की प्रतिक्रिया में मातंगी कहने लगी, ''अस्तु, मैं जीवन के कुछ क्षण उसके साथ बिताना चाहती थी। मेरा विश्वास था और है कि उसके साथ बिताए गए जीवन के ये क्षण मेरे जीवन के सबसे अधिक सुंदर व सुखद होते। किंतु क्या तुम उस रमणी को भी उठाकर नहीं ले चल सकते ?''

''नहीं,'' रोहन ने कहा, ''देखती नहीं, वह आर्य योद्धा अस्त्र-शस्त्र से सुसज्जित है, और स्यात् वह रमणी भी खड्‌गहस्ता है, जब कि हम सब निश्शस्त्र हैं। हम''हम तो, जैसा कि तुम्हें ज्ञात ही है, केवल मनोविनोद के लिए निकले थे। खैर, छोड़ो इस सबको और चलो।''

''ठीक है, तब यही सही,'' कहकर मातंगी आगे बढ़ी तो रोहन, विजयन, अतिरथ तीनों उसके साथ हो लिए, और धीरे-धीरे उस विशाल वटवृक्ष की ओर चल पड़े। अगस्त्य तथा लोपामुद्रा कुछ देर तक वहीं खड़े होकर उन्हें देखते रहे और फिर एक-दूसरे को देखकार मुस्कराते हुए अपने पथ पर चलने को जैसे ही उद्यत हुए, अगस्त्य ने कहा—

''भद्रे, अब तक हमने अनार्यों के रहन-सहन तथा आचरण के संबंध में सुना तो काफी था, परंतु उसे निकट से देखने-समझने का यह प्रथम अवसर है। आह, कितना वीभत्स, कितना घृणास्पद !''

''सचमुच अत्यंत वीभत्स, अत्यंत घृणास्पद।'' लोपामुद्रा ने कहा, ''हम लोग लज्जा को स्त्रियों का आभूषण मानते हैं, परंतु मातंगी तो निर्लज्जता की साक्षात् प्रतिमूर्ति है। मुझे तो लगता है जैसे यौन-लिप्सा की पूर्ति ही उनकी अस्मिता हो, जीवन-साधना हो।''

लोपामुद्रा के कथन की प्रतिक्रिया में अगस्त्य ने कुछ भी नहीं कहा, सुनकर वह चुपचाप चल पड़े। लोपामुद्रा को लगा कि ऋषि इस समय बात करने की मनःस्थिति में नहीं हैं, अतः वह भी चुपचाप उनका अनुसरण करने लगी। परंतु उनके चुप

करने पर भी क्या उनका मन, क्या उनका अंतर चुप कर सका ? नहीं। अगस्त्य सोच रहे थे, माना कि यौन-लिप्सा भी क्षुधा, पिपासा की भाँति मानव की एक प्राकृतिक आवश्यकता है, परंतु क्या क्षुधा-पिपासा की शांति के लिए बलपूर्वक अनधिकार किसी के अन्न-जल को छीनने का समर्थन किया जा सकता है ? नहीं। तब···तब यौन-लिप्सा की शांति के लिए भी, फिर वह चाहे कितनी ही बलवती क्यों न हो, स्वच्छंद यौन संबंध स्थापना की अनुमति कैसे दी जा सकती है ? किसी प्रकार नहीं।

किंतु मातंगी···? मातंगी न तो कोई विधि-निषेध मानने के लिए उद्यत है और न स्थान व काल की उपयुक्तता-अनुपयुक्तता ही। अगस्त्य के चरण जिस त्वरा से, जिस शीघ्रता से आगे बढ़ रहे थे, उनका मन भी लगभग उसी शीघ्रता से दौड़ा जा रहा था। वह सोच रहे थे, किंतु क्या कोई भी शिष्ट, सभ्य समाज अपने घटकों को प्राकृतिक आवश्यकता की पूर्ति के नाम पर इस प्रकार की स्वच्छंदता प्रदान कर सकता है ? और···और यदि इस प्रकार की स्वच्छंदता प्रदान कर दी जाए, तो क्या इस स्वच्छंदता, इस उन्मुक्तता का व्यक्ति और समाज पर अस्वास्थ्यकर प्रभाव नहीं पड़ेगा ?···फिर मातंगी तो विवाह संस्था को भी मानने के लिए सहमत नहीं। लेकिन मातंगी का व्यक्ति के नाते ही क्यों विचार कर रहे हो, अगस्त्य, वह तो अपने समाज की प्रतिनिधि-भर है, और एकाकी उसका कोई महत्त्व नहीं लगता है। यदि सतर्कता नहीं बरती गई, तो आर्य-संस्कृति एक भयानक समाज-संरचना के संपर्क में आ सकती है। आ नहीं सकती, आ ही रही है। तब···? अगस्त्य ने अनुभव किया, आज की घटना भी उन्हीं निष्कर्षों की पुष्टि करती है, जिनके कारण कृतसंकल्पित, प्रतिश्रुत होकर वे दक्षिणापथ चले थे।

और इधर लोपामुद्रा सोच रही थी, पशु-पक्षी भी ऋतु-अऋतु का विचार करते हैं, वे भी संयम, नियम का पालन करते हैं, प्राकृतिक आवश्यकता के नाम पर किसी भी समय कुछ भी करने को उद्यत नहीं रहते, परंतु रोहन, विजयन, अतिरथ तथा मातंगी न तो ऋतु-अऋतु का विचार करना चाहते हैं, और न किसी प्रकार के संयम, नियम को ही मानने के लिए उद्यत हैं। यही नहीं, यौन-लिप्सा के नग्न प्रदर्शन तथा उसकी शांति के लिए किसी के भी ग्रहण, स्वीकरण में उन्हें कोई संकोच नहीं।···क्या इस प्रकार की मनोवृत्ति किसी भी समाज में शांति तथा सुव्यवस्था को अक्षुण्ण रहने देगी ? स्यात् नहीं। स्यात क्यों, निश्चित रूप से नहीं।

सोचते-सोचते लोपामुद्रा ने हठात् अपनी दाईं ओर देखा। कमल पुष्पों से सुसज्जित तथा निर्मल जल से परिपूरित एक जलाशय उनकी आँखों के सामने लहरा रहा था। देखते ही वह उत्फुल्ल होने को हुईं, तभी उनके मन में आया, ओह, स्थिति की भयावहता की हमने जो कल्पना की थी, स्थिति उससे अधिक भयावह है। घटना की कल्पना तथा वास्तविक रूप में घटना की संघटना में जो मूलभूत अंतर है,

उसको देखते हुए यह अस्वाभाविक भी नहीं है। स्यात् ऋषि को भी स्थिति की भयानकता की ऐसी कल्पना नहीं रही होगी, तभी तो वह एकदम गंभीर हो गए हैं। किन्तु···

''लोपामुद्रा,'' चलते-चलते मार्ग में रुककर तथा लोपामुद्रा की ओर उन्मुख होकर अगस्त्य ने कहा, ''तनिक इस जलाशय पर क्यों न बैठ लिया जाए ? अभी-अभी घटित घटना हमें जो जलन, जो घुटन दे गई है, स्यात् इस जलाशय की शीतल लहरों का स्पर्श कर बहने वाली शीतल, मंद, सुगंधित वायु उसका शमन कर सके, हरण कर सके।''

''सुंदर विचार है, आर्यपुत्र, आइए बैठ लिया जाए।'' कहकर लोपामुद्रा जलाशय की ओर मुड़ीं, तो अगस्त्य भी जलाशय की ओर चल पड़े, और जलाशय के घाट के निकट स्थित एक नीम के पेड़ ही छाया में आ बैठे। थोड़ी ही देर में कमलों के पराग की भीनी-भीनी गंध लेकर वायु उनके स्वागत के लिए वहाँ आ पहुँची। अगस्त्य व लोपामुद्रा दोनों का खिन्न मन तथा शिथिल तन उसका स्पर्श करते ही शत दल कमल पुष्प की भाँति खिल उठे। अस्तु, अपने वस्त्र, अस्त्र-शस्त्रादि पास में रखकर वे दोनों पलथी मार कर बैठ गए। उन्हें निश्चिंत होकर विश्राम करते हुए देखकर आम्रशाखा पर बैठी हुई कोकिला कुहू-कुहू, कौन-कौन कहकर कूक उठी।

सुनकर मुस्कराते हुए अगस्त्य ने कहा, ''प्रिये, देखो, हमारे बैठते ही कोकिला कुहू-कुहू कर टोकने लगी। किंतु जब रोहन, विजयन, अतिरथ तथा मातंगी मस्ती कर रहे थे, तब यह भी डरकर चुप कर गई थी। मुझे तो लगता है कि यदि वे थोड़ी देर तक और उन्मत होकर उपद्रव करते, तो स्यात् वायु की गति भी अवरुद्ध हो जाती।''

''आर्यपुत्र, कोकिला की बात छोड़िए, डर तो मैं भी गई थी।''

''क्यों ?'' अगस्त्य का अट्टहास सहसा गूँज उठा। ''तुम्हें क्या डर था ? तुम सोचती थीं कि मातंगी मुझे लेकर सचमुच न भाग जाए ?''

''मांतगी आपको लेकर भाग जाए ?'' अपने चेहरे पर गांभीर्य ओढ़कर लोपामुद्रा ने कहा, ''असंभव, ऐसी शंका तो मैंने कभी नहीं की, कर भी नहीं सकती थी, परंतु वे लोग जिस प्रकार के समाज की संरचना करने जा रहे हैं, उसे देखकर मैं तो क्या कोई भी डर सकता था। और एक बार मुझे लगा था, जैसे आप भी डर गए हों।''

''सच है, भद्रे, मैं डरने को इतना बुरा नहीं मानता, जितना डरकर चुप रह जाने, निष्क्रिय हो जाने को बुरा मानता हूँ।'' तपाक से अगस्त्य ने कहा और फिर चुप कर गए।

अभी वह जलाशय को देखकर तथा शीतल, मंद, सुगंधित वायु का स्पर्श कर पुलकित हो ही रहे थे कि एक गाय के जोर से रँभाने की ध्वनि सुनाई दी। सुनते ही अगस्त्य चौंके और उत्कर्ण होकर ध्वनि आनेवाली दिशा की ओर देखने लगे।

इसी समय गाय और अधिक जोर से रँभायी। अगस्त्य अब बैठे न रह सके, खड़े होकर उन्होंने देखा कि कुछ लोग गाय को पकड़कर पीटते जा रहे हैं। उन्होंने त्वरित गति से धनुष-बाण उठाया और बाण चढ़ाकर प्रत्यंचा को कान तक खींचा और बाण छोड़ दिया। बाण एक युवक के कान के पास से सनसनाता हुआ निकल गया और कुछ दूरी पर जा गिरा। भयभीत होकर वे लोग भाग खड़े हुए। अवसर पाकर गाय भी विपरीत दिशा की ओर दौड़ी और गायों के झुंड में जा मिली। ग्वाला उसके इस प्रकार पकड़े जाने से घबड़ा रहा था। उसे अपने बीच आया देखकर उसकी चिंता कुछ दूर हुई। फिर भी सशंकित होकर गायों को तेजी से दौड़ाता हुआ वह एक गाँव की ओर बढ़ चला। अगस्त्य व लोपामुद्रा को लगा कि उनके चलने का समय भी हो गया है, अतः वे भी उठे और वहाँ से चल पड़े। किंतु···

किंतु प्रयत्न करके भी वे जिस गति से अब तक बढ़ते चले आ रहे थे, उस गति से आगे न बढ़ सके। थक गए हों, ऐसा भी कुछ नहीं था, वस्तुतः वे शारीरिक थकान का नहीं अपितु मानसिक थकान का अनुभव कर रहे थे। करते भी क्यों नहीं ? मध्याह्न में उन्होंने उन्मुक्त यौनाचार की हल्की-सी झलक तो देखी ही थी, अपराह्न में कुछ लोगों को गौहत्या का प्रयत्न करते हुए देखा था, और ये दोनों दृश्य उस स्थान पर देखे थे, जो दंडकारण्य से दूर बहुत दूर था।···फिर दंडकारण्य में क्या नहीं होता होगा ? वहाँ ? वहाँ तो उन्मुक्त यौनाचार, व्यभिचार, गौवध, यज्ञ-ध्वंस आदि सब खुलकर चलता होगा, निर्बाध रूप से तथा अविच्छिन्न गति से। अगस्त्य को लगा कि वह कितने ही चिंतित व व्यथित क्यों न हों, इन दुखद घटनाओं को समाप्त करना तो दूर रहा, उन्हें विशेष रूप से सीमित बनाना भी सरल नहीं।

"यह अस्तोन्मुख रक्ताभ सूर्य निर्मल जलराशि में प्रतिबिंबित होता हुआ कितना अच्छा लग रहा है, आर्यपुत्र, तनिक देखो तो। "अगस्त्य के मानसिक तनाव से अनभिज्ञ लोपामुद्रा ने आग्रह किया।

लोपामुद्रा के आग्रह पर चलते-चलते रुककर जलाशय की निर्मल जलराशि पर अस्तोन्मुख रक्ताभ सूर्य को प्रतिबिंबित होते हुए देखकर अगस्त्य ने कहा, "सचमुच सुंदर, बहुत सुंदर, बल्कि एकदम अप्रतिम लगता है, जैसे पिघला हुआ स्वर्ण जलराशि में मिलकर एकाकार हुआ जा रहा हो। परंतु···"

"परन्तु क्या, ऋषिप्रवर ?"

"परन्तु मनुष्य और विशेष कर विदेशी नागरिकों के पास इस सुंदर, अप्रतिम शोभन दृश्य को देखने के लिए अवकाश कहाँ ?" एक निश्वास छोड़कर अगस्त्य ने कहा, "वे तो मनुष्य का, आर्य ऋषियों का रक्त बहाकर उसमें अस्तोन्मुख रक्ताभ सूर्य के दर्शन के अभ्यस्त होते जा रहे हैं, और···और विडंबना यह है कि हमें न तो अस्तोन्मुख रक्ताभ सूर्य को निर्मल जलराशि में प्रतिबिंबित होते हुए देखने के लिए अवकाश है, और न अपने ही ऋषियों के तन में असुरों के प्रहार से उत्पन्न व्रण से

प्रवाहित होने वाले अरुण रक्त को देखने का ही।''

''सच है, आर्यपुत्र, आज समाज में इतनी स्वकेंद्रिकता आ गई है कि वह गंभीर से गंभीर समस्या की ओर उस समय तक ध्यान नहीं देता, जब तक वह समस्या उसके अपने हित में बाधक बनकर उसे सक्रिय होने के लिए बाध्य न कर दे।'' लोपामुद्रा ने वस्तुस्थिति की मीमांसा करते हुए टिप्पणी की।

''मैं ऐसी किसी स्थिति के आगमन की प्रतीक्षा में नहीं हूँ, प्रिये,'' सफाई देने के ढंग पर अगस्त्य ने कहा, 'परंतु एकाकी जूझना तो आत्महत्या का प्रयास ही होगा, अस्तु, हमें समाज को मानसिक तथा शारीरिक दृष्टि से 'बहुजन हिताय, बहुजन सुखाय' जूझने के लिए तैयार करना ही होगा। लो उधर देखो, भगवान भुवनभास्कर विश्राम करने की तैयारी कर रहे हैं। अब हमें भी यहीं कहीं विश्राम करना चाहिए। चलो, उधर कुछ झोंपड़े दिखाई दे रहे हैं, उन्हीं के पास कहीं किसी पेड़ के नीचे जाकर विश्राम कर लें।''

''ठीक है।'' कहकर लोपामुद्रा ने अगस्त्य का अनुसरण किया, और कुछ दूरी पर निर्मित झोंपड़ियों से कुछ हटकर एक वृक्ष के नीचे भूमि साफ कर वे वहीं रुक गये। न तो अगस्त्य ने झोंपड़ियों में निवास करने वाले व्यक्तियों से संपर्क करने का प्रयास किया और न उन्होंने ही। दोनों एक-दूसरे से सतर्क, सशंकित होकर चुपचाप अपने-अपने स्थान पर पड़े रहे।

किंतु जब प्रात:कालीन वेला में शौचादि से निवृत्त होकर अगस्त्य व लोपामुद्रा निकटस्थ जलाशय पर जाकर संध्या-अग्निहोत्र करने बैठे, तो कुटिया से निकलकर एक युवक उनके पास आया और बोला, ''कहाँ से आ रहे हो, आर्य ? इस क्षेत्र में तो मैंने आपको कभी देखा नहीं।''

''हम लोग उज्जयिनी से आ रहे हैं। आप तो यहीं रहते हैं न ?'' अगस्त्य का उत्तर था।

''जी हाँ,'' आगंतुक ने, जिसे लोग प्रतीप नाम से संबोधित करते थे, कहा, ''आपके क्रियाकलाप को देखकर मुझे भी ऐसा लगा था कि संभवत: आप इस क्षेत्र के निवासी नहीं हैं ?''

''अच्छा, पर क्यों ?''

''क्योंकि स्थानीय सामाजिक परिवेश से परिचित व्यक्ति निभृत आकाश के नीचे इस प्रकार अग्निहोत्र करने का साहस नहीं जुटा सकता, जुटाना भी नहीं चाहिए।'' प्रतीप के शब्द उसके हृदय में व्याप्त भय का आभास करा रहे थे।

''इसका अर्थ है,'' लोपामुद्रा ने कहा, ''इस क्षेत्र में आर्यों को अपने विश्वासानुसार उपासना करने की सुविधा व स्वतंत्रता भी नहीं है, ऐसा ही है न ?''

''बिल्कुल ऐसा ही,'' प्रतीप ने स्वीकार किया। और वहाँ से तत्काल निकल भागने का अवसर खोजने लगा।

"फिर आप लोग क्या करते हैं ?" अगस्त्य ने पूछा, "क्या रक्ष-संस्कृति के अनुयायियों के भय से आपने अपनी उपासना-पद्धति को भी त्याग दिया है ?"

"नहीं," कोई सुन न ले इस ढंग से बुदबुदाते हुए प्रतीप ने कहा, "परंतु हम खुले आकाश के नीचे संध्या, अग्निहोत्र आदि कभी नहीं करते। और सचाई तो यह है कि कर भी नहीं सकते। फिर भी यदि कभी कोई ऐसा करता है तो ये लोग उसे विविध प्रकार की यातनाएँ व प्रताड़नाएँ देते हैं।"

"ओह, बड़ी विडंबना है," माथे पर पड़ी हुई रेखाओं को चिंतन की गंभीरता से और अधिक गहराते हुए अगस्त्य बुदबुदाने लगे, "जब दंडाकारण्य, जिसे रक्ष-संस्कृति के अनुयायी अपनी बहुलता व प्रबलता के कारण जनस्थान संज्ञक नाम से पुकारते हैं, से दूर, बहुत दूर स्थित क्षेत्र में भय व आतंक इतना घनीभूत है, तब···तब जनस्थान का तो कहना ही क्या ? किंतु···"

प्रतीप अपना कार्य पूर्ण समझकर वहाँ से चुपचाप खिसक गया था। लोपामुद्रा ने अगस्त्य को जैसे ही 'किंतु' कहते हुए सुना, वह बोलीं, "किंतु स्थिति की भयावहता में भी हमारा चुप करना, निष्क्रिय होकर बैठना उचित नहीं, आर्यपुत्र।"

"मैं भी ऐसा ही अनुभव करता हूँ, भद्रे।" अगस्त्य के शब्द हृदय की गहराई से निकलकर मुख से फूट पड़े, "जिस प्रकार एक दीप अमावस्या के घनीभूत अंधकार को नष्ट तो नहीं कर पाता, परंतु एकाकी जलता हुआ न केवल उस अंधकार से लड़ता रहता है, बल्कि उसकी सघनता को भी कम करता रहता है, ठीक उसी प्रकार किसी अन्य के सहयोग की अपेक्षा न रखते हुए हमें भी वस्तुस्थिति की भयावहता से जूझना होगा। स्मरण रखो, प्रिये, निष्क्रिय होकर योंही कालक्षेप करने का अर्थ होगा, प्रस्तुत चुनौती से पलायन करना, और यह वही करते हैं, कर सकते हैं, जो कायर, क्लीब हैं।"

"नहीं, नहीं, हम कभी ऐसा नहीं करेंगे।" उत्साहित-सी होकर लोपामुद्रा कह उठीं, "आओ 'यतो यत: समीह से ततो नो अभयं कुरु' के शब्दों में हम वरुण-देव की प्रार्थना करें। वह निश्चित रूप से हमें न केवल सब प्रकार के भय से मुक्त करेंगे, बल्कि हमारा मार्ग भी प्रशस्त करेंगे।"

सुनकर अगस्त्य ने आकाश की ओर देखा। उन्हें लगा जैसे भुवनभास्कर के रूप में वरुणदेव ही नवीन प्रभामण्डल से मंडित होकर उन्हें विजय-प्राप्ति का आशीर्वाद दे रहे हों, निर्भय होकर आगे बढ़ने का संदेश दे रहे हों। देखते ही अगस्त्य तथा लोपामुद्रा ने उन्हें शिरसा प्रणाम किया और मन-ही-मन 'यतो यत: समीह से ततो नो अभयं कुरु' की प्रार्थना गुनगुनाने लगे।

"ऋत व सत्य की खोज क्या अनिवार्यत: अपने सामाजिक कर्तव्य एवं दायित्वों से

पलायन है···?'' अगस्त्य ने कहा और लोपामुद्रा के मुख पर दृष्टि गड़ा दी, मानो प्रस्तुत प्रश्न उन्होंने आप से नहीं, वरंच लोपामुद्रा से किया हो, परंतु···

परंतु लोपामुद्रा तो स्वयं अपने प्रश्नों से उलझ रही थीं। वह सोच रह थीं, आत्मा की अमरता तथा अनंतता मैं विश्वास रखने वाले आर्य इतने भयभीत क्यों हैं कि राजपथ के निकट निभृत आकाश के नीचे वे संध्या तथा यज्ञादि के आयोजन का साहस तक नहीं जुटा पाते ?···क्या आत्मा की अमरता तथा अनंतता में उनकी आस्था मात्र एक दिखावा है ? एक छलावा है ? यदि नहीं तो क्या प्रतीप झूठ बोल रहा था ? ओह, समझ में नहीं आता कि क्या···

प्रश्नों के नुकीलेपन से तीक्ष्ण चुभन का अनुभव करते हुए लोपामुद्रा अपने आसन से उठीं और कुटिया के द्वार की ओर जाने को मुड़ी ही थीं कि उन्हें सुनाई दिया 'ऋत व सत्य की खोज क्या अनिवार्यत: अपने सामाजिक कर्तव्य एवं दायित्वों से पलायन है ?'

सुनते ही लोपामुद्रा ठिठककर वहीं खड़ी रह गईं। उन्हें लगा कि ऋषि ने यह प्रश्न अपने-आपसे नहीं उनसे ही किया है। तब···तब क्या उत्तर दें वह ?···उज्जैन से चलकर महानदी के तट पर आने तथा वहाँ आकर कुटिया बनाकर रहने तक ऋषि जिस पीड़ा का अनुभव कर रहे थे और आज भी कर रहे हैं, उसे शांत करने के स्थान पर और अधिक बढ़ाना क्या उचित होगा ? स्यात् नहीं। अब लोपामुद्रा भ्रम के भँवरावृत से बाहर आकर निर्णय के तट पर आ चुकी थीं, अत: उन्होंने अत्यंत विनम्र स्वर में कहा, ''ऋषिवर, ऋत व सत्य की खोज तो व्यष्टि, समष्टि तथा परमेष्टि के प्रति मानव के कर्तव्य एवं दायित्व-बोध का ही पर्याय है। और जब ऐसा है, तो ऋत व सत्य की खोज करते समय इन तीनों में से किसी के भी प्रति अपने कर्तव्य एवं दायित्व का विस्मरण, उनसे पलायन अनुचित ही नहीं, अपराध भी है, पाप भी है।''

''परंतु प्रतीप तो यही कह रहा है कि इस क्षेत्र के समस्त ऋषि ऋत व सत्य की खोज में हैं, अत: वे समाज व संसार में क्या घट रहा है, इसकी ओर ध्यान नहीं दे सकते।'' लोपामुद्रा के कथन से सहमत होने पर भी ऋषि ने उन्हें पुन: थहाना चाहा, ''ऐसी अवस्था में समाज का उत्पीड़न देखकर भी उनके चुप रह जाने को अनुचित कैसे ठहराया जा सकता है ?''

''न तो प्रतीप द्वारा किए गए वस्तुस्थिति के आकलन में सचाई है और न उसके लिए गए निष्कर्षों में ही।'' पास खड़े हुए मृगशावक पर अपना स्नेहिल हाथ फेरते हुए लोपामुद्रा ने अपनी प्रतिक्रिया प्रकट की, ''क्षेत्रीय ऋषि ऋत व सत्य की खोज में व्यस्त रहने की अधिकता के कारण समाज में होने वाले अनाचार व अत्याचार के प्रति उदासीन नहीं रहते, बल्कि अपनी अशकतता तथा कायरता के कारण ही उनकी उपेक्षा करते हैं।''

"यह है वस्तुस्थिति का यथार्थतापरक विश्लेषण तथा समाज को दूर तक प्रभावित करने वाला निष्कर्ष।" अगस्त्य के मुख पर ही नहीं, आँखों में भी एक हल्की-सी दीप्ति आ गई थी। वह कह रहे थे, "प्रिये, तुम ठीक निर्णय पर पहुँची हो, बिल्कुल ठीक निर्णय पर।"

"परंतु सही निर्णय लेने की सार्थकता एवं उपयोगिता तभी है, आर्यपुत्र," लोपामुद्रा कहने लगीं, "जब उसका क्रियान्वयन सही ढंग से सही समय पर किया जाए।"

"इधर कई दिनों से मैं उसी पर विचार कर रहा हूँ, भद्रे।" अगस्त्य का उत्साह तटबंध तोड़ने की सीमा तक आ गया था। "मेरा विचार है कि हमें प्रत्येक बस्ती को एक इकाई मानकर उसके प्रत्येक व्यक्ति में सुप्त आत्मविश्वास को जगाना होगा, उन्हें संगठित व सशक्त बनाना होगा। पुरुष ही नहीं, स्त्रियों को भी अस्त्र-शस्त्र का संचालन सिखाना होगा, ताकि अवसर आने पर वे भारतीय संस्कृति के शत्रुओं से संघर्ष कर सकें।"

"मैं आपके इस प्रस्ताव से सहमत हूँ, देव।" स्फूर्ति की मूर्ति-सी बनकर लोपामुद्रा अपने आसन से उठ खड़ी हुई थीं। "क्यों न हम कल से ही अपनी निकटस्थ बस्ती में कार्य करना प्रारंभ कर दें ?"

"ऐसा ही होगा।" हरित दूर्वा की कोंपलों को चबाने का प्रयत्न करते हुए मृग-शावक ऋषि अगस्त्य के निकट आ गया था। प्यार से उसके गले को खुजलाते हुए ऋषि कहने लगे, "तुम्हें भी प्रतिदिन कार्य करने के लिए तत्पर रहना होगा, रचनात्मक समाजोपयोगी कार्य करने के लिए।"

'आप मुझे प्रतिक्षण उद्यत पाएँगे, तत्पर पाएँगे।' लोपामुद्रा ने कहना चाहा परंतु कह न सकीं, क्योंकि जैसे ही वह यह कहने को उद्यत हुईं, मृगशावक उनके पास आ पहुँचा और मुँह उठा कर लोपामुद्रा की आँखों में झाँकने लगा। लोपामुद्रा ने उसे गोद में उठा लिया और फिर उसकी पीठ पर हाथ फेरते हुए अपने आसन पर आ बैठीं। किंतु अगस्त्य और अधिक समय तक बैठे न रह सके, और इधर-उधर घूमकर अपनी कार्य-योजना को अंतिम रूप देने के लिए विचार करने लगे।

हठात् उनके मन में आया, ग्रामवासियों व आश्रमवासियों को संगठित तथा अस्त्र-शस्त्र-संचालन में निपुण बनाने से क्या होगा ? क्या इतने-भर से उनमें आत्मविश्वास आ जाएगा ? आ भी सकता है, परंतु एक सीमा तक ही। क्योंकि जब तक उनकी शिक्षा, आजीविका, चिकित्सा, सुरक्षा तथा संचार-व्यवस्था की ओर ध्यान नहीं दिया जाएगा, तब तक न तो उनमें आत्मविश्वास जाग्रत् होगा, और न ही वे निश्चिंतता की अनुभूति कर सकेंगे। परंतु प्रश्न तो यह है कि प्रारंभ किस कार्य से किया जाए ? सोचते-सोचते अगस्त्य रुक गए।

किंतु पैर थमने पर भी चिंतन-प्रवाह नहीं थमा, बल्कि और तेज हो गया। उन्हें लगा, कृषि व घरेलू उद्योगों का प्रारंभ पहले किया जा सकता है। परंतु यदि सामान्य

शिक्षा तथा अस्त्र-शस्त्र-संचालन कला की उपेक्षा की गई, तो न तो उनमें हस्तगत कार्यों के प्रति उचित समझ का विकास हो सकेगा और न वे राक्षसी तंत्र से अपना बचाव कर सकेंगे।

तो क्या एकसाथ कई कार्यों को प्रारंभ किया जाए ? परंतु उस अवस्था में व्यक्ति किसी भी एक में परिपक्वता प्राप्त नहीं कर सकेगा। कर सकेगा क्या ? ऋषि ने अनुभव किया, नहीं। तब··· तब क्या ग्रामवासियों व आश्रमवासियों को विभिन्न टोलियों में बाँटकर उन्हें अलग-अलग विषयों का प्रशिक्षण दिया जाए ?··· स्यात् आरम्भ में ऐसा किया जा सकता है, परंतु दीर्घसूत्री नीति के रूप में हमें सबको सबका प्रशिक्षण देना होगा। बाएँ हाथ की हथेली पर दाईं तर्जनी पटकते हुए अगस्त्य ने कहा, 'इसके बिना निस्तार नहीं, सफलता की तनिक भी संभावना नहीं।'

अगस्त्य अपने आसन पर आकर जैसे ही बैठे, लोपामुद्रा उनके सामने आ खड़ी हुईं। संकेत से बैठने का निर्देश देकर अगस्त्य ने विस्तार से उन्हें अपनी योजना बताई। सुनकर वह बोलीं—

''सबको आत्मनिर्भर बनाने की दृष्टि से सबको कृषि-कार्य अथवा घरेलू उद्योग में न केवल नियोजित करना होगा, बल्कि उन्हें अधिकाधिक उन्नत तथा उत्पादक भी बनाना होगा, अन्यथा आजीविका से कटे हुए व्यक्ति को परोपजीवी बनने को तो विवश होना ही पड़ेगा, उत्पादक वर्ग की उपेक्षा एवं घृणा का भी सामना करना पड़ेगा। और तब न तो समाज में समरसता आ पाएगी और न सच्चे अर्थ में एकता ही।''

''सच है।'' अगस्त्य को भी स्वीकार करना पड़ा। ''इस तथ्य को ध्यान में रखकर हम कल से निकटस्थ ग्राम व आश्रम में जाकर अपना कार्य प्रारंभ करेंगे।''

हाँ, ना, कुछ भी न कहकर लोपामुद्रा गंभीर स्वर में बोलीं, ''इन कार्यों के अतिरिक्त हमें अस्त्र-शस्त्र-निर्माण तथा उनके समुचित रखरखाव की ओर भी ध्यान देना होगा, तभी और मात्र तभी हमारा यह अभियान सफल हो सकेगा।''

''मैं इन बातों का उल्लेख नहीं कर सका था, परंतु ये दोनों तो हमारी योजना के प्रमुख अंग होंगे ही।'' लोपामुद्रा आश्वस्त होकर उठीं, तो अगस्त्य पुनः आत्मचिंतन में खो गये। स्यात् वह कार्यक्षेत्र की विशालता तथा साधनों की अपर्याप्तता पर विचार कर रहे थे।

दूसरे दिन नित्य नैमित्तिक कार्यों से निवृत्त होकर अगस्त्य तथा लोपामुद्रा निकटस्थ आश्रम में पहुँचे, तो कुलपति शीलभद्र ने उनके आगमन के प्रति कोई उत्साह प्रकट नहीं किया और जब अगस्त्य ने उनके सम्मुख अपनी योजना प्रस्तुत की तब तो वह भड़क उठे, बोले, ''ऋषिवर, आपको न तो स्थानीय परिस्थितियों का ज्ञान है और न अनार्यों, असुरों की शक्ति व प्रवृत्ति का ही। अन्यथा न तो आप स्वतः इस प्रकार की योजना करने का मन बनाते और न हमें ही उसमें सम्मिलित करने का प्रयास करते। मेरे विचार से आपको इस योजना पर विचार तक नहीं करना चाहिए।''

''परंतु क्यों ?'' अगस्त्य अपने-आपको शीलभद्र से सहमत न बना सके।

''क्योंकि राक्षस तो इस योजना को अपने प्रति खुला आक्रमण मानेंगे ही, वे आर्य भी, जो इस क्षेत्र में पुष्कल धनराशि कमाने आए हैं, इससे प्रसन्न नहीं होंगे, और···और आश्रमों को समय-समय पर जो आर्थिक सहयोग देते हैं, वे न केवल उसे बंद कर देंगे, बल्कि राक्षसों से मिलकर इन योजनाओं को विफल बनाने का प्रयास भी करेंगे।''

''तो क्या आप समझते हैं कि हम यहाँ जाति-विशेष का विरोध करने आए हैं ?'' अगस्त्य के स्थान पर लोपामुद्रा ने कहा, ''हमारा विरोध जाति-विशेष से नहीं, देश-विशेष से भी नहीं, बल्कि उस वृत्ति से है, जिसे राक्षसी वृत्ति की संज्ञा दी जाती है। अस्तु, हमारे निकट यह विचारणीय नहीं है कि वह राक्षसी वृत्ति आर्य में है या अनार्य में। जहाँ भी होगी और जिस रूप में होगी, हम वहीं उसका विरोध करेंगे।''

''परंतु इतने-भर से इसका औचित्य सिद्ध नहीं किया जा सकता।'' इस बार उपकुलपति सुदीर्घ ने अपना पक्ष प्रस्तुत किया, ''क्योंकि हमारा आश्रम इन आर्य धनियों की आर्थिक सहायता से ही चलता है। यदि वे रुष्ट हो गए, तो हम भूखे रहने की स्थिति में आ जाएँगे।''

''इसीलिए तो,'' सुदीर्घ की शंका को निर्मूल बताने के अभिप्राय से अगस्त्य ने कहा, ''हमने अपनी योजना में कृषि व घरेलू उद्योग के विकास पर बल दिया है। हमारा विश्वास है, ऐसा करने से ग्रामवासी व आश्रमवासी दोनों आत्मनिर्भर व स्वाव- लंबी बन सकेंगे।''

''यह आपकी योजना का दूसरा निर्बल तथा भयानक पक्ष है। ''शीलभद्र का स्वर कुछ भारी हो उठा था, ''इसका अर्थ है, आप हमें संघर्ष में ही नहीं घसीटना चाहते बल्कि हमें निरक्षर व अज्ञानी भी बनाना चाहते हैं। सोचो तो सही, यदि हम कृषि-कार्य में जुट जाएँगे, तो अध्ययन-अध्यापन कैसे कर सकेंगे ? नहीं, ऋषिवर, नहीं, आप क्षमा करें और अपना यह प्रयोग किसी अन्य आश्रम में करें।''

शीलभद्र उठे तो अगस्त्य ने उनसे बैठने का अनुरोध नहीं किया, परंतु अपनी प्रतिक्रिया प्रकट किए बिना नहीं रहे, ''कृषि-कार्य करने का अर्थ अध्ययन-अध्यापन को तिलांजलि देना नहीं है, कुलपति, वरंच दोनों का समानांतर गति से एक साथ चलना है। खैर, आप हमारी योजना पर विचार करें और यदि उचित समझें तो उसे अपनाएँ, हम पुनः आपके पास आएँगे। चलो लोपामुद्रा, बस्ती में चलें।''

शीलभद्र तथा सुदीर्घ ने अनुभव किया कि सतर्कता बरतने पर भी अवांछनीय स्थिति उत्पन्न हो गई है, परंतु वे अपने-आपको तथा आश्रम को किसी आपत्ति में नहीं डालना चाहते थे, अस्तु, उन्होंने अगस्त्य तथा लोपामुद्रा को न तो रुकने के लिए कहा, और न ही उन्हें आश्रम के प्रवेश-द्वार तक भेजने आए, वहीं से प्रणाम

कर अपनी-अपनी कुटिया की ओर चल दिए।

अगस्त्य व लोपामुद्रा को इससे दुःख तो हुआ, परंतु वे निराश नहीं हुए। आश्रम से वे सीधे बस्ती की ओर मुड़े। यहाँ आकर उन्होंने देखा कि अधिकांश कुटियों के द्वार बंद हैं, फिर भी कुछ लोग इधर-उधर बैठे हुए हैं। वे दोनों उन्हीं की ओर बढ़े, और उनके पास आकर बोले, ''बंधुवर, अधिकांश घरों के द्वार बंद क्यों हैं ?''

सुनकर एक व्यक्ति ने, जो अपने-आपको तपन बता रहा था, कहा, ''कुछ लोग काम पर गए हैं, परंतु अधिकांश लोग राक्षसों के दल को आते हुए देखकर यहाँ से भाग गए हैं।''

''क्यों ?''

''क्योंकि राक्षस लोगों को पकड़कर सताते भर नहीं हैं, अवसर पाकर बालक व युवकों को पकड़कर ले जाते हैं और उन्हें मारकर तथा भूनकर खा जाते हैं ।'' तपन का उत्तर था।

''परंतु भागकर इधर-उधर छिप जाने से क्या बचाव हो सकता है ?'' लोपामुद्रा ने पूछा, ''आज यदि वे अकृत कार्य होकर लौट गए हैं तो क्या ये राक्षस पुनः इस बस्ती में नहीं आएँगे ?''

''आएँगे क्या, आते ही रहते हैं।'' रुआँसे स्वर में तपन बोला, ''परंतु हम कर ही क्या सकते हैं ? हमें तो लगता है, हमारा जन्म ही उनके भोजन के लिए हुआ है।''

''निराश होने की आवश्यकता नहीं, बंधु।'' अगस्त्य ने समझाया, ''राक्षस भी मनुष्य हैं, और तुम भी। यदि वे तुम्हें मार सकते हैं, तो क्या हम-तुम उन्हें नहीं मार सकते ?''

''यह एक कल्पना-भर है, प्रयत्न करने पर संभावना भी हो सकती है, परंतु वास्तविकता नहीं।'' अब तक अगस्त्य तथा लोपामुद्रा के आसपास कुछ युवक तथा युवतियाँ एकत्र हो गए थे।

उपयुक्त अवसर जानकर अगस्त्य कहने लगे, ''हम इस कल्पना को वास्तविकता में परिणत करने का संकल्प लेकर आए हैं। तुम हमारे आश्रम में चलो, हम तुम्हें वहाँ अस्त्र-शस्त्र भी देंगे और प्रशिक्षण तथा सुरक्षा भी।''

''हूँ'' कहकर तपन चुप कर गया। वह सोच रहा था कि जाऊँ या नहीं, किंतु कुछ निश्चय नहीं कर पा रहा था। उसे असमंजस में पड़ा हुआ देखकर लोपामुद्रा ने कहा, ''हमें कोई शीघ्रता नहीं है। हम कल फिर आएँगे। तब तक तुम हमारे प्रस्ताव पर विचार करो, और उचित लगे तो हमारे साथ चलने को उद्यत रहो।''

''परंतु आपका परिचय क्या है ?'' तपन की बगल में खड़े हुए निश्शंक ने जानना चाहा।

''मेरा नाम अगस्त्य है तथा यह मेरी पत्नी लोपामुद्रा हैं।'' अगस्त्य का संक्षिप्त

उत्तर था।

"अरे वही तो नहीं," उत्फुल्ल निश्शंक का स्वर गूँज उठा, "जो महानदी के उत्तरी तट पर कुटिया बनाकर रह रहे हैं ?"

"हाँ-हाँ, वही।" लोपामुद्रा बोलीं।

"यदि आप मुझे अस्त्र-शस्त्र उपलब्ध कराने तथा उन्हें चलाने की शिक्षा देने को तैयार हों तो मैं आपके साथ चल सकता हूँ।" निश्शंक भाव से निश्शंक ने अपना मत व्यक्त किया, "मुझे आपमें पूर्ण विश्वास है।"

"हमारी कुटिया के द्वार केवल निश्शंक के लिए ही नहीं खुले, जो भी आना चाहे उसका स्वागत है, और वह भी प्रत्येक क्षण।" गंभीर स्वर में अगस्त्य ने अपनी स्वीकृति दी, तो निश्शंक ही नहीं, तपन व तीन युवक और जाने के लिए उद्यत हो गए, और ऋषि के साथ चल पड़े। ऋषि ने मार्ग से कुछ फल-मूल एकत्र किए और अपने आश्रम में आ पहुँचे। रात्रि-भोजन के उपरांत सब शयन करने लेटे, तो गंभीर निद्रा में सो गए।

प्रातः जब तपन व निश्शंक की निद्रा भंग हुई तो उन्होंने देखा कि ऋषि व लोपामुद्रा नित्य कर्म से निवृत्त होकर धनुष-बाण एकत्र कर लक्ष्यवेध का अभ्यास कराने की तैयारी में संलग्न हैं। देखते ही उन सबको कुछ संकोच हुआ, किंतु यह समय यों ही गँवाने के लिए नहीं है, ऐसा विचार कर वे शौचादि से निवृत्त होने के लिए चल पड़े, और जब वे इस सबसे निवृत्त हो गए, तो ऋषि ने उन सबको लक्ष्यवेध का अभ्यास कराना प्रारंभ किया।

तपन को लगा कि धनुष की प्रत्यंचा पर बाण रखकर खींचना तो कठिन नहीं है, परंतु बाण का ठीक लक्ष्य पर संधान करना सरल नहीं है। कभी-कभी तो उसका तथा अन्य का बाण लक्ष्य से इतनी दूर जा गिरता था कि उन्हें स्वयं पर हँसी आने लगती थी। परंतु उनके निराश होने तथा अभ्यास को बीच में ही छोड़ने के विचार पर भी अगस्त्य के संकल्प तथा प्रशिक्षण क्रम में न तो किसी प्रकार की शिथिलता आई और न मन में किसी प्रकार की झुँझलाहट ही। वे अत्यंत शांत चित्त से उन्हें अभ्यास तो करा ही रहे थे, भूल करने पर भी उन्हें सुधार करने के लिए प्रेरित व प्रोत्साहित करते रहते थे। परिणाम यह हुआ कि वे सब भी शर-संधान-कार्य में रुचि लेने लगे। रुचि जाग्रत् होने से उनका ध्यान लक्ष्य पर केंद्रित होने लगा और धीरे-धीरे वे लक्ष्य के ठीक बीचोबीच शर-संधान करने लगे और दस-पंद्रह दिन में तो उनमें काफी परिपक्वता आ गई।

अब ऋषि के मन में आया उनकी आजीविका की ओर ध्यान दिया जाए, और···और उनके अन्य साथियों को भी अस्त्र-शस्त्र चलाने का प्रशिक्षण देने तथा कृषि-कार्य में नियोजित करने का प्रयास किया जाए और वह भी शीघ्र ही, क्योंकि ज्येष्ठ मास के अंतिम दिन चल रहे थे और वर्षा होने के पूर्व खेतों को तैयार करने के लिए

यह आवश्यक है कि अभी से कार्य में जुटा जाए। अतः उन्होंने तपन व निश्शंक को बुलाया और कहा, "यहाँ कुछ कुदाल हैं उन्हें उठा लो और बस्ती के पास पड़ी हुई भूमि पर चलो। वर्षा के पूर्व हमें उसे जोतना है, उसमें खाद डालना है, और फिर वर्षा होने पर उसमें बीज बोना होगा।"

प्रस्ताव अत्यंत उत्तम था, अस्तु, उसे सुनकर वे सब प्रसन्न ही नहीं उत्साहित भी हुए। परंतु सहसा उनका मन काल्पनिक भय से परिपूरित हो उठा। अतः वे सहज रूप में कुदाल लेकर आगे न बढ़ सके। जब आदेश देने पर भी वे कुछ देर तक न उठे तो ऋषि को शंका हुई। उन्होंने कहा, "क्यों निश्शंक, कुदाल क्यों नहीं उठा रहे ? क्या तुम्हें इस कार्य के औचित्य में विश्वास नहीं है ?"

"आपके अथवा इस कार्य के औचित्य के प्रति अविश्वास करने का कोई कारण नहीं, गुरुदेव," विनम्रतापूर्वक निश्शंक ने निवेदन किया, "परंतु भूस्वामी सरलता के साथ हमें यह भूमि जोतने देंगे, ऐसा विश्वास अवश्य नहीं है। हो सकता है हमें भूमि जोतते देखकर वे हम पर आक्रमण कर दें, कभी-कभी मन में ऐसा आता है।"

"तुम्हारी शंका निराधार नहीं है, निश्शंक," निश्शंक की झिझक के औचित्य को स्वीकार करते हुए ऋषि ने कहा, "परंतु यदि ऐसा हुआ तो शस्त्र-संचालन का तुम्हारा अपना यह अभ्यास तुम्हारा साथ देगा और तुम विजयी होगे, विश्वास रखो। रह गई उनके भूस्वामित्व की बात, सो उस पर उनका भी उतना ही अधिकार है, जितना तुम्हारा। अतः डरो मत और वरुणदेव का स्मरण कर कुदाल उठा लो। हम तुम्हारे साथ हैं ही, तथा रहेंगे भी।"

तपन व निश्शंक के मन की शंका दूर हुई या नहीं, उनके अंतरतम में व्याप्त भय दूर हुआ या नहीं, यह तो नहीं कहा जा सकता, परंतु इस बार उन्होंने ऋषि के निर्देश की उपेक्षा नहीं की। तत्काल उठ खड़े हुए और कुदाल लेकर बस्ती की ओर चल पड़े। यहाँ आकर ऋषि के मार्ग-दर्शन में वे भूमि जोतने में लग गए और नियमित रूप से कार्य करते हुए उन्होंने वर्षा के पूर्व उसे बीज बोने के योग्य बना लिया।

धीरे-धीरे अन्य बस्तीवासियों के मन में भी उत्साह जागा, और वे भी कुदाल या हल लेकर भूमि जोतने लगे। जिनके पास बैलों की सुविधा नहीं थी, वे अपने साथियों के सहयोग से हल चलाकर भूमि की जुताई करने लगे, और जब यह सब हो गया तो वे वर्षा की प्रतीक्षा करने लगे और जैसे ही वर्षा हुई वे बीज बोने लग गए।

अभी यह सब चल ही रहा था कि कुछ लोग अस्त्र-शस्त्रों से सुसज्जित होकर इन खेतों पर आए, और जुताई-बुवाई करने वाले लोगों को रोककर बोले, "तुम यह क्या रहे हो ? बीज की बुवाई तत्काल बन्द करो, यह भूमि तुम्हारी नहीं हमारी

है।''

संयोगवशात् अगस्त्य भी वहीं थे। अतः इसके पूर्व कि लोग उन्हें कुछ उत्तर दें, वे खड़े हो गए और कहने लगे, ''बंधु, यह भूमि न तुम्हारी है और न हमारी। यह तो उसकी है जो अपने श्रमबिंदुओं से उसे नियमित रूप से अर्घ्य प्रदान करता है और सदैव ऐसा करने के लिए तत्पर रहता है। अस्तु, जाओ अपना मार्ग लो। व्यर्थ ही उलझकर हमारा तथा अपना समय नष्ट न करो।''

''यही झगड़े की जड़ है, सबसे पहले इसी को समाप्त करना होगा। आओ, उठाओ अपनी-अपनी लाठियाँ।'' एक ने अपने साथियों को ललकारा और लाठी लेकर प्रहार की मुद्रा में खड़ा हो गया।

''ठहरो,'' अगस्त्य को ही नहीं, सभी को संघर्ष की संभावना थी, अतः वे अहर्निश संघर्ष के लिए तैयार रहते थे और इस समय भी थे। परंतु उनमें से किसी ने भी अपना धनुष-बाण या खड्ग नहीं उठाया। चुपचाप ऋषि की ओर देखने लगे। ऋषि तो जैसे तैयार ही थे, अतः उनकी ओर उन्मुख होकर बोले, ''ठहरो, लट्ठ चलाने के पहले तनिक अपने विवेक का उपयोग करो। यदि तुम्हें भूमि की आवश्यकता है तो उठाओ कुदाल और इन खेतों के पार जो विस्तृत भूमि पड़ी है, उसमें से किसी को चुनकर उसकी जुताई करने लग जाओ। इस कार्य में हम तुम्हारी सहायता करेंगे। और यदि भूमि पाना नहीं रक्त बहाना ही तुम्हारा उद्देश्य है, तो आओ हम सब उसके लिए भी तैयार हैं। परंतु स्मरण रखो, रक्त हमारा ही नहीं तुम्हारा भी बहेगा, और तुम्हारा रक्त भूमि के लिए नहीं बल्कि कुछ रोटियों के लिए ही बहेगा। क्यों ? क्योंकि यदि तुम जीत भी गए तो भूमि तुम्हें नहीं उन्हें मिलेगी जिन्होंने तुम्हें यहाँ लड़ने के लिए भेजा है। अतः कुछ करने के पूर्व शांत चित्त से एक बार पुनः विचार करो, और यदि ललकारना आवश्यक लगे तो हमें ललकारो, परंतु किसी के हाथ के अस्त्र नहीं मनुष्य बनो।''

सुनकर लड़ने के लिए तत्पर व्यक्ति ने पहले तो नीचे की ओर देखा और फिर अपने साथियों की ओर देखने लगा। स्यात् वह उनके चेहरों पर अंकित भावों को पढ़कर अपने अगले कार्यक्रम का निर्धारण करना चाहता था। और साथी···? वे भी असमंजस की स्थिति में थे, और युद्ध करने के लिए तो कोई भी तैयार नहीं था। अस्तु, आँखों ही आँखों में विचार-विनिमय कर वे चुपचाप मुड़े और तीव्रता के साथ वहाँ से भाग खड़े हुए।

लोगों का लड़ने के लिए आने तथा बिना लड़े चुपचाप वहाँ से भाग जाने का समाचार वन की आग की भाँति शीघ्रता से बस्ती में फैल गया। फिर क्या था, लोग उत्साहित हो उठे और स्वप्रेरणा से ऋषि के पास आकर अस्त्र-शस्त्र-संचालन का प्रशिक्षण प्राप्त करने लगे। ऋषि ने उनके विधिवत् तथा नियमित प्रशिक्षण की व्यवस्था कर दी और कृषि करने योग्य व्यक्तियों को कृषि-कार्य तथा कुछ अन्य लोगों को

घरेलू उद्योगों में नियोजित कर दिया। सारे गाँव में क्रान्तिकारी परिवर्तन दिखाई देने लगा। जो लोग कल तक खेतिहर मजदूर थे अथवा घरेलू उत्पादों में श्रमिक के रूप में कार्य करते थे, वे भी स्वतंत्र रूप से कार्य करने लगे। लोगों में उत्साह का ज्वार जैसा आ गया था। किंतु ऋषि अब भी सतर्क थे। उन्हें लग रहा था कि इस बार पूर्वापेक्षा अधिक लोग संघर्ष करने आएँगे और रक्त बहाने का भय ही नहीं दिखाएँगे, बल्कि रक्तपात भी करेंगे। अस्तु, कृषि तथा उद्योगों की ओर यथेष्ट ध्यान देने पर भी वह अस्त्र-शस्त्र-संचालन के प्रशिक्षण को विशेष महत्त्व दे रहे थे। उन्होंने स्वयं तो कृषि व उद्योगों के विकास का दायित्व अपनी ओर ले लिया था और लोपामुद्रा व तपन को युद्धकला का प्रशिक्षण देने के लिए नियुक्त कर दिया था। यही नहीं, अपेक्षित औषधियों के बनाने तथा उनके उपयोग करने की विधि का शिक्षण देने की भी व्यवस्था कर दी थी। लोपामुद्रा, तपन व निश्शंक सबको इनका पृथक्-पृथक् प्रभार दे दिया गया था। धीरे-धीरे सब कुछ व्यवस्थित एवं नियमित होता जा रहा था।

सभी प्रसन्न एवं उत्साहित थे, किंतु अगस्त्य को लग रहा था कि क्षेत्र में वर्तमान में जो शांति दिखाई पड़ रही है, वह भावी वात्याचक्र, भावी झंझावात आने के पहले की शांति है। अत: वह चिंतित ही नहीं सजग एवं प्रयत्नशील भी थे।

और लोपामुद्रा…? उन्हें तो कई दिनों से ऐसा लग रहा था कि कोई भयानक तूफान आने वाला है। अत: एक दिन एकांत में उन्होंने ऋषि को सचेत करते हुए कहा भी था, ''हमारी सच्ची परीक्षा तो अब आने वाली है। यह हमारी अस्मिता की ही नहीं, गरिमा की भी परीक्षा होगी। यदि हम इसमें सफल हो सके, तो निश्चित रूप से हम अपनी रक्षा कर सकेंगे, अन्यथा वृंतच्युत पत्र की भाँति इस वात्याचक्र में पड़कर हम इस वृहदाकाश में कभी भी कहीं भी लुप्त हो सकते हैं।'' अगस्त्य भी ऐसा ही मानते थे, अस्तु, वह भी सजग तथा सन्नद्ध रहते थे।

अंतत: एक दिन परीक्षा की घड़ी आ ही गई। तपन व लोपामुद्रा पुरुषों तथा स्त्रियों को अस्त्र-शस्त्र-संचालन का प्रशिक्षण देकर निवृत्त हुए ही थे कि सूचना मिली कि खेत पर निश्शंक तथा कुछ लोगों के बीच हाथापाई ही नहीं हुई, अस्त्र-शस्त्र भी उठ गए हैं और निश्शंक के हाथ में घाव हो गया है।

सुनकर लोपामुद्रा ने दौड़कर अगस्त्य को सूचना दी, और तपन धनुष-बाण तथा खड्‌ग लेकर खेतों की ओर दौड़ा। थोड़ी ही देर में अगस्त्य-वाहिनी तथा शत्रु-वाहिनी एक-दूसरे के आमने-सामने थीं। अगस्त्य को लगा कि भाड़े के सैनिकों को समझाने का प्रयास किया भी जाए, तो ये तथा कथित भू-स्वामी उन्हें किसी को सुनने-समझने का अवसर तो प्रदान करेंगे ही नहीं, उन पर आक्रमण भी कर-करा सकते हैं, अत: एक स्थान पर खड़े होकर उन्होंने शत्रुवाहिनी को सावधान होने के लिए कहा और फिर अपने तीक्ष्ण बाणों का संधान इस प्रकार करने लगे

कि वे आहत तो हों, परंतु मृत न हो पाएँ। अगस्त्य के साथ तपन तथा प्रवर आदि भी उनका साथ दे रहे थे। किंतु इन तीनों के सुनियोजित आक्रमण-प्रत्याक्रमण में शत्रुवाहिनी एक घड़ी भी स्थिर खड़ी न रह सकी और भाग खड़ी हुई।

अब लोपामुद्रा ने अपने पक्ष के आहत लोगों को उठवाया और अपने चिकित्सालय में ले आईं तथा उनका उपचार करने लगीं। इनमें से अधिकांश के घाव बहुत हल्के थे, केवल निश्शंक तथा एकाधा अन्य व्यक्ति के घाव ही कुछ गहरे थे। अत: उन्हें छोड़कर शेष दो-चार दिन में ही पूर्णत: स्वस्थ हो गए, परंतु उन्हें पूर्ण स्वस्थ होने में एक सप्ताह से अधिक समय लगा। फिर भी ग्रामवासी न तो अब चिंतित थे और न भयभीत ही। लगाता था जैसे उनका सुप्त आत्मविश्वास ही नहीं, अप्रयुक्त विपुल बल भी जाग उठा हो, और वे अपने स्वत्वों तथा न्यायोचित हितों की रक्षा के लिए किसी भी सीमा तक संघर्ष करने के लिए कृतसंकल्पित हों।

ऋषि इस जन-जागरण से प्रसन्न तो थे परंतु आत्मतुष्ट नहीं। ठीक भी था, उनका लक्ष्य तो संपूर्ण भारतवर्ष को जागृत, शिक्षित, सशक्त, समृद्ध तथा धर्म व न्याय के लिए संघर्षशील बनाना था, अस्तु, ग्राम-विशेष को अपनी इच्छानुसार बनाकर वह कैसे संतुष्ट हो सकते थे, हुए भी नहीं। संयोगवशात् एक दिन वह नित्य कर्म कर बैठे ही थे कि उपकुलपति सुदीर्घ आ पहुँचे। देखते ही लोपामुद्रा ने उनका स्वागत किया और उन्हें लेकर अगस्त्य के पास आ पहुँचीं। आसन ग्रहण करने के पश्चात् ऋषि ने उनसे कुशल-क्षेम पूछी और फिर उनसे अपने आने का प्रयोजन बताने का अनुरोध किया।

सुदीर्घ आश्रम में आ तो गए थे, परंतु वह भी असमंजस से उबर नहीं पाए थे। सबसे बड़ी बात तो यह थी कि वह निश्चय नहीं कर पा रहे थे कि बात कहाँ से प्रारंभ करें। परंतु जब ऋषि ने उनसे पूछा कि आप तथा कुलपति शीलभद्र सकुशल व सानंद तो हैं, तो वह बोले, ''ऋषिश्रेष्ठ, हम सब सकुशल तो हैं, पर सानंद नहीं।''

''परंतु क्यों ?'' साश्चर्य अगस्त्य ने कहा, ''सकुशल व सानंद होना तो अन्योन्याश्रित है, एक के बिना दूसरा रह ही नहीं सकता। जो सकुशल है उसे सानंद होना ही चाहिए और जो सानंद है वह सकुशल होगा ही। फिर आप ऐसा क्यों कह रहे हैं ?''

''बात यह है ऋषिवर,'' गंभीरता के कारण सुदीर्घ की आयु वास्तविक से कुछ अधिक लगने लगी थी, ''कि जिस क्षण से आपके प्रस्ताव को ठुकराकर हमने आपको अनादृत करने का अविवेक किया था, उसी क्षण से हम पश्चात्ताप-ताप में गलकर दु:खी हैं, और दिन-प्रतिदिन क्षीण होते चले जा रहे हैं। अत: मैं न केवल अपनी तथा कुलपति की ओर से बल्कि समस्त गुरुकुल की ओर से क्षमा-याचना करने आया हूँ।''

''क्षमा तो मुझे माँगनी चाहिए उपकुलपति, क्योंकि आते समय मैं आपसे यह कह आया था,'' गुरु गंभीर स्वर में अगस्त्य कहने लगे, ''कि समय निकालकर मैं पुनः आपसे मिलूँगा, परंतु अपनी व्यस्तता के कारण मैं आश्रम में अभी तक नहीं आ सका। अतः आप सब मुझे क्षमा करें।''

''देव, ऐसा कहकर आप हमें और अधिक लज्जित न करें,'' अगस्त्य के चरणों में झुककर सुदीर्घ ने कहा, ''और शीलभद्र आश्रम को अपनी गतिविधियों का प्रमुख केंद्र बनाकर हम सबको अनुगृहीत करने की कृपा करें।''

''ऐसा मत कहो, सुदीर्घ,'' अपने चरणों में नत सुदीर्घ को खींचकर अपने पास बिठाते हुए अगस्त्य ने कहा, ''सामाजिक व राष्ट्रीय कार्य किसी भी व्यक्ति का, फिर चाहे वह कितना ही महान् क्यों न हो, नहीं होता, हो भी नहीं सकता। अतः कौन किसके प्रति कृतज्ञता ज्ञापित करे और क्यों करे ? वस्तुतः इस औपचारिकता की आवश्यकता ही नहीं। रह गई आश्रम चलने की बात, सो मैं तो स्वतः दो-एक दिन में आने का विचार कर ही रहा था, अब आज आपके साथ ही चलूँगा। भद्रे, तपन व निश्शंक को तो बुलाओ, ताकि उन्हें उनका दायित्व प्रदान किया जा सके।''

''आर्यपुत्र, वे तो पेड़ के नीचे बैठकर आपसे मिलने की ही प्रतीक्षा कर रहे हैं।'' लोपामुद्रा ने कहा और उन्हें बुलाने के लिए चल पड़ीं।

तपन और निश्शंक द्वारा अपने-अपने स्थान ग्रहण कर लेने पर ऋषि ने उनकी ओर उन्मुख होकर कहा, ''वत्स, इस बस्ती में हमने जो गतिविधियाँ प्रारंभ की हैं, उन्हें अपेक्षानुकूल स्तर प्राप्त करने में अभी समय लगेगा और एक ही ग्राम को प्रत्येक दृष्टि से स्तरीय तथा आदर्श बनने तक हम एक ही ग्राम में नहीं रुक सकते, क्योंकि ऐसा करने पर इस क्षेत्र का प्रकारांतर से देश का विकास बाधित होगा। किंतु हमें ग्राम-ग्राम को इन गतिविधियों का केंद्र बनाना होगा। अस्तु, अपना यह ग्राम तथा शीलभद्र आश्रम इस प्रकार की विभिन्न गतिविधियों में निष्णातता प्राप्त करने वाले कार्यकर्ता तैयार कर सके, हमें ऐसा प्रयत्न करना होगा। यही नहीं, तदनंतर हमें इन कार्यकर्ताओं को विभिन्न ग्रामों में जाकर संगठन करने, शिक्षण-प्रशिक्षण देने तथा कृषि उद्योग को उन्नत, विकसित बनाने का दायित्व देकर भेजना होगा, ताकि हमारा अपना यह अभियान विस्तृत आयाम ग्रहण कर सके। ठीक है न ?''

''बिल्कुल ठीक है, आर्यपुत्र,'' सबसे पहले लोपामुद्रा ने अपनी प्रतिक्रिया प्रकट की, ''परंतु इस ग्राम को अभी भी किसी-न-किसी के निर्देशन व नियंत्रण की आवश्यकता रहेगी। अस्तु, मेरे विचार से निश्शंक को स्थानीय बस्ती की समस्त गतिविधियों का प्रभारी बनाया जाए तथा तपन को लेकर हम सब आश्रम की गतिविधियों को सम्हालें।''

''मैं भी इससे सहमत हूँ, परंतु मेरा एक सुझाव और है।'' अगस्त्य ने कहा और चुप कर गए।

''वह क्या है, गुरुदेव ?'' तपन ने जिज्ञासा की।

"प्रवर को भेजकर विभिन्न ग्रामों का सर्वेक्षण कराया जाए।" अपनी योजना प्रस्तुत करते हुए अगस्त्य कहने लगे, "वह वहाँ जाकर जनसंख्या, उसकी आजीविका के साधन, शैक्षिक स्तर, उपलब्ध उपज व खनिज, समस्याएँ व सुविधाएँ आदि-आदि की जानकारी एकत्र करके रखे, ताकि पर्याप्त प्रशिक्षक, निर्देशक व जनसेवक प्राप्त होते ही सभी ग्रामों में एकसाथ ही कार्य प्रारंभ किया जा सके।"

"मैं प्रवर को यहाँ बुलाने की शीघ्र व्यवस्था करता हूँ, गुरुदेव।" तपन ने कहा और उसे बुलाने के लिए बस्ती की ओर चल पड़ा।

इधर सुदीर्घ सोच रहा था, 'उस दिन उन्होंने ऋषि के प्रस्ताव को ठुकराकर कितनी बड़ी भूल की थी!' फिर अपने कथन को स्वतः संशोधित करता हुआ कहने लगा, 'भूल नहीं अपराध। सचमुच बहुत बड़ा अपराध ही था वह। फिर भी ऋषि के मन में उसके कारण कुछ भी विकार उत्पन्न नहीं हुआ, कुछ भी।'

लोपामुद्रा चलने को उठीं तो उन्होंने देखा कि ऋषि हाथ जोड़कर आकाश की ओर देख रहे हैं। क्या कर रहे हैं ऋषि ? अदृष्ट की, वरुणदेव की प्रार्थना ? हाँ, वरुणदेव की प्रार्थना व कृपा ने ही उन्हें ऋत व सत्य के एक नवीन पक्ष की ओर अंगुलि-निर्देश किया है, अन्यथा क्या यह सब संभव था ? निश्चित रूप से नहीं। सोचते-सोचते लोपामुद्रा स्वतः आकाश की ओर देखने लगीं। क्यों ? स्यात् वह भी वरुणदेव की प्रार्थना कर रही थीं, उनकी कृपा की याचना कर रही थीं, और बड़ी देर तक करती भी रहीं, बड़ी देर तक।

पद्मासन को सुखासन में बदलकर अगस्त्य ने दंडवत् तने हुए मेरुदंड को कुछ शिथिल, कुछ ढीला छोड़ दिया। परंतु··परंतु उनके मानसिक तनाव में कोई शिथिलता नहीं आई, बल्कि इसके विपरीत मानसिक तनाव में और अधिक कसाव आ गया। चिंतित होकर उन्होंने अपने विचार-प्रवाह को उन्मुक्त छोड़ दिया, किंतु उनकी उद्विग्नता तथा व्यग्रता में किसी प्रकार की कमी नहीं आई। क्यों ? क्योंकि वह इल्बल की दुरभिसंधि को अपनी विचार-परिधि से बाहर निकाल फेंकने का जितना प्रयास करते उतने ही, बल्कि उससे भी अधिक परिमाण में यह विचार उनके मन व मस्तिष्क को मथने लगता था, और उस समय भी मथ रहा था।

वह सोच रहे थे कि क्या यह सच है कि इल्बल ऋत जीवी ब्राह्मण एवं ऋषियों को भोजन के लिए आमंत्रित करता है तथा फिर उनके सामने माया से अपने अनुज बिल्बल को शाक-भाजी में बदलकर परोस देता है, और जब ब्राह्मण व ऋषि भोजन के उपरांत आचमन कर अपने आसन से उठकर चलने को होते हैं तो वह कहता है, बिल्बल मेरे भाई तुम कहाँ छिपे हुए हो ? आओ, तुम्हें तुम्हारा अग्रज इल्बल बुला रहा है। विलंब न करो, जहाँ भी हो, वहाँ से अपने वास्तविक रूप में मेरे सामने आ जाओ। सुनते ही वह भोजनकर्ता ऋषि व ब्राह्मणों का पेट फाड़कर अपने

वास्तविक रूप में आ जाता है।

यदि यह सच है, तो इस सत्य का साक्षात्कार किसने किया है ? लोपामुद्रा ने ?···नहीं, लोपामुद्रा का सच तो सुना-सुनाया सच है। उसका अपना देखा या भोगा गया यथार्थ नहीं।···हूँ, तो लोपामुद्रा ने यह सब किससे सुना है ? प्रवर से ?···हाँ, प्रवर ने ही लोपामुद्रा को यह सब बताया है। किंतु प्रवर को यह सब कैसे ज्ञात हुआ ? उलझन से बाहर न निकल पाने के कारण अगस्त्य कुछ झल्ला उठे थे।

किंतु झल्लाने से क्या कभी किसी समस्या का समाधान हुआ है ? नहीं। बहुत कुछ सोचने-विचारने, तर्क-वितर्क करने पर भी अगस्त्य का शंका-समाधान नहीं हुआ, तो नहीं ही हुआ। अंततः उन्होंने निर्णय किया कि वह स्वतः प्रवर से मिलेंगे और उससे यह ज्ञात करने का प्रयास करेंगे कि उसे यह सब किसने तथा कहाँ बताया और इसमें कितनी, क्या सच्चाई है ?

निर्णय लेकर अगस्त्य उठने ही वाले थे कि उन्हें लोपामुद्रा तथा प्रवर अपनी ओर आते हुए दिखाई पड़े। देखते ही अगस्त्य अपने आसन पर सम्हलकर बैठ गए। लोपामुद्रा ने ऋषि की बाईं ओर पड़े हुए आसन पर जैसे ही अपना स्थान ग्रहण किया, प्रवर ऋषि के चरणों में अपना प्रणाम निवेदित कर सामने प्रस्तुत आसन पर बैठ गया, और फिर इधर-उधर दृष्टिपात कर धीरे से बोला, "गुरुदेव, आपके आदेशानुसार समस्त क्षेत्र का सर्वेक्षण-कार्य पूर्ण कर वृत्त संचित कर लिया है। अब हमें क्या करना है, बताइए।"

"बताऊँगा," प्रवर द्वारा काम पूरा किए जाने की बात सुनकर भी अगस्त्य के मन में न तो उत्साह जागा और न आह्लाद ही। वह पूर्ववत् गंभीर बने रहे, और फिर सचेत जैसे होते हुए बोले, "इस सर्वेक्षण की सर्वाधिक उल्लेखनीय बात क्या है, प्रवर, यह तो बताओ।"

"गुरुदेव, छद्मवेशी ब्राह्मण व ऋषि भकत इल्बल एवं बिल्बल ऋतजीवी, बुद्धि-जीवी आर्यों के स्वागत-सम्मान का ढोंग कर उनका व्यापक स्तर पर संहार कर रहे हैं, और वह भी इस प्रकार कि उनके विरुद्ध तीव्र एवं प्रभावी प्रतिक्रिया होना तो दूर रही, लोग उनके विरुद्ध खुलकर कुछ कह भी नहीं पा रहे।" एक साथ यह सब कहकर प्रवर ऋषि की प्रतिक्रिया जानने के लिए चुप कर गया।

"इसमें आश्चर्य जैसी कोई बात नहीं है, प्रवर।" प्रवर की बात को सुनकर अगस्त्य अंतराभिमुख हो गए और फिर कुछ क्षण बाद अपने नेत्र खोलते हुए धीर गंभीर स्वर में बोले, "प्रत्यक्ष युद्ध हमारे सुप्त स्वाभिमान एवं म्रियमाण पौरुष को चुनौती देता है और हम शत्रु के अनाचार, अत्याचार का प्रतिकार करने के लिए खड़े होते हैं।···यही क्यों, युद्ध की यह विभीषिका शत्रु के मन में भी भय का उद्रेक करती है, अतः वह भी युद्ध से विरत होने का प्रयत्न करता है अथवा पराजय, पराभव का वरण करता है। कम-से-कम ऐसी संभावना तो रहती ही है। परंतु···"

"परंतु छद्म युद्ध···? वह प्रत्यक्षत: दिखाई नहीं पड़ता। अत: हमारा स्वाभिमान तथा पौरुष दोनों ही सुप्त बने रहते हैं, और···और छद्म युद्ध चलता रहता है। कभी-कभी तो इस छद्म युद्ध की अवस्थिति में भी हमारा स्वाभिमान तथा पौरुष तब तक सोते रहते हैं, जब तक हमारा अपना सब कुछ संपूर्णत: नष्ट न हो जाए।"

"सच है आर्यपुत्र, परंतु इल्बल-बिल्बल का यह छद्म युद्ध धीरे-धीरे हम सबके अस्तित्व को भी निगल सकता है, अत: चिंता का विषय तो है ही," लोपामुद्रा ने अपनी चिंता तथा आशंका को अभिव्यक्ति देते हुए कहा।

"यह तो हो ही रहा है, देवि।" लोपामुद्रा के कथन से अपनी सहमति प्रकट करते हुए अगस्त्य प्रवर की ओर उन्मुख हुए। "वत्स, यह तो बताओ कि इल्बल-बिल्बल की दुरभिसंधि से अवगत होने पर भी लोग उसके भुलावे, छलावे में क्यों फँस जाते हैं ?"

"क्योंकि इल्बल अपना यह कार्य न तो स्थान-विशेष पर करता है और न विशेष रूप में ही।" अगस्त्य की शंका-समाधान करते हुए प्रवर ने निवेदन किया। "वह अनेक वेष धारण कर अनेक स्थानों पर जाता है, और बुद्धिजीवी ब्राह्मण तथा ऋतजीवी ऋषियों को संस्कृत भाषा में भोजन करने के लिए आमंत्रित करता है। और फिर बिल्बल के सहयोग से पेट फाड़कर उनकी हत्या कर देता है। उनकी हड्डियों को इधर-उधर छिपाकर अवशिष्ट मांस को दोनों भाई भक्षण कर लेते हैं। ऐसी अवस्था में लोगों का उसके जाल में फँसना कोई कठिन बात नहीं है, गुरुदेव।"

"समझ गया।" कहकर ऋषि चुप कर गए, अंतराभिमुख हो गए। लोपामुद्रा को लगा कि ऋषि प्रसव पीड़ा का अनुभव कर रहे हैं। हो सकता है, उनकी प्रसव पीड़ा से सात्विक क्रोधानल का जन्म हो, और···और उसमें इल्बल-बिल्बल के अनाचर व अत्याचार ही नहीं, वे दोनों असुर भी जलकर भस्मीभूत हो जाएँ। तब क्या वह चुप रहे, एकदम मौन हो जाए ? नहीं, उसे भी अपने दायित्व का निर्वाह करना होगा, अस्तु, बोलीं, "देव, बर्बरता के क्रोड में पालित-पोषित शम्बर की साहसिकता का सामना करने में वीरोचित शौर्य-प्रदर्शन की संभावना तो रहती थी, परंतु··परंतु इल्बल, बिल्वल के कायरतापूर्ण छद्म युद्ध की पाशविकता तो हमें उनकी क्रूरता व अपनी वीरता का अनुभव करने तक का अवकाश प्रदान नहीं करती, और हमारे शत-सहस्र बंधु अनजाने ही काल के गाल में चले जाते हैं, समा जाते हैं, और उसके अथवा अन्य किसी मूर्ख द्वारा फैलाए गए प्रवाद के कारण हमारे अपने बंधु इन घटनाओं को केवल सम्मोहन मानकर टाल जाते हैं। ऐसी अवस्था में शांतिपाठ का अर्थ आत्मघात नहीं तो और क्या है ? कुछ भी तो नहीं।"

"देवि, मेरी चुप्पी को अन्यथा अर्थ में ग्रहण न करें।" अगस्त्य की आँखों से क्रोधानल के स्फुलिंग जैसे झड़ उठे थे, फिर भी उनकी वाणी में ज्वालामुखी का विस्फोट नहीं, मृदंग का मधुर मार्दव घोष था, "मैं रोग के दमन में नहीं, उसके

पूर्णत: उच्छेदन में विश्वास रखता हूँ, और उसके लिए प्रभावी उपाय, स्थायी उपचार खोज निकालने के लिए प्रयत्नशील हूँ।''

''मुझे आपके उपाय, उपचार की अमोघता में रंचमात्र भी संदेह नहीं है,'' लोपामुद्रा का आक्रोश रस्सी तुड़ा रहा था, ''परंतु यदि आप मुझे क्षमा करें, तो मैं कहना चाहूँगी कि इल्बल, बिल्बल के अत्याचारों से मुक्ति पाने का एकमात्र अचूक उपाय है शस्त्रयुद्ध। यदि आज्ञा हो तो प्रवर के साथ मैं उन असुरों से युद्ध करने के लिए तत्पर हूँ।''

''मुझे तुम जैसी अर्द्धांगिनी पाने पर गर्व है, लोपामुद्रा,'' अपने स्वर में मिठास घोलकर अगस्त्य ने कहा, ''परंतु जब तक मैं वस्तुस्थिति का ठीक-ठीक आकलन न कर लूँ, तब तक मैं तुम्हें या प्रवर को ही नहीं, अपने-आपको भी इल्बल, बिल्बल से युद्ध करने की अनुमति नहीं दूँगा।''

''गुरुदेव...'' कहते-कहते प्रवर रुक गया।

अगस्त्य ने अपने सुलगते हुए नेत्रों पर प्रेम-वारि का अभिसिंचन किया और फिर लोपामुद्रा तथा प्रवर की ओर देखते हुए बोले, ''जाओ, निश्चिंत होकर विश्राम करो। विश्वास रखो, क्षमाशीला धरित्री इल्बल व बिल्बल के भार को अब अधिक समय तक सहन नहीं करेगी।''

लोपामुद्रा व प्रवर गए तो कुटीर में अगस्त्य एकाकी रह गए, एकाकी।...नहीं-नहीं, इल्बल, बिल्बल तथा उनके द्वारा पीड़ित-प्रताड़ित सहस्र-सहस्र ब्राह्मण व ऋषियों के प्रति किए जाने वाले अनाचार, अत्याचारों के प्रतिकार, प्रतिशोध से संबंधित विचार एवं भावनाओं की भीड़ से चारों ओर से घिरे हुए अगस्त्य को एकाकी कैसे कहा जा सकता है ? वस्तुत: वह एकाकी थे भी नहीं, उनकी आँखों के आगे से एक चेहरा हटता तो दूसरा उनके सामने आ जाता। अनाचार, अत्याचार की एक घटना के विस्मृत करते ही बहुधा दूसरी उनकी स्मृति में आकर उन्हें जड़ बना उठती। प्रतिकार व प्रतिशोध का एक विचार जैसे ही उनके मन में आकार लेता, कई विचार एकसाथ उन्हें चारों ओर से घेर लेते, और एकाकी होने पर जैसे वह भीड़ की ठेलमठेल से सहसा कसमसा उठते। किंतु...

किंतु उनकी यह कसमसाहट, उनकी यह व्यग्रता उत्प्रेरण का कार्य नहीं कर सकी। क्यों ? क्योंकि अभी तक समस्या के स्वरूप का निर्धारण नहीं हुआ था, फिर समाधान कैसे निकलता ? निकल भी नहीं सकता था, अगस्त्य भी यह जानते थे, अत: विचारों की भीड़ से छुटकारा पाने के लिए वह कुछ समय के लिए पद्मासन लगाकर बैठ गए और प्राणायाम करने लगे। जब चित्त कुछ स्थिर हुआ तो वह प्रवर तथा लोपामुद्रा के कथन के निहितार्थ को पकड़ने का प्रयास करने लगे। विचार करते-करते उन्हें लगा कि प्रवर तथा लोपामुद्रा ने इल्बल तथा बिल्बल के क्रियाकलाप को छद्मयुद्ध की संज्ञा दी है, क्यों ? क्योंकि इल्बल व बिल्बल अस्त्र-शस्त्र से

सुसज्जित होकर तथा युद्धस्थल में पहुँचकर आर्यवीरों को युद्ध के लिए नहीं ललकारते। तब क्या करते हैं वे ? स्वागत-सम्मान के बहाने ब्राह्मण व ऋषियों को भोजन के लिए आर्य भाषा संस्कृत में आमंत्रित करते हैं और फिर उन्हें मारने का षड्यंत्र करते हैं। अगस्त्य स्वयं प्रश्न कर रहे थे और स्वतः उत्तर देते जा रहे थे। अब उन्होंने अपने-आपसे पूछा, 'षड्यंत्र ? कैसा षड्यंत्र ? इतने भोले क्यों बनते हो, अगस्त्य ? बिल्बल को शाक-भाजी बनाकर भोजन में खिला देना और फिर बाहर बुला लेना षड्यंत्र नहीं तो क्या है ?'

'हाँ, यह तो सचमुच षड्यंत्र ही है,' अगस्त्य को भी स्वीकार करना पड़ा। परंतु अभी वह अपनी स्वीकारोक्ति पूर्ण कर ही रहे थे कि उनके विवेक ने टोका, 'मनुष्य के मांस को शाक-भाजी बनाकर खिला देने को तो असंगत नहीं कहा जा सकता, परंतु··परंतु मनुष्य को शाक-भाजी के रूप में खिलाकर फिर उस मनुष्य को भोजनकर्ता के उदर से यथावत् बाहर निकालकर लाना असंगत तो है ही, तर्कसंगत व बुद्धि-सम्मत भी नहीं लगता, हो भी नहीं सकता। यहाँ तक कि एक फल को चबाकर खाने के बाद उसे उसके पूर्व रूप में ही नहीं पाया जा सकता, फिर मनुष्य को ही चबाकर खाने के बाद उसके पूर्व रूप में कैसे पाया जा सकता है ? किसी प्रकार नहीं।'

'परंतु प्रवर तो यही कहता है,' अगस्त्य ने अपने मस्तिष्क में जागृत शंका को फिर से तर्क द्वारा निर्मूल करना चाहा और जब कोई तर्क न सूझा तो उन्होंने जनश्रुति को ही प्रमाणभूत तर्क के रूप में प्रस्तुत किया, कहने लगे, 'और प्रवर ही क्यों ? लोपामुद्रा की भी तो यही मान्यता है।··स्यात् इन दोनों की ही नहीं, समस्त क्षेत्र की भी यही धारणा है कि इल्बल ऋषियों को भोजन करने के बहाने बुलाता है, फिर बिल्बल को शाक-भाजी के रूप में परोसता है, और अन्त में उससे बाहर आने का आग्रह करता है। और अपने अग्रज की पुकार पर वह उनके पेट फाड़कर बाहर आता है। भोजनकर्ता ऋषि व ब्राह्मणों की मृत्यु हो जाती है।'

'है तो, परंतु यह सत्य प्रतीत नहीं होती। तब··तब सत्य क्या है ?' सोचते-सोचते अगस्त्य रुक गए। उन्हें लगा, इस प्रश्न के तर्कसंगत उत्तर पर ही इल्बल, बिल्बल तथा बुद्धिजीवी व ऋतजीवी ब्राह्मण व ऋषियों का अस्तित्व निर्भर करता है। परंतु··परंतु क्या इस प्रश्न का उत्तर इतना सरल है कि ताली बजाते ही उसे प्राप्त कर लिया जाए ? नहीं, फिर भी उसे प्राप्त करना ही होगा।

अब अगस्त्य अंतराभिमुख हो गए, और अपनी समस्त वृत्तियों को बाह्य विषयों से हटाकर इसी और मात्र इसी बिंदु पर उन्हें केंद्रित कर दिया। अमराई में बैठी हुई कोयल ऋषि की एकाग्रता को भंग करती हुई सहसा कुहू-कुहू कर उठी। सुनकर अगस्त्य के ओष्ठों पर हल्की-सी स्मिति फैल गई, परंतु वह पुनः ध्यानावस्थित हो गए और प्रस्तुत विषय पर सोचते-सोचते उन्हें लगा कि इल्बल व बिल्बल ने प्रत्यक्ष

युद्ध के स्थान पर छद्मयुद्ध का आश्रय इसलिए लिया है कि उन्हें यह विश्वास हो गया है कि हम लोगों के प्रयास से इस क्षेत्र की आर्य-शक्ति जागृत हो गई है, और अस्त्र-शस्त्र-संचालन की क्रिया-प्रक्रिया में निपुण भी, अस्तु, यदि प्रत्यक्ष या सम्मुख युद्ध में उन्हें ललकारा गया, तो वे असुरों से भारी पड़ सकते हैं, इतने भारी कि उस अवस्था में पराजय, पराभव ही उनकी नियति होगी, और न हो तो उन्हें भारी जनहानि तो उठानी ही पड़ सकती है। अस्तु, उन्होंने छद्मयुद्ध के विकल्प का चयन किया।

'लेकिन क्या वे यह नहीं जानते कि छद्मयुद्ध की गोपनीयता भंग होने पर भी तो प्रत्यक्ष या सम्मुख युद्ध होगा ?' अगस्त्य ने जानना चाहा। 'क्यों नहीं ?' प्रत्युत्तर-स्वरूप उनके विवेक ने कहा, 'परंतु संभवत: उनका यह विश्वास है और वह एक सीमा तक सही भी है कि तब तक छद्मयुद्ध में आर्यों की शक्ति इतनी क्षीण हो चुकी होगी कि प्रत्यक्ष युद्ध करने के स्थान पर वे पलायन करना ही श्रेयस्कर समझें।'

'हूँ' कहकर अगस्त्य चुप हो गए। स्यात् वह इस तर्क को तौलकर उसकी गुरुता को समझ लेना चाहते थे। पश्चात् बोले, 'यदि यह सही भी हो तो भी प्रश्न यह आता है कि इस छद्मयुद्ध का रूप क्या है ? माया से बिल्बल का शाक-भाजी बन जाना और फिर पुकारने पर भोजनकर्ता के उदर को फाड़कर अपने मूल रूप में निकलकर खड़े हो जाना तो तर्कसंगत, विज्ञानसम्मत प्रतीत नहीं होता। तब वास्तविकता क्या है ?' अगस्त्य की जिज्ञासा व उत्सुकता उनके मुख पर परिलक्षित हो उठी थी। इस प्रश्न का उत्तर पाने के लिए उनके कर्ण ही नहीं रोम-रोम सजग हो उठे थे।

थोड़ी देर में उनके अंतर में बैठे हुए स्व ने कहा, 'सच्चाई यह है कि इल्बल बुद्धिजीवी ब्राह्मण व ऋतजीवी ऋषियों को भोजन के लिए आमंत्रित कर उन्हें एकांत में ले जाता है। वहाँ बिल्बल ही रहता ही है, उन दोनों के कुछ विश्वस्त अनुचर भी रहते हैं। वे ससम्मान ब्राह्मण व ऋषियों को भोजन करने के लिए उपयुकत आसन पर बिठाते हैं, सुस्वादु भोजन कराते हैं और सुस्वादु भोजन मे ऐसे मादक पदार्थ मिला देते हैं जिन्हें खाते ही वे हतचेत हो जाते हैं, हाँ, तो उनकी इसी अचेतावस्था में इल्बल कहता है, 'बिल्बल, मेरे भाई, कहाँ हो ? मैं तुम्हारा अग्रज इल्बल तुम्हें बुला रहा हूँ। आओ, मैंने तुम्हारे लिए सुस्वादु शाक-भाजी ला रखी है, चलो पकाएँ और खाएँ।' और···और फिर वे उन्हें मारकर खा जाते हैं।'

'अच्छा तो यह है ?' अगस्त्य को लगा जैसे प्रकाश की एक उज्ज्वल किरण सघन कुहासे को चीरकर अचानक दिखाई पड़ गई हो। वह प्रसन्न होने जा ही रहे थे कि वात्याचक्र ने विघटित होते हुए घने कुहासे को और घनीभूत कर दिया, इतना घनीभूत कि प्रकाश की वह हल्की-सी किरण भी उसमें समग्रत: समा गई। अगस्त्य के मन में आया, 'परंतु इल्बल व बिल्बल बुद्धिजीवी ब्राह्मण एवं ऋतजीवी ऋषियों

को ही मारने का प्रयत्न क्यों करते हैं ? क्या सामान्य आर्यों के प्रति उनके मन में कोई दुर्भावना नहीं है ? क्या उनके मन में अन्य लोगों के प्रति हिंसा एवं घृणा की भावना रंचमात्र को भी नहीं है ?' इन प्रश्नों के सामने आते ही अगस्त्य प्रकाश की एक किरण पाने के लिए पुनः छटपटा उठे।

अकस्मात् उन्हें लगा, जैसे कोई कानों में कह रहा हो, 'ऋतजीवी ब्राह्मण व ऋषियों की हत्या करने के मूल में इल्बल तथा बिल्बल की भावना आर्यों की संख्या भर कम करना नहीं है, वरंच आर्य-संस्कृति को उसके सबल संवाहक, प्रचारक तथा प्रसारक व्यक्तियों से वंचित करना भी है। अस्तु, वे उन्हें चुन-चुनकर आमंत्रित करते हैं और अवसर पाते ही मृत्यु के घाट उतार देते हैं। किंतु इसका अर्थ यह भी नहीं है कि वे सामान्य आर्यों की हत्या करते ही नहीं, करते हैं, परंतु उनका प्रमुख लक्ष्य बुद्धिजीवी ब्राह्मण तथा ऋतजीवी ऋषि ही हैं, क्योंकि वे जानते हैं कि जिस दिन आर्यवर्त में, भरतखंड में ऋतजीवी ब्राह्मण व ऋषि न होंगे, उस दिन आर्य-संस्कारों से रहित आर्य भी असुरों जैसे होंगे, और उन्हें कभी भी अपना दास बनाया जा सकता है, न बने तो उन्हें सरलतापूर्वक तलवार के घाट भी उतारा जा सकता है।'

'सच है' कहते-कहते उछल पड़े। उन्हें अपने चारों ओर एक प्रकाशपुंज प्रस्फुटित होता हुआ दिखाई दिया। फिर भी वह सहसा कुछ नहीं करना चाहते थे। अस्तु, अपने आसन से उठकर इधर-उधर घूमते हुए उनके मन में आया, 'अब महानदी तट पर स्थित इस कुटिया को छोड़कर उनके जाने तथा इल्बल व बिल्बल के विनाश करने का समय आ गया है। अतः इस कुटिया से बँधकर बैठने का अब कोई औचित्य नहीं। चलो, अगस्त्य, समय तुम्हें पुकार रहा है। उठो, और आगे बढ़कर असुरों के संहार के कारण बनो, उन्हें मार गिराओ, उनके षड्यंत्र को विफल करो।'

'परंतु क्या एकाकी जाना उचित होगा ?' अगस्त्य के मन-मस्तिष्क में अब एक नया प्रश्न उठ खड़ा हुआ, किंतु वह चुप ही रहे, चुप, स्यात् बने भी रहते, किंतु कुछ देर बाद ही उन्होंने अनुभव किया कि यह प्रश्न अप्रासंगिक ही नहीं, अनुचित भी है। लोपामुद्रा तथा वह तन से पृथक्-पृथक् भले ही हों, परंतु मन व प्राण से वे दो न होकर एक ही हैं। अतः लोपामुद्रा को छोड़कर कैसे जाया जा सकता है ? किसी प्रकार नहीं। वह लोपामुद्रा के साथ तो इल्बल व बिल्बल से युद्ध करेंगे ही, प्रवर, सुदीर्घ जैसे कुछ सशक्त शिष्यों को भी अपने साथ रखेंगे, ताकि एक बार में ही न केवल इल्बल तथा बिल्बल का वध किया जा सके, बल्कि उनके अन्य शक्ति-स्रोतों पर भी तत्काल सांघातक प्रहार किया जा सके, और वह भी इस प्रकार कि उनका सब कुछ एकसाथ नष्ट हो जाए, और यदि कुछ बच जाए तो उसे सरलतापूर्वक नष्ट किया जा सके।

'तो यही निश्चित रहा न ? बिल्कुल यही। परंतु क्या लोपामुद्रा व प्रवर को अपने विश्वास में लेना उचित न होगा ?' प्रश्न कर अगस्त्य चुप कर गए, मानो

लोपामुद्रा व प्रवर सामने ही बैठे हों और उन्होंने यह प्रश्न अपने-आपसे नहीं उन्हीं से किया हो। किंतु प्रत्युत्तर पाने की प्रतीक्षा में जब कई क्षण बीत गए और कोई उत्तर न मिला, तो बुदबुदाते हुए स्वर में उन्होंने कहा, 'लोपामुद्रा व प्रवर के आने पर उन्हें अपनी योजना से अवगत कराऊँगा, यही नहीं, उनके परामर्श से कुछ अन्य साथियों का चयन भी करूँगा। और···और फिर चल पड़ूँगा।'

अनिर्णय के भार से अपने-आपको हल्का कर अगस्त्य पुन: अपने आसन पर आ बैठे और वरुणदेव के चरणों में नत होकर मन-ही-मन प्रार्थना करने लगे। अभी यह सब चल ही रहा था कि लोपामुद्रा तथा प्रवर वहाँ आ पहुँचे। अगस्त्य ने अपने निष्कर्ष से तथा योजना से उन्हें अवगत कराया और फिर कुछ चुने हुए साथियों को अपने साथ चलने के लिए तैयार रखने का निर्देश दिया।

तीसरे दिन जब अगस्त्य, लोपामुद्रा तथा अपने शिष्यों के साथ इल्बलपुर जाने के लिए आगे बढ़े तो चैत्र शुक्ल पक्ष की दशमी थी। निम्बा पुष्प की मधुर, मादक गंध मंथर-मंथर गति से प्रवाहित होने वाले शीतल वायु को सुवासित बना रही थी। यहाँ-वहाँ करौंदी पुष्प की भीनी-भीनी गंध भी आघ्राणकर्ताओं को पुलकित कर रही थी। रक्तश्यामवर्णी पलास पुष्प दर्शकों को बरबस अपनी ओर आकृष्ट कर रहे थे। आम्रवृक्षों की शाखा-प्रशाखाओं पर आम्रमंजरी स्वत: तो बौरा ही रही थी, अपने संपर्क में आने वाले व्यक्तियों को भी बौरा रही थी। अमराई के सघन झुरमुट में बैठी हुई कोयल कुहू-कुहू कर पथिकों को जब-तब टोक देती थी। परंतु तन में स्फूर्ति तथा मन में उल्लास लेकर अगस्त्य तथा उनके साथी तत्परता के साथ आगे, निरंतर आगे बढ़ते जा रहे थे।

मार्ग में जहाँ भी ऋषि-आश्रम दिखाई देता वे वहाँ असुरों के उत्पात से उत्पन्न आतंक की टोह तो लेते ही, वहाँ के सामाजिक, सांस्कृतिक व धार्मिक परिवेश की जानकारी भी प्राप्त करते, वहाँ की समस्याओं का ज्ञान प्राप्त करते और उनके संभावित उपाय भी उन्हें सुझाते। और···और केवल ऋषि-आश्रमों में ही नहीं, समस्त आर्य-बस्तियों से भी जीवंत संपर्क स्थापित करने का प्रयास करते।

किंतु जैसे-जैसे वे आगे बढ़ते, उन्हें लगता कि इल्बल-बिल्बल के अत्याचार भी उनकी पदचाप के साथ आगे और आगे निकल गए हैं। कहीं-कहीं तो किसी आश्रम या आर्यबस्ती के सिरे पर उन्हें अस्थियों के ढेर भी दिखाई पड़ते। देखते ही अगस्त्य का मन उद्विग्न एवं व्यग्र हो उठता। अनाचार व अत्याचार की कथाएँ सुनते-सुनते प्राय: उनकी आँखों के कोए भीग जाते। फिर भी साहस के साथ वे आगे बढ़ रहे थे, जैसे आगे बढ़ना तथा इल्बलपुर पहुँचना ही उनके जीवन का लक्ष्य हो।

अंतत: वे एक बस्ती के निकट पहुँचे, उस बस्ती के निकट जिससे इल्बलपुर मात्र चार योजन दूर था। यहाँ आकर बस्ती से कुछ हटकर एक मैदान में अगस्त्य अपने साथियों के साथ रुक गए और वहीं से इल्बलपुर की गतिविधियों की टोह

लेने लगे। किंतु''किंतु उनका गंतव्य स्थल तो इल्बलपुर था। अत: कुछ दिन वहाँ रुककर वे इल्बलपुर आ गए और उसके दक्षिण में कुछ कुटीरें बनाकर रहने लगे। अगस्त्य जानते थे कि अपने लक्ष्य के निकट ही नहीं, मृत्यु के निकट भी हैं। अत: वह तो स्वयं सजग व सन्नद्ध रहते ही थे, लोपामुद्रा तथा शिष्यों को भी प्रतिक्षण सजग व सन्नद्ध रहने के लिए कहा करते थे।

एक दिन एक गुप्तचर उनके पास आया और उनसे उनके नाम, वास-स्थान, कार्य आदि के संबंध में प्रश्न करने लगा। अगस्त्य ने सबको पूर्व में ही बता रखा था कि अपना वास्तविक नाम, स्थान व काम का पता नहीं बताना है, अस्तु, प्रवर ने पूर्व से निश्चित काल्पनिक नाम, स्थान व काम आदि बता दिए। गुप्तचर को लगा कि ये अत्यंत महत्त्वपूर्ण व्यक्ति भले ही न हों, परंतु आर्य-संस्कृति के संवाहक, प्रचारक व प्रसारक तो हैं ही, अस्तु, उन पर दृष्टि तो रखनी ही होगी, असुराधिप इल्बल को उनके यहाँ आकर रुकने की सूचना भी देनी होगी। अस्तु, वह सीधा इल्बल के पास पहुँचा और उन्हें बताया कि नगर के दक्षिण में कुछ संदिग्ध व्यक्ति रुके हुए हैं। इल्बल ने उन पर सतत दृष्टि रखने को कहा और उनसे स्वत: मिलकर उनका भेद ज्ञात करने के अवसर की प्रतीक्षा करने लगा।

धीरे-धीरे कुछ दिन और व्यतीत हो गए। एक दिन इल्बल स्वत: अगस्त्य के सम्मुख उपस्थित हुआ और शिष्टता व विनम्रता के साथ बोला, ''ऋषिवर, कल समस्त शिष्यमंडली के साथ अपनी पगधूलि से मेरी कुटिया को पवित्र करने की कृपा करें।'' ऋषि तो इस अवसर की प्रतीक्षा में ही थे अत: बिना किसी नुननुच के उन्होंने स्वीकृति दे दी, और इल्बल के जाने के पश्चात् उन्होंने लोपामुद्रा तथा शिष्यों से कहा, ''हम सबको कवच व अस्त्र-शस्त्र धारण कर कल मध्याह्न में इल्बल का आतिथ्य ग्रहण करने चलना है।''

दूसरे दिन जब अगस्त्य लोपामुद्रा तथा शिष्यों के साथ इल्बल के अतिथिगृह में पहुँचे तो इल्बल ने स्वत: उनके पैर धुलवाने की व्यवस्था की और सम्मानपूर्वक उन्हें समुचित आसन प्रदान किए। अगस्त्य को लगा, जैसे वह असुराधिप इल्बल के अतिथिगृह में नहीं, किसी संभ्रांत आर्य गृहपति के घर बैठे हों। एकाधा बार तो उनके मन ने उन्हें यह भी कहा कि इल्बल के संबंध में उन्होंने जो कुछ सुना है, वह मिथ्यापवाद-भर है, वास्तविकता नहीं।

''मैं अभी आता हूँ।'' कहकर इल्बल बाहर निकला तो ऋषि का विचार-प्रवाह दूसरी ओर मुड़ा। उन्हें लगा, धोखा हो सकता है। अस्तु, उन्होंने लोपामुद्रा को लक्ष्य कर कहा, ''तुम सब सतर्क एवं संघर्ष के लिए सन्नद्ध रहना, मैं प्रवर को लेकर पाकशाला की टोह लेने जा रहा हूँ।''

''ठीक है, जाइए'' लोपामुद्रा ने कहा और ऋषि की ओर देखने के लिए तत्पर हुईं, परंतु तब तक तो अगस्त्य प्रवर को साथ लेकर घृत की सुगंध के सहारे पाकशाला

के द्वार पर आ खड़े हुए। उन्होंने देखा द्वार एकदम निभृत है, न कपाट लगे हैं, न कोई प्रहरी है। वे सतर्कता तथा तत्परता के साथ अंदर प्रविष्ट होकर बाईं ओर को मुड़े। उन्होंने देखा कि एक राजपुरुष एक भृत्य को एक थाल में धतूरा व संखियादि देकर शाक-भाजी में मिलाने का निर्देश दे रहा है। सुनते ही वे चौकन्ने हो गए। अगस्त्य ने संकेत से प्रवर को भृत्य के हाथ से थाल छीन लेने के लिए कहा और वह स्वत: उस राजपुरुष से, जिसे कि उन्होंने अनुमान से बिल्बल समझा था और जो वस्तुत: बिल्बल था भी, निबटने के लिए चल पड़े।

प्रवर ने आगे बढ़कर उस भृत्य के हाथ से थाल छीनकर दूर फेंक दिया और उस भृत्य की पीठ पर इतने जोर से मुक्का मारा कि वह रक्त की वमन कर उठा। अभी वह सम्हल भी न पाया था कि प्रवर ने उसे एक जोर की लात मारी। उसका प्रहार होते ही वह चीख कर नीचे लुढ़क गया और सहायता के लिए पुकारने लगा। सुनते ही बिल्बल उसकी ओर झपटने के लिए लपका, परंतु अगस्त्य की सुदृढ़ बाँहों ने उसे पकड़कर पीछे धकेल दिया और फिर उसे एक ऐसा धक्का दिया कि वह मुँह के बल गिर पड़ा।

इस बीच प्रवर ने भृत्य को घसीटकर एक कमरे में डाल दिया और उसके किवाड़ लगा दिए। फिर वह पाकशाला की ओर बढ़ा। यहाँ आते ही उसने धनुष-बाण निकाला और दो पाचकों को लक्ष्य कर उन पर हल्के से शरसंधान कर दिया। आहत होकर वे दोनों भागे, तो अन्य पाचक भी वहाँ खड़े न रह सके। सभी भाग खड़े हुए और जिसे भी जहाँ स्थान मिला वहाँ जाकर छिप गया। पाकशाला खाली हो गई, तो प्रवर अगस्त्य की खोज लेने पुन: प्रवेश-द्वार की ओर चल पड़ा।

इधर बिल्बल ने उठकर अगस्त्य पर अपनी कृपाण से प्रहार किया; परंतु अगस्त्य ने तो कवच धारण कर रखा था, अत: बिल्बल का यह प्रयास पूर्णत: असफल रहा। अब तक अगस्त्य भी संघर्ष करने के लिए तत्पर हो गए थे। अस्तु, उन्होंने अपने वस्त्रों के नीचे छिपे हुए कृपाण को निकाला और बिल्बल से भिड़ गए। आघात-प्रत्याघात के इस क्रम से अवसर पाकर उन्होंने बिल्बल के कंठ पर जमकर प्रहार किया। फिर क्या था, रक्त का पनाला बहाता हुआ वह वहीं गिर गया। उधर जो पाचक इधर-उधर छिप गए थे, बिल्बल तथा अगस्त्य को संघर्ष करते हुए देखकर अपने स्वामी को बचाने के लिए चुपके से बाहर आए, किंतु जैसे ही वे बिल्बल की ओर बढ़ने को तत्पर हुए, प्रवेश-द्वार की ओर से लौटते हुए प्रवर की दृष्टि उन पर पड़ गई। उन्हें देखते ही प्रवर ने अपना कर्तव्य निश्चित कर लिया और उन्हें अपने खड्ग के प्रखर प्रहारों से काटकर वहीं धराशायी कर दिया। जब यह सब हो गया तो अगस्त्य तथा प्रवर ने उनके शवों को घसीटकर एक प्रकोष्ठ में पटक दिया तथा उसके किवाड़ लगा दिए। इसके पश्चात् वे दोनों पाकशाला की ओर मुड़े और वहाँ से कुछ खाद्य सामग्री लेकर वे सीधे अतिथिगृह पहुँचे। यहाँ आकर उन्होंने

सबके सामने पत्तलें परोस दीं और उन पर शाक-भाजी आदि को इस प्रकार छिटक दिया जिससे किसी भी दर्शक को देखकर सहज ही यह समझ में आए कि वे सब भोजन कर चुके हैं और भोजनोपरांत गृहपति की अनुमति-भर लेने के लिए रुके हुए हैं।

जब यह सब हो चुका, तो अगस्त्य ने देखा कि अतिथिगृह के आगे कुछ सैनिक आ गए हैं। हो सकता है इल्बल को बिल्बल का वध किए जाने की सूचना मिल गई हो। अत: वह तो सतर्क हो ही गए, लोपामुद्रा तथा शिष्यों को भी उन्होंने सतर्क एवं संघर्ष के लिए सन्नद्ध रहने के लिए कहा।

इल्बल अपनी योजनानुसार सैनिकों को अतिथिगृह के द्वार पर भेजकर जैसे ही पाकशाला की ओर मुड़ा, उसने देखा वहाँ न तो कोई पाचक है और न कोई परिचारक ही। आखिर ये सब कहाँ गए होंगे ? अतिथिगृह में ? हो सकता है, वहीं गए हों। परंतु कम-से-कम पाचकों को तो यहाँ रहना ही चाहिए था। इल्बल को इस स्थिति की कल्पना नहीं थी, अत: व्यग्र व उद्विग्न होकर वह आगे बढ़ा। यद्यपि उससे थोड़ी ही दूर पर कुछ रक्त बिखरा पड़ा था, परंतु शीघ्रता के कारण वह उस ओर ध्यान न दे सका और आगे बढ़ गया।

अतिथिगृह में आकर उसने देखा कि अतिथि भोजन कर निवृत्त हो चुके हैं और जाने के लिए उद्यत हैं; परंतु यहाँ भी न तो कोई पाचक है, न परिचारक या बिल्बल ही। उसे लगा कहीं कुछ गड़बड है, फिर भी उसने अपनी घबड़ाहट को अतिथियों पर प्रकट नहीं होने दिया और मुस्कराते हुए बोला, ''भोजन हो गया, ऋषिवर ? यहाँ कोई परिचारक तो है ही नहीं, आप भूखे तो नहीं रह गए ?''

''नहीं, बंधु,'' इल्बल की बात सुनकर अगस्त्य ने कहा, ''हम लोग छककर खा चुके हैं। परिचारक अभी-अभी तो परोस कर गए हैं, क्या मार्ग में आपको नहीं मिले ?''

''नहीं तो, हो सकता है वे सब दूसरे मार्ग से गए हो।'' अगस्त्य के कथन पर विश्वास कर इल्बल कुछ-कुछ स्वस्थ चित्त होने को हुआ और उसने पुन: पूछा, ''भोजन पूरा हो गया न, ऋषिवर ?''

''निश्चित रूप से।'' कहकर अगस्त्य चुप कर गए।

आश्वस्त होकर इल्बल ने कहा, ''बिल्बल मेरे भाई कहाँ हो, आओ, तुम्हें मैं तुम्हारा अग्रज इल्बल बुला रहा हूँ। आओ, विलम्ब न करो। देखो मैंने तुम्हारे लिए कितना सुस्वादु भोजन जुटाया है।''

साश्चर्य इल्बल ने देखा कि उसके इस कथन की कोई वांछित प्रतिक्रिया नहीं हुई। यह प्रथम अवसर था जब अतिथि भोजन करने के बाद भी अचेत नहीं हुए थे तथा उसकी पुकार पर बिल्बल गुप्त स्थान से निकल कर उसके, इल्बल के, सामने प्रकट नहीं हुआ था। अत: सशंकित होकर इल्बल ने बार-बार गुहार लगाई, परंतु

न तो बिल्बल प्रकट हुआ और न ही कोई उत्तर मिला। देखते ही वह आगबबूला हो उठा और प्रज्वलित नेत्रों से अगस्त्य की ओर देखकर बोला, "दुष्ट, चुप क्यों है, बता मेरा बिल्बल कहाँ है ?"

सुनकर अगस्त्य ने ठहाका लगाया, और फिर बोले, "बिल्बल को मैंने वहाँ भेज दिया है, जहाँ से वह कभी लौटकर नहीं आएगा, कभी। यदि तुम उससे मिलने को बहुत अधिक आतुर हो, तो चिंता न करो, मैं तुम्हें भी वहाँ भेज सकता हूँ।"

इल्बल को अब तक हल्की-सी शंका-भर थी, अब उसे विश्वास हो गया कि बिल्बल को अतिथियों ने ही मार कर फेंक दिया है, और पाचक व परिचारकों को भी या तो डरा-धमका कर भगा दिया है अथवा मारकर उनके शव कहीं छिपा दिए हैं। अस्तु, क्रुद्ध होकर उसने अपना कृपाण निकाला और अगस्त्य के वक्ष पर जमकर प्रहार किया। अगस्त्य सतर्क थे ही, वह तत्काल बाईं ओर को मुड़े और अपना खंग खींचकर वे भी इल्बल से भिड़ गए। प्रहरियों ने देखा कि अतिथियों तथा असुराधिप इल्बल के मध्य युद्ध प्रारंभ हो गया है, तो वे भी चुप न कर सके। उन्होंने भी अतिथियों को युद्ध के लिए ललकारा। फिर क्या था, प्रवर व अन्य शिष्य ही नहीं, लोपामुद्रा भी उनसे सशस्त्र युद्ध करने में संलग्न हो गए। एक क्षण में ही अतिथिगृह युद्धस्थल में बदल गया।

अगस्त्य को लगा कि इल्बल भारी पड़ रहा है, अस्तु, उन्होंने प्रवर से धनुष-बाण लिया और अपनी पूरी शक्ति लगा कर एक बाण खींचा तथा इल्बल के वक्ष को लक्ष्य बनाकर छोड़ दिया। बाण ठीक स्थान पर लगा, अस्तु, रक्त की धारा बह निकली, परंतु इल्बल न तो नीचे गिरा और न ही उसने हार स्वीकार की। त्वरित गति से उसने अपना धनुष-बाण निकाला और अगस्त्य का लक्ष्य कर बाण चलाने लगा। किंतु अगस्त्य भी अनाड़ी नहीं थे, वह भी युद्धकला में निष्णात थे। अत: वह न केवल उसके प्रहारों से अपने-आपको बचाने में सफल हो सके, बल्कि उन्होंने अपने तीक्ष्ण बाणों से उसके शरीर को भी जर्जर कर दिया, और फिर कृपाण के कठोर प्रहार से उसके सिर को धड़ से अलग कर दिया।

प्रवर, लोपामुद्रा तथा अन्य शिष्यों ने कुछ सैनिकों को अब तक मृत्यु के घाट उतार ही दिया था, शेष को भागने का अवसर न देने के विचार से उन्होंने कृपाण व बाणों के प्रहार से इतना आहत कर दिया कि वे वहाँ से भागकर अन्य व्यक्तियों को युद्ध की वर्तमान स्थिति की सूचना न दे सकें।

अब अगस्त्य ने विजयी मुद्रा में इधर-उधर देखा, कहीं कोई युद्ध करने की स्थिति में नहीं था। बहुत-से मर चुके थे, और जो शेष बचे थे, वे भी मृत जैसे थे। अस्तु, उन्होंने लोपामुद्रा तथा शिष्यों को तत्काल वह स्थान छोड़ने के लिए कहा, और धनुष-बाण लेकर अतिथिगृह के बाहर आ गए। मार्ग में उन्हें कहीं किसी ने नहीं टोका, स्यात् किसी को कुछ पता ही नहीं था, अत: वे सरलतापूर्वक अपने

आश्रम में आ गए, और वहाँ न रुककर अपना सामान समेटकर तत्काल वहाँ से आगे के लिए चल पड़े, और···और कुछ दूर जाकर ही रुके।

8

आजकल जिसे उत्कल प्रदेश के नाम से अभिहित किया जाता है, उसके पूर्वी भूभाग पर समुद्र-तट से दूर, पर्याप्त दूर, काँटों की बागड से आवृत्त विस्तृत क्षेत्र में एक आश्रम बसा हुआ था। उसमें छात्रावास, आचार्य-निवास, अध्यापन-कक्ष, अतिथिगृह, ऋषि-आवास तथा कर्मकरों की चार सौ से अधिक लघु-वृहत कुटियाएँ बनी हुई थीं। सभागार के पश्चिम में कुलपति निसंग का आवास था। यज्ञशाला सभागार के पार्श्व में स्थित थी। गौशाला आश्रम से सटे हुए उत्तरी भूभाग के विस्तार को घेर कर बनाई गई थी। इसी के पार्श्व में गोचर भूमि थी, जहाँ आश्रम की गायें प्रायः अपना आहार ग्रहण किया करती थीं। उत्तर तथा पश्चिम में सरोवर तो थे ही, दो-तीन कुएँ भी खोद लिए गए थे। गोचर भूमि से लगी हुई जो भूमि थी, वह आश्रम की खेती के उपयोग में आती थी, और इन जलाशयों से उसकी नियमित सिंचाई की जाती थी।

आश्रम अपनी शैक्षिक श्रेष्ठता के लिए दूर-दूर तक विख्यात था। कुलपति निसंग के लौकिक एवं आध्यात्मिक ज्ञान का लोहा उस क्षेत्र के विद्वान ही नहीं तत्कालीन आर्यावर्त के ऋषि भी मानते थे, और प्रायः अपने अध्येताओं को शिक्षा ग्रहण करने के लिए कुलपति निसंग के गुरुकुल में भेजते थे। गुरुकुल के उत्तर-पश्चिम में कुछ दूरी पर छोटी-छोटी आर्य-बस्तियाँ थीं, जिनमें कृषक, श्रमिक, खनिक, वणिक तथा कर्मकर रहते थे।

वृत्रासुर के शासन-काल में क्षेत्र में जो अशांति, अव्यवस्था तथा भय की विभीषिका थी, वृत्रासुर के वध तथा कालकेय असुरों के पलायन के कारण वह धीरे-धीरे कम होती जा रही थी। लोगों में निश्चिंतता तो अभी भी नहीं थी, परंतु इस आतंक तथा संत्रास से, जिसने उनके जीवन को जड़ीभूत बना दिया था, वे अपने-आपको कुछ मुक्त-सा पाते थे। अस्त्र-शस्त्र तो उनके पास पहले भी नहीं थे, अब वे उनकी ओर से उदासीन जैसे हो चले थे। फिर भी आश्रम की सुरक्षा के लिए कुछ दंडधर उसके प्रवेश-द्वार तथा पृष्ठ भाग पर सदैव उपस्थित रहते थे, परंतु सुरक्षा के स्थान पर वे सतर्कता पर ही अधिक बल देते थे।

अग्रहायण मास की अमावस्या थी। अर्द्धरात्रि का समय था। चारों ओर घुप

अँधेरा था। वातावरण में घोर सन्नाटा था। कुलपति निसंग ही नहीं, आचार्य व उपाध्याय खर्राटे भर रहे थे। अंतेवासी गंभीर निद्रा में मग्न थे, केवल कुछ दंडधर जाग रहे थे। सहसा समुद्र की ओर से कुछ उल्काधारी आते हुए दिखाई दिए। यह एक नया अनुभव था। दंडधर उन्हें देखकर पहले तो चौंके, फिर सशंकित हुए। यह सब होने पर भी वे यह न सोच सके कि वे कौन हो सकते हैं तथा क्यों आए हैं । अतः भयभीत होने पर उन्होंने कुलपति निसंग को उल्काधारियों के आने की सूचना नहीं दी, चुपचाप उनकी गतिविधियों को देखते रहे।

अकस्मात् दो उल्काधारियों के साथ कुछ खड्गधारी आश्रम के प्रवेश-द्वार पर आए। उनमें से एक ने दंडधर के हाथ से दंड छीन लिया और दूसरे ने खड्ग निकालकर उसकी ग्रीवा पर चला दिया। पलक बीतते-बीतते दंडधर प्रहरी का सिर धड़ से अलग हो गया। देखते ही दूसरे दंडधर बचाओ-बचाओ कहकर आश्रम में इधर-उधर भागे। कोलाहल सुनकर कुछ आश्रमवासी उठ बैठे और प्रवेश-द्वार की ओर दौड़े, परंतु…

परंतु खड्गधारी असुरों ने उन्हें आगे नहीं बढ़ने दिया। खड्ग के कठोर प्रहार से काटकर उन्हें वहीं धराशायी कर दिया, और आगे बढ़ने को हुए। ठीक इसी बीच आचार्य अतुल ने एक बड़ा-सा पत्थर उठाकर एक खड्गधारी के सिर पर फेंका। खड्गधारी ने पीछे हटकर अपना सिर बचाने का प्रयास किया, परंतु पत्थर के प्रहार से वह अपने-आपको पूरी तरह न बचा सका। पत्थर खड्गधारी असुर के कंधे को तोड़ता हुआ, उसके दाएँ घुटने से जा टकराया। टक्कर लगते ही खड्गधारी आह करता हुआ नीचे गिर गया और छटपटाने लगा। आचार्य अतुल ने अब छोटे-छोटे पत्थर उठाए और आड़ में खड़े होकर असुरों पर प्रहार करने लगे। आगंतुकों को लगा कि आश्रमवासी जाग गए हैं, और लड़ने के लिए भी उद्यत हो सकते हैं, शस्त्र-बल में हम से सशक्त हों या नहीं, परंतु संख्या-बल की दृष्टि से तो सशक्त हैं ही, अस्तु वे अपने आहत साथी को उठाकर भाग खड़े हुए।

कुलपति निसंग जागकर अपनी कुटिया के बाहर आ गए थे और प्रकाश की व्यवस्था करने के लिए कह रहे थे। ठीक इसी बीच किसी व्यक्ति ने यज्ञकुंड में इधर-उधर जलती हुई समिधाओं को एक-दूसरे पर रखकर इस प्रकार जमाकर रख दिया कि वे अपनी प्रखर ज्योति इधर-उधर फैलाकर धधक उठीं। इन समिधाओं के प्रकाश में कुलपति निसंग, आचार्य अतुल तथा कुछ अन्य लोगों ने देखा कि दंडधर सहित चार व्यक्ति इस संघर्ष में मारे गए हैं, और…और कुछ आहत भी हुए हैं। देखते ही निसंग के नेत्र छलछला आए, वे अत्यंत अधीर एवं दुःखी हो गए। आचार्य अतुल को लगा कि यदि हम सब इसी प्रकार अधीर एवं दुःखी हुए तो जो मृत हो गए हैं, वे तो हो ही गए हैं, आहत भी मृत हो सकते हैं। अतः बोले, "गुरुदेव, यह समय धैर्य खोने तथा दुःखी होने के लिए उपयुक्त नहीं है। यदि हमने इस समय

का उपयोग समुचित उपचार के लिए नहीं किया, तो मृत तो मृत हो ही गए हैं, आहत भी मृत हो सकते हैं।''

''सच है,'' कहकर निसंग आहतों की ओर बढ़े। अतुल आश्रम के वैद्य व शल्य चिकित्सकों को एकत्र करने के लिए दूसरी ओर चले गए। थोड़ी ही देर में वैद्य ने आहतों के घावों को धोकर उन पर जड़ी-बूटियों का लेप कराया, गर्म दूध में जड़ी-बूटी का चूर्ण घोलकर पिलाने को दिया तथा उन्हें उठाकर उपचार-गृह में लिवा लाए।

कुलपति निसंग ने कहा, ''दाह-संस्कार तो प्रातःकाल ही किया जा सकेगा फिर भी मृत आश्रमवासियों के शवों का इस प्रकार यहाँ पड़ा रहना उचित नहीं होगा, अस्तु, इन्हें सभागार के निकट उचित स्थान पर ससम्मान रखवा दिया जाए। दाह-संस्कार के पश्चात् सद्य प्राप्त चुनौतियों से निबटने के उपायों पर विचार किया जाएगा।''

आचार्य अतुल कुलपति के निर्देशानुसार शवों को उठवाकर रखने के कार्य में जैसे ही संलग्न हुए, निसंग अपनी कुटिया में आ गए, परंतु यहाँ आकर भी वह अपने बिस्तर पर न लेट सके। लेटते भी कैसे ? उनका मन उन्हें बार-बार धिक्कारता, कहता, 'निसंग, तुम कैसे कुलपति हो कि तुम्हारी उपस्थिति में ही लोग बाहर से आकर तुम्हारे अपने लोगों को काटकर निर्द्वंद्व भाग जाते हैं, और तुम चाहकर भी न तो उन्हें बचा पाते हो, और न उनके इस दुष्कृत्य के लिए उन्हें दंडित ही कर पाते हो ? धिक्कार है तुम्हें ! किंतु⋯'

किंतु जब उत्ताप कुछ थमा, कुछ हल्का हुआ, तो उनका विचार-प्रवाह दूसरी ओर मुड़ गया। उनके मन में आया, कुलपति के नाते गुरुकुल के समस्त लोगों के भरण- पोषण तथा शिक्षण-प्रशिक्षण का जो दायित्व वह निभा रहे हैं, परिस्थितियों की प्रतिकूलता में वही कम नहीं है। यदि वह रक्षा-व्यवस्था भी सँभाल लें, तब तो एक वाहिनी ही खड़ी करनी पड़ेगी, और⋯और संभव है, वाहिनी खड़ी करने पर गुरुकुल गुरुकुल न रहकर छावनी बन जाए। क्या ऐसा करना उचित होगा ? स्यात् हाँ, स्यात् नहीं। निसंग समझ नहीं पा रहे थे कि उन्होंने कहाँ तथा क्या भूल की थी, परंतु⋯परंतु उन्हें लगता था कि आज जो कुछ हुआ है, वह बुरा तो है ही, इससे भी और अधिक बुरा निकट भविष्य में ही हो सकता है। तब⋯तब क्या करें वह ?

सोचते-सोचते निसंग लेट गए, स्यात् विचार-भार को न सह पाने के कारण वह स्थिर न रह सके। किंतु⋯किंतु लेटने पर भी क्या उनका मन विश्राम पा सका ? नहीं। हठात् उनके मन में आया, वृत्रासुर-वध के पश्चात् कालकेय असुर यहाँ से भाग गए थे और क्षेत्रवासी अपने-आपको कुछ-कुछ सुरक्षित समझने लगे थे। किंतु दो-तीन वर्ष बीतते-बीतते यह सूचना आने लगी थी कि कालकेय असुर रात्रि में समुद्र से निकलकर बाहर आते हैं और आश्रम तथा आर्य-बस्तियों पर सशस्त्र आक्रमण

कर आर्यों को मार-काटकर भाग जाते हैं। परंतु अब तक उन सबके लिए यह एक समाचार था, दुःखद घटना नहीं। किंतु लगता है आज की घटना जैसे भावी घटना-शृंखला की पहली कड़ी हो। ऐसी अवस्था में इसे अनदेखा कैसे किया जा सकता है ?...कैसे ? लेकिन उन्हें क्या करना होगा ? क्या ?

पलायन...? यह भी एक उपाय हो सकता है, परंतु पलायन किधर ? यही तो समझ में नहीं आता। क्षणभर के लिए निसंग चिंतन को विराम देकर रुक जाते हैं, फिर...फिर उन्हें लगता है, हाँ, वर्तमान में उन्हें यहाँ से पलायन करना ही होगा। सुना है, यहाँ से कुछ ही दूरी पर अगस्त्य ऋषि का आश्रम है। उनके साथ सक्षम तथा प्रशिक्षित जन सैनिक हैं, और उत्तम कोटि के अस्त्र-शस्त्र भी।...किंतु वह हम सबका भार अपने ऊपर क्यों लेंगे ? निसंग के मन में सहसा संदेह का उत्स फूट पड़ा। उन्हें लगा, अगस्त्य के पास जाकर हमें निराश होकर ही लौटना पड़ेगा। तब वह अन्य किसी विकल्प पर विचार क्यों न करें ? स्यात् यही ठीक रहेगा।

किसी की पदचाप सुनकर निसंग ने कुटिया के प्रवेश-द्वार पर जैसे ही दृष्टि डाली, उन्होंने देखा कि आचार्य अतुल खड़े हुए हैं, और प्राची के गवाक्ष से भुवन-भास्कर उन दोनों को देखकर अनुराग की लालिमा से रक्ताभ हो उठे हैं। निसंग सम्हल कर बैठ गए और बोले, ''आचार्य, शौचादि से निवृत्त होकर मैं अभी-अभी वहाँ आ रहा हूँ, तब तक दाह-संस्कार की व्यवस्था करो। आते ही हम, तुम दोनों शवों को स्नान कराएँगे।''

''ठीक है, आपको सूचित करने आया था। अब मैं चलता हूँ। आपको वहीं मिल जाऊँगा।'' कहकर आचार्य अतुल लौट आए और कुछ साथियों को पास के वन से बाँस काट लाने के लिए भेजकर वहीं बैठ गए।

कुलपति निसंग के आने पर आचार्य अतुल ने शवों को स्नान कराया, साफ-स्वच्छ वस्त्र पहनाए और जैसे ही बाँस प्राप्त हुए, अर्थियाँ बनाकर शवों को उन पर लिटाया और श्मशान की ओर चल पड़े। यहाँ आकर शवों को रखकर लोग चिताएँ चुनने लगे, और चिताएँ बनकर तैयार हो गईं तो शवों को उन पर रखकर ऋषि ने मुखाग्नि दी, और 'लोमभ्य: स्वाहा:, लोमभ्य: स्वाहा, त्वचे स्वाहा, त्वचे स्वाहा, लोहिताय स्वाहा, लोहिताय स्वाहा, मेदोभ्य: स्वाहा, मेदोभ्य: स्वाहा, माक्ष्सेभ्य: स्वाहा, माक्ष्सेभ्य: स्वाहा, स्नावभ्य: स्वाहा, स्नावभ्य: स्वाहा, ऽस्थभ्य: स्वाहा:, ऽस्थभ्य: स्वाहा, मज्जभ्य: स्वाहा:, मज्जभ्य: स्वाहा, रेतसे स्वाहा:, पायवे स्वाहा:' मंत्रों का उच्चारण करते हुए घृत तथा हविष्यान्न की आहुतियाँ दीं। शव धूधू कर जल उठे। यद्यपि निसंग व अतुल इस ज्वाला से पर्याप्त दूर थे, परंतु उन्हें लग रहा था, जैसे शवों के साथ-साथ उनकी आशा-आकांक्षाएँ ही नहीं वे स्वत: भी जल रहे हों।

अकस्मात् एक ब्रह्मचारी ने निसंग के कान में बुदबुदाते हुए कहा, ''गुरुदेव, दो युवक धनुष-बाण लिए हुए इधर ही बढ़े चले आ रहे हैं, ऐसा न हो कि हम पर

आक्रमण कर दें। अस्तु,…''

''अच्छा, किधर ?''

''वह उस ओर, इधर, हाँ-हाँ इधर ही देखिए न। वह रहे।''

''हूँ'' निसंग ने सामने दृष्टि दौड़ाई तो देखा कि सचमुच दो व्यक्ति उनकी ओर बढ़े आ रहे हैं। 'कौन होंगे ये ? क्यों बढ़े आ रहे हैं ?' ऐसे कई प्रश्न निसंग के मन में एकसाथ आए। वह इन प्रश्नों पर विचार करने जा ही रहे थे कि उन्हें लगा कि आगंतुकों की आकृति आर्य पुरुषों जैसी लगती है, असुरों जैसी नहीं। अतः भय का कोई कारण नहीं लगता। फिर भी··फिर भी सतर्कता की दृष्टि से उन्हें ही उनकी ओर बढ़ना चाहिए, उन्हें ही··ऐसा निर्णय कर निसंग अपने स्थान से उठे और आगंतुकों की ओर बढ़ने को हुए ही थे कि वे स्वतः आ पहुँचे।

आते ही उन्होंने कुलपति को प्रणाम किया, और फिर विनत स्वर में बोले, ''आर्य, क्या हम भी इस दाह-संस्कार में सम्मिलित हो सकते हैं ?''

''अश्वयमेव।'' निसंग के स्वर में हल्की-सी आश्वस्ति थी।

जब चिताओं में लकड़ी डालकर तथा मृत व्यक्तियों को अपनी श्रद्धांजलि देकर आगंतुक कुलपति की ओर मुड़े तो उन्होंने पूछा, ''वत्स, क्या मैं तुम्हारा परिचय जान सकता हूँ ?''

''आर्य, मुझे प्रवर कहते हैं और यह हैं मेरे मित्र निश्शंक। हम दोनों ऋषि अगस्त्य के शिष्य हैं, ऋषिवर और उन्हीं के निर्देश पर इस क्षेत्र का सर्वेक्षण कर रहे हैं।'' अपना परिचय देते हुए प्रवर ने कहा।

''तो क्या ऋषि अगस्त्य यहीं कहीं पास में हैं ?'' साश्चर्य अतुल ने पूछा।

''बहुत पास में तो नहीं परंतु हैं इसी क्षेत्र में।'' इस बार निश्शंक ने अतुल का समाधान किया।

''चलो आश्रम में चलें, स्नानादि से निवृत्त होकर फिर चर्चा करेंगे।'' निसंग ने कहा। सुनते ही सब लोग अपने-अपने स्थान से उठ खड़े हुए और आश्रम में आकर स्नानादि कर अपने नित्य कर्म में जुट गए।

भोजन-विश्राम कर अब अतुल प्रवर, निश्शंक को लेकर निसंग के पास पहुँचे, तब पाँच-छः घड़ी दिन शेष होगा। निसंग उनके आगमन की प्रतीक्षा में ही थे। उनके पहुँचते ही उन्होंने सस्मित उनका स्वागत किया और कहा—

''वत्स, आज आश्रम जिस स्थिति में है, उसमें न तो वह स्वयं विश्राम कर सकता है और न किसी अन्य को ही विश्राम दे सकता है। अतः यह मानने का कोई कारण नहीं कि तुम्हें कष्ट व असुविधा नहीं हुई होगी। संतोष की बात यही है कि तुम स्वतः इस स्थिति से अवगत हो। अच्छा अब यह बताओ कि तुम अपनी सर्वेक्षण-यात्रा पर कब से निकले हो ?''

''आर्य, आप यह क्या कह रहे हैं, आपने हम दोनों को जो स्नेह, सौहार्द तथा

अपनत्व प्रदान किया है, उसे प्राप्त करने के उपरांत भी क्या कुछ अप्राप्य रह सकता है ? यदि नहीं तो कैसा कष्ट, कैसी असुविधा ? रह गई सर्वेक्षण-यात्रा की बात, सो उसे प्रारंभ किए हुए आठ-दस दिन हो रहे हैं।'' प्रवर के स्थान पर निश्शंक ने निवेदन किया।

''तब तो आप निश्चित रूप से महत्त्वपूर्ण निष्कर्षों पर पहुँचे होंगे।'' अतुल ने जिज्ञासा की।

निश्शंक ने प्रवर की ओर देखा, तो उसे लगा कि अतुल व निसंग दोनों की उत्सकुता एवं जिज्ञासा को शांत करने का दायित्व उस पर है, अस्तु, उसने कहा, ''ऋषिवर, स्थिति अत्यंत भयावह है। वृत्रासुर-वध के पश्चात् कालकेय असुर अपने-आपको अरक्षित समझकर पूर्वी द्वीप अशिमुपरी में जा बसे थे। गत कुछ वर्षों में वे संगठित ही नहीं सशक्त भी हुए हैं। अस्तु, समुद्री मार्ग से रात्रि के अँधेरे में आकर ऋषि-आश्रम तथा आर्य-बस्तियों पर आक्रमण करते हैं तथा उन्हें ध्वस्त कर पुनः सुरक्षित स्थान पर भाग जाते हैं। महानदी के उत्तरी तट को लाँघकर दक्षिणी तट पर आकर जब हम सर्वेक्षण करने के लिए आगे बढ़े, तो हमने देखा कि कई आश्रम व बस्तियाँ अधजली पड़ी हैं, उनके पास मानव-अस्थियों के ढेर पड़े हैं, गायों के कंकाल इधर-उधर बिखरे पड़े हैं। आश्रमवासी तथा बस्तियों में रहने वाले या तो तलवार के घाट उतार दिए गए हैं या सघन वन, पर्वत-कंदराओं में जाकर छिप गए हैं, और किसी प्रकार जीने का जुगाड़ कर रहे हैं। न कहीं वेद-ध्वनि सुनाई पड़ती है और न कहीं यज्ञधूम आकाश में उठता हुआ दिखाई पड़ता है। लगता है जैसे वायु भी सशंकित हो, आकाश भी डरा-सहमा हुआ हो। जिधर दृष्टि डालो उधर भय व आतंक की काली छाया दिखाई पड़ती है। अपनी इस सर्वेक्षण-यात्रा में हमें मिलने वाला यह प्रथम आश्रम है, जहाँ मानव चेहरे देखने को मिले हैं, जहाँ आर्यत्व अपनी संपूर्ण प्राणशक्ति के साथ न सही, परंतु श्वास-प्रश्वास तो ले रहा है।''

''किंतु मुझे लगता है,'' प्रवर के विचार-प्रवाह में अयाचित हस्तक्षेप करते हुए निश्शंक बोला, ''कि आज आश्रम पर पुनः आक्रमण हो सकता है, क्योंकि असुर अकृतकार्य होकर इतनी शीघ्र लौट जाएँगे, ऐसा विश्वास नहीं होता, विश्वास करने का कोई कारण भी नहीं है।''

''क्याऽऽ···आश्रम पर आज फिर से आक्रमण हो सकता है ? आज···आज ही ?'' निसंग कुछ हकला-से उठे थे, ''यह आप क्या कह रहे हैं ?···क्या ?''

''वही जो मैं अनुभव कर रहा हूँ।'' निश्शंक के स्वर में आत्मविश्वास की दृढ़ता थी।

''तो फिर आप हमें क्या करने को कहते हैं ?'' अतुल ने पूछा, ''पलायन तो इस समय और अधिक हानिकारक हो सकता है, नहीं हो सकता क्या ?''

''चिंता न करें आचार्य,'' प्रवर ने ओजपूर्ण शब्दों में कहा, ''निश्शंक तथा मैं

तो हैं ही, आश्रम के कुछ युवा ब्रह्मचारियों को भी युद्ध करने का हल्का-फुल्का अभ्यास करा देते हैं। मैं प्रवेश-द्वार पर रहूँगा, और निश्शंक पश्चिमी द्वार पर। क्यों निश्शंक, ठीक रहेगा न ?''

''मेरे विचार से हमें दोनों द्वारों के निकट लकड़ी के मंच खड़े कर लेने चाहिए और उन पर कुछ पत्थर आदि भी रख लेने चाहिए।'' व्यूह-रचना की योजना बताते हुए निश्शंक ने कहा, ''अपने साथ कुछ अतिरिक्त कृपाण व धनुष-बाण हैं ही, उनकी संचालन-प्रक्रिया कुछ लोगों की सिखा देनी चाहिए। उनसे आज तो कुछ सहायता मिलेगी ही, भविष्य में भी उसका उपयोग हो सकता है। कुलपति से मैं यह भी निवेदन करना चाहता हूँ कि गुरुकुल में युद्धकला के नियमित प्रशिक्षण का प्रावधान रहे, तो अत्युत्तम होगा।''

''मैं भी इससे सहमत हूँ।'' निश्शंक के प्रस्ताव की पुष्टि करते हुए प्रवर ने कहा, ''अच्छा अब चलो, मंच बनवाने की व्यवस्था करें तथा कुछ लोगों का चयन कर उन्हें अस्त्र-शस्त्र-संचालन का प्रशिक्षण भी दें।''

''ठीक है,'' कहकर निश्शंक अपने स्थान से उठ खड़ा हुआ। अतुल तथा प्रवर भी अपने-आपको अब वहाँ बैठा न रख सके। उन्हें उठते हुए देखकर निसंग ने कहा, ''यह तो तात्कालिक उपाय हुआ, प्रवर, मैं प्रस्तुत समस्या का स्थायी समाधान चाहता हूँ।''

''उसे भी प्राप्त करने का प्रयास करेंगे, ऋषिश्रेष्ठ।'' निसंग को आश्वस्त करने के ढंग पर प्रवर ने कहा, ''कुछ दिन यहाँ रहकर हम तनिक सुरक्षित बना दें। उसके पश्चात् हम गुरुदेव अगस्त्य की सेवा में उपस्थित होंगे, और उनसे इन असुरों से स्थायी त्राण दिलाने का अनुरोध करेंगे, ठीक है न ?''

प्रवर के इस कथन को सुनकर निसंग ने अपनी कोई प्रतिक्रिया प्रकट नहीं की, परंतु वे आश्वस्त जैसे प्रतीत हुए और उठकर उन सबके साथ सभागार तक आए। प्रवर ने ब्रह्मचारियों में से पंद्रह-बीस तरुणों को चुना और उन्हें ले जाकर बाण-संधान तथा कृपाण चलाने का प्रशिक्षण देने लगा। निश्शंक ने कुछ युवकों को लेकर पूर्वी तथा पश्चिमी द्वार पर बल्लियाँ गड़वाकर मंच खड़े करवाए, और चारों तरफ घूमकर सुरक्षा-व्यवस्था को और अधिक सुदृढ़ बनाने का उपक्रम करने लगा। जब सब कुछ व्यवस्थित हो गया, तो वह भी प्रशिक्षणार्थियों की ओर मुड़ा और प्रशिक्षण देने में संलग्न हो गया।

चलते-चलते निसंग ने सुझाव दिया कि रात्रि में आश्रम में दो-एक उल्काएँ जलती रहें, तो अधिक सुविधाजनक रहेगा। प्रवर ने कहा, ''मैं भी यह कहना चाहता था कि दोनों द्वारों पर दो उल्काएँ रहें तो लक्ष्यवेध में अपेक्षाकृत अधिक सफलता प्राप्त हो सकती है,'' अतुल बोला, ''इसकी भी व्यवस्था कर दी जाएगी, आप निश्चिंत रहें।''

धीरे-धीरे समय खिसकता गया। जब बीस घड़ी रात्रि बीतने को हुई, तो प्रवर ने देखा कि कुछ उल्काधारी सामने दिखाई तो पड़ रहे है, परंतु आगे बढ़ते हुए नहीं जान पड़ते। तो क्या उन्हें संभावित प्रत्याक्रमण की सूचना मिल गई है ? यदि ऐसा है, तो फिर आगे बढ़कर आक्रमण क्यों न किया जाए ?…नहीं-नहीं, शत्रु-बल का ठीक-ठीक अनुमान लगाए बिना आक्रमण करना ठीक नहीं रहेगा, प्रवर ने अपने-आपसे कहा और उपयुक्त अवसर की प्रतीक्षा करने लगा।

अकस्मात् उल्काएँ आगे बढ़ती हुई दिखाई दीं, और…और उनकी ओट में कुछ छायाएँ रेंगती-सी लगीं। प्रवर ने एक निश्चित संकेत किया, आश्रम के प्रहरी सतर्क हो गए। निश्शंक ने प्रत्यंचा पर बाण चढ़ा लिया और सहयोगियों को जगाकर उन्हें सावधान रहने के लिए कहा। निसंग व अतुल को भी सजग रहने का संकेत भेज दिया गया। कुछ ही क्षणों में आश्रमवासी युद्ध करने तथा युद्ध की विभीषिका को सहने के लिए तत्पर हो गए।

उल्का के प्रकाश में एक सैनिक को लक्ष्य कर प्रवर ने एक तीक्ष्ण बाण से उसके वक्ष पर प्रहार किया। बाण लगते ही वह चीखकर वहीं लुढ़क गया। दूसरे सैनिक को लगा कि तनिक-सी असावधानी भी प्राणघाती प्रमाणित हो सकती है, अतः प्रत्यंचा पर बाण रखकर वह लक्ष्य साध ही रहा था कि प्रवर ने उसकी दाईं भुजा पर बाण का प्रहार किया। भुजा तत्काल लटक गई। उधर निश्शंक ने आगे बढ़ते हुए सैनिकों पर अंधाधुंध बाण-वर्षा कर उन्हें आगे बढ़ने से रोका-भर नहीं, बल्कि उनमें से कई को मारकर भी नीचे गिरा दिया।

असुरों की युद्ध-योजना में आश्रमवासियों की हत्या, पशुओं की चोरी, अन्न-वस्त्र की लूट तथा कुटीरों को जलाना तो सम्मिलित था ही, यज्ञ-यागादि में बाधा डालना भी समाहित था, किंतु आश्रमवासियों की सन्नद्धता तथा युद्ध-तत्परता के कारण उनकी सभी योजनाएँ धरी रह गईं। प्रवर तथा उनके साथियों ने असुरों को प्रवेश-द्वार की ओर बढ़ते हुए देखकर पहले तो उन पर पत्थर व बाण बरसाए और जब वे इस सबसे रुकते हुए दिखाई न दिए, तो मंच से कूदकर वे खंग लेकर उनसे भिड़ गए, और उनमें से बहुतों को काटकर फेंक दिया, और शेष लोगों को इस प्रकार आहत कर दिया कि भागने का प्रयास करने पर भी वे भाग नहीं सके, वहीं गिर गए तथा रक्तस्राव की अधिकता के कारण कुछ ने तो वहीं पड़े-पड़े प्राण छोड़ दिए, किंतु कुछ रेंगकर इधर-उधर जा छिपे, और उषाकाल के पूर्व ही वहाँ से अन्यत्र चले गए।

दूसरे दिन कुलपति निसंग की अध्यक्षता में पुनः मंत्रणा-परिषद की बैठक हुई। उसमें रात्रिकालीन युद्ध की समीक्षा की गई तथा भावी रण-योजना पर भी विचार किया गया, और कुछ दिन तक इसी प्रकार रात्रि-जागरण कर शत्रु के आक्रमण को निष्फल व अप्रभावी बनाने का संकल्प व्यक्त किया गया।

रात्रिकालीन युद्ध में प्राप्त सफलता से प्रेरित व प्रोत्साहित कई तरुणों ने अस्त्र-शस्त्र-संचालन का प्रशिक्षण प्राप्त करने की इच्छा व्यकत की । अस्तु प्रवर व निश्शंक ने कुछ दिन तक वहीं रुकने का निर्णय लिया और उन सबको अस्त्र-शस्त्र-संचालन का प्रशिक्षण देने लगे।

कुछ ही दिनों में निसंग को लगा जैसे वह आश्रम में नहीं छावनी में रह रहे हों। किंतु···किंतु क्या वह अपने-आपको आश्वस्त कर सके ?···नहीं। क्यों ? क्योंकि उन्हें लगा कि यह आश्रम ही नहीं, समस्त देश व राष्ट्र भी तो उनका अपना है, और वह अरक्षित है, अरक्षित रहेगा भी, जब तक कि उसे किसी अगस्त्य का आश्रय नहीं मिलता, अवलंबन नहीं मिलता।

तब क्या करें निसंग ? क्या स्वत: अगस्त्य से मिलकर वह इसकी रक्षा करने का अनुरोध करें ?···स्यात् नहीं, हाँ नहीं, क्योंकि इसके लिए तो वह प्रतिश्रुत कृतसंकल्पित हैं ही···फिर भी, हाँ फिर भी उन्हें जाना चाहिए और उनके मार्ग-दर्शन में उनके कंधे से कंधा भिड़ाकर उन्हें अपना सहयोग देने का वचन देना चाहिए।

'क्या वह यह सब कर सकेंगे ?' निसंग ने पहली बार ही यह अनुभव किया कि उनमें स्यात् अपने प्रति भी आस्था की कुछ कमी है, किंतु कुछ ही क्षणों में स्वस्थ चित्त होकर जब उन्होंने कहा, 'कुछ भी क्यों न हो, वह अपने दायित्व को पूर्ण करेंगे,' तो उन्हें लगा जैसे वरुणदेव स्वत: उनके आगे स्वस्त्ययन की मुद्रा में प्रकट होकर उनका उत्साहवर्धन कर रहे हों।

आश्वस्त होकर निसंग ने जब अपनी आँखें खोलीं, तो उन्होंने देखा कि स्मिति-मुखी उषा उनका स्वागत करने के लिए प्राची के द्वार पर खड़ी हुई है। देखते ही वह मुस्करा उठे, और उस मुस्कान के साथ ही उनके मन से असमंजसजनित उदासी दूर चली गई, बहुत दूर।

लोपामुद्रा का तर्क अगस्त्य के गले नहीं उतरा। क्यों ? क्योंकि उनकी यह मान्यता थी कि "संस्कृति किसी भी जाति की प्राणशक्ति होती है। यदि हमने उसे ही नष्ट हो जाने दिया तो फिर उस जाति की अस्मिता कैसे बचेगी ? किसी प्रकार नहीं।"

लोपामुद्रा ऐसा मानने के लिए उद्यत नहीं थीं। उनका कहना था कि "विजातीय संस्कृति के सभी तत्त्व नितांत हेय एवं उपेक्षणीय नहीं होते, हो भी नहीं सकते। अस्तु, यदि उन्हें अपनी संस्कृति की प्रकृति के अनुरूप बनाकर अपनाया जाए, तो संस्कृति-संकरता की स्थिति में भी संस्कृति अथवा जाति के नष्ट होने की संभावना नहीं हो सकती।"

अगस्त्य का मत इससे कुछ भिन्न था। उनका कहना था कि "जब भिन्न आकृति, प्रकृति तथा संस्कृति रखने वाली जातियाँ एक-दूसरे के संपर्क में आएँगी तो वे जाने-अनजाने एक-दूसरे की संस्कृति को प्रभावित करेंगी ही, परंतु यदि हमने संस्कृति-

विशेष की श्रेष्ठता स्वीकार कर उसे सायास अपनाने का प्रयास किया, तो संबंधित संस्कृति की प्रकृति ही विकृत हो जायेगी, इतनी विकृत कि न तो हमारी संस्कृति ही हमारी संस्कृति रह जाएगी और न हम ही हम रह पाएँगे। अतः हमें इस प्रकार के अपमिश्रण को सतर्कतापूर्वक रोकना ही होगा।''

''परंतु आप ऐसा क्यों मानते हैं,'' अपने सुझाव का बचाव करते हुए लोपामुद्रा बोलीं, ''कि भिन्न संस्कृतियों के पारस्परिक मिलन का प्रभाव उनके अपने स्वभाव के विपरीत ही होगा ? मेरा विश्वास है कि कोई भी संस्कृति केवल उसी तत्त्व को आत्मसात् करेगी जो उसकी मूल प्रकृति के अनुकूल होगा।''

''आक्रांताओं की संस्कृति के प्रभाव को स्वेच्छया आत्मसात् नहीं किया जाता।'' अपनी असहमति को रेखांकित करते हुए प्रत्युत्तरस्वरूप अगस्त्य ने कहा, ''वह तो पराजितों पर बलात् लादा जाता है। इसलिए सांस्कृतिक अवदान के आदान-प्रदान के पूर्व आर्यों को विजेता बनाना होगा, विजेता। और···और आर्य-कालकेय संघर्ष के वर्तमान रूप को देखकर मैं विशेष आशान्वित नहीं हूँ, देवि।''

''परंतु आर्यों की आशा तो आप और मात्र आप पर ही टिकी हुई है, ऋषिवर !'' कुटिया में प्रविष्ट होने के पूर्व ही निसंग के ये शब्द कुटिया में आकर गूँज गए। सुनकर अगस्त्य ने प्रवेश-द्वार की ओर देखा, तो प्रवर, निश्शंक, निसंग व अतुल आते हुए दिखाई पड़े।

''पधारिएगा, आचार्यवर !'' अपरिचित को अनुमान से ही आचार्य समझकर अगस्त्य ने कहा, ''आपका हार्दिक स्वागत है। बैठिए और बताइए कि किसकी किस पर आशा टिकी हुई है ?''

''कालकेय असुरों के आक्रमणों से त्रस्त आर्य जाति की आशा आप और मात्र आप पर टिकी हुई है, ऋषिश्रेष्ठ।'' आसन ग्रहण कर निसंग ने अपना अभिमत व्यक्त किया।

''आर्यों में पौरुष का अभाव नहीं है, आचार्यवर,'' धीर गंभीर स्वर में अगस्त्य ने कहा, ''अभाव है संगठन-शकित का, अस्त्र-शस्त्रों की उत्तमता तथा उनके संचालन की क्रिया-प्रक्रिया की जानकारी का। क्यों प्रवर, तुम्हारे सर्वेक्षण के निष्कर्ष भी यही हैं अथवा कुछ भिन्न ?''

''ये सब तो है ही गुरुदेव,'' प्रवर तो अपना वृत्त निवेदन करने के अवसर की खोज में ही था, अतः जैसे ही अगस्त्य ने उससे पूछा, वह बोला, ''परंतु सर्वाधिक अखरने वाला अभाव है, समुद्र की अगाध जलराशि के आचमनकर्ता का।''

''और ऐसी सामर्थ्य आपको छोड़कर अन्य किसी में नहीं है।'' अपना मौन भंग करते हुए आचार्य अतुल ने कहा, ''आप ही संध्या करते समय तीन आचमनी जल का आचमन करने के समान समुद्र की अगाध जलराशि का पान कर सकते हैं, और यदि ऐसा हो सका, तो पराजय, पराभव की कगार पर खड़ी हुई आर्य जाति

विजय एवं कीर्ति का वरण कर सकती है।''

''क्या कुछ और स्पष्ट करने का प्रयास करोगे, वत्स ?'' निश्शंक की ओर उन्मुख होते हुए लोपामुद्रा ने जानना चाहा। अन्तराभिमुख होकर अगस्त्य चुप कर गए थे, लगता था जैसे वह गंभीर चिंतन में निमग्न हो गए हों।

लोपामुद्रा को अपनी ओर उन्मुख होकर कहते हुए सुनकर निश्शंक ने अपना गला साफ किया और बोला, ''कालकेय असुरों के आक्रमण से त्रस्त होकर ऋषि व अन्य आर्य या तो सघन वन में भाग गए हैं, या तलवार के घाट उतार दिए गए हैं। अपवादस्वरूप एकाध आश्रम या बस्ती को छोड़कर हमें कहीं भी जीवन की चहल-पहल दिखाई नहीं दी। पशु-पक्षी तक घबड़ाए हुए से लगे। आर्य धर्म, जीवन, दर्शन, सभ्यता व संस्कृति की प्राणशकित समाप्तप्राय जैसी हो गई है। अधिक क्या ? दक्षिण-पूर्वी तट की प्रकृति भी हमें कुछ डरी, कुछ सहमी जैसी प्रतीत हुई।''

''परंतु क्यों ?'' बहिर्मुख होकर अगस्त्य ने सीधा सपाट प्रश्न किया।

''क्योंकि'' निश्शंक के स्थान प्रवर ने समाधान किया, ''कालकेय असुर सम्मुख-युद्ध में विश्वास नहीं रखते। वे रात्रि के अँधेरे में चुपचाप आर्य-बस्तियों पर आक्रमण करते हैं और मार-काटकर समुद्र में जा छिपते हैं। उनके पास अस्त्र-शस्त्र तो उत्तम कोटि के हैं ही, उनकी वृत्ति भी आर्यों की तुलना में अधिक हिंस्र, अधिक पाशविक है। कुलपति निसंग की भी यही मान्यता है।''

''अच्छा तो आप कुलपति निसंग हैं।'' प्रवर द्वारा संकेतित दिशा की ओर देखते हुए अगस्त्य ने कहा, ''मैं आपके आश्रम में आने का विचार कर ही रहा था कि आप स्वत: आ गए। एक बार पुन: आपका हार्दिक स्वागत।''

''ऋषिश्रेष्ठ, आपकी दिग-दिगंतव्यापिनी कीर्ति सुनकर भी आपके दर्शन करने का सौभाग्य प्राप्त न कर सका।'' अगस्त्य के चरणों में नत होते हुए निसंग कहने लगे, ''कालकेय असुरों के दमन-उत्पीड़न को धन्यवाद कि उनके कारण मुझे तथा आचार्य अतुल को आपके दर्शन करने का सुयोग तो प्राप्त हो सका।''

''अच्छा, तो आचार्य अतुल भी आपके साथ आए हैं। प्रवर, कुलपति निसंग एवं आचार्य अतुल को किसी प्रकार की असुविधा न हो, यह दायित्व तुम्हारा तथा निश्शंक का है। लोपामुद्रा, आज तुम्हारे आतिथ्य-सामर्थ्य की भी परीक्षा है, समझीं न ?''

''क्यों नहीं,'' कहकर सस्मित लोपामुद्रा अपने स्थान से उठीं तो प्रवर-निश्शंक भी उठ खड़े हुए। निसंग को लगा कि प्रकारांतर से यह उन्हें भी उठने का संकेत है, अत: वे भी उठ खड़े हुए, परंतु चलते-चलते निसंग ने कहा, ''ब्रह्मर्षि, हम अकिंचनों को इतना महत्त्व न दीजिए कि आश्रम का स्वागत संभार हमारे लिए सचमुच भार बन जाए, और···और समुद्र की अगाध जलराशि-पान की बात ही गौण हो जाए।''

"क्या कहा, समुद्र-पान की···? हाँ आप ही क्यों, अन्य सब भी तो यही कह रहे हैं, यही, परंतु···।"

निसंग, अतुल, प्रवर तथा निश्शंक ने देखा कि अपने कथन को अपूर्ण छोड़कर अगस्त्य चुप कर गए हैं, स्यात् वह ध्यानावस्थित होना चाह रहे हैं, अंतराभिमुख हो गए हैं। यह भी संभव है कि समाज के उत्पीड़न ने उनकी संज्ञा पर सांघातक प्रहार किया हो, और वह संज्ञा खोते जा रहे हों, या खो चुके हों। तो क्या वे पुनः लौट आएँ ? नहीं, ऋषिश्रेष्ठ की अंतराभिमुखता में विघ्न डालने का अर्थ है कुछ अति विशिष्ट से वंचित हो जाना। क्या ऐसा करना उचित होगा ?···नहीं !

प्रवर व निश्शंक अतिथिद्व को लेकर अतिथिगृह में पहुँचे तो अगस्त्य अंतर की गहराई में डूब गए। डूबते भी क्यों नहीं ? निसंग ने आते ही कहा था कि अगस्त्य आर्य जाति की आशा उन्हीं पर और मात्र उन्हीं पर टिकी है। और प्रवर···? प्रवर कहता है कि आर्य जाति का सर्वाधिक अनुभूत अभाव है, समुद्र की अगाध जलराशि को पान करने वाले का। ···हूँ, अतुल उससे भी आगे बढ़कर कहता है और वर्तमान में समुद्र की अगाध जलराशि को पान करने की सामर्थ्य आपको छोड़कर समस्त आर्यावर्त में अन्य किसी को प्राप्त नहीं है।···यह उसका विश्वास है अथवा भ्रम···? सोचते-सोचते अगस्त्य चुप हो जाते हैं, और कुछ क्षण तक चुप ही बने रहते हैं।

हठात् निराश होकर वह कह उठते हैं, परंतु समुद्र की अगाध जलराशि का पान कोई भी नहीं कर सकता, वरुणदेव भी। हाँ, वरुणदेव भी। तनिक सोचो तो अगस्त्य, क्या ऐसा कहकर तुम वरुणदेव की अनंत सामर्थ्य के प्रति अपनी अनास्था, अवज्ञा की भावना तो प्रकट नहीं कर रहे ?···नहीं, वरुणदेव नियामक हैं, नियंता हैं। अतः प्रश्न उनकी सामर्थ्य-असामर्थ्य का नहीं है। वरंच नियमानुकूल आचरण करने का है। फिर यदि वह समुद्र को सम्पूर्णतः पान कर जाएँ, तो सूर्य किस जलराशि का वाष्पीकरण करेगा ? किस वाष्पराशि से मेघों का सृजन होगा, और यदि मेघों का सृजन नहीं हुआ, तो वृष्टि कैसे होगी ? अन्न कैसे होगा ? और अन्न नहीं हुआ, जल नहीं रहा, तो जीवन ही कैसे बचेगा ? किसी प्रकार नहीं।

तब···? तब क्या···? समुद्र की अगाध जलराशि का आचमन न तो अभीष्ट है और न संभव ही।···इसका अर्थ है कालकेय असुर अजेय हैं, उन्हें पराजित करना कठिन ही नहीं असंभव भी है। और लोग हैं कि उसी असंभव को संभव बनाने की आशा सँजोए हुए मेरी ओर देख रहे हैं। क्या यह उचित है ? अगस्त्य प्रश्न कर फिर चुप हो जाते हैं। तो क्या उन्हें अपने प्रश्न का उत्तर ज्ञात है ? क्या इस प्रश्न का उत्तर पाने की कोई अपेक्षा नहीं है···? नहीं, ऐसा तो कुछ नहीं है, किंतु वह उतावली में नहीं हैं···। उतावली करना उनके स्वभाव में भी नहीं है।

'परंतु कुछ तो करना ही होगा ? करना तो होगा, परंतु क्या ? यही तो समझ में नहीं आता,' अगस्त्य दाएँ हाथ की अनामिका, तर्जनी व अँगूठे से अपने ललाट

पर पड़ी हुई सलवटों को मिटाने का प्रयास-सा करते हैं। अब उन्हें लगता है, समुद्र-पान करना न निसंग का अभिप्रेत है, और न प्रवर तथा निश्शंक का ही। वे ही नहीं, समस्त आर्य जाति का अभीष्ट है, कालकेय असुरों की पराजय, उनका संपूर्णत: उच्छेदन। समुद्र-पान तो एक साधन है, साध्य तो है कालकेयों का विनाश। नहीं है क्या ?

निश्चित रूप से···। परंतु समुद्र-पान के अतिरिक्त विकल्प क्या है ? अगस्त्य निर्णय पर पहुँचने के लिए जितने आतुर व आकुल थे, उतने ही परिमाण में वह प्रश्नों की दलदल में धँसते जा रहे थे, और विडंबना यह थी कि उन्हें समझ में नहीं आ रहा था कि क्या किया जाए ? हारकर वह उठने ही वाले थे कि इनके मन में किसी ने उनसे पूछा कि जिन कालकेयों को पराजित, पराभूत करने के लिए तुम सब चिंतित हो, वे रहते कहाँ हैं ?

अगस्त्य का विचार-प्रवाह अब दूसरी ओर मुड़ा, 'यदि कालकेय पूर्वी द्वीप अशिमपुरी के थलीय भाग पर रहते हैं, और उस थल से दक्षिण-पूर्वी तट तक आने का कोई थल मार्ग नहीं है, तो फिर वे आक्रमण करने कैसे आते हैं···? पैदल तो आ नहीं सकते। आते भी नहीं होंगे। और अश्व, उष्ट्र, हस्ती आदि का उपयोग भी अगाध जलराशि में नहीं हो सकता। तब··तब वे किस साधन से आते-जाते होंगे ? निश्चित रूप से कोई ऐसी वस्तु होनी चाहिए जो जल पर संतरण कर सके, और बोझिल होने पर भी जलराशि में डूबकर निमग्न न हो सके।

'ठीक है न ? बिल्कुल ठीक। परंतु संतरण करने वाली वह वस्तु है क्या ? ··कालकेय असुर अत्यंत कुटिल तो हैं ही, चतुर भी हैं। वे जानते हैं कि यदि दिन के प्रकाश में वे प्रयुक्त साधन से इस देश के तट पर आए अथवा यहाँ से पूर्वी द्वीप अशिमपुरी गए, तो आर्य भी उनका अनुसरण कर सकते हैं, उनके द्वारा प्रयुक्त साधन का उपयोग कर सकते हैं, और प्रत्याक्रमण करने के लिए बाध्य आर्य उपयुक्त समय देखकर उन पर आक्रमण भी कर सकते हैं।···और यदि उन्होंने ऐसा किया तो अपराजेय कालकेयों को पराजित व पराभूत ही नहीं, संपूर्णत: ध्वस्त भी किया जा सकता है।

'हो सकता है, उनका सोच यही हो, और इसी से प्रेरित होकर वे उनके द्वारा प्रयुक्त साधन को छिपाकर रखते हों, किंतु···' अगस्त्य को लगता है कि 'उसको प्राप्त किए बिना आर्यों की विजय संदिग्ध ही रहेगी। अत: उसे प्राप्त करना ही होगा, और वह प्राप्त करके ही रहेंगे।

'परंतु क्या इतने भर से आर्य विजयश्री का वरण कर सकेंगे ?··स्यात् नहीं। स्यात् क्यों ? निश्चित रूप से नहीं। उन्हें संगठित तो करना ही होगा। उत्तम कोटि के अस्त्र-शस्त्रों का उत्पादन एवं एकत्रीकरण भी करना होगा। उजड़े हुए आश्रमों तथा आर्य-बस्तियों को पुन: बसाना होगा। उन्हें अस्त्र-शस्त्र-संचालन का प्रशिक्षण देना होगा। अन्न, जल आदि की योग्य व्यवस्था करनी होगी और फिर उपयुक्त

साधन द्वारा किसी उपयुक्त व्यक्ति के नेतृत्व में आक्रमण करने के लिए पूर्वी द्वीप अशिमपुरी जनसैनिक भेजने होंगे। यह सब श्रमसाध्य व कष्टसाध्य तो है ही। समयसाध्य भी है। फिर भी··हाँ फिर भी इसके अतिरिक्त अन्य कोई विकल्प नहीं।

'किंतु पूर्वी द्वीप अशिमपुरी तक पहुँचने का साधन···? उसके बिना तो कुछ भी संभव नहीं, अस्तु, उसे तो खोजना ही होगा। परंतु कहाँ ?···' अगस्त्य मानसिक श्रमजनित थकान का अनुभव कर वहीं लेट जाते हैं, और चिंतन को विराम देकर वरुणदेव का स्मरण करने लगते हैं। पता नहीं ऐसा करते-करते कितना समय बीत जाता है। परंतु जब चार-पाँच घड़ी दिन शेष रहता है, तो वह उठते हैं, और हाथ-मुँह धोकर पुनः अंतराभिमुख होने को होते हैं तभी। हाँ, तभी उन्हें लगता है कि काष्ठफलक जल पर संतरण करते हैं, कर सकते हैं। अस्तु, काष्ठ नौका की तरह कोई विशाल जलपोत क्यों न बनाया जाए, ऐसा जलपोत जिसे न तो समुद्र की उत्ताल तरंगों के थपेड़े डुबा सकें, न विशाल जलचरों के धक्के ही। जो बोझिल होने पर भी संतरण करता रहे और इस प्रकार बना हुआ हो कि उत्ताल लहरें उससे बार-बार टकराकर भी उसे जलमग्न न कर सकें। सोचते-सोचते अगस्त्य रुके तो उनके कल्पना-नेत्रों के सामने एक विशाल जलपोत आ खड़ा हुआ। वह प्रसन्न होकर कह उठे, जलयान, जलपोत।

हाँ, जलयान, जलपोतों का निर्माण ही वह अमोघ साधन है जिसका आश्रय लेकर आर्य कालकेयों को पराजित ही नहीं ध्वस्त भी कर सकते हैं। तो फिर यही सही। सामान्य जन की भावना के अनुरूप तीन विशाल जलपोत बनाए जाएँ। और आर्य योद्धाओं को उनमें बिठाकर पूर्वी द्वीप अशिमपुरी ले जाकर कालकेयों पर आक्रमण कर उन्हें ध्वस्त कर दिया जाए और यह सब एक बार में एक साथ इस प्रकार किया जाए कि लोगों का यह विश्वास कि ऋषि ने तीन चुल्लुओं में समुद्र की अगाध जलराशि का पान कर लिया, अक्षुण्ण बना रहे।

वरुणदेव के चरणों में प्रणाम निवेदित करते हुए अगस्त्य ने जैसे ही नेत्रोन्मीलन किया, उन्हें प्रवर, निश्शंक, निसंग तथा अतुल अपनी ओर आते हुए दिखाई दिए। उन्हें देखते ही अगस्त्य ने मुस्कराते हुए कहा, "पधारिए कुलपति एवं आचार्यवर, आपको यह जानकर प्रसन्नता होगी कि कालकेयों के विनाश का उपाय मैंने खोज निकाला है, परंतु··परंतु वह उपाय ऐसा नहीं है कि उसे एक वाक्य में बताया जा सके, और न ही ऐसा कि उसे एक क्षण या एक दिन में मूर्त रूप दिया जा सके। अस्तु, उसके संबंध में अभी कुछ न कहना ही श्रेयस्कर है। आप आज रात्रि को यहाँ विश्राम करें, और प्रातःकाल अपने गुरुकुल के लिए प्रस्थान करें। आपके पहुँचते ही हम भी यहाँ से गुरुकुल के लिए चल पड़ेंगे, और आपके आश्रम को ही अपनी गति-विधियों का केन्द्र बनाएँगे। आशा है वरुणदेव हमें सफलता तथा यशस्विता प्रदान करेंगे।"

''हम भी आपकी इस सफलता के लिए शुभाकांक्षी हैं और सहयोग का अवसर प्रदान करने के लिए आपके प्रति आभारी भी।'' निसंग के स्वर में आश्वस्ति का ही नहीं श्रद्धा का भी पुट था। ''ऋषिवर, आगे आने वाली पीढ़ियाँ इसके लिए युग-युग तक आपका श्रद्धापूर्वक स्मरण करेंगी।''

अगस्त्य के मन में आया, कह दें कि अभी यह समय ऐसा कहने-सुनने या सोचने के लिए उपयुक्त नहीं है। अत: मैं इसे आपकी शुभ कामना के रूप में ही ग्रहण करता हूँ। परंतु वह कहने जा ही रहे थे कि लोपामुद्रा आ गईं। उनके आते ही सब आसन ग्रहण कर बैठ गए। किंतु कुछ देर तक किसी ने किसी को कुछ नहीं कहा और फिर आध्यात्मिक प्रसंग चल पड़ा और कुछ देर तक चलता ही रहा।

कुलपति निसंग एवं आचार्य अतुल के परावर्त होने पर अगस्त्य ने लोपामुद्रा, प्रवर व निश्शंक को बुलाया और कहा, ''अब हमारा यहाँ का कार्य समाप्त हो गया है। अब हमें यथाशीघ्र निसंग-आश्रम पहुँचना तथा उसे अपनी गतिविधियों का केन्द्र बनाना है। वहाँ रहकर हमें विशृंखलित आर्य-शक्ति को संगठित तो करना ही होगा, उसे सक्षम, समर्थ व प्रबुद्ध भी बनाना होगा और फिर कालकेयों की शक्ति को ध्वस्त करना होगा। कार्य सरल नहीं है, परंतु लगता है, वरुणदेव ने हमें इस कार्य के लिए चुना है। आप सब इसके लिए तैयार तो हैं न ?''

''अहर्निश तथा इसी क्षण से।'' समेवत स्वर में अपना मत व्यक्त किया, और अगले ही दिन से जाने की तैयारी में जुट गए। प्रवर व निश्शंक ने आश्रम का मार्ग देखा ही था, अत: उन सबको वहाँ पहुँचने में न तो विशेष कष्ट हुआ और न अधिक समय ही लगा।

यहाँ आकर अगस्त्य ने आचार्य, उपाध्याय, ब्रह्मचारियों एवं महिलाओं की एक बैठक का आयोजन किया और उसमें अपनी भावी कार्य-योजना की रूपरेखा प्रस्तुत की, कार्य-सूची का विभाजन व वर्गीकरण किया, और सामान्य शिक्षा, युद्ध-विद्या, अस्त्र-शस्त्रों का उत्पादन व संग्रहण, चिकित्सा, खाद्यान्न व्यवस्था, पुनर्वास, यातायात, प्रचार व संचार, अर्थ-व्यवस्था, आंतरिक सुरक्षा, कृषि, उद्योग, धर्म व संस्कृति जैसे विभिन्न कार्यों के लिए उपयुक्त प्रभारी नियुक्त किए। लोपामुद्रा, सुधा, प्रवर, निश्शंक, अतुल, अक्षत, पुनीत, सुनय, प्रशस्त व दुर्धर्ष के मध्य कार्य का वितरण कर अगस्त्य ने निसंग को समन्वयक बना दिया तथा सबके नियंत्रण तथा मार्ग-दर्शन का दायित्व स्वयं अपने कंधों पर लेकर यथाशीघ्र कार्य प्रारंभ करने का निर्देश दिया।

निर्देश पाकर निश्शंक व अक्षत क्षेत्र के दूरस्थ अंचल तथा वन प्रांतर में गए, और जो लोग असुरों के भय से वन, कन्दराओं में जा छिपे थे, उन्हें आश्वस्त व निर्भय बनाकर निसंग आश्रम में ले आए और उन्हें अस्त्र-शस्त्र-संचालन का प्रशिक्षण देने की व्यवस्था कर दी। प्रवर की ओर युद्ध-कौशल का प्रशिक्षण देने का दायित्व था ही, वह आश्रमवासियों के अतिरिक्त नवागंतुकों को भी तत्परतापूर्वक अस्त्र-

शस्त्र-संचालन का अभ्यास कराने लगा। पुनीत ने रक्षा-उत्पादन का कार्यभार सम्हाला तथा खंग, कृपाण, परशु व धनुष-बाणदि का निर्माण एवं संग्रह करने-कराने में संलग्न हो गया।

सामान्य शिक्षा, कृषि, उद्योग एवं अर्थ-व्यवस्था की देखरेख करने का कार्यभार अतुल ने सम्हाला। आंतरिक सुरक्षा-व्यवस्था का प्रभार दुर्धर्ष को प्रदान किया गया। सुनय ने प्रचार, संचार की व्यवस्था अपनी ओर ले ली। प्रशस्त पुनर्वास की ओर ध्यान देने लगा। लोपामुद्रा तथा सुधा ने औषधि-विज्ञान एवं शल्य-चिकित्सा जैसे महत्त्वपूर्ण कार्यों को व्यवस्थित, विकसित करने का कार्यभार सम्हाला, और सभी अपने-अपने कार्यों में मनोयोगपूर्वक संलग्न हो गए।

जब सब लोग अपने-अपने दायित्व का निर्वहण नियमित एवं सुचारु रूप से करने लगे तो नवागंतुकों को स्वरक्षा में सक्षम बनाकर उजड़े हुए आश्रम एवं ग्रामों में बसाने की ओर ध्यान दिया गया। उन सबको खाद्यान्न यथेष्ट परिमाण में प्राप्त हो सके इसकी भी समुचित व्यवस्था की गई। किंतु सबसे अधिक बल इस बात पर दिया गया कि न तो कोई परोपजीवी रहे, और न युद्ध-कला से अनभिज्ञ ही। जो व्यक्ति पैंतालीस वर्ष से कम आयु के थे, स्त्री हों या पुरुष, सभी को प्रतिदिन अस्त्र-शस्त्र-संचालन का अभ्यास करना अनिवार्य कर दिया गया। धर्म व संस्कृति के संरक्षण-संवर्धन का कार्य अगस्त्य ने स्वतः अपनी ओर रखा था। अतः वह संध्या-यज्ञ आदि पर तो विशेष बल देते ही थे, वेद-वेदांग के अध्ययन, अध्यापन को भी यथेष्ट महत्त्व देते थे।

एक दिन अगस्त्य प्रवर को साथ लेकर क्षेत्र की कुछ अन्य बस्तियों में गए, और लोगों से मिलकर रथकारों का पता लगाया, फिर उनके समक्ष विशाल जलपोत बनाने का प्रस्ताव रखा तथा जलपोत की चित्रानुकृति बनाकर बतायी। उन्हें यह भी बताया कि जलपोत की धारक क्षमता ऐसी होनी चाहिए कि उसमें दो-ढाई सहस्त्र योद्धा तो बैठ ही सकें, अपेक्षित परिमाण में युद्ध व खाद्य सामग्री भी अपने साथ ले जा सकें। सुनकर रथकारों ने कहा, "यह एक महत्त्वाकांक्षी व्ययसाध्य, श्रमसाध्य, समयसाध्य योजना है, परंतु यदि आपका मार्ग-दर्शन मिलता रहे तो वे इस योजना को मूर्त रूप देने का प्राणपण से प्रयास करेंगे।" अगस्त्य व प्रवर ने उन्हें अपेक्षित काष्ठ तथा अन्य उपकरण दिलाने का अभिवचन तो दिया ही, एक निश्चित अंतराल पर उनसे मिलकर उनके कार्य की प्रगति का मूल्यांकन तथा मार्गदर्शन करते रहने का भी आश्वासन दिया। यह भी कहा कि उन्हें ऐसे तीन जलपोतों की आवश्यकता है और उनकी यह हार्दिक इच्छा है कि यह कार्य एक वर्ष की अवधि में पूर्ण हो ही जाए। रथकारों ने कहा, "समाज व राष्ट्र सेवा के इस महायज्ञ में यदि वे भी कुछ आहुतियाँ डाल सके, तो इसका श्रेय भी आपको ही होगा। आशीर्वाद दीजिए कि हम समय के पूर्व ही आपके इस प्रस्ताव को मूर्त रूप दे सकें।"

"भगवान वरुणदेव तुम सबको सफलता व कीर्ति प्रदान करें।" स्वस्त्ययन की मुद्रा में अगस्त्य ने अपना दक्षिण कर उठाकर उन्हें आशीर्वाद दिया, और प्रवर को साथ लेकर आश्रम पर लौट आए।

अब प्रवर ने कृत्रिम युद्ध का अभ्यास कराने का निर्णय लिया तथा जन सैनिकों को दो टोलियों में विभाजित कर सप्ताह में दो दिन कृत्रिम युद्ध का अभ्यास कराने लगे, और प्रशिक्षण-कार्य तो नियमित रूप से प्रतिदन चलता ही था।

अगस्त्य, लोपामुद्रा तथा प्रवर के संयुकत प्रयास से निसंग-आश्रम तो बहुआयामी गतिविधियों का केन्द्र बन ही गया था, क्षेत्र के उजड़े हुए आश्रम व ग्रामों में भी जीवन की चहल-पहल दिखाई पड़ने लगी थी। सबसे अधिक प्रसन्नता की बात तो यह थी कि अब आश्रमवासी व ग्रामवासी पहले की तरह कायरों के समान पलायन नहीं करते थे, वरंच असुरों के अप्रत्याशित आक्रमणों से अपनी रक्षा ही नहीं करते थे, उन पर सांघातक प्रहार भी करते थे। असुरों को इस सबकी जानकारी न हो ऐसा भी नहीं था, वे भी आर्यों की बढ़ती हुई शकित से अवगत हो चले थे। अतः वे भी अब आश्रम एवं ग्रामों पर कम आक्रमण करने लगे थे। यही नहीं, उन्हें लग रहा था कि आर्यों की बढ़ती हुई शकित निकट भविष्य में ही उनके समक्ष एक भयानक चुनौती प्रस्तुत कर सकती है, अतः वे भी युद्ध करने की तैयारी में लग गए थे। फिर भी वे अपने अंतरतम में कहीं यह विश्वास पाले हुए थे कि आर्य कितने ही प्रबल क्यों न हो जाएँ, समुद्र में आकर उनके द्वीप अशिमपुरी पर आक्रमण न कर सकेंगे।

धीरे-धीरे एक वर्ष होने को आया। इस बीच आश्रम एवं ग्रामों में जीवन ही नहीं आया था, जीवंतता भी आई थी, युद्धोत्साह भी आया था, और सबसे बड़ी बात तो यह थी कि उन सबमें यह आत्मविश्वास भी जागा था कि विजयश्री उनका और मात्र उनका ही वरण करेगी, कालकेयों का पराभव एवं आर्यों का समुदय सुनिश्चित है और वह भी यथाशीघ्र ही।

जलपोत तैयार हैं और कुछ सैनिकों की देखकर में समुद्रतट पर पहुँच गए हैं, प्रवर ने जैसे ही अगस्त्य को यह सूचना दी, उनमें उत्साह का पूर आ गया। उन्होंने आश्रमवासियों की एक बैठक आहूत की और उसमें कहा, "आर्यवीरो, जिस क्षण की हम प्रतीक्षा कर रहे थे, वह क्षण आ पहुँचा है। अब हमें असुरों, कालकेयों की बस्तियों पर स्वतः आगे बढ़कर आक्रमण करना है; परंतु आश्रम एवं ग्रामों को भी अरक्षित नहीं छोड़ा जा सकता, अस्तु, उनकी सुरक्षा के लिए अपेक्षित सैनिकों को आश्रम व ग्रामों में छोड़कर हमें कल एक निश्चित मुहूर्त पर यहाँ से प्रस्थान करना है। अस्तु, हम सब आज इसी क्षण से अपने-आपको निर्णायक युद्ध करने के लिए तैयार रखें। लोपामुद्रा जैसे ही शंखनाद करें, हम सबको यहाँ उपस्थित होना है, पूर्वी द्वीप अशिमपुरी पर आक्रमण करने के लिए।"

"पूर्वी द्वीप अशिमपुरी पर आक्रमण करने के लिए ?" यहाँ से वहाँ तक फुसफुसाहट फैल गई, "तो क्या हमने आत्महत्या करने का निर्णय लिया है ? हम सब समुद्र में चलकर कैसे आगे बढ़ सकेंगे ?"

अगस्त्य पर भी सैनिकों की यह फुसफुसाहट अप्रकट न रही, अस्तु, सबके सामने आकर मुस्कराते हुए उन्होंने कहा, "कल समुद्रतट पर पहुँचकर मैं तीन चुल्लुओं में भरकर समुद्र की अगाध जलराशि का आचमन, पान करूँगा, अस्तु, आपको किसी प्रकार की शंका, आशंका में पड़ने की आवश्यकता नहीं। वरुणदेव का स्मरण कर आप सब आक्रमण करने के लिए तैयार रहें।"

दूसरे दिन जब लोपामुद्रा ने शंखनाद किया, तो समस्त जन सैनिक अस्त्र-शस्त्र लेकर आश्रम के सामने स्थित मैदान में आ खड़े हुए। देखकर अगस्त्य ने हर्ष-गद्गद होकर तथा हाथ जोड़कर कहा, "मन्युमरसि मन्युम् मयि देहि।"

सुनकर आर्य सैनिकों ने भी कहा, "मन्युमरसि मन्युम् मयि देहि।" और समुद्रतट की ओर चलने को मुड़े, तो हरिणों का एक झुंड उनकी दाहिनी ओर आकर दौड़ने लगा, मानो वे सब जन सैनिकों से पहले ही पूर्वी द्वीप अशिमपुरी पहुँच जाना चाहते हों। देखकर अगस्त्य पुनः मुस्करा उठे और मन-ही-मन 'हे दुष्टों पर क्रोध करने वाले परामात्मा, मेरे हृदय में भी दुष्टों के प्रति क्रोध उत्पन्न कर' भावना से युक्त प्रार्थना वरुणदेव के प्रति करते हुए कहने लगे, "मन्युमरसि मन्युम् मयि देहि।"

उन दिनों बंगाल की खाड़ी में कोई जलपत्तन नहीं था। जलपोत होते तो जलपत्तन की आवश्यकता हो सकती थी, परंतु उन दिनों न तो जलपोत थे और न जलपत्तन ही।

जलपोत अगस्त्य की मानसिक सृष्टि थे। समुद्री मार्ग से यात्रा करने की बाध्यता के कारण उन्होंने अपनी कल्पना से जलपोत की एक चित्रानुकृति बनाई थी। रथकारों ने उस चित्रानुकृति को सामने रखकर ही जलपोतों का निर्माण किया था। पहले उन्होंने जलपोत के अवयवों को पृथक्-पृथक् निर्माण किया था, और फिर समुद्र- तट पर जाकर उन अवयवों को जोड़कर अगस्त्य की मानसिक सृष्टि को वास्तविक जलपोत में बदल दिया था। उसके पश्चात् उन्हें संतरण करने हेतु जल के निकट लाया गया था।

लोपामुद्रा के शंखनाद किए जाने के बाद एक निश्चित अंतराल में जन सैनिक आकर जलपोत में बैठ गए थे। प्रहरियों ने लंगर खोलकर जलपोतत्रय को संतरण करने के लिए पानी में धकेल दिया था। समुद्र की उत्ताल तरंगें फेन उगलती हुई जलपोतों से आकर टकरा रही थीं। भगवान भुवनभास्कर की स्वर्ण रश्मियाँ अतल जलराशि पर उतरकर स्वयं तो चमत्कृत हो ही रही थीं, दर्शकों को भी चमत्कृत बना रही थीं। जलपोत समुद्र की जलराशि पर संतरण करते हुए जैसे ही आगे बढ़े, जन सैनिक भयमिश्रित आश्चर्य के साथ अपने चारों ओर देखने लगे। देखते ही उनके शरीर में हल्की-सी सिहरन हो उठी, किंतु यह सब होने पर भी अगस्त्य के प्रति उनकी

आस्था व निष्ठा में कोई विचलन नहीं आया, वह पूर्ववत् अक्षुण्ण बनी रही।

अब जलपोत अच्छी तरह संतरण करने लगे थे। अगस्त्य को लगा, जनसैनिकों का उत्साहवर्धन करने का यह उपयुक्त समय है, अस्तु, उन्होंने लोपामुद्रा को प्रयाण-गीत गाने के लिए प्रेरित किया। लोपामुद्रा ने प्रवर को और प्रवर ने निश्शंक को प्रयाण-गीत गाने का संकेत किया, और फिर लोपामुद्रा, प्रवर तथा निश्शंक अपने-अपने जलपोत पर खड़े होकर प्रयाण-गीत गाने लगे। उन तीनों के स्वर पृथक्-पृथक् थे, परंतु शब्द व अर्थ एक जैसे ही थे। वे कह रहे थे, गा रहे थे—

" आर्यवीरो, उठो, उठो, आगे बढ़ो और कालकेय असुरों तथा भरतखंड के शत्रुओं पर वज्र बनकर टूट पड़ो। विश्वास रखो, इस धर्मयुद्ध में भगवान वरुणदेव अपनी संपूर्ण शक्ति व अनुरक्ति के साथ तुम्हारे साथ हैं।

" आर्यवीरो, यह भरतखंड तुम्हारी मातृभू, कर्मभू एवं धर्मभू है, तुम्हारे रक्त, मांस, मज्जा का निर्माण इसी के अन्न-जल से हुआ है। यह सच्चे अर्थ में तुम्हारी जननी है। कालकेय तथा अन्य असुर जातियाँ इसे परतंत्रता-पाश में आबद्ध करने के लिए प्रत्यनशील हैं। अपनी सुरक्षा के लिए वह आशा-भरी दृष्टि से तुम्हारी ओर देख रही है। उठो, आलस्य व तन्द्रा का त्याग कर आगे बढ़ो, और कालकेय असुरों, भरतखण्ड के शत्रुओं पर वज्र बनकर टूट पड़ो। विश्वास रखो, इस धर्मयुद्ध में वरुणदेव अपनी संपूर्ण शक्ति व अनुरक्ति के साथ तुम्हारे साथ हैं।

" आर्यवीरो, आर्यधर्म, जीवन-दर्शन, सभ्यता व संस्कृति विश्व में अन्यतम हैं। कालकेय तथा अन्य असुर जातियाँ उन्हें नष्ट करने पर तुली हुई हैं और समय-असमय ऋषि-आश्रम एवं आर्य-बस्तियों पर आक्रमण करती रहती हैं। उनके इन आक्रमणों के कारण आज न तो हमारा जीवन सुरक्षित है और न ही धर्म व जीवन-दर्शन ही। अस्तु, उठो और भय, संकोच तथा कायरता छोड़कर आगे बढ़ो और कालकेय असुरों तथा भरतखण्ड के शत्रुओं पर वज्र बनकर टूट पड़ो। विश्वास रखो, इस धर्मयुद्ध में वरुणदेव अपनी संपूर्ण शक्ति व अनुरक्ति के साथ तुम्हारे साथ हैं।

" आर्यवीरो, तुम्हें अत्यधिक उज्ज्वल इतिहास उत्तराधिकार में प्राप्त हुआ है। अन्य जातियों का इतिहास पाषाण युग से आगे नहीं जाता, परंतु तुम्हारे इंद्र ने स्वतः वज्र हाथ में लेकर वृत्रासुर का वध कर प्रागैतिहासिक अस्थियुग के स्वर्णिम पृष्ठ लिखे हैं। तुम्हारे, हाँ तुम्हारे पूर्वजों को ही शम्बरासुर-वध का श्रेय प्राप्त है। तुम सामान्य नहीं हो। हे सिंहशावक, अपने स्वरूप तथा शौर्य का विस्मरण मत करो, विजयश्री तुम्हारा वरण करने के लिए उत्सुक है, लालायित है। उठो और अपने वीर पूर्वजों का पुण्य स्मरण कर कालकेय असुरों, भरतखण्ड के शत्रुओं पर वज्र बनकर टूट पड़ो। विश्वास रखो, इस धर्मयुद्ध में भगवान वरुणदेव अपनी संपूर्ण शक्ति व अनुरक्ति के साथ तुम्हारे साथ हैं। "

सुनकर वीरों के हृदय उत्साह से परिपूरित हो उठे। उनकी भुजाएँ फड़कने लगीं।

वे अपने सुदृढ़ करों में अस्त्र-शस्त्र लेकर वायु में तौलने लगे, मानो वे जलपोत पर न होकर अश्व पर हों, समुद्र में न होकर रणस्थल में हों। वायु सरपट दौड़ने लगी, मानो वह भी युद्ध में दो-दो हाथ करने के लिए उतावली हो रही हो। समुद्र की लहरें घनघोर गर्जना कर उठीं, मानो रणभेरी बजा रही हों।

और अगस्त्य···? अगस्त्य अपने मानस-पटल पर एक दृश्य उभरता हुआ देख रहे थे, एक ऐसा दृश्य जिसमें भरतखण्ड के विशाल भू-भाग में ऋषि-आश्रम तथा आर्य-बस्तियाँ न केवल पुनर्जीवित हो उठी हैं, वरंच विकास के पथ पर निरंतर अग्रसर होती जा रही हैं, सध्योपासन, यज्ञ-यागादि नियमित तथा अबाध गति से चल पड़े हैं, वेद-वेदांग का अध्ययन-अध्यापन निर्विघ्न रूप से होने लगा है, कृषि एवं उद्योग प्रगति पर हैं, न कहीं भय का वातावरण है, और न आतंक का ही, आर्य-संस्कार समस्त आर्य जाति को संस्कारित कर रहे हैं। जन स्थान में भी ? नहीं, जन स्थान अभी भी चिंता का विषय है, असुरों ने वहाँ अपना एक सुदृढ़ उपनिवेश बना लिया है, परंतु···

परंतु अगस्त्य को लगता है, जब तक कालकेयों का विनाश कर आर्य जाति एवं संस्कृति को महानदी क्षेत्र में ही अजेय, अभेद्य नहीं बनाया जाता, तब तक उस ओर बढ़ना न तो उचित है और न न्यायसंगत ही।

तो क्या उन्हें निर्विघ्न, निर्बाध गति से आगे बढ़ने देना उचित होगा ? प्रश्न के सामने आते ही अगस्त्य का उल्लास एक क्षण में ही कर्पूर हो जाता है, निराशा का निविड़ कुहासा उनकी आँखों के आगे आ जाता है, उन्हें इस कुहासे में न तो अपने जलपोत दिखाई पड़ते हैं और न वह स्वतः ही। ठीक इसी बीच समुद्र की उत्ताल तरंगें घनघोर गर्जना कर उठती हैं। अगस्त्य के मन में आता है, कहीं ऐसा न हो कि उनका यह प्रयास ही विफल हो जाए। अतः अपने चिंतन को विराम देकर वह अपने बढ़ते हुए जलपोतों को देखते हैं, और जलपोत-चालकों को कहते हैं कि वे समुद्रतट से अधिक दूर न जाएँ, आवश्यकता हो तो समुद्रतट के पास लंगर डालकर कुछ समय के लिए जलपोतों को वहीं रोक लें।

अभी वह यह कह ही रहे थे कि उनका ध्यान वरुणदेव की ओर गया। उन्होंने तत्काल हाथ जोड़कर प्रणाम किया और प्रार्थना करने लगे। हठात् उन्होंने अनुभव किया कि समुद्र की उत्ताल तरंगें धीमी हो गई हैं और पूर्वी द्वीप अशिमपुरी का तट भी अब दूर नहीं है। उन्हें चलते-चलते भी तो पर्याप्त समय हो गया है। उन्होंने देखा कि उषादेवी मुस्कराती हुई उनके जलपोतों का अशिमपुरी के तट पर स्वागत कर रही हैं। अब अगस्त्य भी बिना मुस्कराए न रह सके। उन्हें लगा कि उन्हें चिंतित व निराश होने की आवश्यकता नहीं है, जो कार्य वह नहीं कर सकेंगे उसे वरुणदेव किसी अन्य समर्थ व्यक्ति के माध्यम से पूर्ण कराएँगे। किंतु··किंतु असुर जनस्थान से आगे न बढ़ सकें, ऐसा प्रयास वह अवश्य करते रहेंगे, करेंगे भी।

''गुरुदेव, हम पूर्वी द्वीप अशिमपुरी के तट पर आ पहुँचे हैं।'' प्रवर ने उल्लास के साथ कहा, ''अब क्या आज्ञा है ?''

''वत्स, चालकों को कहो कि सुरक्षित स्थान पर लंगर डालकर जलपोतों को खड़ा कर दें,'' प्रतिक्रियास्वरूप अगस्त्य ने कहा, ''और जनसैनिक जलपोत से उतरकर शौचादि से निवृत्त होकर स्वस्थ चित्त हो लें, कुछ खा-पी लें, पश्चात् युद्ध के लिए तैयार रहें।''

''मुझे लगता है, जलपोतों की रक्षा के लिए चालकों के अतिरिक्त कुछ सैनकों को भी उन पर छोड़ना आवश्यक है।'' वार्तालाप को एक नया मोड़ देते हुए लोपामुद्रा ने कहा, ''कहीं ऐसा न हो कि अवसर पाकर और आँख बचाकर असुर यहाँ आ जाएँ और चालकों को मृत्यु के घाट उतारकर जलपोतों को या तो समुद्र में डुबा दें या आग लगाकर नष्ट कर दें।''

''और यहाँ जो भी छोटी-छोटी नौकाएँ दिखाई दें, उन्हें अपने अधिकार में कर लें।'' निश्शंक बोला, ''कालकेय इन्हीं पर सवार होकर तो हमारे आश्रमों तक आते एवं आक्रमण करते रहे हैं। अतः उन पर भी दृष्टि रखना आवश्यक है।''

''ठीक है, यह प्रस्ताव भी स्वीकार है।'' अगस्त्य ने कहा, और जलपोतों के रुकने की प्रतीक्षा करने लगे।

जलपोतों के खड़े होते ही जनसैनिक उतरकर नीचे आ गए और इधर-उधर फैलकर शौचादि से निवृत्त होने लगे। जब सब लोग निवृत्त हो चुके तो अक्षत तथा अतुल ने कुछ साथियों को लेकर उन्हें भुने हुए चने तथा पक्वान्न खाने को दिया। जनसैनिक यहाँ-वहाँ बैठकर खाने लगे।

उधर कालकेयों ने देखा कि उनके द्वीप पर सहस्रों नरमुण्ड दिखाई पड़ रहे हैं। कौन होंगे ये ? द्वीपवासी तो हो नहीं सकते, तो फिर कौन आया होगा यहाँ ?···कैसे आ गए ? और किस उद्देश्य से ये सब सहसा यहाँ आ पहुँचे ? ऐसे कई प्रश्न एक साथ रह-रहकर उनके मन-मस्तिष्क को कुरेदने लगे, परंतु किसी की भी कुछ समझ में नहीं आया।

आता भी कैसे ? आज तक उनके अतिरिक्त अन्य कोई भी तो यहाँ नहीं आया था, न युद्ध करने, न व्यापार करने, किंतु आज···? आज हजारों लोग यहाँ-वहाँ सशस्त्र घूमते हुए दिखाई दे रहे हैं। ''निश्चित रूप से··लोग सैनिक अभियान पर ही यहाँ आए हैं।'' सहसा विपुल कालकेय ने अपने साथियों से कहा और फिर चुप कर गया।

''यदि ये लोग सैनिक अभियान पर आए हैं यहाँ, तो निश्चित रूप से ये सब आर्य हैं, केवल आर्य।'' विपुल के कथन को सुन कर गयंद ने कहा, ''क्योंकि गत दो-तीन वर्ष से वे ही युद्ध की तैयारी कर रहे थे।''

''तुम ठीक रहे हो, गयंद, तुम्हारा अनुमान सत्य प्रतीत होता है।'' विपुल बोला,

''ये आर्य ही हैं। परंतु ये सब यहाँ आए किस साधन से होंगे ? समुद्र को तैरकर या आकाश-मार्ग से तो आ नहीं सकते।''

''मैं बताता हूँ,'' रहस्योद्घाटन के ढंग पर द्विरद बोला, ''बहुत, बहुत बड़ी नौका जैसी वस्तु पर बैठकर इन सबको गीत गाते तथा आते हुए आज प्रातःकाल ही मैंने देखा था। मैंने समझा, ये सब लोग अपने ही होंगे, परंतु···परंतु मुझे लगता हैं, गयंद का विचार ही सत्य है, ये आर्य हैं, और सैनिक अभियान पर निकले हैं। अतः समय नष्ट करने की आवश्यकता नहीं, रणतूर्य बजवाओ। आगे बढ़कर लोहा लेने में ही भलाई दिखाई पड़ती है, अन्यथा हम कुछ नहीं कर पाएँगे, और सबके सब गाजर-मूली की तरह काट दिए जाएँगे।''

''ठीक है।'' कहकर विपुल, गयंद व द्विरद बस्ती की ओर मुड़े और अपने साथियों से परामर्श कर सबको युद्ध करने के लिए तत्पर रहने को कहा, और स्वयं तैयार होने के लिए चल पड़े।

थोड़ी ही देर में रणतूर्य बज उठा। अगस्त्य को लगा, अब उन्हें भी चुप नहीं बैठना चाहिए, अस्तु उन्होंने अपना शंख उठाया और अपनी संपूर्ण शक्ति के साथ उसे बजाने लगे। लोपामुद्रा ने ऋषि को शंख बजाते हुए सुना तो वह भी चुप न कर सकीं, उन्होंने भी शंखनाद करना प्रारंभ कर दिया। जनसैनिक इस नाद को सुनकर तत्काल चल पड़ने के लिए आतुर हो उठे। वे सब अभी अपने-अपने अस्त्र-शस्त्र सम्हाल ही रहे थे कि रणतूर्य फिर से बज उठे, और···और जैसे ही उनका स्वर थमा, प्रवर गुरु गंभीर स्वर में पहले गाए हुए प्रयाण-गीत को गाता हुआ आगे बढ़ने लगा।

अगस्त्य ने पुनः शंखनाद किया। यह आगे बढ़ने का संकेत था। सुनते ही समस्त सैनिक प्रयाण-गीत की पंक्तियों को गाते हुए अशिमपुरी की बस्ती की ओर बढ़ने लगे। उधर कालकेय भी युद्ध के लिए तत्पर होकर रणस्थल की ओर चल पड़े थे। जब दोनों सेनाएँ एक-दूसरे के सामने आईं तो लोहा से लोहा बजने लगा। खंग वाले खंग वाले से भिड़ गए। त्रिशूल तथा परशुधारी सैनिकों ने अपनी-अपनी जोड़ी का चयन कर लिया। धनुर्धरों ने धनुषधारियों को अपना लक्ष्य बनाया। वरुण देव की जय, इन्द्रदेव की जय तथा उग्रदेव की जय के घोषों के साथ दोनों ओर के सैनिक अपने प्राणों पर खेलकर भीषण रक्तपात कर उठे, और सूर्यास्त तक बराबर करते ही रहे। कितने लोग खेत रहे, कितने आहत हुए, कितने लोग भागने के प्रयास में अपने ही व्यक्तियों द्वारा काटकर गिरा दिए गए, इसका पता नहीं चल सका।

किंतु जब दोनों वाहिनियाँ अपने-अपने शिविरों को लौट गईं, अगस्त्य लोपामुद्रा के चिकित्सा-केन्द्र पर पहुँचे, तो उन्होंने देखा कि उनके पक्ष में भी काफी लोग आहत हुए हैं, और उनमें निसंग तथा अतुल भी हैं, परंतु किसी को भी ऐसी चोट

नहीं लगी है जो प्राणघातक प्रमाणित हो।

संकेत पाते ही सैनिकों ने अपने अस्त्र-शस्त्र, कवच व शिरस्त्राण उतार कर रख दिए और या तो नित्य कर्म करने चले गए अथवा अपनी थकान मिटाने के लिए वहीं लेट गए। धीरे-धीरे तीन घड़ी रात्रि बीत गई। इस बीच भोजन बनकर तैयार हो गया था। पेयजल की पूर्व से ही व्यवस्था कर ली गई थी। सबको भोजन परोसा गया। भोजन करने के उपरांत लोग विश्राम करने लगे। सुरक्षित टुकड़ी के सैनिकों को रात्रि में जागकर सबकी सुरक्षा सुनिश्चित करने का आदेश देकर अगस्त्य भी विश्राम करने चले गए।

दूसरे दिन पुनः युद्ध प्रारंभ हुआ। कालकेयों को काफी क्षति उठानी पड़ी थी, फिर भी वे अभी तक पूर्णतः ध्वस्त नहीं हुए थे। अतः तीसरे दिन युद्ध करना पड़ा। आज के युद्ध में संबंधित द्वीप के कालकेयों की निर्णायक पराजय हुई थी। प्रवर तथा निश्शंक इससे बहुत प्रसन्न थे, परंतु अगस्त्य जानते थे कि कालकेयों की शक्ति का केंद्र अशिमपुरी द्वीप है, यह सच है, परंतु अप्रत्याशित आक्रमण से भयभीत होकर उन्होंने अपने कुछ सैनिकों को अगले द्वीप पर भेज दिया था, और उनकी नौकाएँ अभी भी वहीं थीं। अतः अगस्त्य ने जलपोतों को अशिमपुरी से आगे बढ़ने का निर्देश दिया। आदेश पाकर सैनिक जलपोतों में सवार हुए और वहाँ से चल पड़े। कालकेयों को पूर्व से ही इस द्वीप पर आक्रमण होने की आशंका थी। अतः जनसैनिकों के वहाँ पहुँचने से पूर्व ही वे अस्त्र-शस्त्र से सुसज्जित होकर रणस्थल में आ पहुँचे थे।

आज युद्ध का चौथा दिन था। आर्य सैनिक तथा कालकेय प्राणों का मोह छोड़कर एक-दूसरे पर सांघातक प्रहार कर रहे थे। युद्ध अपनी विभीषिका के चरमबिंदु पर था। सहसा दो कालकेय युद्धस्थल से भागकर लोपामुद्रा के चिकित्सा-केन्द्र की ओर बढ़े, और अवसर पाकर सुधा को ले भागने का यत्न करने लगे। लोपामुद्रा आहतों की देख-रेख कर जैसे ही प्रवेश-द्वार की ओर बढ़ीं उन्होंने दो असुरों को वहाँ खड़ा पाया। वह समझ ही न सकीं कि ये असुर स्वस्थ होने पर भी युद्ध-स्थल छोड़कर चिकित्सा-शिविर में क्यों आए ? उन्हें मन-ही-मन उनकी नियत पर शंका हुई। अतः उन्होंने आगे बढ़कर उनसे कहा, "वीरवर, तुम यहाँ क्यों खड़े हुए हो ? क्या तुमने रणतूर्य की ध्वनि नहीं सुनी ? क्या तलवारों की झंकार सुनकर तुम्हारा रक्त नहीं खौलता ? यदि हाँ, तो यहाँ मत खड़े रहो, जाओ, युद्ध करो।"

सुनकर एक कालकेय ने, जिसे उसका साथी निशठ बता रहा था, आगे बढ़कर कहा, "युद्ध, युद्ध, क्या युद्ध ही जीवन का चरम सत्य है ? क्या मरना और मारना ही जीवन का परम सुख है ? भद्रे, तुम कुछ भी क्यों न कहो, मुझे लगता है कि जीवन का चरम सुख तुम्हारे पार्श्व में खड़ी हुई षोडशीबाला का साहचर्य है। अतः इसे हमें दे दो, और चुपचाप अपना काम करो।"

"दुष्ट, नीच, चुप रह और यहाँ से भाग जा, अन्यथा तेरा सिर धड़ से अलग कर दूँगी।" लोपामुद्रा ने भीम गर्जना की।

"अच्छा, तो भरतखण्ड की रमणियाँ भी युद्ध करने लगी हैं ?" ठहाका लगाते हुए द्विरद ने कहा, "खूब, करो युद्ध, परंतु नेत्र-बाण न चलाना अन्यथा मुझे युद्ध के पूर्व ही अपने अस्त्र-शस्त्र फेंककर तुम्हें अपने आलिंगन-पाश में बाँधने के लिए विवश होना पड़ेगा। अहा हा हा…"

लोपामुद्रा को लगा, ये कायर इस तरह न मानेंगे। उन्होंने झट से अपना खंग निकाला और उसका एक भरपूर प्रहार निशठ के वक्ष पर किया। इधर सुधा ने अपना धनुष-बाण लेकर उसके साथी द्विरद के वक्ष को लक्ष्य कर बाण छोड़ दिया। लोपामुद्रा ने भी अब तक अपना धुनष-बाण हाथ में ले लिया था, और उठकर पुन: अपनी ओर बढ़ते हुए निशठ तथा उसके साथी पर प्रहार करने लगी थीं। निशठ तथा द्विरद ने देखा कि ये अबलाएँ अबलाएँ नहीं हैं, वरंच वीरों से भी अधिक प्रबलाएँ हैं, इनसे पार पाना सरल नहीं। अत: रक्त बहाते हुए वे वहाँ से भाग खड़े हुए। रात्रि होने पर जब अगस्त्य तथा प्रवर को यह सूचना मिली, तो अपने श्रम की सार्थकता पर मन-ही-मन वे पुलकित हो उठे।

कालकेय असुर किसी भी युद्ध में आर्य वीरों के सामने टिक नहीं पा रहे थे। वे स्वयं यह अनुभव कर रहे थे कि अशिमपुरी द्वीप का पतन सन्निकट तो है ही, सुनिश्चित भी है। अत: अवशिष्ट कालकेयों ने श्वेत ध्वज लहराकर अपनी पराजय स्वीकार कर ली।

अगस्त्य ने कालकेय असुरों की स्त्रियों तथा शिशुओं को पूर्व में ही अभयदान दे रखा था। जब कुछ कालकेय असुरों ने भी पराजय स्वीकार कर संधि की इच्छा प्रकट की, तो अगस्त्य ने अपने सेनानायकों से कहा, "इन्हें बंदी बनाकर भरतखण्ड ले चलो, वहाँ पहुँचकर संधि के उपबंध निश्चित किए जाएँगे। कालकेयों ने अपनी ओर से आर्य-जीवन-शैली अपनाकर आर्यों जैसा व्यवहार करने का जो वचन दिया था उसके प्रति वे कितने प्रामाणिक हैं, साथ रहने पर उसका भी परीक्षण हो जाएगा।"

अस्तु, दूसरे दिन मृत आर्य सैनिकों का दाह-संस्कार कर आहत तथा स्वस्थ आर्य सैनिकों और बंदी कालकेय असुरों को जलपोतों में बिठाकर जलपोत भरतखण्ड के लिए लौट पड़े। अपने साथ वे असुरों की छोटी-छोटी नौकाओं को भी ले आए थे। यहाँ आकर विजय-प्राप्ति के उपलक्ष्य में वरुणदेव के प्रति अपनी कृतज्ञता व्यक्त करने के विचार से अगस्त्य ने एक विशाल यज्ञ का आयोजन किया और बंदी कालकेय असुरों को मुक्त कर उनकी गतिविधियों को चुपचाप देखते रहने के लिए कुछ विश्वस्त व्यक्तियों को नियुक्त कर दिया।

एक दिन जब लोग यज्ञ में आहुतियाँ डालने तथा वेदगान करने में व्यस्त थे, ये कालकेय असुर लोगों की दृष्टि बचाकर समुद्रतट के निकट पहुँचे, और वहाँ

पड़े हुए जलपोत तथा नौकाओं पर ज्वलनशील पदार्थ छिड़ककर उनमें आग लगा दी और स्वयं उनमें जा बैठे। मंद-मंद लौ के साथ उठने वाली इन ज्वालाओं ने धीरे-धीरे इतना प्रचंड रूप धारण कर लिया कि विशाल यज्ञ की ज्वाला भी उसके आगे शीतल तथा निष्प्रभ, फीकी जैसी दिखने लगी। जैसे ही अगस्त्य का ध्यान इस ओर गया, चिंतित होकर उन्होंने प्रवर की ओर देखा। संकेत समझकर जैसे ही प्रवर उस ओर बढ़ा, बंद कालकेयों का 'उग्रदेव की जय' का घोष उसे सुनाई पड़ा। यह सोचकर कि स्यात् गुरुदेव भी इस स्वर, इस घोष को सुन रहे होंगे, और वास्तविकता को समझ रहे होंगे, प्रवर ने अगस्त्य की ओर देखा।

अगस्त्य को भी यह जयघोष सुनाई दिया था, अत: वह भी उस प्रचंड से प्रचंड होती हुई ज्वाला की ओर देखने लगे। देखते ही उन्हें लगा कि इस प्रचंड ज्वाला में कालकेय ही नहीं उनका अपना भावी सैनिक अभियान का स्वप्न भी भस्मीभूत हुआ जा रहा है, स्यात् वरुणदेव जनस्थान तथा जनस्थान के निर्माता लंकाधिपति पर विजय प्राप्त करने का श्रेय किसी और अधिक सक्षम तथा सामर्थ्य-संपन्न व्यक्ति को देना चाहते हैं। स्यात् क्यों ?⋯निश्चित रूप से। अगस्त्य ओष्टों में ही बुदबुदाए, "ठीक भी है, इस वृद्ध शरीर में इतनी शक्ति, इतनी सामर्थ्य है भी कहाँ कि वह इस महान् कार्य को पूर्ण कर सके। सचमुच वह नहीं कर सकते, नहीं।"

वह सहसा चुप हो गए और फिर अपरोक्ष सत्ता के चरणों में नत होकर मन-ही-मन गुनगुना उठे—

"यतो यत: समीह से ततो नो अभयं कुरु।
शं न कुरु प्रजाभ्योऽभयं न: पशुभ्य:।।"

अगस्त्य की यह गुनगुनाहट जैसे ही थमी, यज्ञ की ज्वाला एकदम और प्रखर हो उठी। अगस्त्य ने अपनी पारदर्शी दृष्टि उस प्रखर ज्वाला पर डाली, तो उन्हें लगा कि वह कुछ कर पाएँ या न कर पाएँ, परंतु आर्यों का भविष्य यज्ञाग्नि की इसी पुनीत ज्वाला की भाँति प्रखर एवं उज्ज्वल है। आश्वस्त होकर उन्होंने पूर्णाहुति की और अवभृथ स्नान के लिए चल पड़े।

9

'इध्मबाह कैसा होगा, पता नहीं। वह अपने प्रति सदैव असावधान रहा है। बात-बात में तो रूठ जाता था, तनिक-तनिक-सी बात पर मुँह फुलाकर बैठ जाता था। तब कितनी मनुहार कर उसे मनाती थी। कौन करता होगा अब यह सब⋯?' लोपामुद्रा

को सहसा अपने-आप पर हँसी आने को हुई और फिर वह सचमुच हँस पड़ीं। हँसी थमते ही उनके मन में आया, ''इध्मबाह अब बच्चा नहीं है, जो बात-बात में रूठ जाए। वह···? वह तो अब अच्छा-खासा युवा होगा, दृढ़तना व दृढ़मना। वह क्यों रूठने चला ? और···और यदि रूठ जाए, तो···तो उसे मनाने के लिए उसकी पत्नी होगी, पत्नी।···माँ न सही, पत्नी तो है, होगी ही।

'हाँ, सचमुच अब तक तो उसका विवाह हो चुका होगा। विवाह···? विवाह ही क्यों, अब तो उसे बच्चा भी हो गया होगा। हो तो जाना चाहिए। परंतु हुआ या नहीं, उसने विवाह किया या नहीं, यह सब ज्ञात नहीं हो सका।' लोपामुद्रा का ममत्व एवं वात्सल्य आज हिलोरें ले रहा था। उन्हीं में पड़कर वह सोच रही थीं। 'हुआ क्यों नहीं होगा ? आर्यपुत्र उसे स्पष्ट निर्देश देकर आए थे, साफ शब्दों में कह आए थे कि अपनी वंश-परंपरा अक्षुण्ण रहे, उसे ऐसा प्रयत्न करना होगा। और···और इसका दायित्व उसके पितृतुल्य आचार्य को भी दे आए थे। नहीं दे आए थे ? निश्चित रूप से।'

लोपामुद्रा आज अपने वर्तमान से हटकर अतीत में जा पहुँची थीं। कहा तो उसने यह भी था कि वह अपनी पत्नी तथा पुत्र को लेकर कम-से-कम एकाधा बार तो यहाँ अवश्य आए, परंतु क्या वह आया···?···नहीं। लोपामुद्रा का मन कुछ तिक्त होने को हुआ, फिर विचार आया, अब वह एकाकी तो होगा ही नहीं, बहू होगी, बेटा होगा, उन सबको एकाकी तो छोड़ा नहीं जा सकता, और सबको साथ लेकर चलना तथा दक्षिणापथ में आना इतना सरल तो नहीं है ? सचमुच नहीं है।

न आया तो न सही, परंतु कभी-कभी हमारी याद तो कर लिया करे। याद···? याद की तुमने खूब कही, लोपामुद्रा। तुम्हीं बताओ, अपनी व्यस्तता, नवीन सामाजिक संरचना की बाध्यता तथा सांस्कृतिक धरोहर के संरक्षण व संवर्धन की अपरिहार्यता में तुम्हें ही वह कितना याद आया ? कब···कब याद आया ? लोपामुद्रा आज स्वयं को उपालंभ देने बैठी थीं, स्वयं से लड़ने चली थीं। सामाजिक दायित्व निर्वहण का यह अर्थ तो नहीं कि हम अपने पारिवारिक दायित्व को ही भुला दें।

लोपामुद्रा का मन इध्मबाह को लेकर बड़ा वैसा-वैसा हो रहा था। उनका सुप्त मातृत्व आज अपना मूल्यांकन चाह रहा था। वह ऊहापोह में पड़ी हुई थीं। सहसा उन्हें किसी की पदचाप सुनाई दी। उद्ग्रीव होकर उन्होंने देखा, अगस्त्य तथा सुतीक्ष्ण चले आ रहे हैं। सुतीक्ष्ण आज यहाँ ? कब आया ?···इसे तो इध्मबाह के संबंध में सही-सही जानकारी होगी ही। ठीक है, उसी से पूछूँगी, वह कैसा है ? बहू का स्वभाव कैसा है ?···बच्चा उसी को पड़ा है न ? सुंदर व स्वस्थ तो है ? एक पूरी प्रश्नावली निर्धारित कर ऋषि का स्वागत करने के लिए उठीं, तो सुतीक्ष्ण उनके चरण-स्पर्श करता हुआ दिखाई पड़ा। लोपामुद्रा के मन में आया, पूछ लें वह, वह सब जो पूछना चाहती हैं। परंतु क्या ऋषि व सुतीक्ष्ण के वार्तालाप में व्यवधान

डालना उचित होगा ?···नहीं, सुतीक्ष्ण एकदम चला थोड़े ही जाएगा, वह तो रुकेगा, और स्यात् यहीं रहे। अवसर निकालकर उससे पूछ लूँगी। यह भी तो संभव है कि वह स्वतः बताए। ठीक है, वह अभी प्रतीक्षा करेंगी।

''संरचना चाहे संस्था से संबंधित हो चाहे व्यवस्था से, उसमें विकृति आएगी ही।'' अगस्त्य सुतीक्ष्ण के समक्ष अपना पक्ष प्रस्तुत कर रहे थे, ''लगता है प्रकृति ने आकृति के मूल में ही विकृति को समाहित कर रखा है, तो क्या इसीलिए हमें कोई संरचना ही नहीं करनी चाहिए ?''

''क्यों नहीं ?'' सुतीक्ष्ण ने विनत भाव से निवेदन किया, ''परंतु संरचना के मूल में रचना की तृष्णा ही तो अभीष्ट नहीं है। गुरुदेव, मुझे तो लगता है, प्रत्येक संरचना में यदि वैयक्तिक एवं सामाजिक हित की समन्वित भावना नहीं है, तो वह सरंचना कितनी ही सुंदर क्यों न हो, कल्याणकर नहीं हो सकती।''

''सच है, वत्स,'' दो टूक शब्दों में अपना मत व्यक्त करते हुए अगस्त्य ने कहा, ''परंतु वैयक्तिक हित की तुलना में हमें सार्वजनिक हित को प्रधानता देनी ही होगी। किंतु प्रकृत प्रसंग तो यह है कि आकृति के मूल में निहित विकृति को कैसे रोका जाए ?''

''वही तो मैं कह रहा था, गुरुदेव।'' ऋषि ने अपना स्थान ग्रहण किया, तो सुतीक्ष्ण व लोपामुद्रा भी अपने-अपने लिए निर्धारित स्थान पर बैठ गए। अब सुतीक्ष्ण बोला, ''प्रत्येक संस्था व व्यवस्था का सृजन सदैव लोक-कल्याण के लिए होता है; किंतु कालांतर में वह कुछ विशिष्ट व्यक्तियों और विशेषकर कुछ स्वार्थियों की हितसाधिका बनकर रह जाती है।''

''तो क्या इसीलिए किसी लोककल्याणकारी संस्था का गठन ही नहीं किया जाए ?'' लगा, जैसे ऋषि सुतीक्ष्ण से इस प्रश्न का उत्तर चाह रहे हों, परंतु वह रुके नहीं, ''ऐसा नहीं है वत्स, हमें संस्थाओं को आकृति भी देनी होगी और उसकी विकृति को भी रोकना होगा। किंतु यह कार्य तभी हो सकता है, जब समाज व राष्ट्र के लिए सर्वतोभावेन सपर्पित प्रबुद्ध जन अहर्निश जागरूक रहकर देश-काल की आवश्यकतानुसार संस्था के स्वरूप को परिवर्तित तो करें, परंतु उसे इतना विकृत न होने दें कि वह अपनी सांस्कृतिक पहचान ही न खो दे, बल्कि मूल उद्देश्यों से ही भटक जाए।''

''जिस दिन ऋषि-परम्परा का ह्रास होगा,'' अपना मौन भंग करते हुए लोपामुद्रा ने अपना मत व्यक्त किया, ''और ऋषि-आश्रमों का विनाश होगा, उस दिन इन संस्थाओं की न तो आकृति शेष रहेगी और न प्रकृति ही शेष रहेगी, शेष रहेगी विकृति और मात्र विकृति।''

''इसीलिए तो मैं ऋषि-आश्रमों की स्थापना तथा उनकी वृद्धि पर इतना बल देता हूँ, प्रिये।'' अगस्त्य ने सहमति प्रकट की। ''अच्छा अब बताओ, सुतीक्ष्ण,

जिस आश्रम का दायित्व मैं तुम्हें दे आया था, उसकी स्थिति क्या है ?''

''देव, सरस्वती तट से क्षिप्रा तट तक स्थापित सभी ऋषि-आश्रम दृढ़तापूर्वक प्रगति-पथ पर अग्रसर हो रहे हैं, होते भी रहेंगे। किंतु…''

''किंतु क्या सुतीक्ष्ण ?'' ऋषि ने सीधा सपाट प्रश्न किया।

''किंतु हमें हमारे इन आश्रमों को अनार्य संस्कृति से ही हानि की आशंका नहीं है,'' सुतीक्ष्ण जैसे अपने जीवन के अनुभव-प्रसूत निष्कर्ष प्रस्तुत कर रहा था, ''आर्य-संस्कृति में दीक्षित स्वार्थी व्यक्ति भी इन आश्रमों को अपने हितानुकूल नहीं मानते। अत: वे विरोध तो नहीं करते, परंतु उनसे उदासीन तो रहते ही हैं। यह भी तो हितकर नहीं, हानिकर ही है।''

''इन दोनों के विरुद्ध तो संघर्ष किया जा सकता है, परंतु यदि ऋषि ही ऋषित्व छोड़ दें, तो क्या ऋषि-आश्रम तथा उनके माध्यम से प्रवर्तित जनकल्याणकारी योजनाएँ अक्षुण्ण बनी रह सकेंगी ? तनिक इस पर भी तो विचार करो, सुतीक्ष्ण।''

''सुतीक्ष्ण, लोपामुद्रा की चिंता निराधार नहीं है।'' लोपामुद्रा की बात सुनकर अगस्त्य ने अपनी प्रतिक्रिया प्रकट की, ''हमें इस ओर भी ध्यान देना होगा। अच्छा अब लोपामुद्रा से बात करो, वह मन-ही-मन इध्मबाह का कुशल समाचार जानने के लिए आतुर-आकुल हो रही होंगी।''

''सुतीक्ष्ण, बताओ, हमारा इध्मबाह स्वस्थ तो है ? उसका विवाह हुआ या नहीं ? यदि हुआ है तो बहू की गोद भरी या नहीं ? उसे हम दोनों की याद आती है या नहीं ?'' एकसाथ कई प्रश्न प्रस्तुत कर लोपामुद्रा उत्सुकतापूर्वक सुतीक्ष्ण की ओर देखने लगीं।

''इध्मबाह, इध्मबाह की पत्नी तथा पुत्र सभी स्वस्थ व सानंद हैं, और एक गुरुकुल के कुलपति होकर आपके निर्देश, आदेश का पालन कर रहे हैं, माँ।'' लोपामुद्रा की जिज्ञासा तथा उत्सुकता का समाधान करते हुए सुतीक्ष्ण ने कहा, ''रह गई आपको याद करने की बात, सो जिनका नाम लेते हुए समस्त आर्यावर्त गर्व व गौरव का अनुभव करता हो, उनकी याद इध्मबाह जैसे प्रबुद्ध व्यक्ति को न आए, ऐसी कल्पना तो नहीं है, न हो सकती है। उनकी दिनचर्या ही आप दोनों के चरणों में नमन करने के बाद प्रारम्भ होती है।''

''कभी हम लोगों के पास आने का भी मन करता है या नहीं ?'' ऋषि के अंतरतम में बैठे हुए पिता ने जानना चाहा।

''आने की चर्चा तो कई बार आई, परंतु स्थितियों की प्रतिकूलता के कारण आना नहीं हो सका।'' सुतीक्ष्ण ने स्पष्टीकरण दिया।

''यथेष्ट है,'' आत्मतुष्ट लोपामुद्रा बोलीं, ''स्वस्थ व प्रसन्नचित्त तो हैं ?''

''निश्चित रूप से।'' सुतीक्ष्ण ने कहना चाहा, परंतु उसी क्षण ऋषि ने उसकी ओर उन्मुख होते हुए कहा, ''हाँ, तो अब बताओ कि तुम्हारा क्या करने का विचार है ?''

"मेरा···?" साश्चर्य सुतीक्ष्ण ने पूछा, "गुरुदेव, मैं अभिकरण नहीं उपकरण हूँ। भारतीय धर्म, जीवन-दर्शन, सभ्यता व संस्कृति के संरक्षण व संवर्धन के लिए आप जिस रूप में और जहाँ भी मेरा उपयोग करना चाहें, कर सकते हैं। मैं निःस्व होकर अपने-आपको आपके चरणों में समर्पित करता हूँ।"

"सुतीक्ष्ण, यह आश्रम तो कुलपति निसंग एवं निश्शंक के संयुक्त तत्त्वावधान में अपनी गतिविधियों को संचालित करता रहेगा।" अगस्त्य ने अपना मंतव्य स्पष्ट करते हुए कहा, "हम, तुम व लोपामुद्रा अब गोदावरी नदी की ओर प्रस्थान करेंगे और महानदी से गोदावरी तट तक विस्तृत भू-भाग में आर्य-संस्कृति को विस्तृत आयाम देने का प्रयास करेंगे। विस्तृत योजना मैं कल बताऊँगा। अब तुम भोजन, विश्राम करो। मैं चलता हूँ।"

दूसरे दिन जब लोपामुद्रा, सुतीक्ष्ण, प्रवर, निसंग, निश्शंक, अक्षत व अतुल ऋषि की कुटिया में एकत्र हुए तो उन्होंने उन्हें संबोधित करते हुए कहा, "कालकेय असुरों की शकित को नष्टप्राय करने के पश्चात् अब हमें क्या करना है, यह विचारणीय है। अस्तु, उसी पर विचार-विनिमय करने के लिए मैंने आप सबको यहाँ आने का कष्ट दिया है।"

दो क्षण तक मौन धारण कर तथा इधर-उधर दृष्टिपात कर अगस्त्य पुनः कहने लगे, "बन्धुवर, हमारा संघर्ष न तो जाति-विशेष के विरुद्ध है, और न किसी जीवन-शैली के विरुद्ध ही। और स्पष्ट करना चाहें, तो कह सकते हैं कि संस्कृति-विशेष के विरुद्ध भी नहीं है। हमारा संघर्ष है, आसुरी वृत्ति के प्रति, उस वृत्ति के विरुद्ध, जो ऐन्द्रिक सुखों को ही जीवन का सार सर्वस्व मानती है। उस संस्कृति के विरुद्ध जो अपने अतिरिक्त अन्य किसी का भी शोषण-पीड़न अपना नैतिक दायित्व मानती है। स्पष्टतः यह वृत्ति आर्य, अनार्य किसी में भी हो सकती है, है भी।"

"तो क्या हमें आर्यों के विरुद्ध भी संघर्षरत रहना होगा ?" प्रवर ने शंका की।

"मैंने पहले ही कहा, वत्स," ऋषि अगस्त्य चिंतन की गहराई में डूबते-से लगे, किंतु अधिक न रुककर उन्होंने पुनः कहा, "हमारा संघर्ष है, आसुरी वृत्ति, अमानवीयता तथा पैशाचिकता के विरुद्ध। वह जहाँ भी दिखाई दे, हमें उसका विरोध करना है। किंतु ऐसा करते समय हम सबसे पहले उन्हें अपना लक्ष्य बनाएँगे, जो आसुरी वृत्ति के साथ अराष्ट्रीय वृत्ति के भी हैं, जो देश को अपना देश नहीं, उपनिवेश मानते हैं, जो इस देश में यहाँ के जन-भूभाग का दोहन व शोषण करने के अभिप्राय से ही यहाँ रुके हुए हैं, और यहाँ से अटूट धन-सम्पति लेकर अपने देश को भाग जाना चाहते हैं, अथवा अपने देश के हित में इस देश को सदा-सदा के लिए पराधीन बनाना चाहते हैं।"

"और ऐसे लोग असंख्य भले ही न हों," ऋषि के चुप होते ही निश्शंक ने अपना अभिमत व्यक्त किया, "परंतु कम भी नहीं हैं। अस्तु, हमें उनकी आसुरी

वृत्ति, पाशवी शक्ति, हिंस्र प्रवृत्ति तथा अराष्ट्रीय प्रकृति को सबसे पहले नष्ट करना होगा।''

''मैं भी इससे सहमत हूँ।'' अपना मौन भंग करते हुए लोपामुद्रा ने कहा, ''परंतु ऐसा करने में हम तभी सफल हो सकते हैं, जब हम स्वत: तो अन्याय, अनाचार, दमन, पीड़न तथा शोषण से दूर रहें ही, इन सबके निष्क्रिय, मूक द्रष्टा भी न बने रहें, और···किसी भी मूल्य पर अपने आर्यत्व, अपने ऋषित्व को पतनोन्मुख न होने दें।''

''हम सब इससे सहमत हैं, अब ऋषिश्रेष्ठ अपनी योजना प्रस्तुत करें।'' वार्तालाप को गति देने के विचार से निसंग ने प्रस्ताव किया।

''बंधुवर,'' निसंग के प्रस्ताव को सुनकर अगस्त्य कहने लगे, ''हमें महानदी तट से गोदावरी नदी तक विस्तृत भूभाग पर एक निश्चित अंतराल पर गुरुकुलों की स्थापना करनी होगी, और उन्हें वेद-वेदांग का अध्ययन, अध्यापन केंद्र तो बनाना ही होगा, आयुर्विज्ञान, सैन्य विज्ञान, कृषि एवं उद्योगों के शिक्षण-प्रशिक्षण के केंद्रों, विद्यापीठों के रूप में भी विकसित करना होगा, और···''

''और क्या ?'' अक्षत ने जिज्ञासा की।

''और हमें प्रचार, प्रसार तथा संचार तंत्र को भी सुदृढ़ बनाना होगा। कहाँ, क्या हो रहा है, इसकी त्वरित जानकारी की व्यवस्था करनी होगी। तदुपरांत आर्य-बस्तियों को भी सुगठित करना होगा। वे सच्चे अर्थ में आत्मनिर्भर तथा स्वरक्षाक्षम बन सकें, ऐसा प्रयास करना होगा।''

''यदि अनुमति मिले, तो मैं यह कहना चाहूँगी,'' ऋषि की ओर उन्मुख होकर लोपामुद्रा ने कहा, ''कि हमें आर्य-संस्कारों के व्यापक प्रचार-प्रसार पर भी बल देना होगा, और आर्यों को ऐसा प्रशिक्षण देना होगा कि वे किसी भी भय या प्रलोभन के आगे एक क्षण के लिए भी न झुकें।''

''मेरा विश्वास है कि यह तभी संभव है, जब हम प्रत्येक आर्य को यह विश्वास दिला सकें कि प्रत्येक सुख-दु:ख में हम आपके साथ हैं।'' अतुल ने कहा, ''कहना न होगा कि ऐसा विश्वास तभी उत्पन्न किया जा सकता है जब हम सब निस्वार्थ भाव से नि:स्व होकर उनके बीच रहें, और उनके सुख-दु:ख में सहभागी बनें। एक बात और स्पष्ट कर दूँ, हमें प्रत्येक आर्य के साथ, चाहे वह ऋषि हो या कृषक, वणिक हो या कर्मकर, समान धरातल पर आकर मिलना होगा।''

''ठीक है, आचार्य अतुल का कथन अक्षरश: युक्तियुक्त है साथ ही सत्य भी। क्योंकि सामाजिक समरसता के बिना सामाजिक एकता का कोई अर्थ नहीं, और···और सामाजिक एकता के बिना न तो सामाजिक सुरक्षा संभव है और न वांछित सफलता ही।'' वार्तालाप का सूत्र अपने हाथ में लेते हुए अगस्त्य ने कहा, ''हाँ तो सुतीक्ष्ण, तुम अपने पूर्व स्थापित गुरुकुल की देख-रेख करोगे। कुलपति निसंग व

निश्शंक इस गुरुकुल तथा इस क्षेत्र के प्रभारी होंगे। वे अपने सहयोगियों के साथ इस क्षेत्र के विकास के लिए प्राणपण से प्रयास करेंगे। प्रवर, अक्षत, अतुल आगे बढ़कर अपने-अपने लिए कार्यस्थली का चयन करेंगे और इस प्रकार गुरुकुल, ऋषि-आश्रम तथा आर्यबस्तियों की स्थापना करेंगे कि सारा दक्षिणापथ निद्रा व तंद्रा का परित्याग कर उठ खड़ा हो, 'कृण्वंतो विश्वम् आर्यम्' के लक्ष्य को दृष्टि-पथ में रखकर हम सब जन-जन के बीच जाएँ और उन्हें आर्यत्व प्रदान करें। हमारा अपना देश सच्चे अर्थ में आर्यभूमि, देवभूमि बन सके। इस प्रकार के प्रयत्न की आप सबसे अपेक्षा रखते हुए सम्मानपूर्ण सफलता की शुभ कामना के साथ विदा।''

जैसे ही ऋषि अगस्त्य का उद्‌बोधन समाप्त हुआ, लोग एक-दूसरे को देखने लगे, अपने स्थान से तनिक भी इधर-उधर नहीं खिसके। इसलिए नहीं कि वे प्रस्तावित कार्य से सहमत नहीं थे, इसलिए भी नहीं कि वे प्रस्तुत कार्यक्रम के प्रति कृत-संकल्पित नहीं थे, बल्कि इसलिए कि वे ऋषि से कुछ और मार्गदर्शन की अपेक्षा रखते थे। स्यात् ऋषि भी उनकी इस मनस्थ भावना को समझ गए थे, अतः उन्होंने कहा—

''एक बात और कहना चाहता हूँ, आसुरी शक्ति का सबसे बड़ा केंद्र वर्तमान में हमारे देश में जनस्थान है। दुर्भाग्यवश उसे लंकाधिपति रावण का संरक्षण तो प्राप्त है ही, कुछ स्थानीय नरेशों का भी सहयोग प्राप्त है। स्वयं भी वह बहुत सशक्त है। और हम सब असंगठित तो हैं ही, अपने-अपने स्वार्थ में लिप्त भी हैं। अतः इस समय हम इस शक्तिकेंद्र से नहीं टकरा सकते। परंतु···''

''परंतु क्या आर्यपुत्र ?'' लोपामुद्रा ने टोका।

''आज नहीं तो कल हमें उससे टकाराना ही होगा। हम नहीं टकरा सके, तो हममें से कोई अन्य टकराएगा, क्योंकि इस शक्तिकेंद्र को नष्ट किए बिना हम जीवित नहीं रह सकते, प्रगति नहीं कर सकते। लेकिन···लेकिन आज तो हमें इतना भर करना है कि जनस्थान में स्थापित इस आसुरी शक्ति का प्रसार और आगे न बढ़ पाए, हम उसे ध्वस्त कर पाएँ या न कर पाएँ, परंतु हमें उसे अपनी सीमाओं में रहने के लिए तो बाध्य करना ही होगा, और यह कार्य हम करेंगे ऐसा संकल्प हम में से प्रत्येक को लेना होगा।''

ऋषि अभी चुप भी न हो पाए थे कि गुरुकुल की सायंकालीन प्रार्थना के लिए एकत्र ब्रह्मचारी गा उठे—

''स्वस्ति नः इन्द्रः वृद्धक्षवा, स्वास्ति नः पूषा विश्ववेदाः।
स्वस्ति नस्ताक्ष्र्यो अरिष्ट नेमि, स्वस्ति नो वृहस्पतिर्दधातु।।''

सुनते ही सब लोग प्रसन्न व आनंदित हो उठे। उन्हें लगा जैसे देवगण ही उनका स्वस्त्ययन कर रहे हों।

और अगस्त्य···? अगस्त्य तो सुनते ही स्वस्त्ययन की मुद्रा में अपना दायाँ

हाथ ऊँचा उठाकर यह स्वस्ति मंत्र मन-ही-मन गुनगुना उठे। भुवनभास्कर शीघ्रता में थे, फिर भी अनुराग की लालिमा बिखराए बिना वह आगे नहीं बढ़े। देखकर लोगों ने उन्हें, ऋषि तथा अन्य सबको प्रणाम कर विदा ली और अपने निवास की ओर चल पड़े।

कभी-कभी मनुष्य को दूसरों के प्रति नहीं, अपने ही प्रति उपालंभ रहता है, दूसरों के प्रति नहीं, अपने ही प्रति आपत्ति रहती है, अन्य किसी के प्रति नहीं, स्वयं के प्रति ही रोष, आक्रोश होता है। अगस्त्य की भी आज ऐसी ही मन:स्थिति थी। उन्हें अपने प्रति घोर उपालंभ था, अपने-आप पर बहुत अधिक रोष व आक्रोश था। क्यों···?

क्योंकि उन्हें लगता था कि इन्द्र-पद के लिए नहुष का चयन कर उन्होंने एक भयानक भूल की है, एक अक्षम्य अपराध किया है। क्यों किया उन्होंने यह सब ? क्या बाध्यता थी उनके सामने ?···इन प्रश्नों के सामने आते ही उन्हें याद आता है, एक दिन वह अपने आश्रम में बैठे हुए थे, उनका मस्तिष्क नवीनतम ऋचा-सृजन की प्रसव-पीड़ा में था, तभी, हाँ तभी इंद्र की राजधानी से कुछ चर उनके पास आए और उनसे कहा कि वृत्रासुर-वध के उपरांत इंद्र के मन में इस युद्ध में हुए रक्तपात तथा नरसंहार को देखकर घोर विरक्ति व आत्मग्लानि हुई है, इतनी विरक्ति, इतनी आत्मग्लानि कि वह इंद्रासन, राजसिंहासन का परित्याग कर किसी अज्ञात स्थान में जा छिपे हैं, और···

और इंद्रासन रिक्त ही नहीं अरक्षित भी हो गया है। इतना अरक्षित कि समस्त प्रजाजन असुरों के संभावित आक्रमण को लेकर मन-ही-मन चिंतित ही नहीं दुखित भी हैं, अस्तु, देवगुरु बृहस्पति ने आपको तथा कुछ अन्य ऋषियों को तत्काल राजधानी बुलाया है। वह चाहते हैं कि आप सबके परामर्श से यथाशीघ्र उनके उत्तराधिकारी का मनोनयन किया जा सके। तब···तब क्या हुआ था ?

वह विमान द्वारा इंद्र की राजधानी पहुँचे थे। वहाँ कुछ ऋषि पूर्व से ही उपस्थित थे और कुछ उनके पश्चात् उसी विमान द्वारा वहाँ आए थे। बृहस्पति के साथ हम सबने पारस्परिक विचार-विनिमय के पश्चात् राजा नहुष को इन्द्र-पद के लिए मनोनीत किया था और नहुष को मूर्धाभिषिक्त करने के लिए त्वरित बुलवाया तथा हम सबने नहुष को इंद्र के स्थान पर मूर्धाभिषिक्त कर दिया था।

अपने इस मनोनयन पर, इस विवेकपूर्ण निर्णय पर हम सबको कितना हर्ष व गर्व हुआ था। उस समय···? अगस्त्य प्रश्न कर चुप करने को हुए तो उन्हें लगा, उनका हर्ष व गर्व उनके उस समय अनुभूत उल्लास में हिलोरें मार उठा था। प्रजाजन तथा राजनयिकों ने भी इस सुंदर, सुखद निर्णय के लिए उन्हें बधाई ही नहीं दी थी, उनकी भूरि-भूरि प्रशंसा भी की थी। और आज···?

आज वे ही उनकी निंदा व भर्त्सना कर रहे होंगे। इतनी जल्दी यह बदलाव

कैसे आ गया ? कैसे···? प्रश्न की चपेट से अपने-आपको बचाने का प्रयास करने पर भी अगस्त्य तिलमिला उठे।··क्या हो गया इस बीच कि वह राजधानी से अपने आश्रम में आकर एक महीना भी शांतिपूर्वक नहीं बिता सके कि इंद्र की राजधानी से पुन: बुलावा आ पहुँचा। क्यों ? क्या जिस निर्णय पर वह हर्ष व गर्व प्रकट कर पुलकित हो रहे थे, वही अनुचित था, वही ?

अगस्त्य स्थिरचित्त होकर जैसे ही इस प्रश्न का उत्तर खोजने के लिए अंतराभिमुख हुए, उन्हें लगा कि नहुष इंद्रासन से उठकर सीधे अंत:पुर के द्वार पर जा पहुँचे हैं, और···और राजप्रहरियों के मना करने पर भी अंत:पुर में राजमहिषी इंद्राणी की ओर अभिमुख होकर कह रहे हैं—

" प्राणवल्लभे, तुम यहाँ···? तुम्हें तो मेरे अंक में बैठना चाहिए था। मेरे जिस वक्ष पर कण्ठाभरण झूल रहा है उस, हाँ उस वक्ष पर तुम्हारी मृदुल बाहुलता झूलनी चाहिए थी,··प्रियतमे, तुम्हारे अमृत-कूप से युक्त इन कपोलों को, जो इस समय म्लान जैसे हो रहे हैं, मेरे स्नेहिल चुम्बनों से रक्ताभ होना चाहिए था,··चंदमुरवी, तुम्हारी चितवन से जो अमृत-बिंदु टपक रहे हैं, उन्हें पाकर निष्प्राण से निष्प्राण व्यक्ति भी ऊर्जस्वित हो सकता है। फिर मेरे ये प्राण तो तुम्हारे, हाँ तुम्हारे ही क्रीत दास हैं, मुझसे दूर भागकर इन्हें और अधिक न तड़पाओ।··वरोरु, आओ, भयभीत मृगी के समान भागो मत, मेरे निकट आओ, और मेरे अंक में समा जाओ। आओ, आओ, विलंब न करो। मेरे ये प्राण तुम्हें पाने के लिए न जाने कब से व्याकुल हैं, कब से ?··देवि, यह समय रूठने का नहीं, एक-दूसरे का होकर आनंद-सागर में आकंठ डूबने का है, आकंठ डूबने का।

" क्याऽऽऽ···? मेरा अधिकार तुम पर नहीं, इंद्रासन तक ही सीमित है ? हा,हा,हा,हा किसने बताया यह तुम्हें ?··नीतिकारों ने ? वे क्या जानें ? सत्ता कभी सीमा में नहीं रहती, निस्सीमता उसकी अपनी प्रकृति है, और स्यात् नियति भी, हाँ, हाँ, नियति भी। इसलिए तुम मेरी हो, केवल मेरी। शची इंद्र की पत्नी है, यह एक लोकविश्रुत सत्य है, और···और जैसा कि तुम स्वत: जानती तथा मानती हो, मैं इंद्र हूँ, अत: तुम पर मेरा नैतिक एवं वैधानिक अधिकार है, और सामान्य से सामान्य व्यक्ति भी अपने अधिकारों का परित्याग नहीं करता, विवश किए जाने की स्थिति में भी उनका त्याग करना नहीं चाहता। फिर, फिर मैं तो शासक हूँ, नियामक हूँ, इंद्र हूँ, मैं अपने अधिकार कैसे छोड़ सकता हूँ ? नहीं, नहीं छोड़ सकता। तुम्हें मेरी अंकशायिनी बनना ही होगा।

" क्या इस पर विचार करने के लिए तुम्हें कुछ समय चाहिए ?··बड़ी निष्ठुर और दुराग्रहिणी हो मेरी रानी। खैर, सोच लो, समझ लो, परंतु याद रखो कि जब नहुष सम्राट बना है, इंद्र हुआ है, तो उसकी अनियंत्रित इच्छाओं, आकांक्षाओं को नियंत्रित करने के लिए उसकी एक हृदयसम्राज्ञी होनी ही चाहिए, और वह तुम और

केवल तुम हो सकती हो। मैं तुम्हें सोचने के लिए एक सप्ताह का समय देता हूँ, यदि इस बीच तुमने मेरे प्रणय-निवेदन पर समुचित ध्यान नहीं दिया, तो मैं बलात् तुम्हें अपनी अंकशायिनी बनाऊँगा···अच्छा अब मैं जा रहा हूँ। आशा है, तुम निर्धारित अवधि में अपना निर्णय मुझे बता दोगी। ''

यह सब हो रहा है, इंद्र की राजधानी में, निवृत्तमान इंद्र के अंत:पुर में···? अगस्त्य ने अपने नेत्र खोल दिए और बहिर्मुख होकर देखा, तो लोपामुद्रा बैठकर चिंतन करती हुई दिखाई दीं। बोले, ''लोपामुद्रा, किसी को भेजकर प्रवर को कहलाओ कि वह बृहस्पति द्वारा भेजे गए चर को अपने साथ लेकर यहाँ आए।''

लोपामुद्रा अपने आसन से उठकर कुटिया के द्वार पर आईं तो उन्होंने देखा कि प्रवर स्वत: चर के साथ कुटिया की ओर बढ़ा आ रहा है। अत: वह पुन: लौट पड़ीं और कहने लगीं कि वे दोनों स्वत: ही इधर आ रहे हैं।

''अच्छा'' कहकर अगस्त्य उन दोनों के आगमन की प्रतीक्षा करने लगे। कुछ ही क्षणों में अन्दर आकर उन दोनों ने आचार्य प्रवर के चरण-स्पर्श किए और ऋषि के सामने पड़े हुए आसनों पर बैठ गए।

''हाँ, तो बृहस्पति ने क्या कहा है, अब बताओ।'' अगस्त्य ने चर को अपने आने का अभिप्राय बताने के लिए प्रेरित करते हुए कहा।

''देव, उन्होंने कहा था कि मैं इंद्र नहुष के अंत:पुर में अनधिकृत प्रवेश एवं वहाँ पहुँचकर इंद्राणी के साथ किए गए दुर्व्यवहार तथा उनके द्वारा भविष्य में किए जाने वाले दुष्कृत्य का संपूर्ण वृत्त आपको सुनाकर आपसे इंद्र की राजधानी पधारने का अनुरोध करूँ।'' चर ने विनम्रतापूर्वक निवेदन किया।

''वह मैं सुन चुका हूँ और वह मेरे अंत:पटल पर इस प्रकार अंकित हो गया है कि जब भी मैं इंद्र तथा इंद्रलोक के संबंध में कुछ भी विचार करने को बैठता हूँ,'' अगस्त्य कहने लगे, ''तो मेरी आँखों के आगे अंत:पुर में घटित घटनाक्रम का घृणित दृश्य उभरकर आ जाता है। अभी भी जब मैं विचार कर रहा था, वह दृश्य मेरे हृदय-पटल पर उभर आया था, अत: उसकी आवृत्ति करने की आवश्यकता नहीं। तुम तो यह बताओ कि क्या बृहस्पति ने इस दुखद घटना से त्राण पाने का कोई उपाय भी सुझाया है ?''

''मुझे लगता है कि इसी पर विचार करने के लिए उन्होंने उन सब ऋषियों को बुलवाया है, नहुष को इंद्रपद पर मूर्धाभिषिक्त करने के लिए जिन्होंने अपनी सहमति प्रदान की थी।'' अपनी प्रतिक्रिया प्रकट कर चर चुप कर गया।

''और इंद्राणी ने भी कोई संदेश भेजा है क्या ?'' अगस्त्य ने जानना चाहा।

''उन्होंने···?'' चर ने प्रतिप्रश्न किया, और फिर उत्तर पाने के लिए न रुककर कहने लगा, ''उन्होंने, हाँ, उन्होंने भी निवेदन किया है। कहा है, 'कामांध नहुष को इंद्र बनाकर ऋषियों ने कोई भूल की है, ऐसा मैं नहीं कहना चाहती, किंतु··किंतु

ऋषिवर्य नहुष की कामातुरता से अवगत होने पर भी उसकी ओर से दुर्लक्ष्य करने की भूल नहीं करेंगे, मेरा ऐसा विश्वास है, और वह भी यथाशीघ्र, अन्यथा मुझे अपने प्राण विसर्जित करने के लिए विवश होना पड़ेगा।' ''

''ठीक कहा है, शची ने।'' बुदबुदाते हुए अगस्त्य ने कहा और फिर अपने स्वर को तनिक और ऊँचा करते हुए उन्होंने कहा, ''तो कब चलना होगा, मुझे ?''

''कभी भी। विमान प्रस्तुत है, अभी चलना चाहें तो अभी भी चल सकते हैं।'' चर ने कहा, ''वैसे भी स्थिति की विस्फोटकता, असहनीयता को देखते हुए हमें शीघ्र ही चलना चाहिए।''

लोपामुद्रा तथा प्रवर को आश्रम का दायित्व प्रदान कर अगस्त्य जैसे ही विमान की ओर बढ़ने को हुए, लोपामुद्रा ने उनकी ओर उन्मुख होते हुए कहा, ''ऋषि-श्रेष्ठ, प्रस्तुत संदर्भ में एक सती का सतीत्व तथा आपकी न्यायनिष्ठा दोनों दाव पर हैं, ऐसा न हो कि सत्ताधीश अपनी सत्ता के मद में इन दोनों की बलि ले लें। अस्तु, आप कृतसंकल्पित होकर जाएँ कि किसी भी मूल्य पर ऐसा न होने देंगे, अन्यथा मुझे आदेश दें, मैं रणचंडी बनकर, कृपाण की नोक पर शची के सतीत्व की रक्षा करने के लिए प्रतिश्रुत हूँ।''

लोपामुद्रा के तमतमाए हुए चेहरे को देखकर अगस्त्य के चेहरे पर भी सात्विक क्रोध आ गया, परंतु वे न तो उत्तेजित हुए और न खड्गहस्त ही, मुस्कराते हुए विमान में आ बैठे। किंतु···किंतु उनके मन में न तो पहले जैसा उल्लास था और न आह्लाद ही। वह सोच रहे थे, 'यदि शासक ही अनाचार, अत्याचार तथा व्यभिचार करने लगे, तो शासित किसके समक्ष अपनी गुहार करे···न्यायाधिकरण के···? हाँ, किंतु यदि शासक व न्यायाधिकरण एकीकृत हो, तो फिर पीड़ितों को शासक के अनाचार से कौन मुकित दिलाएगा ? बुद्धिजीवी, ऋतजीवी ? हाँ, इस अवस्था में बुद्धिजीवी व ऋतजीवी होने के नाते शासितों को शासक के पीड़न, शोषण, अनाचार, अत्याचार से मुकित दिलाने का भार ऋषिवर्ग पर आता है, आना ही चाहिए।···बोलो अगस्त्य, बोलो, क्या तुम इस भार को वहन करने के लिए उद्यत हो ? हाँ, और वह भी प्रत्येक मूल्य पर, यहाँ तक कि प्राणों के मूल्य पर भी।' अगस्त्य ने अपने-आपसे कहा और गंतव्य के आते ही विमान से नीचे उतर आए।

बृहस्पति ने आगे बढ़कर अगस्त्य का स्वागत किया और कुशल समाचार पूछने के पश्चात् उस भवन में ले आए, जहाँ इस कार्य हेतु अन्य ऋषि रुके हुए थे।

दूसरे दिन निश्चित समय पर ऋषियों की बैठक का आयोजन किया गया। बृहस्पति ने आयोजन की पृष्ठभूमि पर प्रकाश डाला, संभावनाओं को विश्लेषित किया, परिणामों को रेखांकित किया, और फिर कहा कि अब क्या करना है, इस पर विचार किया जाए।

"प्रत्येक मूल्य पर शची के सतीत्व की रक्षा की जानी चाहिए," अगस्त्य ने कहा, "यह तो स्पष्ट है, परंतु इसके लिए क्या किया जाए, यही विचारणीय है। मेरा विश्वास है, इस संबंध में आपने कोई-न-कोई उपाय अवश्यमेव खोजा होगा। ठीक है न ?"

बृहस्पति बोले, "मेरा मत तो यह है कि शची के पास जैसे ही नहुष का दूत या वह स्वतः पहुँचे, वह उन्हें कहे कि यदि इंद्र पालकी में बैठकर तथा ऋषियों द्वारा उसे उठवाकर मेरे पास आएँ तो मैं उनका आदेश शिरोधार्य करने के लिए तत्पर हूँ।"

"परंतु क्या हमने इस निर्णय के निहितार्थों पर गंभीरता से विचार किया है ?" जड़भरत ने कहा, "कहीं ऐसा न हो कि इससे सती की सतीत्व-रक्षा का विकल्प ही शेष न रहे।"

"मेरा विचार है," अपना मत स्पष्ट करते हुए अगस्त्य ने कहा, "बृहस्पति जी का विश्वास है कि प्रथम तो नहुष शची के इस प्रस्ताव से सहमत नहीं होगा, और यदि हो गया तो उसे शीघ्र ही ऋषियों का कोपभाजन बनना होगा। हो सकता है, शची-निवास तक पहुँचने के पूर्व उसके विनाश का पथ प्रशस्त हो जाए, यही है न ?"

"आपने बिल्कुल ठीक समझा है, ऋषिवर।" बृहस्पति ने अपनी सहमति प्रकट की।

"ठीक है, हम सब भी इससे सहमत हैं।" जडभरत ने कहा, "परंतु शची के साथ धोखा न हो, इसे अवश्य ध्यान में रखें।"

"बृहस्पति स्वतः शची के पास जाएँ और उसे अपना मंतव्य कह समझाएँ।" वार्तालाप को तार्किक परिणाति की ओर मोड़ते हुए अगस्त्य ने कहा, "यह भी स्पष्ट कर दें कि यदि ऋषियों को अपमानित करने का प्रयास किया गया, तो आपके आवास तक आने के पूर्व उसका पतन सुनिश्चित है। और यदि इस प्रस्ताव से असहमत होकर उसने स्वतः इस दुर्विचार का परित्याग कर दिया, तो आप सुरक्षित हैं ही।"

उपस्थित ऋषियों ने स्वीकृतिसूचक सिर हिलाकर इस प्रस्ताव का अनुमोदन किया, तो दायित्व-भार से बोझिल होने पर भी बृहस्पति अपने-आपको तनावमुक्त अनुभव करने लगे और अगस्त्य सोचने लगे कि भूल-परिमार्जन का समय निकट है, बिल्कुल सन्निकट। उधर किसी के द्वारा आश्वस्त न किए जाने पर भी शची न जाने क्यों आश्वस्त, निश्चिंत जैसी हो उठी, न जाने क्यों। उसके मन ने उससे कहा, कि वह रंचमाच भी चिंता न करे, नहुष, कामांध नहुष उसका कुछ भी नहीं कर सकेगा, कुछ भी।

•

सेनापति के अनुरोध-विरोध को इंद्र नहुष अपेक्षाकृत कम महत्त्वपूर्ण मानकर अनसुना, अनदेखा भी कर सकते हैं, परंतु बृहस्पति…? बृहस्पति का आदेश ही नहीं, परामर्श

भी उनके लिए बंधनकारी होगा।...फिर वर्तमान में बृहस्पति ही तो उसके एकमात्र शुभचिंतक व संरक्षक हैं, यह सोचकर शची ने बृहस्पति से इंद्र नहुष के अब तक किए गए दुर्व्यवहार तथा संभावित दुष्कृत्य की शिकायत तो की ही थी, उनसे अपनी सुरक्षा हेतु सहायता प्रदान करने की याचना भी की थी। किंतु...

किंतु क्या वह नहुष को वारित करने के लिए आगे आए ? नहीं। सुनकर उन्होंने ऋषियों से परामर्श किया और फिर उसके पास आकर उसे यह परामर्श दे गए कि वह नहुष के पास यह संदेश भेज दे कि यदि वह ऋषियों से अपनी शिविका उठवाकर उसके अन्त:पुर तक आए तो वह उसके, इंद्र के आदेश, निर्देश को शिरोधार्य कर सकती है,...यह कहा बृहस्पति ने ?

बिल्कुल ठीक, यही कहा। शची के मन में बृहस्पति के प्रति अविश्वास हो, ऐसा नहीं था, किंतु नहुष...? नहुष पर वह रंचमात्र विश्वास नहीं करती थी, कर भी कैसे सकती थी ? और ऋषि ? ऋषियों के प्रति अविश्वास करने का तो कोई कारण नहीं। किंतु...किंतु वह सोचती थी, राजदंड के भय से ऋषि भी शिविकावाहक बन सकते हैं। और...और नहुष को शिविका में बिठाकर उसके अंत:पुर के द्वार तक छोड़ सकते हैं।...वे सब अंत:पुर में तो आएँगे नहीं, अंत:पुर में तो आएगा नहुष, कामांध, निर्लज्ज नहुष।

तब...? तब क्या कर सकेगी वह एकाकी ?...अपनी कृपाण से वह आत्महत्या तो कर सकती है, परंतु इंद्र नहुष की भी हत्या कर सकेगी या नहीं, यह निश्चित रूप से नहीं कहा जा सकता, सचमुच नहीं कहा जा सकता। तो क्या इस प्रस्ताव को वह अस्वीकार कर दे, एकदम ठुकरा दे ? शची कुछ निश्चय नहीं कर सकी। कभी उसे लगता, ऋषि नहुष की शिविका उठाने के लिए उद्यत नहीं होंगे और यदि ऐसा हुआ तो नहुष अपने-आप अकृत कार्य हो जाएगा।...स्यात् बृहस्पति ने यह विचार कर ही यह सुझाव दिया है। कभी उसे लगता कि ऋषि राजदंड के भय से शिविका उठाने को उद्यत भी तो हो सकते हैं। और यदि ऐसा हुआ, जिसकी संभावना को पूर्णत: नकारा भी न जा सकता, तथा वह निर्विघ्न अंत:पुर में आ गया, तो उसका सर्वनाश तो सुनिश्चित ही है। नहीं है, क्या ? शची ने अपने-आपसे प्रश्न किया, और फिर चुप कर गई।

हठात् उसे लगा कि ऋषि का आकलन असत्य नहीं हो सकता और उन पर अविश्वास करने का तो कोई कारण ही नहीं। सुना है कि मंत्रस्रष्टा तथा क्रांतिद्रष्टा अगस्त्य का भी उनके इस प्रस्ताव को समर्थन प्राप्त है, यही नहीं, शिविकावाहकों में से एक वह भी होंगे।...यदि सचमुच ऐसा है, और विश्वास है कि ऐसा है ही, तो बृहस्पति के प्रस्ताव को अमान्य करने की क्या आवश्यकता ? स्यात् कुछ भी नहीं।

अभी शची यह सब सोच ही रही थी कि उसे किसी के आने की आहट सुनाई

दी। उत्कर्ण होकर उसने प्रवेश-द्वार की ओर दृष्टि डाली, तो देखा नहुष की एक दूती उसके पास आ रही है। देखते ही उसे क्रोध आने को हुआ, परंतु किसी प्रकार उसने अपने-आप पर नियंत्रण किया और दूती के आने की प्रतीक्षा करने लगी।

थोड़ी ही देर में दूतिका ने राजनीय शिष्टाचार के अनुसार शची का अभिवादन किया और फिर कहा, ''देवि, महाराज ने कहा है कि मैं आपको यह स्मरण दिलाऊँ कि आपने जो अवधि दी थी, वह कुछ ही समय में समाप्त होने को है। अब आपका क्या विचार है ? आप उनके प्रस्ताव से सहमत हैं या नहीं ?'' एक हल्की-सी कुटिल मुस्कान इधर-उधर बिखेर कर दूतिका चुप कर गई।

शची का संयम चूर-चूर होने को हुआ। उसके मन में आया, दो झापड़ लगाकर तथा धक्का देकर उसे अंत:पुर से बाहर निकाल दे, किंतु उसने विवेक से काम लिया, रंचमात्र भी क्रोधित नहीं हुई और बोली, ''महाराज इंद्रदेव से कहना कि यदि वह ऋषियों से अपनी शिविका उठवाकर उसके अंत:पुर तक आएँ, तो वह उनका प्रस्ताव स्वीकार कर सकती है।''

दूतिका ने अपनी दाईं आँख का कोना तनिक दबाया, फिर कुटिलतापूर्वक तनिक मुस्कराई और बोली, ''आपका यह निर्णय उचित ही है, तो मैं जाकर महाराज को यह सब बता दूँ ?''

शची के स्वीकृतिसूचक सिर हिलाते ही दूतिका नहुष के पास पहुँची और उन्हें शची की सोपबंध स्वीकृति-सहमति की सूचना दी। सुनते ही नहुष प्रसन्नता से उछल पड़ा। उसने तत्काल अपने एक विश्वस्त परिचारक को बुलाया और उसको कहा कि बृहस्पति के अतिथिगृह में ठहरे हुए ऋषियों को जाकर कहे कि इंद्र ने आप सबको राजप्रासाद आकर तत्काल उनसे मिलने का निर्देश दिया है, अत: आप सब अविलंब राजप्रासाद पहुँचने की कृपा करें।''

इंद्र का आदेश, निर्देश सुनाकर जब परिचारक अतिथिगृह से लौट गया, तो ऋषि एक-दूसरे की ओर देखने लगे, मानो उनके अंतर में झाँककर उनकी मनस्थ भावनाओं को पढ़ने का प्रयास कर रहे हों, और कुछ देर तक देखते ही रहे। कोई किसी से कुछ नहीं बोला। लगा, जैसे भरत ही जड़ न हों, उनके संपर्क में आकर अन्य ऋषि भी जड़ हो गए हों। किंतु यह सब कब तक चल सकता था, अंतत: तो कुछ-न-कुछ निर्णय लेना ही था, अस्तु अतिथिगृह में यहाँ से वहाँ तक पसरे हुए मौन को भंग करते हएु अगस्त्य बोले--

''बृहस्पति का आकलन सच निकला, बिल्कुल सच। नहुष कामांध तो है ही, विवेकहीन भी है। और···और जो व्यक्ति ऋषियों से शिविका उठवाने की मूर्खता, धृष्टता, बल्कि यह कहिए कि नीचता कर सकता है, उससे सामान्य जन को क्या न्याय मिलेगा ?···निश्चित रूप से नहीं।''

''एक बात और विचारणीय है,'' जड़ भरत ने कहा, ''जिस शासक के शासन

में पूर्व राजमहिषी शची जैसी पतिव्रता के सतीत्व को स्वतः राजा द्वारा दिन के प्रखर प्रकाश में ध्वस्त करने का प्रयास किया जाए, उस राज्य में अन्य महिलाएँ अपने पातिव्रत को अक्षुण्ण रख सकेंगी, इसकी तो कल्पना ही नहीं की जा सकती। की जा सकती है क्या ?''

''यह सब तो सूर्य के उज्ज्वल प्रकाश के समान एकदम स्पष्ट है। अतः उस पर विचार करने की आवश्यकता नहीं है।'' अगस्त्य का मत था, ''विचारणीय बात तो यह है कि शिविका को अंतःपुर ले जाने तक हमें धैर्य धारण करना है अथवा इस प्रस्ताव को सुनकर ही उसे पदच्युत करना है ?''

अगस्त्य ने स्पष्ट शब्दों में अपनी बात ऋषियों के समक्ष रखी थी, परंतु उनमें से किसी ने कोई प्रतिक्रिया प्रकट नहीं की। स्यात् वे विचार कर रहे थे, सोच रहे कि क्या उचित रहेगा ? किंतु अगस्त्य विलम्ब को अनावश्यक ही नहीं हानिकारक भी मानते थे। अतः उन्होंने कहा, ''मेरे विचार से शिविका उठाकर हम लोग अत्यंत धीमी गति से चलें, कामांध नहुष को यह सहन नहीं होगा। अपनी कामातुरता में उसे एक-एक क्षण निकालना कठिन होगा। हो सकता है इस मनःस्थिति में वह हममें से किसी को प्रताड़ित करे, और हमें उसे पदच्युत करने तथा अपने को अत्यंत धैर्यशील प्रमाणित करने का सुअवसर प्राप्त हो सके।''

''किंतु क्या हमारी अपनी प्रताड़ना शची के सतीत्व नष्ट करने की तुलना में अधिक गंभीर अपराध है ?'' प्रकारांतर से त्वरित पदच्युत किए जाने की बात पर बल देते हुए जड़ भरत ने जानना चाहा।

''नहीं, कदापि नहीं,'' अगस्त्य को लगा कि जड़ भरत के तर्क को नकारा नहीं जा सकता। ''परंतु परामर्श के चक्कर में पड़कर हमने अब तक जो संयम एवं धैर्य दिखाया है, उसके औचित्य को सिद्ध करने का अब यही मार्ग शेष रहा है। फिर ऐसा करने पर नहुष का अपराध द्विगुणा हो जाएगा, सती व साधु, वह दोनों का अपराधी हो जाएगा।''

''ठीक है तब यही निश्चित रहा।'' कहकर सब ऋषि अपने-अपने स्थान से उठे और अगस्त्य को आगे कर नहुष के राजप्रासाद पर जा पहुँचे। नहुष तो उतावला तथा कामवासना के वशीभूत होकर बावला हो ही रहा था, जैसे ही उसे सूचना मिली कि शिविका उठाने के लिए ऋषि आ गए हैं, उन्हें अपने पास बुलाकर बात करने की आवश्यकता न समझकर वह स्वतः बाहर आया और शिविका में बैठ गया। स्यात् उसे यह आशा थी कि उसके शिविका में बैठते ही, ऋषि उसकी शिविका को अपने कंधों पर लादकर चल देंगे, किंतु जब ऐसा कुछ नहीं हुआ, तो उसने एक अंगरक्षक को बुलाकर कहा कि वह ऋषियों के पास जाए, और उनसे तत्काल शिविका उठाकर ले चलने को कहे। नहुष का आदेश पाकर अंगरक्षक ऋषियों के पास गया, और अत्यंत विनम्रतापूर्वक बोला, ''ऋषिवर, महाराज चाहते हैं कि आप

उनकी शिविका को उठाकर यहाँ से तत्काल चल दें और उन्हें यथाशीघ्र अंत:पुर शची-आवास पर पहुँचा दें।''

सुनकर किसी ऋषि ने कोई उत्तर नहीं दिया, अत: अंगरक्षक ने पुन: अपनी बात दुहराई। किंतु``किंतु अब भी उनमें में किसी ने भी कोई प्रतिक्रिया प्रकट नहीं की। नहुष का उनका यहाँ आकर इस प्रकार अड़ना अच्छा नहीं लगा, परंतु उसने किसी को भी कुछ कहना उचित नहीं समझा। शिविका से उतरकर वह अगस्त्य की ओर मुड़ा और अपने गले में पड़े हुए मुक्ताहार को निकालकर उनकी ओर बढ़ाते हुए बोला, ''यह रहा तुम्हारा अग्रिम पुरस्कार। दो लाख से कम का नहीं होगा। लो गले में डाल लो, और उठाओ शिविका।''

''आप हमें गलत न समझें, हम न तो श्रमिक हैं और न चारण ही जो यों ही सामान्य-से प्रलोभन में पड़कर कुछ भी करने या कहने लग जाएँ।'' जड़भरत की फक्कड़ता पारदर्शी हो उठी थी। वह कह रहे थे, ''हमें राजाज्ञा तथा ऋषियों की प्रतिष्ठा दोनों को अपनी दृष्टि में रखना है, और इन दोनों की ही नहीं एक सती के सतीत्व की रक्षा भी करनी है। अत: हम शीघ्रता में कोई ऐसा निर्णय नहीं ले सकते, जो इनमें से किसी भी एक के लिए घातक हो।''

''क्या बकता है, मूर्ख ? शिविका उठाता है या नहीं ?'' गरजते तथा क्रोध से भूमि पर पैर पटकते हुए नहुष चिल्लाया और कृपाण को कोषमुक्त कर बोला, ''यह न तो कोई अपवाद छोड़ती है और न किसी पर कृपा ही करती है।''

अगस्त्य को लगा, शिविका उठाने के लिए यह उपयुक्त समय है। अत: उन्होंने संकेत से सबको शिविका के पास आने तथा शिविका उठाकर ले चलने को कहा और स्वयं भी वहाँ आ पहुँचे। यह देखकर उत्फुल्ल नहुष पुन: शिविका में आ बैठा। ऋषियों ने शिविका उठाई, अपने कंधों पर रखी, और धीरे-धीरे चलने लगे। मार्ग एकदम समतल नहीं था, ऊबड़-खाबड़ तथा ऊँचा-नीचा भी था। ऐसी अवस्था में वे चाहकर भी और अधिक तीव्रता के साथ नहीं चल सकते थे। फिर वे ऋषि थे, कहार तो थे नहीं कि उन्हें शिविका उठाने का अभ्यास होता। वे रुक-रुक कर चलते और चलते-चलते रुक जाते, थोड़ी-थोड़ी देर में कंधे बदलते और फिर चलने का उपक्रम करते।

राजप्रासाद से अंत:पुर बहुत दूर नहीं था, फिर भी चौथाई योजन दूर तो था ही। उधर नहुष बहुत अधिक शीघ्रता में था, अत: वह कह रहा था, ''सर्प, सर्प, शीघ्रता करो, शीघ्रता करो।'' उधर नहुष की सुपुष्ट देहयष्टि के भार को न सह पाने के कारण ऋषि बार-बार कंधे बदल रहे थे। इस बार उन्होंने अगस्त्य को शिविका के अग्रभाग में कंधा लगाने को कहा। अगस्त्य साथियों की भावना का सम्मान कर जैसे ही शिविका के अग्रिम दण्ड को अपने कंधे पर रखने को हुए, नहुष ने अपने दाएँ पैर का भरपूर प्रहार उनके कंधे पर किया, और कहा, ''सर्प, सर्प, शीघ्रता

करो, शीघ्रता करो।''

पदाघात लगते तथा सर्प-सर्प की पुकार सुनते ही अगस्त्य का चेहरा तमतमा आया, क्रोध की लालिमा ने उनके नेत्रों को रक्तवर्णी बना दिया, उनके नासापुट फड़कने लगे, उनकी दंतावली के दबाव के कारण उनके अधरों से रक्तबिंदु टपकते जैसे लगे। उन्होंने शिविका को उतार कर नीचे रख दिया और गरजते हुए बोले, '' रे मूर्ख, रे कामांध, ऋषियों ने तेरी योग्यता, कार्यक्षमता, न्यायप्रियता, प्रजावत्सलता तथा लोकमंगल की भावना का विचार कर तुझे इंद्रासन पर आसीन किया था। उन्हें आशा थी कि तू देव राज्य की ही नहीं समस्त भरतखण्ड की बहुमुखी प्रगति को विस्तृत आयाम देगा। किंतु राज्य व राष्ट्र की प्रगति को बहुआयामी बनाना तो दूर रहा, तू तो अबलाओं की दुर्गति, अधोगति का भी कारण बन रहा है, धर्म, न्याय, विवेक सबको धता बताकर तू शची और शची के माध्यम से जन-जन की सत्यनिष्ठा के साथ बलात्कार करने चला है।

'' रे दुष्ट, तू इतना कामांध है कि तुझे बुद्धिजीवी, ऋतजीवी ब्राह्मण व ऋषियों को भी अपना शिविकावाहक बनाने में संकोच नहीं, लज्जा नहीं!

'' याद रख, हम सबने इंद्र-पद के लिए तेरा मनोनयन किया था, किंतु तेरी कामांधता तथा स्वकेंद्रिकता ने कुछ दिनों में ही यह प्रमाणित कर दिया कि ऋषियों का यह मनोनयन उचित नहीं था। रे निर्लज्ज, तुझे तो अपनी तथा अपने पद की गरिमा बनाए रखने की चिंता नहीं, परंतु हम आगे आने वाली पीढ़ियों के सामने ऐसा कोई उदाहरण नहीं छोड़ जाना चाहते, जिससे लोगों को यह सोचने का अवसर मिले कि ऋषियों के निर्णय भी सर्वथा निर्दोष, निर्भ्रांत हों, यह तो आवश्यक है ही नहीं। अपनी भूल ज्ञात होने पर भी वे उसका परिष्करण, परिमार्जन या सुधार करने की दिशा में निश्चित रूप से यथापूर्व उचित एवं ठोस पग उठाएँ यह भी आवश्यक नहीं।

'' अस्तु सर्प, सर्प कहने वाले रे मदांध, कामांध नरेश, तू इंद्रासन से च्युत होकर सर्प के समान सर्प ही अपने गृह कोटर में जा छिप, जिससे कि भावी पीढ़ियाँ इस कामांधता के कारण तुझे प्राप्त तेरी इस सर्प गति से कुछ शिक्षा ग्रहण कर सकें। ''

अगस्त्य की शाप जैसी भयानक बात को सुनकर इंद्र नहुष शिविका से बाहर निकलकर खड़ा हो गया और भय-विस्फारित नेत्रों से ऋषियों को देखकर बुरी तरह काँपने लगा। समाचार सुनते ही बृहस्पति घटनास्थल पर आ पहुँचे। एक अंगरक्षक ने दौड़कर सेनापति को इस सबकी सूचना दी, अत: वह भी वहाँ आ पहुँचा। जब सब लोग एकत्र हो गए, तो ऋषियों ने एक स्वर से नहुष को इंद्र-पद से च्युत, वंचित करने तथा उनके स्थान पर इंद्र को पुनर्प्रतिष्ठित करने का अपना निर्णय कह सुनाया।

अब नहुष की मदांधता, कामांधता का ज्वार कुछ हल्का हुआ। उसे लगा

उसने सचमुच भूल की है। अस्तु, अगस्त्य तथा अन्य ऋषियों के चरण पकड़कर क्षमायाचना करने लगा, किंतु''किंतु न तो अगस्त्य द्रवीभूत हुए और न कोई अन्य ऋषि ही। रह गए, बृहस्पति, सेनापति व अन्य मंत्री, सो उन्होंने कहा, ''ऋषियों का परामर्श ही हम सबके लिए आदेश के समान बंधनकारी है। फिर आदेश के संबंध में तो कहना ही क्या ? उसका तो हम सबको अक्षरश: पालन करना ही होगा, करेंगे भी। अस्तु, अब आप सर्प ही सर्प के समान अपने गृह कोटर में जाकर रहें, और जीवनपर्यंत अपने इस पाप का प्रायश्चित्त करते रहें।''

नहुष के सामने अब अपने गृह नगर को लौटने के अतिरिक्त अन्य कोई विकल्प नहीं था। विवश, निरुपाय, निराश तथा अनुताप ताप से तप्त नहुष घर को लौटने लगा, तो टिटहरी बोल उठी, ''टी ट्विट टी, ट्विट टी टी ट्विट टी।''

लगा जैसे नहुष ही नहीं, समस्त वन प्रांतर प्रायश्चित्त करने को विवश हो, और प्रायश्चित्त कर रहा हो। सर्वत्र अवसाद-भरी एक चुप्पी, एक नीरवता।

10

मधूक वृक्षों के सघन वन से पश्चिम की ओर एक विशाल वटवृक्ष के पार्श्व में एक आश्रम था। उस आश्रम के निकट ही कमल पुष्पों से सुशोभित एक सुंदर सरोवर था, जिसमें वक, जल-कुक्कुट व सारस स्वच्छंदतापूर्वक विचरण कर रहे थे। मधुप पुष्पों पर बैठकर तन्मयता के साथ पराग पान कर रहे थे। फल-फूलों से आच्छादित कई प्रकार के वृक्ष यहाँ-वहाँ लगे हुए थे, जिन पर बैठे हुए बहुवर्णी पक्षी कलरव करते हुए दर्शकों को अपनी ओर आकृष्ट कर रहे थे। मयूर अपने पंख फैलाकर यदा-कदा नृत्य कर उठते थे, कुहू-कुहू कर कोयल कूक उठती थी। शांत तथा निर्भीक हरिण प्राय: आश्रम में आकर ऋषियों के इधर-उधर चक्कर काटते हुए दिखाई पड़ते थे।

संध्या, अग्निहोत्र से निवृत्त होकर अगस्त्य अपने आसन पर बैठे थे। कमल की भीनी-भीनी गंध आ रही थी। शीतल, मंद, सुगंध वायु प्रवाहित हो रही थी। भुवन-भास्कर समस्त प्राणियों के प्रति अपनी अनुराग-लालिमा बिखेरते हुए प्राची के द्वार पर आकर खड़े हो गए थे। अगस्त्य ने हाथ जोड़कर उन्हें प्रणाम किया और फिर चिंतन की गहराई में डूब गए।

लोग इस दिशा को अगस्त्य दिशा या दक्षिणा कहते हैं। क्या यह संबोधन उनके कार्य के प्रति उनकी निष्ठा का प्रतीक है ? निश्चित रूप से नहीं, निष्ठा

साधना की परिपक्वता का पर्याय है। किंतु··· किंतु क्या ऐसा है ? जनसामान्य की तो बात ही क्या, सुतीक्ष्ण जैसे शिष्य के मन में भी मेरे कार्य के प्रति अब तक भ्रम की स्थिति बनी हुई है। और शरभंग···? शरभंग के मन में आस्था व निष्ठा का अभाव नहीं था, परंतु परिस्थितियों की विषमता व विकटता ने क्या उसे भी कार्य में प्रवृत्त होने दिया ? सोचते-सोचते अगस्त्य का मन अवसाद से भर उठा। वह चिंतन को विराम देकर आत्मशोधन करने लगे, किंतु उन्हें अपने चिंतन, अपने कार्य तथा उसके क्रियान्वयन में कहीं कोई खोट दिखाई नहीं दिया।

तो क्या शरभंग में दोष था ? ऐसा भी नहीं कहा जा सकता।··· फिर वह पलायनवादी क्यों बने ? जनसामान्य को अपनी ओर न खींच पाने के कारण उनके मन में उत्पन्न अनुताप ने उन्हें इतना तप्त कैसे बना दिया कि राम जैसे महान् पुरुष की कार्य-तत्परता भी उन्हें उत्साहित न कर सकी और···और वह उन्हीं की उपस्थिति में आत्मदाह कर इस लोक से विदा ले गए ?

आत्मकल्याण तथा लोककल्याण क्या दो विपरीत दिशा में जाते हैं ? अगस्त्य का मन कुछ निश्चय नहीं कर सका। करता भी कैसे ? वह लोकेषणा की भावना लेकर तो लोककल्याण के कार्य में प्रवृत्त हुए नहीं थे। सच तो यह है कि उन्होंने आत्मकल्याण व लोककल्याण को परस्पर विरोधी माना ही नहीं। हाँ, यह सच है कि निरे आत्मकल्याण को वह सदैव स्वार्थ की संज्ञा देते रहे हैं। दूसरों की दृष्टि में उनका यह भ्रम हो सकता है, परंतु अगस्त्य के मन में इसके संबंध में न तो कोई भ्रम था और न कोई संदेह ही। उनका स्पष्ट मत था कि लोककल्याण में ही आत्मकल्याण है। निरा आत्मकल्याण तो स्वार्थ है, परमार्थ से उसका कुछ लेना-देना नहीं। व्यक्ति जब वैयक्तिक मुक्ति का प्रयास करता है, तो उसके पैर धरती पर ही रहते हैं। दूसरे शब्दों में मुक्तिकामी होने पर भी वह बद्ध ही रहता है। किंतु··· किंतु लोककल्याण में रत व्यक्ति धरती से बँधा रहने पर भी मुक्त ही रहता है। क्यों ?

क्योंकि उसने अपने 'स्व' को संकीर्णता की परिधि से बाहर निकाल लिया है। उसका अपना कहा जाने वाला जैसे कुछ भी नहीं रहा, कुछ भी। वह तो समष्टि का अंग बन गया है। और 'स्व' के विशदीकरण के अतिरिक्त मुक्ति है भी क्या ? स्यात् कुछ भी नहीं। और जब ऐसा है, तो लोककल्याण में आत्मकल्याण खोजने की भावना गलत कैसे हो सकती है ? किसी प्रकार नहीं।

आश्वस्त जैसे होकर अगस्त्य चुप करने को हुए, तो उन्हें याद आया, उनकी इस अवधारणा को सुतीक्ष्ण तो बिल्कुल ग्रहण नहीं कर सके। शरभंग ने अवश्यमेव इसे कुछ-कुछ समझा तथा ग्रहण किया था, परंतु परिस्थितियों की विषमता व विकटता की चपेट में आकर वह भी भाग खड़े हुए, और निराश तथा हताश होकर केवल कार्य से ही विमुख नहीं हुए, बल्कि आत्मदाह कर संसार से कूच कर गए। और माण्डकर्णि···? प्रश्न सामने आते ही अगस्त्य का मन पीड़ा से भर उठा। भरता भी

क्यों नहीं ? माण्डकर्णि सच्चे अर्थ में उनके अनुयायी थे। लोककल्याण के जिस पथ को उन्होंने समाज के सामने प्रस्तुत किया था, माण्डकर्णि ने उसके वास्तविक मर्म को समझा था, और उसके अनुसार कर्म भी किया था। उन्होंने खनिकों, श्रमिकों व कृषकों के शोषण के विरुद्ध आवाज भर नहीं उठाई थी, बल्कि उन सबके हित-संरक्षण के लिए सतत संघर्ष भी किया था। सबसे बड़ी बात तो यह थी कि माण्डकर्णि को जनसामान्य का समर्थन प्राप्त था, वह उनमें अपने प्रति विश्वास जगाने में सफल हो सके थे।

किंतु क्या परिणाम निकला, इसका ? अगस्त्य का मन पुनः तिक्त हो उठा। माण्डकर्णि के प्रति स्नेहिल होने पर भी वह उनके संघर्ष के परिणाम के प्रति कटु हुए बिना न रह सके। होते क्यों नहीं ? अनार्य, असुरों व राक्षसों ने ही नहीं स्वार्थांध आर्यों ने भी, यहाँ तक कि स्वतः इंद्र ने भी माण्डकर्णि के कार्य का खुलकर विरोध किया था, किंतु जब वे उसमें सफल न हो सके, माण्डकर्णि को संघर्ष के पथ से विमुख नहीं बना सके, तो उन्होंने उन्हें अपने मार्ग से हटाने के लिए एक नवीन विकल्प का चयन किया। अगस्त्य सहसा उदास हो उठे, और कुछ निराश भी। किंतु दूसरे ही क्षण अपनी निराशा एवं उदासीनता को परे झिटक कर वह फिर सोचने लगे।

ये स्वार्थी तत्त्व जब संघर्ष द्वारा माण्डकर्णि को अपने लक्ष्य से भ्रष्ट न कर सके, तो उन्होंने उन्हें अपना शुभचिंतक मानने का ढोंग रचा और उनके लिए सब प्रकार की सुविधाओं से युक्त एक भवन तो बनवाकर दे ही दिया, उन्हें संगीत, सुरा तथा सुंदरियों के जाल में बुरी तरह फँसा दिया। आज···आज स्थिति यह है कि तपस्वी, मनस्वी तथा जनसामान्य के हित के लिए कटिबद्ध प्रख्यात माण्डकर्णि रात-दिन पाँच अप्सराओं के सदृश सुंदरियों से रात-दिन घिरे रहते हैं, मदिरा के चषक पर चषक चलते रहते हैं, संगीत की स्वर-लहरी पर इतराते हुए वे स्व को भुलाकर भी आमोद-प्रमोद में मग्न रहते हैं। उन्हें न अब अपनी चिंता है, न उन कृषक, श्रमिक तथा खनिकों की, जिनके लिए वे सदैव अपने प्राण होमने के लिए तैयार रहते थे। कितना दुर्भाग्यपूर्ण है यह सब ?

किंतु क्या इसके लिए माण्डकर्णि ही दोषी है ? तुम नहीं ? अगस्त्य ने स्वयं से जानना चाहा। वह बहुत देर तक इस प्रश्न पर विचार करते रहे, किंतु किसी निष्कर्ष पर न पहुँच सके। अंत में उन्हें लगा, माण्डकर्णि, शरभंग या सुतीक्ष्ण दोषी नहीं हैं, दोषी वह स्वयं हैं, स्वयं। यदि सतत संपर्क रखने पर भी वह उनमें अपने लोककल्याणकारी कार्यक्रम के प्रति आकर्षण व आस्था प्रकट नहीं कर सके, तो या तो उनका दोषपूर्ण चिंतन इसके लिए उत्तरदायी हैं अथवा उनकी अपनी कार्य-पद्धति। लेकिन यदि यही सब सच होता तो लोग इस दिशा को ही अगस्त्य दिशा या दक्षिणा नाम से क्यों पुकारते ? हो सकता है उनका मूल्यांकन अतिरंजना से

युक्त हो, परंतु निरी कल्पना तो नहीं हो सकता। हो सकता है क्या ?

क्यों नहीं ? सुना है दाशरथि राम अपने अनुज लक्ष्मण तथा अपनी पत्नी सीता के साथ दंडक वन में विभिन्न आर्य-बस्तियों तथा आश्रमों में जा रहे हैं, उन्हें संगठित सैनिक दृष्टि से प्रशिक्षित तथा राष्ट्र के लिए निःस्व होकर समर्पित होने के लिए प्रेरित कर रहे हैं। यही नहीं, उन्होंने गत एक दशक में ही एक विशाल जनसेना खड़ी कर ली है। अन्याय, अनाचार तथा अत्याचार के विरुद्ध खड्गहस्त होकर संघर्ष करने वाले सहस्र, सहस्र युवा सैनिक उनकी इस सेना में हैं, और वे समस्त दंडकारण्य को भयमुक्त राक्षस-विहीन करने के लिए प्रयत्नशील हैं। सुना तो यह भी गया है कि स्वकेंद्रित सुतीक्ष्ण जैसा व्यक्ति भी उनके प्रभाव के कारण अब सैनिक प्रशिक्षण तथा जनसामान्य के शिक्षण-प्रशिक्षण को महत्त्व देने लगा है। सोचते-सोचते अगस्त्य रुक जाते हैं। उन्हें याद आता है, उन्होंने भी उसे यह सब करने को कहा था, परंतु क्या परिणाम हुआ था उसका ?···कुछ भी नहीं।

भीरु स्वकेंद्रित सुतीक्ष्ण इन कार्यों को आत्मकल्याण में बाधक मानकर उनकी उपेक्षा व अवज्ञा करता चला गया था। केवल तुम्हारे द्वारा प्रस्तुत योजनाओं की ही ?···नहीं, राम भी तो कुछ वर्ष पूर्व उसके पास गए थे, तब सुतीक्ष्ण ने राम के परामर्श को क्या महत्त्व दिया था ? उनकी योजनाओं को कितना क्या मूर्त रूप दिया था ? कुछ नहीं। सचाई तो यह है कि तुम्हारी या राम की उपेक्षा के कारण उसने तुम्हारे या राम के परामर्श अथवा कार्य के प्रति दुर्लक्ष्य किया हो, ऐसा नहीं था, उसकी स्वकेंद्रिकता की अधिकता ने ही उसे ऐसा करने के लिए बाध्य कर दिया था।

एक निश्वास छोड़कर अगस्त्य चुप कर गए। वह अपनी पत्नी लोपामुद्रा के साथ गत चालीस वर्ष से आर्यों के धार्मिक, आध्यात्मिक, सांस्कृतिक, सामाजिक, आर्थिक तथा राजनीतिक विकास के लिए प्रयत्नशील थे। इसके लिए उन्होंने शंबर, इल्बल, बिल्बल तथा कालकेयों के विरुद्ध सशस्त्र संघर्ष किए थे, और···और उन्हें निर्णायक पराजय दी थी। किंतु··किंतु क्या यह सब करने पर भी वह अपने उद्देश्य में कृतकार्य हो सके ?···क्या उनका जीवन इस दृष्टि से सफल, सार्थक हो सका ? अगस्त्य पूर्णतः तटस्थ होकर इन प्रश्नों का उत्तर पाने के लिए व्यग्र हो उठे, और अंतर की गहराई में डूब गए, किंतु उनका समाधान न हुआ।

हठात् उनके मन में आया, उन्होंने जो कुछ किया, वह उचित था या नहीं ? स्वार्थ-प्रेरित था अथवा जनकल्याण भावना से उद्भूत ?···अपने इस प्रयास में वह सफल हो सके या नहीं ? इसका मूल्यांकन भावी पीढ़ी का कार्य है, उनका नहीं।

अगस्त्य को लगा कि वह व्यक्ति ही तो थे, और व्यक्ति के नाते उनकी सीमाएँ थीं। संस्थाएँ उन्होंने खड़ी ही न की हों, ऐसा भी नहीं है, परंतु संस्थाओं की भी तो सीमाएँ होती हैं। उनके द्वारा खड़ी की गई संस्थाओं की भी इस दृष्टि से सीमाएँ

थीं। हैं भी, न भी हों, तो अब वह वृद्ध हो गए हैं। लोपामुद्रा भी वृद्धा हैं, फिर युवावस्था में भी वे दोनों अपने निर्बल कंधों पर कितना बोझ ले सकते थे ? निश्चित रूप से एक सीमित परिमाण में ही। वह उन्होंने लिया भी है, किंतु अब···? अब वे वृद्ध तथा असमर्थ हो चले हैं, और कार्य अभी भी शेष पड़ा हुआ है। शंबर, इल्वल, बिल्बल तथा कालकेय आज नहीं हैं, यह सच है, परंतु इससे भी बड़ा सच यह है कि दंडकारण्य में भी आज लंकाधिपति रावण का जनस्थान नामक एक उपनिवेश है, और उसमें उसकी बहन शूर्पणखा तथा उसके संबंधी खर, दूषण तथा त्रिशिरा नामक राक्षस क्षत्रप के रूप में रहते हैं। पराजित, पराभूत असुरों की तुलना में वे स्वयं तो अपेक्षाकृत अधिक शक्तिशाली हैं ही, आवश्यकता पड़ने पर उन्हें लंका से भी सहयोग प्राप्त हो सकता है। अतः वे प्रचंड ही नहीं, दुर्धर्ष हो उठे हैं। और आर्य···?

आर्य उनकी तुलना में अशक्त तो हैं ही, विभक्त भी हैं। उनके पास न तो अद्यतन अस्त्र-शस्त्र हैं, और न नवीन सैनिक तकनीक का ज्ञान ही।···फिर निजी स्वार्थ से ऊपर उठकर तथा संगठित होकर लड़ना तो वे जैसे जानते ही नहीं। ऐसी अवस्था में राक्षसों का एक ही धक्का उन्हें अपनी जड़ से उखाड़ कर धूल-धूसरित करने के लिए पर्याप्त है।

तब क्या किया जाए ? राम से मिला जाए ? अपनी इस अवस्था में मैं तो कुछ करने से रहा। करूँ भी, तो यह विश्वास नहीं कि उत्तरापथ से यहाँ आकर मैंने भरतखंड के जिस भूभाग को निरापद बनाने के लिए अपने प्राण होमे हैं, वह पुनः विपदग्रस्त नहीं होगा। हो सकता है, मैं उधर जनस्थान में उलझूँ और अनार्य, असुर तथा राक्षस जातियाँ अवसर पाकर इस क्षेत्र को पादाक्रांत करने लगें।

नहीं, नहीं, ऐसा करना उचित नहीं होगा, अगस्त्य ने निर्णय लिया। वह अब कहीं नहीं जाएँगे। जो प्राप्त हो चुका है, यदि वह उसे ही सुरक्षित रख सके, विकसित बना सके, तो वह भी एक बड़ी उपलब्धि होगी। फिर भी जनस्थान की उपेक्षा नहीं की जा सकती।

तो राम से मिलना ही होगा। सुना है, वह विभिन्न ऋषियों के आश्रमों में जाते हैं, और उनसे राक्षसी तंत्र के विनाश के संबंध में परामर्श करते हैं। हो सकता है, भूले-भटके यहाँ भी आ जाएँ। मैंने प्रवर को सुतीक्ष्ण के पास भेजा था और कहलवाया था कि याद राम उधर आएँ, तो या तो उन्हें यहाँ भिजवा दे अथवा फिर मुझे बुलवा ले। राम को···? अंतर के अंतर में किसी ने अगस्त्य को टोका, राम तो तुमसे कम आयु के हैं, फिर राजकुमार हैं, तुम उनसे परामर्श करोगे ? उनसे सहयोग लोगे, क्या यह उचित रहेगा ?

क्यों ? इसमें क्या हानि है ? राम सामान्य व्यक्ति नहीं हैं। वह सच्चे अर्थ में वीर, धीर व गंभीर हैं, वह लोकनायक हैं। फिर सबसे बड़ी बात तो यह है कि वह समाज व राष्ट्र के लिए संपूर्णतः समर्पित हैं, स्वकेंद्रिकता उनमें रंचमात्र भी नहीं है,

तभी तो वह सुबाहु, विराध व ताड़का का वध कर सके, और मारीच जैसे प्रचण्ड व दुर्धर्ष राक्षस को शत योजन दूर भगाने में समर्थ हो सके। आज···आज भरतखंड को ऐसे ही प्रबल प्रतापी वीर की आवश्यकता है, वही और केवल वही तुम्हारे अपूर्ण कार्य को पूर्ण कर सकता है, अगस्त्य, अन्य कोई नहीं।

चिंतन-भार की बोझिलता से थककर अगस्त्य उसी आसन पर लेटकर विश्राम करने का विचार कर ही रहे थे कि लोपामुद्रा आ पहुँचीं और बोलीं, "आर्यपुत्र, सुतीक्ष्ण-आश्रम से प्रवर लौट आया है और मिलने की अनुमति प्राप्त करने की प्रतीक्षा में है।"

"क्या प्रवर लौट आया है ?" पुनः उठकर बैठते हुए अगस्त्य ने कहा, "कहाँ है वह ? बुलाओ न उसे।"

लोपामुद्रा उठने को हुई ही थीं कि प्रवर ने कुटिया में प्रविष्ट होकर ऋषि के चरणों में नमन किया, और सामने पड़े हुए आसन पर बैठ गया।

"सुतीक्ष्ण से भेंट हुई प्रवर या नहीं ?" उत्सुकता की अधिकता के कारण अगस्त्य ने प्रवर को बोलने का अवसर नहीं दिया, स्वतः प्रश्न किया।

"जी हाँ, कुलपति सुतीक्ष्ण से ही नहीं," प्रवर के स्वर में उल्लास ही नहीं आह्लाद भी था, "आर्य राम से भी भेंट करने तथा वार्तालाप करने का सुयोग प्राप्त हुआ था, ऋषिश्रेष्ठ।"

"आर्य राम से भी ?" साश्चर्य अगस्त्य ने जिज्ञासा की, "तो क्या इन दिनों वह वहीं हैं ?"

"हाँ, गुरुदेव। कुलपति सुतीक्ष्ण के यह कहने पर कि ऋषि अगस्त्य के आश्रम से उनका एक शिष्य संदेश लेकर आया है तथा आपसे मिलना चाहता है, उन्होंने तत्काल मुझे अपने पास बुला लिया था।" प्रसंग को विस्तृत आयाम देते हुए प्रवर ने कहा।

"फिर क्या कहा उन्होंने ?" अगस्त्य की उत्सुकता शांत होने के स्थान पर और बढ़ गई थी।

"देव, जैसे ही अपना परिचय देते हुए मैंने उन्हें प्रणाम किया," प्रवर बोला, "वह कहने लगे, 'ऋषिश्रेष्ठ स्वस्थ व प्रसन्न चित्त तो हैं ?' सुनकर मैंने कहा, 'जी हाँ, प्रायः आपका स्मरण करते रहते हैं।' "

"इस पर क्या कहा उन्होंने ? क्या प्रतिक्रिया थी उनकी ?" लोपामुद्रा ने पूछा।

" 'मेरा··· ?' विस्मयाविष्ट स्वर में उन्होंने कहा, 'हम लोग तो कुलपति सुतीक्ष्ण से कई बार उनकी चर्चा कर चुके हैं।' " लोपामुद्रा के प्रश्न के उत्तर में प्रवर बोला, " 'सचाई तो यह है कि राष्ट्रीय अस्मिता तथा अपनी सामाजिक व सांस्कृतिक गरिमा की सुरक्षा के लिए उन्होंने जो तप, त्याग व बलिदान किया है, उसके कारण

उनके प्रति हमारे मन में जिस आस्था, निष्ठा व श्रद्धा का उद्रेक हुआ है, उसके वशीभूत होकर हम उनसे मिलने के लिए आतुर ही नहीं आकुल भी हैं, किंतु कारणवशात् अभी तक आ नहीं सके। आशा है ऋषि के चरणों में तुम हमारा प्रणाम तो निवेदित करोगे ही, ऋषि को यह भी बता दोगे कि हम उनका मार्गदर्शन तथा शुभाशीष प्राप्त करने के लिए शीघ्र ही उनके चरणों में उपस्थित होंगे।' ''

'हूँ, तो मेरा जो अनुमान था उससे भी अधिक महान हैं राम।' अगस्त्य ने बुदबुदाते हुए स्वर में अपने-आपसे कहा, और फिर कुछ उच्च स्वर में बोले, ''क्या सुतीक्ष्ण ने भी कोई संदेश भेजा है ?''

''देव, वह मन-ही-मन आपके तथा आर्य राम के परामर्श की अवज्ञा कर अपने-आपको अपने ही स्वार्थ तक सीमित रखने पर लज्जित हैं।'' प्रत्युत्तरस्वरूप प्रवर ने कहा, ''अत: जब मैं चलने लगा, तो उन्होंने मुझे कहा था कि गुरुदेव को मेरा विनम्र प्रणाम कहना और कहना कि मैं कृत भूलों पर लज्जित तो हूँ ही, उनके लिए आपसे हृदय से क्षमाप्रार्थी भी हूँ।''

अगस्त्य जैसे अपने-आपमें खो गए थे, अत: उन्होंने प्रवर के इस कथन पर कोई प्रतिक्रिया प्रकट नहीं की। वह मन-ही-मन राम के कथन पर विचार करने लगे, 'क्या कहा है, राम ने ?...वह शीघ्र ही उनका स्वस्त्ययन तथा मार्गदर्शन प्राप्त करने के लिए उनके आश्रम पर आएँगे, केवल स्वस्त्ययन के लिए ही नहीं, मार्गदर्शन प्राप्त करने के लिए भी...?...इतना विश्वास है राम का उनकी क्षमताओं में ? निरर्थक है क्या ? निराधार है क्या ?' अगस्त्य ये प्रश्न सुनकर न तो उचित ही कह सके, और न अनुचित ही। स्यात् वह स्वयं भी कुछ निश्चय नहीं कर पा रहे थे।

''गुरुदेव, आर्य राम ने कहा है,'' सहसा प्रवर बोल उठा, ''कि वह तीन-चार दिन में ही आपके आश्रम में आ जाएँगे। उनके साथ सीता तो होंगी ही, लक्ष्मण व मुखर भी होंगे। संभव हुआ तो धर्म भृत्य तथा आनंद सागर भी आ सकते हैं। उन्होंने कहा है, यदि ऋषिश्रेष्ठ अनुमति देंगे, तो वे कुछ दिन तक इस आश्रम में रहकर कुछ प्रशिक्षण लेना चाहेंगे।''

''अच्छा'' कहकर अगस्त्य चुप कर गए। स्यात् वह उनकी व्यवस्था के संबंध में कुछ सोचने लगे थे। किंतु लोपामुद्रा चुप न कर सकीं, बोलीं—

''प्रवर, आर्य राम तथा उनके साथियों के आवासादि की तो समुचित व्यवस्था होनी ही चाहिए, उपयुक्त कंदमूल, फल आदि का अभाव न रहे, इसकी ओर भी सजग व सचेष्ट रहना होगा। मेरा विचार है, हमें इस दिशा में कल से ही प्रयास प्रारंभ कर देना चाहिए।''

''मैं भी यही कहना चाहता था, ऋषि माँ।'' प्रवर ने तपाक से कहा।

''तो मैं इस ओर से निश्चिंत रहूँ ?'' लोपामुद्रा तथा प्रवर के वार्तालाप को सुनकर ऋषि के चिंतन में व्यवधान आ गया था अत: वह इन दोनों की बात सुनने

लगे थे। अब जैसे ही उनकी बात समाप्त हुई, ऋषि ने कहा, ''राम राजकुमार होने पर भी आजकल वनवासियों के समान जीवन जी रहे हैं, और वनवासियों का जीवन कितना कष्टप्रद व असुविधाजनक होता है, यह हमसे अधिक कौन जान सकता है। अस्तु, हमारा यह प्रयास होना चाहिए कि उन्हें किसी प्रकार का कष्ट व असुविधा न हो। ठीक है न ?''

''बिल्कुल ठीक।'' लोपामुद्रा तथा प्रवर ने समवेत स्वर में कहा।

अगस्त्य लेटे तो उनके मानस-पटल पर राम, लक्ष्मण व सीता की आकृतियाँ उभर आईं। देखकर वह आनंदविह्वल हो गए। उन्होंने झट से अपने नेत्र बंद कर लिए, और जागते हुए एक स्वप्न देखने लगे। इस स्वप्न में उन्होंने देखा कि भरतखंड पूर्णत: निष्कंटक व निरापद हो गया है, और आर्य-संस्कृति विश्व-संस्कृति बन गई है, विश्व-संस्कृति।

राम पत्नी सीता तथा अनुज लक्ष्मण के साथ आज इस आश्रम में आ रहे हैं, यह विश्वास अगस्त्य को ब्राह्म मुहूर्त से ही पुलकित, आह्लादित कर रहा था। संध्योपासन कर ऋषि अगस्त्य अग्निहोत्र करने बैठे, तो उनके मन व प्राण में राम, लक्ष्मण व सीता के आश्रम में आने की पदचाप जैसी गूँज उठी। उन्होंने दृष्टि प्रवेश-द्वार की ओर दौड़ाई, तो वहाँ कोई दिखाई नहीं दिया। उन्होंने अग्नि-स्थापन व प्रज्वलन-मंत्र पढ़ा, अग्नि जलाई और अग्निहोत्र करने लगे। उससे निवृत्त होकर उठे, तो मन पुन: उल्लास व आह्लाद से परिपूरित हो उठा। उन्हें लगा, जैसे राम आ पहुँचे हों।

राम…? वह राम जिनके संबंध में बाल्मीकि ऋषि ने कहा है कि 'रामो विग्रहवान धर्म: रामो साक्षात् धर्म विग्रह:' वही यहाँ इस आश्रम में आ रहे हैं ? जैसे ऋषि विश्वास न कर पा रहे हों, इस ढंग पर उन्होंने अपने-आपसे पूछा, और फिर अपनी संपूर्ण शक्ति से अविश्वास को अपने हृदय से बाहर धकिया कर बोले, 'हाँ, वही राम इस आश्रम में आ रहे हैं। हाँ, निश्चित रूप से आ रहे हैं।' एक बार पुन: रोमांच व पुलक का पूर आ गया उनके शरीर में।

वह अपनी कुटिया के बाहर आए, तो सबसे पहले उनकी दृष्टि लोपामुद्रा पर पड़ी। वह राम के स्वागत, संभार की व्यवस्था देख कर लौट रही थीं। उन्हें लग रहा था कि आश्रम अपनी अकिंचनता के कारण राम का राजोचित स्वागत-सत्कार तो नहीं कर सकता, परंतु उनकी वर्तमान स्थिति के अनुरूप उनके आतिथ्य में कोई कमी नहीं रहेगी, यह सुनिश्चित है। अत: जैसे ही ऋषि उनकी ओर उन्मुख हुए, उन्हें कुछ कहने का अवसर न देकर वे बोलीं, ''आर्यपुत्र, आश्रम आर्य राम का ऋषियोचित आतिथ्य, स्वागत-सत्कार करने के लिए तत्पर है, फिर भी आप एक बार स्वयं देखकर व्यवस्था से संतुष्ट हो सकें तो और अधिक उत्तम रहेगा।''

''तुम्हें तो संतुष्टि है न ?'' अगस्त्य लोपामुद्रा की सुरुचिसंपन्नता तथा विवेकशीलता

के प्रशंसक थे, ''यदि हाँ, तो मेरे देखने की आवश्यकता नहीं। विश्वास है, तुम्हारी व्यवस्था निश्चित रूप से प्रशंसनीय होगी।''

लोपामुद्रा यद्यपि संतुष्ट थीं, परंतु वह चाहती थीं कि ऋषि भी एक बार देख लें और यदि कुछ कमी हो तो बता दें, तदनुसार सुधार कर लिया जाएगा। किंतु ऋषि के मन में लोपामुद्रा द्वारा की गई व्यवस्था के प्रति किसी प्रकार की शंका नहीं थी, अत: वह अपनी कुटिया के पश्चिमी सिरे पर बनी हुई वाटिका की ओर मुड़े और औषधियों के उन पौधों की ओर देखने लगे, जिन्हें उन्होंने कुछ दिन पूर्व ही मिश्रित बीजों का प्रयोग कर वाटिका में लगाया था।

अभी वह पौधों को देख ही रहे थे कि उन्हें पूर्वी द्वार पर प्रवर का स्वर सुनाई दिया, ''गुरुदेव, दाशरथि राम पधार रहे हैं।''

''राम आ गए ? साक्षात् धर्म विग्रह राम आ गए ?'' अगस्त्य हड़बड़ा गए। वह तीव्रता के साथ द्वार की ओर बढ़े। किंतु वह अभी दो-चार पग भी आगे न बढ़े होंगे कि उन्हें राम अपने चरणों में झुकते हुए दिखाई दिए। अगस्त्य को गलदश्रु हो आया, अत: चाहकर भी वह कुछ न कह सके। उन्होंने त्वरित गति से राम को उठाया और अपनी बाँहों में भर लिया। राम जैसे ही ऋषि के बाहुपाश से मुक्त होकर उनके पार्श्व में आए, सीता, लक्ष्मण तथा मुखर ने ऋषि के चरणों में अपना प्रणाम निवेदित किया।

अब राम ने लोपामुद्रा के चरणों में नमन किया। सीता, लक्ष्मण तथा मुखर ने भी राम का अनुसरण कर ऋषि माँ को प्रणाम किया, और फिर सब बैठ गए।

अवसर पाकर लोपामुद्रा सीता के पास आईं, और उनकी पीठ पर स्नेहिल हाथ फेर कर बोलीं, ''आओ, पुत्री, मेरे साथ आओ, हम-तुम अलग से बात करेंगे।'' सुनकर सीता लोपामुद्रा के साथ चल दीं। लक्ष्मण व मुखर को लगा, आवश्यक अस्त्र-शस्त्र को छोड़कर शेष अस्त्र-शस्त्रों को किसी सुरक्षित स्थान पर रखवा दिया जाए, और फिर निश्चिंत होकर ऋषि का सत्संग तथा आश्रम का भ्रमण किया जाए। अत: उन्होंने इधर-उधर दृष्टि दौड़ाई, तो उन्हें कुछ दूर पर प्रवर खड़ा हुआ दिखाई दिया। लक्ष्मण ने संकेत से उसे अपने पास बुलाया और अपना मंतव्य कह सुनाया। सुनते ही प्रवर लक्ष्मण तथा मुखर को अपने साथ अतिथिगृह से सटी हुई एक कुटिया में लिवा ले गया और वहाँ उनके अस्त्र-शस्त्र रखवा कर आश्रम के दो प्रहरियों को उनकी देखभाल के लिए वहाँ नियुक्त कर दिया।

इस बीच कुछ ब्रह्मचारी कंदमूल, फल व जल ले आए थे। राम, सीता, लक्ष्मण तथा मुखर ने हाथ-पैरों का प्रक्षालन किया, मुख मार्जन किया और फिर अन्य सबके साथ फलाहार करने लगे। जब यह सब निबट गया, तो फिर राम अगस्त्य के साथ उनकी कुटिया में ही रह गए। सीता लोपामुद्रा के साथ उनकी कुटिया में लौट आईं, और लक्ष्मण व मुखर प्रवर के साथ आश्रम, शस्त्रागार, सैनिक प्रशिक्षण केंद्र,

व्यायामशाला, गौशाला, औषधि-निर्माणशाला तथा चिकित्सालय देखने चले गए।

ऋषि सोच रहे थे, कहाँ से प्रारंभ किया जाए ? और राम ऋषि की कुटिया का सूक्ष्मावलोकन कर रहे थे। हठात् उनकी दृष्टि ऋषि के पार्श्व में रखे हुए धनुष-बाण व तूणीर पर गई। अच्छा तो ऋषि धनुष-बाण भी धारण करते हैं। वह उस ओर कृपाण भी तो है। प्रवर को अस्त्र-शस्त्र लिये हुए देखकर उन्होंने यह कल्पना तो अवश्य की थी कि आश्रम की सुरक्षा के लिए ऋषि ने कुछ सशस्त्र सैनिकों को नियुक्त कर रखा है, लेकिन नहीं, यहाँ तो स्वयं ऋषि तथा ऋषि माँ भी सशस्त्र रहते हैं।···यही नहीं, आश्रम में अस्त्र-शस्त्र-संचालन प्रशिक्षण केंद्र भी है, व्यायामशाला, अस्त्र-शस्त्र निर्माणशाला, गौशाला, औषधालय व औषधि वाटिका भी है। सचमुच यह आश्रम अन्य आश्रमों से भिन्न है। और ऋषि···? वह तो सचमुच अद्‌भुत हैं, अद्‌भुत, सच्चे अर्थ में समाज-सुधारक, प्रखर राष्ट्रोपासक तथा दुर्धर्ष असुरों के संहारक।···विचार करते ही राम का हृदय ऋषि तथा ऋषि माँ के प्रति अगाध आस्था तथा स्पृहणीय श्रद्धा से परिपूरित हो उठा। मन-ही-मन उन्होंने ऋषि के चरणों में पुनः नमन किया, और उनके तेजस्वी मुखमंडल पर अपनी दृष्टि केंद्रित कर दी।

"राम, तुमने अयोध्या से दंडकारण्य तक की यात्रा की है," वार्तालाप का शुभारंभ करते हुए अगस्त्य ने कहा, "तुम विभिन्न स्थानों पर कुछ दिन तथा कुछ मास रुके भी हो। बताओ, स्थानीय समाज के प्रति तुम्हारी अपनी क्या अवधारणा है ?"

"समाज असंगठित, विश्रृंखलित तथा अशक्त तो है ही," ऋषि द्वारा प्रस्तुत प्रश्न का उत्तर देते हुए राम ने कहा, "उसमें आत्मविश्वास का अभाव भी है।"

"इसका मुख्य कारण क्या है ? क्या इस पर भी तुमने विचार किया है ?" ऋषि का स्वर पहले से कुछ अधिक मृदुल व मधुर हो गया था।

"मुझे लगता है, ऋषिवर," राम बोले, "कि उनके पास न तो अस्त्र-शस्त्र हैं, और न सैनिक प्रशिक्षण ही। अतः उनकी विजगीषा विजय प्राप्त करने की इच्छा व भावना समाप्तप्राय हो गई है।"

"तो तुम्हारे विचार से हमारे समाज में जिजीविषा, जीवित रहने की उद्दाम भावना तो है, मात्र विजय प्राप्त करने की इच्छा नहीं है। यही न ?" ऋषि आँखों तथा ओष्ठों में ही मुस्कराए।

"यदि जिजीविषा न होती, तो वह इतना स्वकेंद्रित, इतना स्वार्थी कैसे होता ?" अपने कथन की पुष्टि में राम ने तर्क दिया।

"वत्स, ठीक समझा है तुमने।" ऋषि के चेहरे पर हर्ष एवं उल्लास परिलक्षित हो उठा था, "आर्यों की मुख्य दुर्बलता है, स्वकेंद्रिकता, स्वार्थपरता की भावना। उसी के कारण वे न केवल सामाजिकता से दूर, बहुत दूर जा पड़े हैं, बल्कि राष्ट्रीयता की भावना को भी तिलांजलि दे चुके हैं। स्वार्थांधता के वशीभूत होकर वे कुछ भी

कर सकते हैं, कुछ भी कह सकते हैं, और···और अनाचार-अत्याचार तथा व्यभिचार की ओर दुर्लक्ष्य करना तो जैसे उनके अपने स्वभाव का अभिन्न अंग ही बन गया है।''

''ऋषिश्रेष्ठ, यदि सामान्य जन ऐसा करें, तो उसे उनकी अज्ञानता तथा स्वार्थपरता कहकर टाला जा सकता है, परंतु···'' राम किंचित् असमंजस में पड़े, फिर बोले, ''परंतु यदि बुद्धिजीवी व ऋतजीवी ब्राह्मण व ऋषि तथा समाज व राष्ट्र-रक्षा के लिए कृतसंकल्प क्षत्रिय ही अनाचार व अत्याचार के प्रति दुर्लक्ष्य करें, तो आशा की कौन-सी किरण शेष रहती है, कोई भी तो नहीं।''

''वत्स, राजन्य वर्ग तो आकंठ विलास में डूबा है, अतः कर्तव्य के प्रति उसकी उपेक्षा व अवज्ञा को तो समझा जा सकता है,'' ऋषि का स्वर कुछ ऊँचा हो चला था, वे कह रहे थे, ''परंतु बुद्धिजीवी ब्राह्मण व ऋतजीवी ऋषि एक काल्पनिक जगत् में जी रहे हैं। वह यह नहीं समझ पा रहे कि वैयक्तिक मुक्ति तो स्वार्थ का ही पर्याय है, और स्वार्थ तथा परमार्थ प्रकाश व अंधकार के समान एकसाथ एक स्थान पर नहीं रह सकते। समाज के कल्याण में ही आत्मकल्याण है, जिस दिन समाज यह समझ जाएगा, उस दिन यह देश सामान्य जीवों का देश नहीं, सिंह-शावकों का देश बन जाएगा।···उस दिन हममें न कोई असंगठित होगा, न कोई अशक्त ही। हमारे पास न अस्त्र-शस्त्र का अभाव रहेगा, न अस्त्र-शस्त्र-संचालन के प्रशिक्षण का। उस दिन भरतखंड एक जागरूक, उन्नत व सशक्त राष्ट्र के रूप में विश्व के सामने गर्वोन्नत होकर खड़ा होगा, राम, किंतु···''

''किंतु क्या ऋषिश्रेष्ठ ?'' अगस्त्य को कथन के मध्य में ही विराम प्रस्तुत करते हुए देखकर राम ने टोका।

''समस्या इतनी भर नहीं है, राम, कि आर्यों में स्वार्थपरता है, स्वकेंद्रिकता है, सामाजिकता तथा राष्ट्रीयता के प्रति उदासीनता है,'' ऋषि अपने अंतरतम की गहराई में पैठकर बोले, ''देश में अनार्य व असुर शक्तियाँ तो हैं ही, राक्षसी वृत्ति से युक्त राजतंत्र भी है। और···और ये वे शक्तियाँ हैं जो हमारी राष्ट्रीय अस्मिता तथा सामाजिक व सांस्कृतिक गरिमा को ध्वस्तप्राय करने के लिए अहर्निश प्रयत्नशील रहती हैं। इन्हें सामान्य चुनौतियाँ तो नहीं कहा जा सकता, राम, कहा जा सकता है क्या ?''

''सचमुच नहीं कहा जा सकता, ऋषिश्रेष्ठ।'' कहकर राम चुप हो गए। स्यात् वह मन-ही-मन इन चुनौतियों की भयावहता को तौल रहे थे।

''शंबर, इल्वल, बिल्वल तथा कालकेयों का वध कर मैंने भरतखंड को निष्कंटक व निरापद बनाने का प्रयास किया था,'' ऋषि के स्वर में नैराश्य ही नहीं अनुत्साह भी था, ''परंतु क्या ऐसा हो सका ? नहीं, उन सबके अनुचर व सहयोगी भागकर जनस्थान में जा पहुँचे, उस जनस्थान में जहाँ लंकाधिपति रावण के सेनापति खर, दूषण, त्रिशिरा रहते हैं, जहाँ उसकी बहन शूर्पणखा के नेतृत्व में चौदह सहस्र राक्षस

प्रतिक्षण युद्ध करने के लिए तत्पर रहते हैं। क्या तुम यह सोचते हो कि दक्षिण दिशा से उठने वाला यह बवंडर यों ही निकल जाएगा ? नहीं, वह अवसर की प्रतीक्षा में है। अवसर पाते ही वह भरतखंड के वृहदाकाश पर छा जाएगा और हमारी अस्मिता तथा सांस्कृतिक गरिमा को ही नहीं, हमारी आशा व आकांक्षाओं को भी समाप्त कर देगा।''

''मैं इस सबसे भली भाँति अवगत हूँ, ऋषिश्रेष्ठ,'' राम ने कहा, ''परंतु इस चुनौती का सामना कैसे किया जाए, यही समझ में नहीं आता। अस्तु, इस संबंध में मेरा मार्गदर्शन करने की कृपा करें।''

''वत्स,'' ऋषि का स्वर राम के प्रति स्नेह की स्निग्धता में ही नहीं, उनके प्रति अटूट विश्वास की मधुरता में भी डूब गया था, ''तुम राजकुमार-भर नहीं हो, सच्चे अर्थ में वीर हो। तुमने आसन्न भूत में सुबाहु, विराध, ताड़का का वध किया है, मारीच को शत योजन दूर भागने के लिए विवश किया है। तुममें वह शक्ति, सामर्थ्य तथा रण-कौशल है, जिससे शत्रुओं को पराजित, पराभूत किया जा सकता है। किंतु तुम एकाकी क्या कर सकोगे ? खर, दूषण के पास चौदह सहस्र सैनिक तो हैं ही, उसे लंकाधिपति रावण का सहयोग भी प्राप्त है। और तुम्हारे पास···? तुम्हारे पास हैं लक्ष्मण व मुखर। रह गईं सीता, सो उन्हें तो अपनी रक्षा के लिए भी तुम्हारे सहयोग की आवश्यकता रहेगी। ऐसी अवस्था में जनस्थान में स्थापित राक्षसी तंत्र से टकराने का अर्थ होगा, विनाश को स्वत: आमंत्रित करना। अत: मैं तुम्हें जनस्थान के राक्षसी तंत्र से टकराने के लिए प्रेरित व प्रोत्साहित करना उचित नहीं मानता।''

राम का मुखमंडल आरक्त हो उठा। स्यात् वह ऋषि के इस कथन से अपने आपको कुछ अपमानित, कुछ आहत अनुभव कर रहे थे। फिर भी अपने-आपको संयत कर उन्होंने मिठास के साथ कहा—

''ऋषिश्रेष्ठ, गत दस वर्ष से मैं दंडकारण्य में ही हूँ। मैंने यहाँ स्थान-स्थान पर जनसेना का गठन किया है, उन्हें अनार्यों के अत्याचार से जूझने की प्रेरणा दी है, सैन्य विज्ञान का प्रशिक्षण दिया है, अस्त्र-शस्त्र-निर्माण कला में निष्णातता प्रदान की है, और···और सबसे बड़ी बात यह है कि मैंने उन्हें राष्ट्रीय अस्मिता तथा सामाजिक, सांस्कृतिक गरिमा की रक्षा के लिए अपने प्राणों की आहुति देने के लिए प्रतिक्षण तत्पर रहने की भावना प्रदान की है। विश्वास है, प्रत्येक चुनौती में यह सेना हमारा साथ देगी।''

''वरुणदेव तुम्हारे इस विश्वास की रक्षा करें, राम।'' ऋषि का दृढ़ स्वर गूँज उठा, ''जनस्थान की चुनौती सामान्य चुनौती नहीं है। ऐसा भयावह युद्ध होगा, ऐसा भयावह कि तुम्हारे जनसैनिकों की तो बात ही क्या, लक्ष्मण तथा मुखर भी तुम्हें छोड़कर भाग जाएँगे। और वे ही क्यों ? सीता भी युद्ध की उस विभीषिका में तुम्हारे

कंधे से कंधा भिड़ाकर खड़ी रहेंगी, ऐसा विश्वास नहीं किया जा सकता।''

''नहीं, नहीं, ऐसा नहीं हो सकता।'' चीख-मिश्रित स्वर में सीता ने अपनी प्रतिक्रिया प्रकट की, तो अगस्त्य व राम चौंके। उन्होंने अपनी दृष्टि उठाकर सामने देखा तो लोपामुद्रा तथा सीता बैठी हुई थीं। राम तथा अगस्त्य यह सोच ही न सके कि वे दोनों वहाँ आकर कब बैठ गई थीं। वे दोनों तो वार्तालाप के साथ संपूर्णत: एकरस हो गए थे, ऐसी अवस्था में वे इस ओर किस प्रकार ध्यान दे सकते थे ? दे भी नहीं सकें।

राम ने एक स्निग्ध दृष्टि सीता पर डाली और फिर ऋषि की ओर उन्मुख होकर बोले, ''ऋषिश्रेष्ठ, आपकी यह मान्यता है कि राक्षसी तंत्र को उखाड़ फेंकने का प्रयत्न करते ही ऐसा भयावह युद्ध होगा कि उसमें जनसैनिक तो मेरे साथ रहेंगे ही नहीं, लक्ष्मण तथा सीता भी मेरा साथ छोड़ने के लिए विवश हो जाएँगे। आपकी इस मान्यता का सीता ने खीझ-मिश्रित स्वर में खंडन किया ही है, यदि लक्ष्मण यहाँ होते तो वह भी आपकी इस मान्यता का खंडन किए बिना न रहते। अस्तु, आप मुझे एकाकी न समझें, सीता, लक्ष्मण तथा जनसैनिक तो इस युद्ध में मेरा साथ देंगे ही, कुछ अन्य क्षेत्रीय राजाओं की सेनाओं को भी मैं अपने साथ मिलाने का प्रयास करूँगा। आदेश व परामर्श दें कि मुझे क्या करना है।''

''आर्यपुत्र, राम व सीता की दृढ़ता तथा युद्ध-तत्परता की परीक्षा आप ले ही चुके हैं, अब विलंब की आवश्यकता नहीं।'' वार्तालाप में अयाचित हस्तक्षेप करते हुए लोपामुद्रा ने कहा, ''आर्य राम का मार्गदर्शन कीजिए।''

''राम, तुम्हारी दृढ़ता तथा युद्ध-तत्परता से मैं प्रभावित हूँ।'' राम तथा लोपामुद्रा के आग्रह पर अगस्त्य ने अपनी प्रतिक्रिया प्रकट की, ''फिर भी तुम्हें पंचवटी भेजने का मन नहीं करता। और···और यदि तुम पंचवटी जाकर नहीं रहते, तो राक्षसी तंत्र भरतखंड के अन्य भूभाग में अपने हिंस्र पंजे फैला सकता है, बल्कि फैलाएगा ही, यह सुनिश्चित है। यदि मैं वृद्ध न होता तथा अपनी अनुपस्थिति में मुझे राक्षसी तंत्र के इधर आने की आशंका न होती, तो मैं स्वत: ही वहाँ जाने का विचार कर सकता था, किंतु आज की परिस्थिति में तो यह भी संभव प्रतीत नहीं होता। देखता हूँ, क्या किया जा सकता है।''

ऋषि प्रस्तुत समस्या पर विचार करने के लिए जैसे ही अंतराभिमुख हुए, राम भी आत्मलीन होकर विचार करने लगे। और सीता···? सीता सोच रही थीं, ऋषि का विचार है कि जनस्थान में स्थापित राक्षसी तंत्र पंचवटी में राम के जा बसने पर ऐसा भयावह युद्ध कर सकता है कि लक्ष्मण, मुखर तथा जनसैनिकों की तो बात ही क्या, सीता तक उनका, राम का, साथ छोड़ जाएँगी। क्यों कहा ऋषि ने यह···? राक्षसी तंत्र की क्रूरता व नृशंसता को देखकर अथवा हम सबकी प्रकृति का मूल्यांकन करने के पश्चात् ? स्यात् दोनों ही, स्यात् इनमें से एक भी नहीं।···एक भी नहीं ?

यह तुम क्या कह रही हो सीते ?

सत्य और विशुद्ध सत्य। ऋषि ने जनस्थान के राक्षसी तंत्र से कोई युद्ध किया हो, ऐसा कोई प्रमाण अब तक उपलब्ध नहीं है, उसके संबंध में उनका यह निष्कर्ष अनुमान पर आधारित है। रह गई हम सबकी प्रकृति व प्रवृत्ति के अध्ययन, मूल्यांकन की बात, सो हम सबको यहाँ आए हुए समय ही कितना हुआ है कि ऋषि हम सबकी विकृतियों को समझ सकें, किंतु···

किंतु क्या ? सीता ने अपने-आपसे पूछा, ऋषि माँ की धारणा तो कुछ दूसरी ही है। वह उन्हें बता रही थीं कि उनकी छोटी सास कैकेयी देवासुर संग्राम में अपने पति दशरथ के साथ युद्धस्थल में गई थीं, या फिर वह स्वत: अपने पति के साथ कंधे से कंधा भिड़ाकर शंबर तथा कालकेयों से संघर्ष करती रही हैं। उसके पश्चात् पुत्री सीते तुम और केवल तुम अपने पति के साथ संघर्ष करने के लिए निकली हो। सचमुच तुम प्रशंसनीय ही नहीं स्पृहणीय भी हो।

हूँ, तो भारद्वाजी लोपामुद्रा की दृष्टि में मैं वीर बाला हूँ और ऋषि की दृष्टि में एक भीरु सामान्य महिला। कितना अंतर है दोनों के सोच में···? प्रथम को उनमें असाधारणता दिखाई देती है, और द्वितीय को उनमें स्त्रियोचित संवेदनशीलता भी दृष्टिगत नहीं होती। परंतु इनमें से सच कौन है ? सीता प्रश्न कर उत्तर पाने के लिए जैसे ही कुछ गंभीर होने को हुईं, उन्हें लगा कि वह ऋषि के साथ अन्याय करने जा रही हैं।

अन्याय···? अन्याय नहीं तो और क्या ? तनिक विचार तो करो, सीता, ऋषि ने तुम्हारे संबंध में जो कुछ कहा है, वह उनकी अपनी मान्यता है, ऐसा नहीं है, उनका यह कथन तो तुम्हारी तथा राम की संकल्प-दृढ़ता तथा युद्ध-तत्परता के परीक्षण के लिए कहा गया था। ऋषि भी, ऋषि माँ के समान आर्य राम तथा तुम्हारे प्रशंसक हैं।

अच्छा तो यह है···सीता कुछ संकुचित, कुछ लज्जित होने को हुईं, तभी उन्हें स्मरण आया, ऋषि माँ कह रही थीं, स्त्री का कर्तव्य है कि पति जब रणक्षेत्र में जाए तो वह भी कंधे से कंधा भिड़ाकर पति के साथ शत्रुओं के विरुद्ध संघर्ष करे, और···युद्ध में होने वाले रक्तपात को देखकर न तो भयभीत हो और न अधीर ही। और···

और क्या कहा था, ऋषि माँ ने ? उन्होंने कहा था कि वही स्त्री सच्चे अर्थ में अर्द्धांगिनी कहलाने योग्य है, जो युद्धरत पति का सशस्त्र युद्ध में तो साथ दे ही, शल्य-चिकित्सक बनकर अपने पक्ष के आहत सैनिकों का उपचार कर उन्हें जीवन प्रदान करे। यही क्यों ? उन्होंने उन्हें इस दिशा में प्रेरित, प्रोत्साहित करने के लिए अपनी वैद्य एवं शल्य-चिकित्सक प्रभा से भी उन्हें मिलाया था, औषधि-निर्माण-शाला भी दिखाई थी, और आश्रम में कुछ समय तक रुककर औषधि-विज्ञान तथा

शल्य-चिकित्सा का प्रशिक्षण लेने के लिए कहा था। सचमुच अद्‌भुत वात्सल्यमयी हैं ऋषि माँ, और हैं महान् प्रतिभाशालिनी वीरांगना तथा उत्कट राष्ट्रसेविका। सोचते-सोचते सीता अपने-आपमें खो गईं।

''तो ऋषिश्रेष्ठ, अब मुझे क्या आदेश है ?'' आत्मचिंतन से उबरकर राम ने ऋषि के समक्ष सीधा व सपाट प्रश्न प्रस्तुत किया।

''राम, मैं तुम्हें पंचवटी जाने के लिए नियुक्त करता हूँ।'' राम के अनुरोध को सुनकर अगस्त्य कहने लगे, ''भगवान् वरुणदेव तुम्हें यशस्वितापूर्ण सफलता प्रदान करें, इस शुभकामना के साथ।''

''इस स्वस्त्ययन के लिए आपका चिरऋणी रहूँगा।'' ऋषि के चरणों में झुककर राम ने विनम्रतापूर्वक निवेदन किया, ''क्या कुछ मार्गदर्शन नहीं देंगे, ऋषिश्रेष्ठ ?''

''उसके लिए कुछ दिन तक तुम्हें आश्रम में रुकना होगा, वत्स।'' स्नेह-स्निग्धता के कारण ऋषि के स्वर में हल्का-सा विछलन आ गया था, ''मैं तुम्हें मार्गदर्शन भी दूँगा और दिव्यास्त्र तथा उनके संचालन का प्रशिक्षण भी। लो उधर देखो, लक्ष्मण तथा मुखर आ रहे हैं। बहुत उल्लसित तथा आह्लादित दिखाई पड़ते हैं। क्या बात है, लक्ष्मण, कुछ बताओगे भी, अथवा यों ही मुस्कान माधुरी लुटाते रहोगे।''

''ऋषिश्रेष्ठ, क्षमा करें,'' ऋषि के निकट आकर उनके चरणों में अपना विनम्र प्रणाम निवेदित करते हुए लक्ष्मण ने कहा, ''दंडकारण्य में हम लोग जहाँ भी गए, लोग आपकी भूरि-भूरि प्रशंसा करते हुए सुनाई पड़े, किंतु उस समय मुझे लगता था कि यह आपके व्यक्तित्व तथा कृतित्व का वास्तविक आकलन नहीं, अतिरंजनापूर्ण प्रशस्ति-भर है। लेकिन यहाँ आकर मैंने देखा कि आप मेरे ही नहीं, अन्य लोगों के अनुमान से भी महान् हैं। हे राष्ट्रीय अस्मिता के प्रतीक, सामाजिक व सांस्कृतिक गरिमा के मूर्तिमंत स्वरूप, हम सबका श्रद्धासिक्त प्रणाम स्वीकार करें।''

ऋषि का मन तो राम, लक्ष्मण तथा सीता की सामाजिक समरसता, सांस्कृतिक उच्चता तथा उत्कट राष्ट्रीयता से आप्लावित हो रहा था, उसमें लक्ष्मण के इस प्रशस्ति-गायन के लिए कहाँ स्थान था ? कहीं भी नहीं। अस्तु ऋषि ने कहा, ''लक्ष्मण, बस करो। मैं जानता था कि तुम चाटुकारिता कर सकते हो, अतः मैंने तुम्हारे आने के पूर्व से ही तुम्हें दंडित करने का निर्णय ले लिया है तथा तुम्हें दंड भी दे दिया है। आर्य राम से पूछो, वे बताएँगे कि तुम्हें क्या दंड भोगना है ?''

सुनकर लक्ष्मण मुस्कराए और जिज्ञासा तथा उत्कंठा से प्रेरित होकर राम की ओर देखने लगे। राम लक्ष्मण का अभिप्राय समझ गए, अस्तु बोले, ''लक्ष्मण, ऋषिश्रेष्ठ ने हम सबको पंचवटी जाकर रहने का आदेश दिया है।''

लक्ष्मण कुछ कहने जा ही रहे थे कि सीता बोलीं, ''भैया लक्ष्मण, यह आदेश नहीं, आशीर्वाद है। ऐसा आशीर्वाद, क्या कई जन्म तक अनवरत पुण्यार्जन करने

वाले व्यक्ति को छोड़कर अन्य किसी को प्राप्त हुआ है ? नहीं।''

लोपामुद्रा सीता के कथन को सुनने के लिए उनके पास आ खड़ी हुई थीं। जैसे ही सीता का कथन समाप्त हुआ, उन्होंने उन्हें बाहुओं में भर कर अपने वक्ष से लगा लिया। राम को लगा जैसे स्वस्त्ययन-प्राप्ति स्पर्धा में वही पिछड़ रहे हों, अतः खड़े होकर वह भी ऋषि के चरणों में झुक गए। ऋषि ने अपने स्नेहिल हाथ राम-लक्ष्मण के सिर पर रखे, तो प्रकृति को भी अपनी कृति, प्रकृति का स्मरण हो आया, अस्तु वह भी आश्रम स्थित पेड़ों से उन सबके सिर पर पुष्पवर्षा कर उठी। सीता सोचने लगीं, यदि परोपकारार्थ कष्ट सहन करना ही श्रेयस्कर है, तो वे सब अपने प्रेय की बलि देकर श्रेय का ही वरण क्यों न करें ?···कुछ भी क्यों न हो, वे यही करेंगी, यही।

सहसा पेड़ों पर बैठे हुए पक्षी चहचहा उठे, मानो सीता के इस निर्णय पर उन्हें साधुवाद दे रहे हों, साधुवाद।

आश्रम के मध्य स्थित एक वृहद कुटीर में राम व सीता प्रातःकालीन कृत्य कर रहे थे। जैसे ही वे इस नित्य कर्म से निवृत्त होकर बाहर आए, उन्होंने देखा कि एक विशाल प्रांगण में अस्त्र-शस्त्र-संचालन का प्रशिक्षण चल रहा है। एक ओर शर-संधान-कौशल का अभ्यास कराया जा रहा था, दूसरी ओर कृपाण, भाले की प्रहार-क्षमता को विकसित करने का प्रयास चल रहा था। इस स्थान से कुछ दूर हटकर कुछ लोग परशु चलाने का प्रशिक्षण ले रहे थे। पूरा प्रांगण प्रशिक्षणार्थियों से घिरा हुआ लगता था। लक्ष्मण तथा मुखर भी इन लोगों के मध्य आकर कभी किसी को अस्त्र-शस्त्र-संचालन का अभ्यास कराते, कभी वे स्वतः अभ्यास करने लगते।

अगस्त्य व लोपामुद्रा स्वयं अस्त्र-शस्त्र धारण कर अस्त्र-शस्त्र-संचालन का अभ्यास कर-करा रहे थे। राम ने देखा, तो वे अलग खड़े न रह सके। वे स्वयं तो इन सबके बीच पहुँच कर अभ्यास करने ही लगे, सीता को भी उन्होंने लोगों को प्रशिक्षित करने के लिए प्रेरित किया।

उधर दूसरी ओर प्रशिक्षणार्थी पक्ष तथा विपक्ष में विभक्त होकर कृत्रिम युद्ध का अभ्यास कर रहे थे, तो कुछ लोग व्यायामशाला में जाकर मल्लयुद्ध का प्रशिक्षण ले रहे थे। लगता था वे आश्रम में नहीं किसी सैन्य शिविर में खड़े हों। देखते ही राम, सीता, लक्ष्मण तथा मुखर पुलकित व आह्लादित हो उठे।

सूर्योदय हुए तीन घड़ी व्यतीत होने को थीं, अकस्मात् तूर्यनाद हुआ। यह सैनिक अभ्यास समाप्त करने का सुनिश्चित संकेत था। सुनते ही लोगों ने अपने-अपने अस्त्र-शस्त्र उठाए और अपनी-अपनी कुटिया की ओर चल दिए। राम को लगा कि अब उन्हें भी अपनी कुटिया की ओर चल देना चाहिए, किंतु ठीक इसी बीच सीता उनके पास आईं और बोलीं, ''आपने अस्त्र-शस्त्र-निर्माणशाला तो देखी ही

होगी ?''

''मैंने···?'' सजग व सतर्क होते हुए राम ने सीता की ओर देखा, और बोले, ''बाहर से तो कई बार देख चुका हूँ, परंतु इच्छा करने पर भी आज से पहले किसी ने उसे देखने का अनुरोध नहीं किया। चलो, देख लेते हैं।''

राम व सीता अस्त्र-शस्त्र-निर्माणशाला की ओर बढ़े, तो प्रवर उनके साथ हो लिया। उसने राम को अंदर ले जाकर समस्त अस्त्र-शस्त्र-निर्माणशाला का भ्रमण कराया। राम का अनुमान था कि निर्माणशाला के नाम से अभिहित यह कुटिया भी सामान्य कुटियों जैसी ही होगी, परंतु नहीं, यह एक विशाल कुटिया थी। इस कुटिया में कई भट्टियाँ थीं। उनमें से किसी पर लोहे को तप्त किया जा रहा था, किसी में लोहे को गलाया जा रहा था, किसी पर बाण के फल बनाए जा रहे थे, तो किसी पर खड्ग, कृपाण, परशु एवं भाले गढ़े जा रहे थे। वस्तुतः इसे कुटिया न कहकर एक संस्थान ही कहना चाहिए। राम इसे देखकर प्रभावित हुए बिना न रहे। उन्हें लगा, इसे न देखकर उन्होंने अब तक भारी भूल की है।

अभी वे यह सोच ही रहे थे कि लक्ष्मण व मुखर भी आ पहुँचे। राम अस्त्र-शस्त्र-निर्माणशाला देखने गए हैं, यह ज्ञात होते ही वे यहाँ चले आए थे। राम को विस्मयाविष्ट दृष्टि से निर्माणशाला की ओर दृष्टि निक्षेप करते देखकर लक्ष्मण व मुखर ने यह सोचकर कि वे इस निर्माणशाला को देख ही नहीं चुके, कई दिन उसमें कार्य भी कर चुके हैं, हल्की-सी गर्वानुभूति की।

ऋषि की दूरदर्शिता तथा कल्पनाशीलता की मन-ही-मन प्रशंसा करते हुए राम बाहर आए, तो सीता भी उनके साथ बाहर निकल आईं। लक्ष्मण व मुखर को लगा कि उन्हें भी अब यहाँ से चल देना चाहिए, अतः वे भी राम, सीता का अनुसरण करते हुए आगे बढ़े।

चलते-चलते सीता एक स्थान पर रुक गईं, तो राम ने पूछा, ''क्या यहाँ भी कुछ देखने योग्य है ?'' सीता ने कहा, ''यहाँ प्रभा दीदी की औषधिशाला तथा औषधि शोधशाला है।''

''अच्छा,'' सुनकर राम ने कहा, ''ठीक है, इसे अवश्य देखना चाहिए, बल्कि देखना ही होगा। तो चलो अंदर चलें।''

यहाँ आकर सामने देखा कि प्रभा व सुधा के तत्त्वावधान में कई स्त्रियाँ औषधि बनाने का कार्य कर रही हैं। कहीं खरल में चूर्ण बनाया जा रहा है, तो कहीं अवलेह, कहीं अरिष्ट तैयार हो रहे है, तो कहीं आसव। यह औषधिशाला भी एक विशाल संस्थान जैसी ही थी। देखकर राम प्रसन्न ही नहीं हुए, ऋषि के प्रबंध-कौशल पर मुग्ध भी हुए, फिर भी उन्होंने स्पष्टतः कुछ भी नहीं कहा।

आगे बढ़ने पर उन्हें आयुर्विज्ञान की शोधशाला दिखाई दी। इसमें कुछ लोग ऋषि द्वारा विकसित नवीन औषधि के पौधों को लेकर शोधकार्य कर रहे थे। उनका

यह शोधकार्य विष की मारकता को समाप्त करने की दिशा में एक नया तथा अमोघ उपाय था। राम एक बार पुन: विस्मित हुए, और शल्य-चिकित्सा कक्ष में पहुँचे। यहाँ कृत्रिम युद्ध में आहत सैनिकों का उपचार चल रहा था। ऋषि की प्रबंधपटुता पर पूर्व से ही मुग्ध राम अवाक् रह गए। उन्हें यह देखकर बड़ा आश्चर्य हुआ कि यद्यपि अगस्त्य इन संस्थानों में से किसी एक में भी दिखाई नहीं दिए, परंतु जिस प्रकार प्राण प्रत्यक्षत: दिखाई न पड़ने पर भी देहयष्टि के प्रत्येक अवयव को अनुप्राणित करता रहता है, ठीक उसी प्रकार आश्रम में संचालित प्रत्येक गतिविधि में ऋषि का उत्प्रेरण तथा अनुशासन अनुस्यूत है, व्याप्त है।

श्रद्धाभिभूत होकर राम लौट ही रहे थे कि अगस्त्य से भेंट हो गई, बोले, ''वत्स, देख आए न ? बताओ कहाँ क्या त्रुटि है, जिससे कि उसे दूर करने का प्रयास किया जा सके।''

''त्रुटि और आपकी व्यवस्था में ?'' राम के नेत्रों तथा शब्दों से ऋषि की प्रशंसा की भावना छलकी पड़ रही थी, ''आध्यात्मिक साधना में रत रहते हुए भी आप यह सब कैसे कर सके, मैं तो यही नहीं समझ पा रहा।''

राम के इस कथन को सुनकर ऋषि को प्रसन्नता नहीं हुई। वे तो चाहते थे कि दर्शक उनके द्वारा संस्थापित विविध संस्थानों को देखें भर नहीं, उनकी त्रुटियाँ बताएँ और उन्हें दूर करने के उपाय सुझाएँ। परंतु जब राम ने भी इसके लिए उनकी प्रशंसा की, तो वह वहाँ अधिक नहीं टिक सके और अपनी कुटिया में आ गए।

धीरे-धीरे कई दिन व्यतीत हो गए। राम, लक्ष्मण, मुखर व सीता आश्रम की प्रत्येक गतिविधि में नियमित रूप से सम्मिलित होते और कुछ नया करने अथवा सीखने का प्रयास करते। सीता औषधि-विज्ञान एवं शल्य-चिकित्सा में विशेष रुचि ले रही थीं, तो लक्ष्मण व मुखर अस्त्र-शस्त्र-निर्माण तथा उनके संधान-कौशल में निष्णातता प्राप्त करने के लिए प्रयत्नशील थे। और राम···? राम ऋषि के सान्निध्य में बैठकर मार्गदर्शन प्राप्त करने के लिए उत्सुक तथा लालायित रहते थे।

प्रतिदिन के समान वह आज भी ऋषि के समक्ष बैठे हुए थे। संध्या होने में अभी भी सात-आठ घड़ी शेष थीं। राम के मन में ऋषि से कुछ विशेष सुनने, जानने तथा पाने की अभिलाषा थी, तो ऋषि के मन में राम जैसे परम मेधावी शिष्य को पाकर कुछ विशेष बताने, समझाने तथा देने की तत्परता थी। अस्तु, जैसे ही राम अगस्त्य की ओर उन्मुख हुए, ऋषि कहने लगे——

''वत्स, धर्म वह गुण-वैशिष्ट्य है, जो किसी वस्तु, व्यष्टि या समष्टि को पृथक् पहचान प्रदान करता है, ऐसी पहचान जो नितांत वैयक्तिक होते हुए भी निर्वैयक्तिक हो सकती है, जो सजातीय वस्तु, व्यष्टि व समष्टि में गुणवत्ता की दृष्टि से सम रहते हुए भी परिमाण की दृष्टि से वस्तु-वस्तु, व्यष्टि-व्यष्टि तथा समष्टि-समष्टि में विषम हो सकती है, होती भी है, फिर भी उनके मध्य इतनी समानता होती है कि

भिन्नता होने पर भी उनकी पहचान पूर्णतः विलुप्त न हो जाए।''

''तो क्या धर्म, जीवन-दर्शन, सभ्यता तथा संस्कृति इस नियम के अपवाद हैं?'' राम ने जिज्ञासा की।

''जहाँ तक गुण-वैशिष्ट्य का संबंध है,'' राम की जिज्ञासा को शांत करने के अभिप्राय से अगस्त्य ने स्पष्टीकरण दिया, ''उसके आधार पर धर्म-धर्म में कोई अंतर नहीं किया जा सकता, हाँ, उपासना-पद्धति में अवश्य भिन्नता हो सकती है, होती भी है, और यह भिन्नता जीवन-दर्शन की भिन्नता पर निर्भर करती है। रह गई सभ्यता व संस्कृति, सो उनके स्वरूप-निर्धारण में संबंधित जनों के इतिहास तथा भूगोल की निर्णायक भूमिका रहती है, अतः उद्देश्य में समानता होने पर भी उनके स्वरूप में भिन्नता रहती है।''

''इसका अर्थ है कि इस भिन्नता की अक्षुण्णता बनाए रखना भी एक धर्म ही है।'' राम का निष्कर्ष था।

''ठीक कहा वत्स तुमने।'' राम को ठीक निष्कर्ष पर पहुँचते हुए देखकर अगस्त्य ने टिप्पणी की, ''परंतु हमें यह नहीं भुला देना चाहिए कि संसार में निरपेक्ष सत्य जैसा कुछ नहीं है, यदि है तो केवल अपरोक्ष सत्ता है, वह सत्ता जिसे ब्रह्म कहा जा सकता है। अतः हम अपने धर्म, जीवन-दर्शन, सभ्यता व संस्कृति की अक्षुण्णता तो बनाए रखें, परंतु अन्य किसी के धर्म, जीवन-दर्शन, सभ्यता व संस्कृति की आकृति, प्रकृति के साथ अपने पूर्वाग्रह के वशीभूत होकर छेड़छाड़ न करें, उनकी भिन्नता की हत्या न करें। दुर्भाग्यवशात् अनार्य, असुर तथा रक्ष संस्कृति के अनुयायी यही करने का दुस्साहस करते रहे हैं और आज भी कर रहे हैं। अस्तु, आर्य-धर्म, जीवन-दर्शन, सभ्यता तथा संस्कृति की अक्षुण्णता के लिए हमें संघर्ष करना ही होगा। सहिष्णुता सहिष्णुता ही रहे, उसे लोग कायरता न समझें, कम-से-कम इतनी सतर्कता, अवधानता तो हमें बरतनी ही होगी।''

''और यह सब पंचवटी में रहकर ही सफलतापूर्वक किया जा सकता है, यही न?'' राम ने सीधा-सादा प्रश्न किया।

''हाँ राम!'' राम का प्रश्न जितना सीधा-सादा था, अगस्त्य का उत्तर भी उतना ही स्पष्ट तथा निर्भ्रांत था, ''मेरा विश्वास है कि पंचवटी में रहने पर तुम्हें संघर्ष करने का अवसर खोजना नहीं पड़ेगा। रावण तथा उसके सेनापति तुम्हें अपने मार्ग से हटा देने का स्वतः उद्योग करेंगे। वे कभी नहीं चाहेंगे कि तुम्हारे जैसा बुद्धिजीवी, न्यायप्रेमी, समाजसेवी, कर्मठ कर्मयोगी तथा प्राणिमात्र का परम हितैषी उनके पड़ोस में रहकर उनके राज्यतंत्र तथा अर्थतंत्र को छिन्न-भिन्न करने का ताना-बाना बुनता रहे, और वे उसे चुपचाप देखते रहें।''

''ऋषिश्रेष्ठ,'' उत्साहित होकर राम कुछ सम्हल कर बैठ गए, और ऋषि के तेजस्वी मुख पर अपनी दृष्टि केंद्रीभूत कर बोले, ''अब यह भी बताइए कि वहाँ

रहकर क्या-क्या सावधानियाँ बरतनी होंगी।''

राम का प्रश्न सुनकर ऋषि तनिक गंभीर हुए और फिर कुछ रुककर बोले, ''रावण के सेनापतियों के पास तो चौदह सहस्त्र प्रशिक्षित तथा विकसित अस्त्र-शस्त्रों से सुसज्जित सैनिक हैं ही, रावण के सैनिक तो इनसे कई गुणा अधिक हो सकते हैं, बल्कि होंगे ही। फिर उसको समुद्र की प्राकृतिक सीमा भी प्राप्त है। अत: जनस्थान की तुलना में वह अधिक सुरक्षित है। यही नहीं, उसके अस्त्र-शस्त्र भी अधिक विकसित हैं और उसका रण-कौशल तो विश्वविख्यात है ही। अस्तु, उसे पराजित तथा ध्वस्त करने के लिए तुम्हें प्रशिक्षित तथा विकसित अस्त्र-शस्त्रों से सुसज्जित एक विशाल जनवाहिनी तो खड़ी करनी ही होगी, युद्ध में दिव्यास्त्रों का प्रयोग भी करना होगा।''

''परंतु ये दिव्यास्त्र कहाँ तथा किस प्रकार प्राप्त होंगे ?'' लगा जैसे ऋषि का कथन सुनकर राम उलझन में पड़ गए हों, सोच रहे हों कि विश्वामित्र द्वारा प्रदत्त दिव्यास्त्रों के अतिरिक्त भी क्या कोई और दिव्यास्त्र हैं ?''

''चिंता न करो, राम, मैं तुम्हें दिव्यास्त्र तो दे ही रहा हूँ, उनकी प्रयोग-विधि भी बताऊँगा।'' राम की उलझन को समझकर अगस्त्य ने उन्हें आश्वस्त किया, ''देखो, यह विष्णु-धनुष है। इससे पुराकाल में आर्यों ने असुरों पर अभूतपूर्व विजय प्राप्त की थी। और यह अक्षय तूणीर है। इसका तथा इसके बाणों का, जिन्हें अग्नि-बाण भी कहा जा सकता है, विकास मैंने किया है। और यह तलवार भी असाधारण है, हीराजटित होने के कारण नहीं, बल्कि अपनी प्रहार-क्षमता के कारण। तुम आदित्य हृदय स्तोत्र का पाठ करते हुए जब इनका प्रयोग करोगे, तो ये अस्त्र-शस्त्र अमोघ प्रमाणित होंगे, और विजयश्री को तुम्हारा वरण करने के लिए बाध्य करेंगे।''

''और कुछ, ब्रह्मर्षि ?''

''और तुम यहाँ से कुछ औषधियाँ तो ले ही जाना, कुछ शल्य-चिकित्सकों को भी ले जाना।'' प्रत्युत्तरस्वरूप अगस्त्य ने कहा, ''लक्ष्मण, मुखर तथा सीता ने औषधि-विज्ञान तथा शल्य-चिकित्सा का कुछ प्रशिक्षण लिया ही है। मेरा सुझाव है कि उनके द्वारा तुम्हें जनवाहिनी में से ही कुछ शल्य-चिकित्सक प्रशिक्षित करने चाहिए। आवश्यकता पड़ने पर यहाँ से भी उनकी पूर्ति की जा सकेगी। फिर भी आत्मनिर्भर होने में कोई बुराई नहीं है।''

''सच है, गुरुदेव। अब क्या आप आदित्य हृदय स्तोत्र के संबंध में भी कुछ बताने की कृपा करेंगे ?'' राम ने जानना चाहा।

''क्यों नहीं ?'' कहकर अगस्त्य पद्मासन की मुद्रा में बैठ गए, और राम को आदित्य हृदय स्तोत्र सुनाने लगे, और फिर बोले, ''राम, यह स्तोत्र तुम्हारा रक्षा-कवच प्रमाणित होगा। तुम इसका उच्चारण करते हुए जब भी युद्ध करोगे, तुम्हें निश्चित रूप से विजय प्राप्त होगी। विशिष्ट स्थिति में मैं तुम्हें इस मंत्र से अभिमंत्रित

कर बाण-संधान करने का परामर्श दे रहा हूँ, ध्यान से सुनो—

ब्रह्मेशानाच्युतेशाय सूरायादित्य वर्चसे।
भास्वते सर्व भक्षाय रौद्राय वपुषे नमः।।''

मंत्र को सुनकर तथा कंठस्थ कर राम ऋषि के चरणों में झुक गए और विनम्र स्वर में बोले, ''कृतज्ञ हुआ ऋषिश्रेष्ठ। यदि मुझे रावण से युद्ध करने का सुअवसर प्राप्त हुआ तथा उसमें विजयश्री ने मेरा वरण किया, तो मैं तथा मेरे सहयोगी निमित्त भले ही बन जाएँ, परंतु इस विजय का वास्तविक श्रेय आपको होगा, आपको। अब आज्ञा दीजिए तथा शुभाशीष भी।''

''तुम्हारी यह विनम्रता तुम्हारे ही योग्य है, राम।'' ऋषि के शरीर में रोमांच हो आया था, और उनका मन प्रसन्नता से परिपूरित हो उठा था, ''तुम विश्वविख्यात धन्वी हो, धनुर्धारी हो, और अब तक तुम कई दुर्धर्ष राक्षसों का वध कर चुके हो। मेरा विश्वास है कि भारत का भावी इतिहास तुम्हारा होगा, तुम्हारा। विजयी बनो, यशस्वी बनो, मेरी यही शुभकामना है।''

राम उठने को हुए तो लोपामुद्रा भी ऋषि के पार्श्व में आ खड़ी हुईं। और लक्ष्मण, सीता तथा मुखर तो बाहर खड़े हुए कब से प्रतीक्षा कर रहे थे। ऋषि को स्वस्त्ययन करते हुए देखकर वे भी कुटिया में आ गए। ऋषि तथा लोपामुद्रा ने स्वस्त्ययन की मुद्रा में अपने हाथ ऊँचे उठाकर उन सबको पुनः शुभाशीष दिया, कहा, ''विजयी भव, यशस्वी भव।''

दिगंत में कुछ दूरी पर अकस्मात् शंखनाद हो उठा, और···और आकाश में मेघ गर्जना कर उठे, मानो मनुष्य तथा देव दोनों राम का विजयघोष कर रहे हों। प्रस्तुत होकर राम, सीता, लक्ष्मण तथा मुखर ऋषि तथा ऋषि माँ को प्रणाम कर जैसे ही आगे बढ़ने को हुए, नकुलों का एक युग्म उनके आगे आ खड़ा हुआ, मानो उनके साथ वह भी पंचवटी जाना चाहता हो। देखकर सब प्रफुल्लित व आह्लादित हो उठे, लगा जैसे उन्हें लक्ष्यसिद्धि इसी स्थान पर इसी क्षण प्राप्त हो गई हो, इसी स्थान पर इसी क्षण।

□□